幼兒文學

（第二版）

▲ 鄭瑞菁　著 ◣

謹將此書獻給我最親愛的

父親與母親

作者簡介

鄭瑞菁

學歷

- 美國威斯康辛大學—麥迪遜校區（University of Wisconsin-Madison）課程與教學（幼兒教育）碩士、博士
- 國立臺灣大學外國語文學系文學士

經歷

- 國立屏東師範學院幼兒教育學系系主任
- 美國威斯康辛大學—麥迪遜校區（University of Wisconsin-Madison）附設實驗托兒所教師
- 臺北市教育局第三科專員
- 幼稚園園長
- 高中英文教師
- 兒童美語教師

現任

- 國立屏東大學幼兒教育學系副教授

初版序

　　從未想過自己會有出書的一天！感覺上，這是畢生大事，應該特別慎重。或許是因緣際會吧！三年前，與朋友閒聊時，談到最想寫的書是關於「幼兒文學」的教科書，一方面是興趣；另方面是上課所需。想不到她的回答竟是：「某出版社正計畫出版一系列幼兒教育教科書，委託我幫忙尋找合適人選，其中正好有『幼兒文學』一門，就由妳來負責吧！」

　　就這樣開始了寫書計畫，但是，當我花了近三年的時間，終於完成初稿時，原來簽約的出版社卻改變初衷，暫緩當年一系列的出書計畫。想起心理出版社許麗玉總經理曾多次邀稿，且其出版品之品質，向來是有口皆碑。所以，本書就在許總經理全力支持下，改由其出版，在此謹致最深的謝意！當然，其間承蒙編輯陳文玲小姐多次細心校稿與指正，所有工作人員用心付出，使本書之疏漏減至最少，也是我要衷心感謝的。

　　其次，還要感謝親愛的家人：沒有父母親對教育的重視與栽培，沒有兄弟姊妹的鼓勵，以及外子的包容與協助，我是無法順利完成學位的。當然，這本書也是永無問世的一天。最後，還要感謝我的一雙兒子——明曄、欣曄，他們的成長過程提供我將理論與實際相互驗證的機會，也讓我在幼兒教育的路上，始終無怨無悔！

　　最後，要感謝所有提供作品的作者們，由於您們的努力創作與樂於分享，使本書增色不少，也讓幼兒受惠無窮。

鄭瑞菁

1999.8.31 序於屏東師院

二版序

　　本書自初版問世以來，承蒙相關人士之厚愛，筆者不敢怠忽，一直在思索改進之道。在第一版出版時，國內相關之優良作品較缺乏，為了教學所需，收錄許多畢業學生的作品，以為討論示範之用；近年來，出版社引進許多國外傑出幼兒圖畫書，如今，坊間可得之優良作品已增多，課堂上可直接使用圖文並茂的出版品加以討論。因此，第二版減少學生作品的數量，加入較多學術性的內容。

　　第一章是新加入的章節，以歷史的觀點，簡述幼兒文學的發展；以時間為經，相關影響因素為緯，希望能夠提供讀者幼兒文學整體發展之脈絡。當然一些具影響力的人、事、物都是本章著墨的要點。此外，對於未來的趨勢，亦有相當詳細的剖析，期望讀者能夠掌握幼兒文學發展的新趨勢。另外，第二章亦增加了第四節——童書與兒童情緒輔導，闡述二者之相關，探討圖畫書對兒童的情緒輔導功能與理論。

　　最後一章也是全新的單元，藉著作者國科會的專案研究計畫結果，說明圖畫書在幼教課程中之運用方式，提供幼教教師實施圖畫書教學之參考。如此，全書由原本的二篇：總論與分類探討之外，再加上第三篇：幼兒文學在教室之運用，在架構上應更完整，在內容上應更具學術性。當然，作者才疏學淺，仍有許多疏漏之處，還望各界先進不吝指教。

鄭瑞菁

2005.8.1 序於屏東教育大學

目錄

〔第一篇　總論〕　001

第一章　幼兒文學發展與新趨勢　003

第一節　一八四〇年以前（醞釀）——————————004

第二節　一八四〇～一九一五年（黎明）——————009

第三節　一九一五～一九四五年（蓬勃發展）———013

第四節　一九四五年以後（多元創新）——————015

第五節　臺灣兒童文學發展——————————————023

第六節　幼兒文學發展新趨勢————————————028

結語——————————————————————————————————030

參考文獻————————————————————————————————031

附錄一　英美兒童文學大事紀（History and Trends

　　　　Chronology）——————————————————035

附錄二　紐伯瑞獎（Newbery Medal）

　　　　得獎作品與作者一覽表——————————040

附錄三　卡德考特獎（Caldecott Medal and Honor）

　　　　得獎作品、畫家、作家與出版社一覽表——044

附錄四　國際安徒生大獎（1956-2004）

得獎者與國家一覽表 ——————————————— 067

附錄五　展現「本質改變」特色的圖畫書書目 ———— 069

附錄六　世界圖畫書發展簡表 ——————————— 072

附錄七　臺灣圖畫書發展簡表 ——————————— 078

第二章　幼兒與幼兒文學　083

第一節　幼兒文學的價值 ————————————— 084

第二節　現代幼兒發展理論 ———————————— 086

第三節　文學與幼兒發展 ————————————— 100

第四節　童書與兒童情緒輔導 ——————————— 145

結語 —————————————————————— 152

參考文獻 ———————————————————— 153

第三章　如何選擇優良兒童讀物　157

第一節　圖書評鑑標準 —————————————— 159

第二節　文學要素 ———————————————— 160

第三節　為每位孩子選擇正確的書 ————————— 174

第四節　孩子是評論者 —————————————— 179

參考文獻 ———————————————————— 183

〔第二篇　幼兒文學分類探討〕　185

第四章　緒論　187

參考文獻 ———————————————————— 193

第五章 圖畫書～不只是文字的書 195

第一節 甚麼是圖畫書 ——————————— 196

第二節 幼兒圖畫書創作原則 ——————— 203

第三節 創作賞析 ——————————————— 209

第四節 一位幼兒圖畫書插畫家的經驗 ——— 263

參考文獻 ——————————————————— 265

第六章 幼兒詩歌～韻律飛揚的文字 267

第一節 詩歌對幼兒的價值 ———————— 268

第二節 甚麼是詩歌 ——————————— 270

第三節 幼兒喜愛的詩歌特色 —————— 272

第四節 選擇幼兒詩歌的原則 —————— 275

第五節 幼兒詩歌的形式與要素 ————— 276

第六節 兒歌的創作原則 ————————— 330

第七節 童詩的創作原則 ————————— 333

附註 ———————————————————— 335

參考文獻 ————————————————— 336

第七章 最受幼兒歡迎的文藝活動～幼兒戲劇 339

第一節 甚麼是幼兒戲劇 ————————— 340

第二節 幼兒戲劇的分類 ————————— 342

第三節 創作劇本欣賞 —————————— 347

參考文獻 ————————————————— 373

〔第三篇　幼兒文學在教室之應用〕

第八章　圖畫書在幼教課程中之運用──
　　　　以《大狗醫生》為例　377

　　第一節　緒論 ──────────────── 379
　　第二節　文獻探討 ──────────── 381
　　第三節　研究方法 ──────────── 388
　　第四節　結果與討論 ─────────── 390

【各章首頁繪圖：徐詩婷】

第一篇

總　論

第一章

幼兒文學發展與
新趨勢

文學趨勢之改變常是緩慢而不易察覺的，隨著政治、社會、經濟與學術研究（包括教育學、心理學、哲學與社會學等等）變遷。Mass（2001）認為，要追溯文學成長軌跡的唯一方式，就是研究其劃時代的重要事件。這些事件包括書籍、作者與機構，他們對於今日文學的蓬勃發展都有貢獻之處。然而幼兒文學之發展與兒童文學之發展向來是密不可分的，而兒童文學之發展又不能自外於整體文學發展趨勢。因此，本章試以歷史的回顧，從兒童文學之初露曙光至其確立在文學中的獨立地位，進而成為專門研究領域之過程與影響因素加以剖析，期望藉由發展歷史，探討其目前趨勢，進而前瞻未來。

　　根據英國學者Townsend（謝瑤玲譯，2003）的分法，英美兒童文學史依年代可分為四個階段：一八四○年之前、一八四○年～一九一五年、一九一五年～一九四五年、一九四五年～一九九四年。因此，本文在一九四五年之前的分期，是依上述時段分期；而第四期則為一九四五年至今，分期闡述英美兒童文學史上具影響力的人事物。此外，在探討英美兒童文學發展之後，亦將臺灣兒童文學發展作一簡介，並與之對照。當然，由於本文主要探討幼兒文學之發展與趨勢，對於適合幼兒部分會著墨較多。以時間為經，相關影響因素為緯，希望能夠提供讀者幼兒文學發展之概況。

第一節　一八四○年以前（醞釀）

　　自古以來，兒童一直被視為成人的縮影，中外皆然。直到文明進步之後，才開始有「童年」的概念，在西方世界史上是十七世紀的事；至於我國可能要到西風東漸的近代吧？!雖然英國洛克（John Locke）早在他的《對教育的看法》（*Some Thoughts Concerning Education*）

（1693）中建議以更溫和的方式教養孩子，並且主張應有簡單、富趣味性的童書；但是，在二十世紀以前，「童年」一直是富裕人家的專利，對一般大眾而言，是到了稍後才有的觀念。直到二十世紀童工法令的制定，兒童才正式擺脫「小大人」的封號。

　　遠在中世紀時期，因為童書皆為價格昂貴的手抄本，只有非常富裕的家庭才負擔得起。而當時社會對孩子的態度也反應在書中，那就是充滿教訓意味。倒是一些說書人的故事膾炙人口，值得一看；雖然這些故事不是說給孩子聽的，但他們也能在旁聆聽。耳濡目染的結果，這些神奇的故事竟成為他們童年寶貴的資產。簡單地說，此時期的兒童文學分為二支：專為兒童或少年所寫的題材，但不是故事；以及故事，但非專為兒童所寫。

　　同樣地，早期印刷的書籍雖也是印給成人閱讀的，但孩子也能看得到，並且喜歡閱讀它們。在一四八四年出版的《伊索寓言》（*Aesop's Fables*）附加木雕插圖，便是老少咸宜的作品。接著，一些以成人為對象的書也受到孩子們的青睞，例如：Daniel Defoe 的《魯賓遜漂流記》（*Robinson Crusoe*）（1719）、Jonathan Swift 的《格列佛遊記》（*Gulliver's Travels*）（1726）、Johann Wyss 的《海角一樂園》（*The Swiss Family Robinson*）（1814）。近年來的傑作則有 J. R. R. Tolkien 的《哈比人歷險記》（*The Hobbit*）（1937）、《魔戒》（*The Lord of the Rings*）（1954～1955）等。關於以上這些，與其他時期重要的兒童文學出版作品，請參見附錄一。

　　十五至十七世紀間雖有一些童書問世，但仍以教導為主。字裡行間充滿著宗教救贖（因為成人相信人生來就帶有罪惡）、各種禮儀或是文字的學習。所謂的「角帖書」（hornbooks）或是「教導小冊」（lesson paddles）出現在一四四〇年代左右，在接下來二個世紀以上的時間裡，成為專為兒童設計的主要讀物。將一頁頁印有字母、聖經

經文等的羊皮紙覆蓋上透明的角片薄膜加以保護，再以 3 × 5 英吋的小木片當封面與封底，膠裝後即可完成。「角帖書」之名就是因這層透明的角片薄膜而來。

終於在一六五七年出現一道曙光──Johann Amos Comenius 的《世界圖像》（*Orbis Pictus* 意即 *The World in Pictures*），學者大多認為它是歐美國家的第一本兒童圖畫書。所謂「一圖勝千言」，書中以簡單文字附上木刻插圖描繪出大自然的神奇，當然吸引讀者的目光。接著在一六九七年 Charles Perrault 收集法國童話故事，出版了雋永的《鵝媽媽故事集》（*Tales of Mother Goose*），一些經典名作如《睡美人》（*The Sleeping Beauty*）與《灰姑娘》（*Cinderella*）亦在其中。雖然 Perrault 的故事在路易十四的宮廷中廣受歡迎，但他的故事集首頁插畫卻是一位老婦人（想必是鵝媽媽）對著一群孩子說故事。

約自十六世紀開始，坊間流行一種小書，大多由書販推著車子沿街兜售，每冊只要幾分錢，稱作「小書」（chapbooks）。此類小書盛行於十七、十八世紀，這也是童書掙脫傳統的主題（教訓的、「妳是罪人」等）得到突破的重要時期。當然，這些《俠盜羅賓漢》（*Robin Hood*）與《亞瑟王》（*King Arthur*）的故事受到當時清教徒的譴責，但是一般大眾與孩童卻暗中為之著迷。這些小書可能間接促成了應該是兒童文學史上最重要的大事件──John Newbery 的童書出版社的誕生。受到 John Locke 的影響，Newbery 本來就認為應讓孩子擁有享受閱讀的樂趣，又看到這些小書受歡迎的情形，於是他開始為兒童出版專書，開啟童書新紀元。當然，Newbery 並不是唯一看出小書具商業價值的人，只是在所有早期童書出版業者中，他是最有名氣、最成功的，而且也為未來童書出版奠定最大基礎的人物。因此，本文對他作較深入的介紹。

Newbery 的第一本童書於一七四四年問世，書名為《漂亮小書》

（*A Pretty Little Pocket-Book*），以娛樂性的遊戲、圖片、歌謠與寓言故事教導孩子認識拼字。書的定價是六便士，隨書另附有球或針墊（各需另付二便士），球和針墊皆有雙面，一面是紅的，另面是黑的，以大頭針分別插在紅或黑的一面來記錄書中主角好或壞的言行。故事的結局是好男孩坐上六匹馬拉的大馬車，而好女孩則得到一個金錶。球和針墊的設計可能是根據 Locke 主張以球取代教鞭的教導方式吧？在本書扉頁上有二個關鍵字——「娛樂」，書中主角湯米和波麗不僅接受教導，他們亦深得其樂。之後，Newbery 陸續出版了數以百計的書籍（其中有些可能是他自己創作的），其中最著稱的是《好二鞋傳》（*The Renowned History of Little Goody Two Shoes*）（1765）。Mass（2001）認為這是世上第一本兒童小說，作者是 Oliver Goldsmith。故事敘述一位貧窮的善良少女到鄉下各地教導其他兒童閱讀的事跡。美國圖書館協會（American Library Association, ALA）所頒贈的世界第一個童書獎就是以 Newbery 為名，以紀念他對童書的貢獻。然而，一直到十九世紀，道德取向的故事仍是兒童文學的主流。甚至在 Newbery 所出版的書籍中也無法完全擺脫道德的色彩。

在十九世紀初期，童書史上一些雋永的著作出現了。林良（2000）稱此時期為兒童文學的黎明時期。格林兄弟（Jacob and Wilhelm Grimm）收集德國民間口耳相傳的童話故事，出版了《家喻戶曉故事集》（*Household Tales*）（1812）包括〈白雪公主〉（Snow White）、〈小紅帽〉（Little Red Riding Hood）與〈糖果屋〉（Hansel and Gretel）等。然而，這些童話故事中的主角並非如今日「迪斯奈」卡通影片中那般光鮮漂亮，讓孩子著迷。這些故事相當灰暗，通常主角並沒有從此過著幸福快樂的日子，例如：在〈小紅帽〉最初的版本中，沒有獵人將小紅帽從狼腹救出來。此外，安徒生（Hans Christian Andersen）的《童話集》（*Fairy Tales Told for Children*）也在一八三五

年推出，這位丹麥作家的〈醜小鴨〉（The Ugly Duckling）與 〈國王的新衣〉（The Emperor's New Clothes），在一百七十年後的今日，仍深受孩子與成人的喜愛。

雖然安徒生的《童話集》不像格林兄弟的《家喻戶曉故事集》那般灰暗，但是也非充滿歡笑的。因此，童話故事並未受到應有的重視。直到英國小說家狄更斯（Charles Dickens）寫了一篇文章提到童話故事可以培養兒童「寬容自制、謙恭有禮、愛護動物與喜好自然」（Economist, 1985, 頁 96）的品德之後，它才得到更高的評價。

歷經百年之後，兒童心理學家 Bruno Bettelheim 更進一步認為：

　　除了極少數例外，在整體兒童文學中，沒有其他類型可以像民間童話故事那般滋潤與滿足孩子與成人。……從童話故事中，兒童以他們可以理解的方式認識人類面臨的內心問題，學習遇到困境時正確的解決方法，這是其他文類所望塵莫及的。（Bettelheim, 1975, 頁 5）

至於《哈比人歷險記》（*The Hobbit*）（1937）、《魔戒》（*The Lord of the Rings*）（1954～1955）等書的作者 J. R. R. Tolkien 本人並不相信童話故事應該特別與兒童有關，他認為：

　　如果童話故事是值得一讀的文類，它便值得為成人書寫且由成人來讀。成人當然比兒童更投入，也得到更多。然後，既然童話是一門真正的藝術類別，兒童可能會希望得到適合他們讀，且他們也可以理解的童話故事；就像他們會希望得到合適的引導去認識詩、歷史和其他科學一樣。（引自謝瑤玲譯，2003，頁 148）

第二節 一八四〇～一九一五年（黎明）

　　究竟兒童文學起源於何時？眾說紛紜並無定論，但是學者通常把英國作家 Lewis Carroll 在一八六五年出版的《愛麗絲夢遊仙境》（*Alice's Adventures in Wonderland*）視為第一本為兒童寫的文學作品（Mass, 2001; Tunnell & Jacobs, 2000）。Carroll 本名 Charles Lutwidge Dodgson（1832～1898），是一位牧師，也是保守的英國國教徒，個性內向、害羞又孤僻，大半生都隱居於牛津學院，喜歡與小女孩相處。《愛麗絲夢遊仙境》其實是源自於一八六二年七月四日下午，Dodgson 與牛津學院院長的兩位女兒一起遊河時所講的故事，經過潤飾，再加上 John Tenniel 繪製的著名插畫後，才正式出版。他筆下的愛麗絲開啟了孩子的視野，帶領他們進入一個歡笑與想像的世界，之後的兒童文學作家無不受其影響。相較於當時兒童文學書籍仍帶有單調的教條風格，例如：美國作家 Nathaniel Hawthorne 正在進行改編自希臘神話的作品《給男孩和女孩的奇妙書》（*A Wonder Book for Boys and Girls*），雖然 Hawthorne 希望以有些哥德式或浪漫式的筆調取代冰冷的古典風格，然而他那種直接且不正式的敘述方式實在與我們今日所知的「哥德式」或「浪漫式」大異其趣。另外，英國作家 Charles Kingsley 剛出版的《水孩兒》（*The Water Babies*），主題則是救贖，主角湯姆因作惡多端，遭受全身被刺的處罰，後來為邪惡懺悔，自行努力得到解救。書中的主要象徵是罪惡被水洗淨，仍不脫傳統兒童讀物的教訓寓意。繪圖離奇古怪的《愛麗絲夢遊仙境》於是被認為是第一本為兒童而寫的傑出英文小說。書中沒有道德教訓，有的只是想像的馳騁與絕佳的文字遊戲。普立茲獎（Pulitzer Prize）得主 Alison Lurie 指出：「以

維多利亞中期的標準而言，愛麗絲除了適當的舉止之外，絕非是一位好的小女孩。她不夠優雅、膽怯而溫順，但她主動、勇敢而急躁。她深入批評周遭事物與所遇見的成人。」（Lurie, 1990，頁4）在這本書中，孩子終於讀到一位像他們自己的角色——不完美而且夢想逃離無聊的環境。這應是它能引起廣大迴響的成功之處。

自此而後的英國作家承襲這股幻想故事的風潮，除了《愛麗絲夢遊仙境》續集《愛麗絲鏡中奇遇》（*Through the Looking Glass*）受到熱烈歡迎之外，其他優良作品有 Carroll 的朋友也是同事 George Mac-Donald 的《輕輕公主》（*The Light Princess*）（1867）與《北風背上》（*At the Back of the North Wind*）（1871），Carlo Collodi 的《木偶奇遇記》（*The Adventures of Pinocchio*）（1881）。接著是 E. Nesbit 獨特的魔幻小說系列，首度上場的是《尋寶奇謀》（*Story of the Treasure Seekers*）（1899）。數年後，J. R. R. Tolkien 與 C. S. Lewis 仍然受到 Nesbit 的影響，延續此種傳統，例如：Tolkien 的《哈比人歷險記》（*The Hobbit*）（1937）、《魔戒》（*The Lord of the Rings*）（1954～1955）與 C. S. Lewis 的《獅子、女巫與魔衣櫥》（*The Lion, the Witch, and the Wardrobe*）（1950）、《最後的戰役》（*The Last Battle*）（1956）皆是大受歡迎之傑作。

至於同時期的美國，則是 Mark Twain（本名 Samuel Clemens）的《湯姆歷險記》（*The Adventures of Tom Sawyer*）（1876）與《頑童流浪記》（*The Adventures of Huckleberry Finn*）（1884）廣受歡迎的時候。無獨有偶地，這些也是顛覆所謂的「好男孩的書」，書中主角偷竊、說謊、宣誓與欺騙樣樣都來，但是年輕讀者卻高興地參與湯姆與漢克的歷險（Mass, 2001）。至於 L. Frank Baum 的《綠野仙蹤》（*The Wonderful Wizard of Oz*）則出版於一九〇〇年，被認為是第一本出自美國作家的現代幻想故事的經典名作。其他同時期的經典還有許多，例

如：J. M. Barrie 的《小飛俠》（*Peter Pan in Kensington Gardens*）（1906）與加拿大作家 Lucy Maud Montgomery 的《清秀佳人》（*Anne of Green Gables*）（1908）。

除了幻想故事之外，以「家世」為主題的小說也受歡迎，其中的佼佼者有英國的 Charlotte Yonge 與美國的 Louisa May Alcott。前者在十九世紀下半出版了上百冊以家庭為主題的書；後者的《小婦人》（*Little Women*）（1867）則啟蒙了數十年後 Laura Ingalls Wilder 的《小房子》（Little House）系列。「小婦人」在一九九九年更被美國圖書館協會評選為最受歡迎的小說。

至於另一受歡迎的主題便是動物故事。許多十九與二十世紀的作品，在一百年後的今日仍深受喜愛，例如：Rudyard Kipling 的《叢林奇談》（*The Jungle Books*）（1894）與《原來如此的故事》（*Just So Stories*）（1902），Beatrix Potter 的《彼得兔的故事》（*The Tale of Peter Rabbit*）（1901），Kenneth Grahame 的《柳林中的風聲》（*The Wind in the Willows*）（1908）、Frances Hodgson Burnett 的《秘密花園》（*The Secret Garden*）（1910）、A. A. Milne 的《小熊維尼》（*Winnie-the-Pooh*）（1926）以及 E. B. White 的《夏綠蒂的網》（*Charlotte's Web*）（1952）（Mass, 2001）。其中，Potter 突破以往童書以文字為主、圖畫為輔的傳統，在《彼得兔的故事》中，每頁皆以圖文並茂的方式陳述故事；因此 Beatrix Potter 可以稱得上是現代圖畫故事書之母（Tunnel & Jacobs, 2000）。

談到圖畫書，不能不提到早期三位偉大的童書藝術家對圖畫書革命性的貢獻，他們是 Walter Crane（1845-1915）、Randolph Caldecott（1846-1886）與 Kate Greenaway（1846-1901）。所謂「圖畫書」指的是圖畫與文字占相當份量，甚至是最重要地位的書籍。雖偶有前驅者，但現代圖畫書的起源應可追溯到十九世紀的最後三十年，英國的

版畫家兼印刷商——Edmund Evans（1826-1905）將上述三位藝術家引領到童書創作的時候（謝瑤玲譯，2003）。由於早期印刷的技術限制，插畫家只能使用木刻、銅版或鋼版刻畫，畫面通常只有一張郵票的大小；因此，唯有偉大的藝術家才能畫出生動畫面。這三位藝術家不僅有敏銳的設計風格，更能史無前例地加以高品質的彩繪。在十九世紀初期，童書插畫的色彩通常是請童工手繪，到了一八四〇年之後，雖已有彩色印刷，但品質粗劣。而 Evans 的慧眼識英雄，將這三位傑出藝術家的作品印刷成「高品質」的彩色圖畫書，也將當時的彩色印刷提高到藝術水準。此舉賦予插畫新的生命力，開始在頁面占有更大的篇幅，例如：Greenaway 的《窗下》（*Under the Window*）（1878）與 Caldecott 的《約翰吉爾彭》（*The Diverting History of John Gilpin*）（1878）就是以圖與文共同講述故事，缺一不可，無怪乎今日英美兩國的圖畫書最高榮譽獎分別以這二位傑出畫家為名。發展至今日，傑出的圖畫書也能在兒童文學名著中占有一席之地。例如：Wanda Gág 的《百萬隻貓》（*Millions of Cats*）（1928）與 Maurice Sendak 的《野獸國》（*Where the Wild Things Are*）（1963）便是很好的例子。Maurice Sendak 更是圖畫書創始一百多年來，一般公認最偉大的創作者。本文後面會再詳細介紹這二本書。

　　到了十九世紀末二十世紀初，美國由於人口結構的改變，近半數人口為二十歲以下，遂有延長義務教育以及訂定更嚴格的童工法令來保護兒童的因應措施。這樣一來，間接延長了兒童與青少年期，兒童不再像過去一般，被強迫或期待快速成長，他們有較多的閒暇時間從事冒險與閱讀好故事。然而當時市面上充斥著一些便宜的平凡成人小說與極少數的兒童雜誌。雜誌內容尚佳，但卻無法滿足兒童對於長篇故事的渴望。直到二十世紀初 Edward Stratemeyer 的出現，他為兒童創作了一百二十五種套書（約 1300 冊小說），才徹底改變了兒童文學。

美國圖書館協會於一九二六年的一次民意調查發現，三萬六千位學生中，有98%選擇Edward Stratemeyer的書爲最喜愛的書籍。這樣的結果震驚了許多圖書館員與教師，他們原本認爲套書的品質都是很差且毫無教育意義的。自此而後，套書一直是兒童文學的主要商品。經過許多年後，教育人員才漸漸體認到，一本書若能愉悅兒童（更不必說兒童是「主動閱讀」），就已經能夠稱得上是好書了。何況，對於有興趣的書籍，孩子自然就會「主動閱讀」，這不是現代大腦研究專家提倡兒童閱讀的最終理想嗎？

第三節 一九一五～一九四五年（蓬勃發展）

在一九一九年，國家童書週刊正式在美國發行，Macmillan成爲第一家成立童書部門的出版公司，有人認爲首任主編Louise Seaman的上任通常被視爲美國童書出版的開端。到了一九五〇年，幾乎所有出版公司皆有童書部，甚至有二家——Holiday 與 William R. Scott 是完全只出版童書的。當時每年約有近七百種童書出版。

在一九二一年，一位出版週刊的長期編輯，也是童書與創作者的鬥士——Frederic G. Melcher 向美國圖書館協會提議每年頒授特別獎勵給予優良童書。ALA 於是在一九二二年成立紐伯瑞獎（Newbery Medal），以十八世紀傑出出版家——John Newbery 命名，爲了紀念他在出版童書方面的不遺餘力，開啓後世對童書的重視（West, 1997）。紐伯瑞獎每年評選前一年在美國出版傑出的童書，頒獎給其作者，最佳者頒贈紐伯瑞金牌獎（Newbery Medal），次好者則是銀牌獎（Newbery Honor），銀牌獎數量不定，少則從缺，多至六本。有如電影的奧斯卡金像獎一般，得獎作家立刻聲名大噪，從此在文學史上便占有一席之

地，得獎作品則是洛陽紙貴（得獎作品參見附錄二）。到了一九三八年，ALA 又成立專爲鼓勵優良圖畫書的獎項——卡德考特獎（Caldecott Medal）；如前所述，是爲了紀念著名的十九世紀英國插畫家——Randolph Caldecott；同樣地，也是就前一年在美國出版的圖畫書中評選最佳一本爲金牌獎（Caldecott Medal），另外，給予次好的數本銀牌獎（Caldecott Honor）。得獎者必須有其突出之處，首重創新的情節布局，結合獨特的思想表達與風格（得獎作品參見附錄三）。這二種獎項提升了兒童文學的標準、格調與聲譽地位。另外，被稱爲小諾貝爾獎的國際安徒生大獎（The Hans Christian Andersen Awards），由 The International Board on Books for Young People（IBBY）主辦，邀請國際知名專家組成評審團，每兩年頒發一次，目的在肯定及表揚各國出色兒童文學作家對兒童文學的長久貢獻。國際安徒生大獎始於一九五六年，最初獎項只頒予兒童文學作者，自一九六六年起增加獎項頒予出色的繪圖者（得獎作家與畫家參見附錄四）。

接下來的數十年間，童書主題持續反應社會的變遷。隨著科技不斷進步的結果，產生了科學小說；飛機的發明開啓了飛行故事的新紀元。前後二次世界大戰的爆發則促成了有關戰爭、和平、勇敢、愛國、多元文化的了解與尊重等相關議題。童書內容變得更多樣、豐富。由於出版量的增加，價格也不再如以往昂貴，一般家庭都可以負擔得起了。

當權威插畫家如 Arthur Rackham（鵝媽媽故事集插畫家）在英國創作時，美國也出現了一位可與 Beatrix Potter 女士媲美的 Wanda Gág。她的《百萬隻貓》（*Millions of Cats*）（1928）被譽爲美國第一本圖畫故事書。其中生動的圖畫配上押韻的文字讓人印象深刻：「百隻貓、千隻貓、百萬、十億、兆隻貓」（Hundreds of cats, Thousands of cats, Millions and billions and trillions of cats）。其他傑出作品還有最受歡迎

的床邊故事——Margaret Wise Brown 的《晚安月亮》（*Goodnight Moon*）（1939）與 Ludwig Bemelmans 的《瑪德琳》（*Madeline*）（1939）。美國最著名的童書作家兼畫家蘇斯博士（Dr. Seuss，本名 Theodor Geisel）也在一九三七年創作了《想起我在馬伯利街看到它》（*To Think I Saw It on Mulberry Street*）。另外一個在兒童文學史上不朽的名字是 Robert McCloskey，他的現代經典名著《讓路給小鴨子》（*Make Way for Ducklings*）（1941），多年來一直深受孩子喜愛。

第四節　一九四五年以後（多元創新）

　　到了一九五〇年間，由於美國全國閱讀測驗成績的普遍低落，顯現閱讀能力的危機，教育人員開始重視培養小學生的基本讀寫能力。出版界也一窩蜂發行初級讀物，許多以簡單文字敘寫的非小說類童書開始充斥圖書館的書架。直到一九六〇年，每年童書出版皆以倍數成長。聯邦政府在一九六五年通過「中小學教育法」，編列十億美元作爲採購圖書館書籍、教科書與其他教材之經費。當時近半數的小學尚未成立圖書館，於是，出版社快馬加鞭出版書籍，而學校則運用這筆經費急速購置。

　　隨著書籍銷售量的上揚，一九六〇年代可稱得上是「新寫實主義時代」。當社會革命開始沸騰時，長久以來箝制作家與畫家的束縛也開始瓦解。在此之前，幾乎沒有任何書的主題是有關死亡、離婚、受虐兒、酗酒或是少數族群。書中更不會出現孩子與父母不合的情形；父母永遠是對的。而子女必須服從的傳統舊觀念一旦消失，它的正面效果便是：具有高度個人色彩的兒童角色出現了！作者讓他們的性格自由發展，不再顧慮如何建構合適的行爲作爲讀者的榜樣。前面所提

到的 Maurice Sendak 的圖畫書《野獸國》（*Where the Wild Things Are*）（1963）與 Louise Fitzhugh 的《間諜荷蕊》（*Harriet the Spy*）（1964）皆是其中的佼佼者，通常被視爲「新寫實主義時代」的先鋒。二者都有一些受爭議之處，部分原因是它們的主角與父母有歧見；另外一方面，父母的角色也有失職之處，這些都不足以成爲社會典範。《野獸國》的主角麥斯因不聽媽媽的管教——制止他戲弄小狗，而惹怒了她，導致媽媽不給他吃晚餐就要他去睡覺。而荷蕊的父母既冷淡又忙碌，無法參與、關心她每日的活動。十一歲的她由於嚮往長大後成爲像 Harriet Welsch 一樣的名作家，所以，每天放學後她會觀察別人並寫下評論。她並無惡意，相對地，她具有藝術家的專注、誠懇與淋漓盡致。Townsend 認爲《間諜荷蕊》是同一時期的童書中最有趣亦最富創意的（謝瑤玲譯，2003）。然而，對有些成人而言，故事情節內容是不妥當的，因爲麥斯的野獸國之旅是一種心理幻想，讓他宣洩對母親的忿怒與被責罵的挫敗情緒，而其母親不讓他用餐，也有失職可議之處；至於荷蕊最後需要心理治療，也不足爲孩子模仿的典範。

Ezra Jack Keats 的《下雪的日子》（*The Snowy Day*）於一九六二年出版，獲得一九六三年的卡德考特獎。它是第一本以黑人小孩爲主角的圖畫書，完全沒有任何對黑人的刻板印象。對 Keats 而言，《下雪的日子》主角彼得是黑人或白人並無差別，這本書抓住的是對所有孩子都是神奇的事——安靜的冬雪所帶來的新奇與喜悅，誠如 Keats 所言：「我已經爲許多作家畫插畫來表現白人小孩的善；而在我自己的書中，我想要把黑人小孩的善與美表現出來，與讀者分享。」（Preller, 2001，頁 71）

對於適合較年長兒童閱讀的童書而言，動盪的一九六〇年代與追求靈魂歸屬的一九七〇年代引起了可能是迄今最重大的改變，那就是以當代社會與成年爲議題的寫實小說的誕生！這也可以稱爲「青少年

小說」或是「年輕成人小說」（young-adult fiction）。S. E. Hinton 的《外來者》（*The Outsiders*）（1967）與 Judy Blume 的《神啊！你在嗎？是我，瑪格麗特》（*Are You There God? It's Me, Margaret*）（1970）是其中的佼佼者。它們描述了兩種非常不同類型的青少年的痛苦，前者為幫派鬥爭，後者為成長的生理跡象，卻同樣廣受青少年歡迎。此外，女性較以往擔負更多責任，也有更大的自由，性別角色顯得更具彈性。

隨著各界對於學前教育的重視，為因應需求，出版商也開始出版適合學步兒閱讀的簡單遊戲書。因此，童書店數量明顯增加，出版社不斷出版價格低廉的平裝書，兒童可以自己購買書籍了。然而，一九八〇年代末期開始出現連鎖書店與超級書店，以大量進貨降低成本的經營策略，打折促銷書籍的結果，往昔風光一時的獨立書店遂榮景不再（電影「電子情書」的故事背景就是此種情景的寫照）。

Edward Stratemeyer 精神重現在一九八〇年代中期，此時小型套書再度受到讀者青睞。Ann M. Martin 的《褓姆俱樂部》（*The Babysitter's Club*）與 Francine Pascal 的《甜蜜谷高中》（*Sweet Valley High*）吸引十至十二歲的女孩回到書店。到了一九九〇年代，恐怖小說系列如 R. L. Stine 的《毛骨悚然》（*Goosebumps*）則大受十至十二歲的少男歡迎。筆者的大兒子（十二歲）就是對這位作家著迷，所有他的作品都是他收藏的首選。另外，女神探 Nancy Drew 捲土重來，除了改版為二套書外，更富現代感。總之，這些套書吸引了無數十二歲以下的被動讀者，不僅讓他們享受閱讀的樂趣，也培養了良好的閱讀習慣。

處於傳統價值觀與思考模式逐漸受到考驗的現代，人們強調多元與開放，面對傳統更顯現質疑與顛覆的態度（陳怡如，2003；許雅惠，2002）。因此，傳統的幼兒圖畫書潛藏著的許多刻板印象，例如：大野狼都是兇殘的角色（小紅帽、三隻小豬、七隻小羊）、男性

都英勇剛強（白雪公主、長髮公主）、女性都是溫柔婉約（雨小孩、睡美人）等，在文學創作上便有了新風貌。Babette Cole的作品即是很好的例子，她的《頑皮公主不出嫁》、《我的媽媽真麻煩》、《灰王子》、《女泰山》（Tarzanna）等都是徹底顛覆傳統性別刻板印象的佳作。即使童話創作，也隱約可見其風。從單篇散見，到系列成書，臺灣現代童話作家，如孫晴峯、賴曉珍、方素珍、王家珍、劉思源、張嘉驊、林世仁等，都有相關的作品值得探討（林文寶、劉鳳芯，2000；劉鳳芯譯，1999；龔芳慧，2002）。另外，郝廣才改寫的「新世紀童話繪本」套書（共有二十本）（格林）也是一時之選。藉由「顛覆」原有故事的人物形象、主題意識、情節模式、故事結局、敘寫方式等，讓讀者有新奇的感受、另類的思考。舊有觀念隨著時代變遷，而被重新定義、澄清。

由於大眾對於有關死亡教育、兩性平權、生涯規畫、兒童保護、老人問題、關懷弱勢族群、環保問題、鄉土教育、認識多元文化、戰爭等議題產生極大關切（林敏宜，2000）。在文學的創作方面也有前現代文學（泛指二十世紀現代文學興起之前所有文學的總稱，以模象、寫實為主要特色）、現代文學（指二十世紀初以來的各種前衛派，如未來主義、表現主義、存在主義、超現實主義以及魔幻寫實主義等等，它們普遍表現對語言功能的信賴和形式實驗的興趣，作家所追求的「真」是作品所烘托的世界，而非現實世界；作家認為現實世界的感知瞬息萬變，唯有文學的「美」可以超越塵世的變化無常，凝固在作品中永垂不朽）與後現代文學（指二十世紀最後十年所興起的後現代主義，在文學形式實驗上有更新的發展，由原本作家的自覺演變成對創作行為本身的自覺）之興起（周慶華、王萬象、董恕明，2004；韓繼成，2004）。當然，前現代文學、現代文學與後現代文學三者並非截然可以年代劃分，亦非憑空而起，它代表的是一種緩慢形

成的時代趨勢與文學特色，前者為後者之興起奠基。所以，他們仍有密不可分的關係。

例如 David Macaulay 的《黑與白》（*Black and White*）（1991 年卡德考特金牌獎，中文版由上誼出版），作者同時呈現四個畫面，運用四個故事的不同敘事觀點，考驗讀者的思考分割力，讓讀者自行拼湊畫面，解讀故事之真相，就是典型的現代主義文學作品。另外，《竹林》（臺灣麥克出版的大師名作繪本系列）改編自日本著名小說家芥川龍之介的原著《藪之中》，日本名導演黑澤明亦將它搬上銀幕，就是非常著名的《羅生門》，故事敘述竹林裡有位武士被殺了，真相卻是撲朔迷離。全文以七個人（含武士的鬼魂）的觀點娓娓道來，眾說紛紜，結論由讀者自行解讀，高度挑戰讀者的分析能力，這也是現代主義的經典之作。英國圖畫書作家 Anthony Brown（2000 年國際安徒生插畫獎得主）的《當乃平遇上乃萍》（*Voices in the Park*）（格林）以四部曲的方式，讓書中的四位主角各自表述在午後的公園相遇的情形，她們是一對母子與一對父女。母親富裕而驕傲勢利，隨時掌控其子行動，其子退縮無奈；父親貧窮潦倒遭逢失業，其女卻勇敢而體貼父親。同樣是在公園巧遇的一件事，在四位主角心中卻各有不同的感受。作者以背景四季的變幻，隱喻他們的心境。諷刺的是，只有孩子與狗是純真的，不受成人社會裡的貧富階級影響。作者也是運用多層次、多觀點的現代主義手法。

至於展現後現代文學特質的圖畫書並不多見，約翰‧席斯卡（文），藍‧史密斯（圖）的《臭起司小子爆笑故事大集合》（*The Stinky Cheese Man and other fairly stupid tales*）（麥田）是傑作之一。不僅在文字內容上徹底顛覆讀者耳熟能詳的幾則童話故事，圖文呈現的形式與體裁更另讀者目不暇給，極盡創新之能事，而故事主角常跳脫故事情節，與全書說故事的傑克或是讀者對話（後設溝通），這種

「對創作行爲本身的自覺」手法充分顯現「後現代」的特色。美國圖畫書作家 David Weisner 的《豬頭三兄弟》（*The Three Pigs*）（2003 年卡德考特金牌獎，中文版由格林出版）三隻小豬時而跳脫至故事情境外，時而進入故事情境內，此種新穎的創作手法也隱約可見後現代文學在形式上的實驗性質。另外，本土作家安石榴榮獲第十六屆信誼文學獎的《星期三下午抓蝌蚪》（2004）（信誼），對話多線發展，充滿「後現代」多層次、多觀點、立即性、同時性與時空緊縮的特質，將圖文交融的技巧發揮得淋漓盡致，是一本融合動感、喜感、時代感，且具國際水準的傑作。

Dresang（1999）認爲現代兒少文學「在此數位時代，正逐漸有了正向的改變」（頁 14）。他運用「本質改變」來形容一種概念架構或理論，代表在了解、欣賞與評量現今兒少文學時，我們可以察覺的重大改變。這種根本的改變可分三類：形式與體裁的改變、觀點的改變與範圍的改變。第一類是指在形式與體裁的改變方面，融合以下特質──「圖畫展現新的形式與體裁、圖文的配合達到新層次、非直線組織與體裁、情節發展與體裁是跳躍而不連續的、多層次意義與互動體裁」（頁 19）。第二類是指觀點的改變，包括：「在視覺與文字上出現前所未有的多重觀點，而青少年也展現他們自己的看法」（頁 24）。第三類是指範圍的改變，特色有：「先前未顯現的主題、先前未受重視的背景情境、以嶄新且複雜的方式塑造的主角、新的社群形態與沒有結局的結尾」（頁 26）。這三類並不相斥，許多圖畫書同時涵蓋一類以上的特質，這些特質緊密地結合，共同創造出新風格。Dresang（1999）也強調：在每一類的「本質改變」中，都應重視讀者的觀點。至於上述三類改變中的前二類：形式與體裁的改變以及觀點的改變，又稱爲「後設想像」（metafictive）的技巧（Goldstone, 1998; Pantaleo, 2002, 2004a, 2004b, 2004c; Trites, 1994）。

以下就以上述的《豬頭三兄弟》為例，簡單分析其「本質改變」特色。它是《三隻小豬》的改編故事，當狼吹倒豬大哥的小草屋時，竟把牠吹到故事外頭去了，原始故事繼續進行，但是狼並沒有吃到豬大哥，牠到了豬二哥家門外，此時，豬大哥在故事外呼叫豬二哥逃出故事，牠們用相同手法呼叫豬小弟出來，接著牠們一起把書拆了，折成紙飛機開始探險。牠們進入其他兩個故事板，這二個故事中的主角貓咪與巨龍加入牠們的探險。最後，三隻小豬決定帶著新朋友回家，而要回家就得要回到原始故事中才行；所以，牠們撿起原始故事的故事板，這時正是狼準備要吹倒豬小弟磚屋的時候，牠不僅沒吹倒房子，還被從門內探頭出來的巨龍嚇一跳，一些字被龍頭撞倒而扭曲，巨龍用嘴咬住一個籃子，讓小豬們收集故事中散落的字母重新排列，拼湊出「從此牠們一起過著幸福快樂的生活」結尾。

　　這個故事運用上述「後設想像」的技巧：形式與體裁的改變以及觀點的改變。在形式與體裁的改變方面，作者以文字在頁面上的設計與位置來傳遞不同的意義，他使用四種不同字體與多種不同尺寸文字。四種字體分別敘述原始故事、小豬被吹到故事外頭後的故事、貓咪的歌謠與巨龍的故事。此外，字的大小也隨字體改變，在所有角色離開其原始故事後的對話內容，都有一個氣球狀的框架框起來，它們是圖畫的一部分，同時也是文字展現的形式，在孩子與教師的說故事活動中，孩子常要求教師特別讀出這些對話框的內容。在視覺上，這些對話框的造型特別吸引孩子，而在師生的團體討論或是孩子之間小組分享故事時，這些對話框的內容就成了孩子們引經據典的來源（Pantaleo, 2004c）。另外，在圖文的配合方面也達到新層次，讀者必須「讀」圖畫，才能注意到一些文外之意，因為文字方面完全沒有提到。例如：在原始故事中，豬大哥的茅草屋被狼吹倒後，文字敘述是牠把豬大哥吃了，但圖畫卻顯示出狼一臉錯愕的樣子，顯然他在屋中

找不到豬大哥，當然也無法吃牠了。另外，當三隻小豬離開原始故事後，牠們的皮膚變得毛茸茸地好像真的豬一樣，眼睛也活力四射（牠們不僅毛色各異，眼珠顏色也不相同，有棕、綠、藍三種顏色），個性變得活潑，表情也生動許多。當牠們進入拉提琴的貓咪歌謠故事板後，體毛的色澤與質感也隨即改變，入境隨俗變成卡通動物造型；到了巨龍的中世紀故事中時，隨著黑白畫面牠們自然也變成黑白了。同樣地，貓咪與巨龍在離開牠們原始故事後，膚色、質感與神情也有轉變；總之，五隻動物主角的外型是隨著進入的故事氛圍而變化，但是，這些改變在文字敘述中始終隻字未提。在文字方面，有許多偏離主題的枝節，三隻小豬離開原始故事，選擇不同的故事進入，創造出一個個故事中的故事，這些故事是不連續的，整個故事的情節發展不是直線的，當主角離開原始故事時，一個新的故事便產生了，同時也改變了其原始故事的情節。

在觀點的改變方面，《豬頭三兄弟》以圖中有圖、故事中又有故事的方式展現圖與文的多重敘述觀點。首先，故事本身便提供了與傳統《三隻小豬》的不同觀點，這是作者 Wiesner 的詮釋版本。書中包含多重視覺觀點，有主軸線與故事板的故事，也有在圖畫呈現時的多重視覺角度，當三隻小豬在紙飛機上飛行時，作者繪圖分別以不同角度切入：正面、下面、背面與側面，而之後在五位主角注視著豬小弟的磚房時，讀者是以俯視的角度看圖的，因此，讀者經歷也享受各種不同的視覺角度，而其中豬大哥（棕色眼珠）還把頭湊近，好像真的看到了讀者，面對著讀者說：「我想……有人在那邊」。

至於《臭起司小子爆笑故事大集合》與《星期三下午抓蝌蚪》二書，除了在「後設想像」的技巧（形式與版面的改變以及觀點的改變）上較《豬頭三兄弟》更複雜、更創新、對讀者更具挑戰性外，還可發現「本質改變」的第三類——範圍的改變：「以嶄新且複雜的方

式塑造的主角」，這些「本質改變」的特質增進讀者與書籍之間的連結與互動。形式與版面的改變，造成跳躍的情節發展，讀者必須把錯綜複雜、多重觀點、多層意義且未循序漸進的多線情節連貫起來，而且，為了達成這個任務，讀者之間分享機會就會增加，無形中也就促進彼此的共生意識（Barrentine, 1996; Copenhaver, 2001; Sipe, 2000; Wasik & Bond, 2001）。另外，研究發現，有效能的教師常運用這些圖書的互動特質，鼓勵學生主動參與討論（Taylor, Peterson, Pearson & Rodriguez, 2002），並提出更多開放問題供學生思考（Allington, 2002; Iser, 1978; Pantaleo, 2004c）。雖然，一般圖畫書通常也提供讀者與書籍之間連結與互動的機會，但是，具有「本質改變」特質的圖畫書，在詮釋意義方面卻需要讀者更高層次的投入與敏銳感，培養讀者解讀文字的推論、預測與批判能力；此外，除了獲得豐富愉悅的美感閱讀經驗外，整體的文學素養也得以提升（Stott, 1994; Trites, 1994）。本書作者整理一些具有「本質改變」特質的圖畫書於附錄五，供讀者參考。另外，根據誠品書店資料加以增修的「世界圖畫書發展簡表」亦列於附錄六。

第五節　臺灣兒童文學發展

　　根據洪文瓊（1999）編著的《臺灣兒童文學手冊》，將臺灣兒童文學發展劃分為五個時期，以下簡述各期之特色：（頁49-54）

一、停滯期（1945～1964）：(1)兒童文學創作和兒童書刊編輯沿襲傳統方式；(2)作品富教訓意味，語文教育、民主精神教育重於文學；(3)作品類型偏重於民間故事、民族英雄故事、生活故事性童話。

二、萌芽期（1965～1970）：(1)引入現代童話創作、編輯新觀念；(2)譯介國外兒童文學名著；(3)中華兒童叢書、中華幼兒叢書首度展現現代兒童文學觀。

三、成長期（1971～1979）：(1)創作本土化意識萌生；(2)開辦兒童文學創作研習班培育人才；(3)創設文學獎、圖書獎，獎勵創作和出版。

四、爭鳴期（1980～1987）：(1)兒童文學社團陸續成立；(2)理論性雜誌開始出現；(3)幼兒圖書出版蓬勃；(4)兒童專業劇團競相成立。

五、崢嶸期（1988～　）：多元化、分工化、本土化、國際化、視聽化、學術化。

　　當然，以上這些特質之產生一定是受到各時期臺灣政治、社會與經濟的變遷所影響，例如：在一九六四年，省教育廳設立「兒童讀物編輯小組」，而臺灣經濟也在此時開始起飛，因此促成兒童文學開始萌芽。接著，國語日報「世界兒童文學名著」、省教育廳「中華兒童叢書」、「中華兒童叢書」、「王子」半月刊、「幼年」半月刊開始陸續出刊（1965～1970），九年國教開始實施（1968）以及中國圖書館學會訂定每年十二月一日至七日為圖書館週（1970）等事件，造成社會一股重教育與讀書的風氣。在一九七一至一九七九年間，則有國語日報「兒童文學週刊」創刊（1972）、「洪建全兒童文學創作獎」設立（1974）、「洪建全視聽圖書館」正式開放（1975）、將軍出版社本土化的「新一代益智叢書」四十冊籌編完成（1976）、新聞局設立圖書金鼎獎（1976）、法國系統「紅蘋果」幼兒月刊在臺創刊（1976）與各縣市開始籌設文化中心（1979）等重要事件。

　　到了一九八〇至一九八七年間，不僅行政院成立文建會（1981）專責文化建設相關事務，有更多相關刊物也在此時創刊，例如：「小袋鼠」幼兒月刊、「兒童圖書與教育」、「海洋兒童文學」、「大自

然」季刊等，此外，英文漢聲開始推出「精選世界最佳兒童圖畫書」（1984），中華民國兒童文學學會成立（1984），「信誼幼兒文學獎」、「東方少年小說獎」成立（1987），師專改制為師院，兒童文學列為各系必修（1987），加上許多耳熟能詳的兒童劇團紛紛成立：「水芹菜」（1985）、「魔奇」（1986）、「鞋子」（1987）、「九歌」（1987）與「一元」（1987）等，真可謂百家爭鳴。

　　至於從一九八八年迄今，除了延續先前的盛況之外，有更多的相關刊物創刊，例如：光復書局的「兒童日報」（1988）、中文版「巧連智」幼兒月刊（1989）、「親親自然」幼兒月刊（1990）、「小小牛頓」幼兒科學雜誌（1990）、「兒童文學家」季刊（1991）、「兒童文學學刊」（1998）與「法法度童話園」月刊（1998）；也有更多的報紙開闢相關專欄，例如：中國時報「開卷周報」版（1988）與周日兒童版「童心」（1992）、聯合報「讀書人周報」版（1992）；更多獎項的設置，例如：中華兒童文學獎（1988）、大專院校兒童文學研修獎（1989）、九歌現代兒童文學獎（1992）、陳國政兒童文學創作獎（1993）、兒童文學牧笛獎與小太陽獎。最後值得一提的是國際化與學術化的趨勢，例如：臺東師院成立「兒童讀物研究中心」（1991）、「中國海峽兩岸兒童文學研究會」成立（1992）、靜宜大學舉辦第一屆「全國兒童文學與兒童語言學術研討會」（1992）、靜宜大學設立「兒童文學教學研究專室」（1993）、臺東師院成立「兒童文學研究所」（1996）、靜宜大學與臺灣省兒童文學協會合辦「第一屆兒童文學國際會議」（1998）以及第五屆「亞洲兒童文學大會」在台北舉行（1999）等。

　　將以上臺灣的兒童文學發展對照於前述英美兒童文學發展，可以發現，除了一九四五～一九六四的停滯期，臺灣受限於光復之初，百廢待舉，兒童文學仍沿襲傳統方式而落後英美之發展外，自萌芽期開

始，藉由經濟開始起飛、譯介國外兒童文學之方式，引入現代童書創作與編輯的新觀念，逐漸追上世界潮流之趨勢。時至今日，國際化的取向使得文化無國界之分。風行一時的「哈利波特」系列小說，臺灣兒童也能與英美兒童同時看到原文版新書。

　　然而，比較遺憾的是，大約僅不到五分之一或六分之一是本土自創、自繪的圖畫書系列，其餘則都是透過國際授權出版或與國外合作印刷出版的圖畫書（林訓民，2003）。過去這四十多年來，臺灣圖畫書出版、行銷產業的發展與臺灣整體的經濟發展狀況與政治環境演變是息息相關的；另一方面，圖畫書出版行銷者的經營實力變化、行銷管道、大型連鎖書店及圖畫書大賣場的興衰更替，也與圖畫書出版業有著顯著的相互影響關係。例如自一九六〇年起，臺灣圖畫書產業每年的新書出版冊數及總營業額大致呈現一種平均約 10%左右高幅的年度成長率，尤其在一九八五～一九九四年間，是臺灣圖畫書發展最高峰的時期，每年大約平均有數百種新的圖畫書上市，年度整體圖畫書的營業額也可達台幣五十～八十億左右。但自一九九九年之後，臺灣圖畫書產業因受政治環境不穩定、經濟不景氣等因素影響，整體圖畫書產業之營業額已下降到每年約只有二十～三十億台幣左右。其中，因為其他同類出版品和視聽及休閒娛樂等替代品上市、新生人口數的大幅下降、民眾購買力減弱等都是這段期間臺灣圖畫書產業發展緩慢、衰退的主要原因（林訓民，2003）。對於臺灣圖畫書發展，誠品網路書店整理了一份相當清楚的簡表，請參見附錄七。

　　另外，林訓民（2003）亦提出其對近年圖畫書製作材質演化及跨媒體演變趨勢的看法：
一、從紙本媒材到數位展現（From paper to pixels）。
二、從 2D 平面版到 3D 動畫及影視（VCD、DVD）和語音 CD 出版。
三、由單向傳播到多元互動（CD-ROM、電動玩具、電腦遊戲）。

四、由單一的出版品到多種商品組合。

　　相較於上述臺灣的兒童文學發展，Tomlinson 與 Lynch-Brown（2004，頁 18）針對美國兒童文學發展提出以下幾點現象：

一、在過去三十年間，兒童文學出版遽增。根據 Bowker Annual: Library and Book Trade Almance，在一九七〇年一年內共有二千六百四十本新書出版，到了一九九九年則有將近八千三百本新書出版，二十年間成長了超過三倍！其中又以圖畫書的成長最為驚人，主要原因在於以圖畫為重的非小說類與高度商業化的影視相關出品物的增加（Bogart, 2000），例如：《北極特快車》的鈴鐺或是《雪人》的布偶。

二、多元文化與國際觀的出版品穩定成長。這是由於社會大眾漸能接受不同的聲音與觀點、就學人口的多元化，以及出版公司的跨國合作（不同國家的出版公司共同分擔出版費用）經營策略所致。

三、插圖在童書中的比重與複雜度皆提高。隨著插圖在童書中地位的提高，文字變得較無足輕重，尤其是在圖畫故事書、初學者讀物與訊息類書籍。由於讀者花更多時間看電視與玩電動玩具，花更少時間閱讀的結果，他們變得更視覺導向！

四、針對十至十四歲的兒童所寫的長篇小說越來越少，相對地，有趣而簡易的短篇小說越來越多；較無挑戰性的公式化系列小說銷售穩定成長。

五、由於一些大型出版公司受到企業界整併的影響，其出版品的質與多元性降低；小型出版公司擔負起出版更具挑戰性、原創性與「危險性」書籍的任務。

六、科技在出版業所有領域的快速成長。由於學校採用電腦化的閱讀軟體，例如：Accelerated Reader，閱讀與書籍不像以往一般，是享受與發現新資訊的工具，而是更像得分的媒介而已。

七、在家自學與住宿學校的增加使得公立圖書館需要更多兒童圖書館員，他們不僅能選購好的文學作品，提供讀者有效率的諮詢，更能為不同年齡的兒童規畫有趣的活動。

八、雙語書籍的出版增加，主要是英語與西班牙雙語以及全西班牙語的書籍。這是為了配合第二語言學生的快速增加而有的因應措施。

因此，比較臺灣與歐美國家的兒童文學發展，由於國際化的因素，在質的方面相去不遠，同樣都是趨向多元化、科技化、雙語化；但是，在出版品的量方面，臺灣卻因政治、經濟與人口的因素而漸衰退。此外，對於圖書館的圖書、設備與人員的重視與充實也是該急起直追的重要事項。

第六節　幼兒文學發展新趨勢

歸結上述兒童文學發展的軌跡可以發現，幼兒文學發展有以下幾個趨勢：

一、由貴族而平民：隨著印刷技術的發達與普及，書價不再昂貴，平常人家也能負擔得起。因此，以往貴族式的圖書時代，標榜的嚴肅內容已逐漸被更富感情、更寬容、更貼近人們心靈的內容所取代。作者表達的不再是過去黑白分明的時代價值，而是中間的灰階地帶，代表真實生活經驗和常態，才能引起讀者共鳴，也更能撼動人心。

二、由平面而立體：科技的進步使得文學的傳播多媒體化，不只是平面的材質與設計，在形式與版面上也加入現代科技的成就，例如：互動式電子書、圖畫書影片、圖畫書相關主角玩具、立體書

等。

三、由一元而多元：在圖與文的創作方面呈現本質的改變，包括：形式與體裁的改變、觀點的改變與範圍的改變。展現多層次、多觀點、圖文交融、時空緊縮交錯、重視讀者觀點及增進讀者與作品互動的特質。

四、由傳統而另類：主題由傳統的「教導」而擴展至死亡教育、兩性平權、生涯規畫、兒童保護、老人問題、關懷弱勢族群、環保問題、鄉土教育、認識多元文化、戰爭等議題，無所不包，甚至徹底顛覆傳統的另類作品亦受歡迎。

五、由單向而互動：以往讀者與作者間的互動是相當緩慢的，由於時間的延宕，往往只能是單向的意見交流。如今因為出版品的增加，市場激烈競爭的結果，使得出版者需要在短時間內知道讀者的反應，配合電腦網際網路的發達，讀者與作者的交流便可在網路世界進行，彼此互動更快速、頻繁（鄧美雲、周世宗，2004）。

六、由本土而國際：地球村已將全人類緊密結合，順應全球國際化的趨勢，兒童文學自然走上國際化的趨勢。不僅外國作家的作品大量引進國內，本土作家的作品亦逐漸走入國際，例如：王家珠、李漢文等人作品多次入選國際圖畫書獎項，幾米、陳致元等人作品亦風行海內外。

　　這些趨勢的形成雖是緩慢的，但它的速度會越來越快。它是全球性的，也是更正向的、更積極的。相信以上這些趨勢應會持續引導世界兒童文學的發展，直到另一波重大衝擊的到來。

結語

　　面對二十一世紀的開始，由於現代資訊的發達與瞬息萬變，童書作者與出版者面臨新挑戰。他們必須與有線電視、電影、網路、電腦遊戲與電動玩具等競爭。雖然一般小說、愛情故事、恐怖小說與奇幻系列仍活絡於市場，但一些新奇書（例如：教授實戰經驗的書籍以及附贈玩具或遊戲的故事書）、年輕藝人與音樂家的自傳、改編自受青少年歡迎的電視節目與電影的故事等，也是市場的新寵。現代圖書出版的商業化趨勢也間接延長了圖書的壽命，許多童書被改編為電視節目、電影（綠野仙蹤、北極特快車）、錄影帶、錄音帶、VCD與CD；而在大多數的書店與玩具店，都可以買到流行的故事書人物玩偶與遊戲。

　　慶幸的是，圖書館員、書評家、教師與父母等卻是更慎重其事地尋找高品質的兒童文學讀物。為了增進閱讀技巧與興趣，教師將兒童文學融入課程，進行以文學為基礎的課程。當然，除此之外，全面提升學生的文學素養與培養其主動閱讀的習慣也是重點所在。

　　風行一時的《哈利波特》（*Harry Potter*）不僅深受兒童喜愛，地位崇高的「紐約時報書評」（*New York Times Review of Books*）亦將它列名在成人暢銷書榜上。此舉已將兒童文學的地位提升越界，這是值得喝采的。如今，成千上萬的人湧進電影院觀賞哈利波特系列電影，經過筆者非正式調查（包括臺灣與美國成人與兒童讀者）的結果，只要是看過書的人一定會說：「電影雖然拍得不錯，但是，沒有書來得精彩！因為許多細節是只有看書才能體會的。」

參考文獻

中文部分

林文寶策畫，劉鳳芯主編（2000）。擺盪在感性與理性之間：兒童文學論述選集 1988～1998。台北：幼獅文化。

林良（2000）。淺語的藝術。台北：國語日報。

林訓民（2003）。沒有天生的玫瑰園。「臺灣兒童圖畫書」學術研討會。台東：台東大學兒文所。

林敏宜（2000）。圖畫書的欣賞與應用。台北：心理。

周慶華、王萬象、董恕明（2004）。閱讀文學經典。台北：五南出版社。

洪文瓊編著（1999）。臺灣兒童文學手冊。台北：傳文文化。

陳怡如（2003）。兒童圖畫書閱讀行為與其性別角色態度之相關研究。國立屏東師範學院國民教育研究所碩士論文。

許雅惠（2002）。傳統童話圖畫書與顛覆性童話圖畫書表現手法之比較研究——以「三隻小豬」為例。國立臺東大學教育研究所碩士論文。

鄧美雲、周世宗（2004）。繪本創作 DIY。台北：雄獅。

劉鳳芯譯（1999）。意識型態與兒童書。中外文學，*27*(11)，4-24。台北：中外文學月刊社。

謝瑤玲譯（原著 John Rowe Townsend）（2003）。英語兒童文學史綱。台北：天衛文化。

韓繼成（2004）。從後現代主義及女性主義的哲學發展談女性主義教育學及課程觀。教育研究，*12*，115-124。國立高雄師範大學。

龔芳慧（2002）。以兩性平等觀探討圖畫書中性別角色之呈現。國立臺

東師範學院兒童文學研究所碩士論文。

英文部分

Allington, R. (2002). What I've learned about effective reading instruction from a decade of studying exemplay elementary classroom teachers. *Phi Delta Kappan, 83,* 740-747.

Barrentine, S. J. (1996). Engaging with reading through interactive read-alouds. *The Reading Teacher, 50,* 36-43.

Bettelheim, B. (1975). *The uses of enchantment: The meaning and importance of fairy tales.* New York: Random House.

Copenhaver, J. (2001). Running out of time: Rushed read-alouds in a primary classroom. *Language Arts, 79,* 148-158.

Dresang, E. (1999). *Radical change: Books for youth in a digital age.* New York: The H.W. Wilson Company.

Goldstone, B. (1998). Ordering the chaos: Teaching metafictive characteristics of children's books. *Journal of Children's Literature, 24*(2), 48-55.

Economist (1983). *Children's books: Girls and boys wedded to their childish toys.* November.

Iser, W. (1978). *The act of reading.* Baltimore: Johns Hopkins University Press.

Lurie, A. (1990). *Don't tell the grown-ups: Subversive children's literature.* Boston: Little Brown.

Mass, W. (2001). *Children's literature.* San Diego, CA: Greenhaven Press.

Pantaleo, S. (2002). Grade 1 students meet David Wiesner's three pigs. *Journal of Children's Literature, 28*(2), 72-84.

Pantaleo, S. (2004a). The long, long way: Young children explore the fibula and syuzhet of Shortcut. *Children's Literature in Education: An International Quarterly, 35*(1), 1-20.

Pantaleo, S. (2004b). Young children interpret the metafictive in Anthony Browne's Voices in the Park. *Journal of Early Childhood Literacy, 4,* 241-263.

Pantaleo, S. (2004c). Young children and Radical Change characteristics in picture books. *The Reading Teacher, 58*(2), 178-187.

Preller, J. (2001). *The big book of picture-book authors & illustrators.* New York: Scholastic Professional Books.

Sipe, L. (2000). The construction of literary understanding by first and second graders in oral response to picture storybook read-alouds. *Reading Research Quarterly, 35,* 252-275.

Stott, J. C. (1994). Making stories mean; Making meaning from stories: The value of literature for children. *Children's Literature in Education, 25*(4), 243-253.

Taylor, B., Peterson, D., Pearson, P. D., & Rodriguez, M. (2002). Looking inside classrooms: Reflecting on the "how" as well as the "what" in effective reading instruction. *The Reading Teacher, 56,* 270-279.

Tomlinson, C. M. & Lynch-Brown, C. (2004). *Essentials of children's literature* (4th Ed.). Boston: Allyn and Bacon.

Trites, R. S. (1994). Manifold narratives: Metafiction and ideology in picture books. *Children's Literature in Education, 25*(4), 225-242.

Tunnell, M. O., & Jacobs, J.S. (2000). *Children's literature, briefly* (2nd ed.). Upper Saddle River, NJ: Merrill.

Wasik, B., & Bond, M. (2001). Beyond the pages of a book: Interactive book reading and language development in preschool classrooms. *Journal of*

Educational Psychology, 93, 243-250.

West, M. I. (1997). *Everyone's guide to children's literature.* Fort Atkinson, WI: Highsmith Press LLC.

附 錄 一

英美兒童文學大事紀（History and Trends Chronology）

（譯自 Tunnell & Jacobs, 2000，頁 54-55）

年分	重要事件
1440	角帖書（hornbook）問世
1484	《伊索寓言》（*Aesop's Fables*）由 William Caxton 出版
1580	小書（chapbooks）開始流行
1646	John Cotton 的《新英格蘭波士頓幼兒的精神糧食：摘自聖經新、舊約以滋養靈魂》（*Spiritual Milk for Boston Babes in Either England, Drawn from the Breasts of Both Testaments for Their Souls' Nourishment*）
1657	Johann Amos Comenius 的《世界圖像》（*Orbis Pictus*）
1697	Charles Perrault 改寫的《鵝媽媽故事集》（*Tales of Mother Goose*）
1719	Daniel Defoe 的《魯賓遜漂流記》（*Robinson Crusoe*）
1726	Jonathan Swift 的《格列佛遊記》（*Gulliver's Travels*）
1744	John Newbery 出版《漂亮小書》（*A Pretty Little Pocket-Book*）
1765	John Newbery 出版《好二鞋傳》（*The Renowned History of Little Goody Two Shoes*）
1812	格林兄弟改編《家喻戶曉故事集》（*Household Tales*）
1814	Johann Wyss 的《海角一樂園》（*Swiss Family Robinson*）
1820	Walter Scott 的《伊凡修》（*Ivanhoe*）

1823	《格林童話》（*Grimm's Fairy Tales*），George Cruikshank 繪圖
1835	安徒生（Hans Christian Andersen）的《童話集》（*Fairy Tales Told for Children*）
1846	Edward Lear 的《無稽之談》（*A Book of Nonsense*）
1863	Charles Kingsley 的《水孩兒》（*The Water Babies*）
1864	Jules Verne 的《地心之旅》（*Journey to the Center of the Earth*）
1865	《愛麗絲夢遊仙境》（*Alice's Adventures in Wonderland*），Lewis Carroll（Charles Dodgson）文，John Tenniel 圖
1865	Mary Mapes Dodge 的《銀色溜冰鞋》（*Hans Brinker* 或 *the Silver Skates*）
1868	Louisa May Alcott 的《小婦人》（*Little Women*）
1871	George MacDonald 的《北風背上》（*At the Back of the North Wind*）
1873	《聖尼古拉斯雜誌》（*St. Nicholas Magazine*）出刊
1876	Mark Twain（Samuel Clemens）的《湯姆歷險記》（*The Adventures of Tom Sawyer*）
1878	Randolph Caldecott 繪圖的《約翰吉爾彭》（*The Diverting History of John Gilpin*）
	Kate Greenaway 繪圖的《窗下》（*Under the Window*）
1881	Carlo Collodi 的《木偶奇遇記》（*The Adventures of Pinocchio*）
1883	Robert Louis Stevenson 的《金銀島》（*Treasure Island*）
	Howard Pyle（圖文）的《羅賓漢快樂歷險記》（*The Merry Adventures of Robin Hood of Great Reknown*）

1885	Robert Louis Stevenson 的《兒童詩園》（*A Child's Garden of Verses*）
1894-95	Rudyard Kipling 的《叢林奇談》（*The Jungle Books*）
1900	L. Frank Baum 的《綠野仙蹤》（*The Wonderful Wizard of Oz*）
1902	Beatrix Potter（圖文）的《彼得兔的故事》（*The Tale of Peter Rabbit*）
1906	《小飛俠》（*Peter Pan in Kensington Gardens*），J. M. Barrie（文），Arthur Rackham（圖）
1908	Lucy Maud Montgomery 的《清秀佳人》（*Anne of Green Gables*）
	Kenneth Grahame 的《柳林中的風聲》（*The Wind in the Willows*）
1911	Frances Hodgson Burnett 的《秘密花園》（*The Secret Garden*）
1913	Arthur Rackham 繪圖的《鵝媽媽故事集》（*Mother Goose*）
1922	設立紐伯瑞獎（John Newbery Medal）
1926	《小熊維尼》（*Winnie-the-Pooh*），A. A. Milne（文），Ernest Shepard（圖）
1928	Wanda Gag（圖文）的《百萬隻貓》（*Millions of Cats*）
1937	J. R. R. Tolkien 的《哈比人歷險記》（*The Hobbit*）
	Dr. Seuss（Theodor Geisel）（圖文）的《想起我在馬伯利街看到它》（*To Think I Saw It on Mulberry Street*）
1938	設立卡德考特獎（Randolph Caldecott Medal）
1939	《晚安月亮》（*Goodnight Moon*）Margaret Wise Brown（文），Clement Hurd（圖）
	Ludwig Bemelmans（圖文）的《瑪德琳》（*Madeline*）

1941	Robert McCloskey（圖文）的《讓路給小鴨子》（*Make Way for Ducklings*）
1950	C. S. Lewis 的《獅子、女巫與魔衣櫥》（*The Lion, the Witch, and the Wardrobe*）
1952	《夏綠蒂的網》（*Charlotte's Web*）E. B. White（文），Garth Williams（圖）
1956	設立安徒生國際大獎（Hans Christian Andersen Prize）
1957	《小熊》（*Little Bear*），Else Minarik（文），Maurice Sendak（圖）
1957	Seuss 的《戴帽子的貓》（*The Cat in the Hat*）
1959	Rosemary Sutcliff 的《持燈者》（*Lantern Bearers*）
1962	Ezra Jack Keats（圖文）的《下雪的日子》（*The Snowy Day*）
1963	Maurice Sendak（圖文）的《野獸國》（*Where the Wild Things Are*）
1964	Louise Fitzhugh 的《間諜荷蕊》（*Harriet the Spy*） Lloyd Alexander 的《三之書》（*The Book of Three*）
1966	設立 Mildred L. Batchelder 獎
1969	設立 Coretta Scott King 獎
1970	Judy Blume 的《神啊！你在嗎？是我，瑪格麗特》（*Are You There God? It's Me, Margaret*）
1971	《吐伯茲之行》（*Journey to Topaz*）by Yoshiko Uchida
1974	James Lincoln 與 Christopher Collier 合著的《我兄弟山姆死了》（*My Brother Sam Is Dead*）
1975	Virginia Hamilton 的《偉大的奚根》（*M. C. Higgins, the Great*）

1976	《爲什麼蚊子老在人們耳朵邊嗡嗡叫》（*Why Mosquitoes Buzz in People's Ears*），Verna Aardema（文），Leo and Diane Dillon（圖）
1977	設立 NCTE 傑出童詩獎（Excellence in Poetry for Children Award）
1981	《拜訪威廉布來克客棧：寫給率真又老練的旅客的詩》（*A Visit to William Blake's Inn: Poems for Innocent and Experienced Travelers*），Nancy Willard（文），Alice and Martin Provensen（圖）
1983	《熬糖會》（*Sugaring Time*），Kathryn Lasky（文），Christopher Knight（攝影）
1985	Chris Van Allsburg（圖文）的《北極特快車》（*The Polar Express*）
1987	Russell Freedman 的《林肯照片式傳記》（*Lincoln: A Photo-biography*）
1988	Paul Fleischman 的 *Joyful Noise: Poems for Two Voices*
1988	David Macaulay 的《有效的方法》（*The Way Things Work*）
1990	Lois Ehlert 的《彩色動物園》（*Color Zoo*）
1990	設立世界圖像獎（Orbis Pictus Award）
1990	Jerry Spinelli 的《發狂的麥基》（*Maniac Magee*）
1992	《算命師》（*The Fortune-tellers*），Lloyd Alexander（文），Trina Schart Hyman
1993	Lois Lowry 的《給予者》（*The Giver*）
1995	《數學魔咒》（*Math Curse*），Jon Scieszka（文），Lane Smith（圖）
1996	Diane Stanley 的《達文西》（*Loenardo da Vinci*）

紐伯瑞獎（Newbery Medal）得獎作品與作者一覽表

得獎年分	書名與作者
1922	*The Story of Mankind* by Hendrik Willem.
1923	*The Voyages of Doctor Dolittle* by Hugh Lofting.
1924	*The Dark Frigate* by Charles Boardman Hawes.
1925	*Tales from Silver Lands* by Charles J. Finger.
1926	*Shen of the Sea* by Arthur Bowie Chrisman.
1927	*Smokey, the Cowhorse* by Will James.
1928	*Gay-Neck, The Story of a Pigeon* by Dhan Gopal Mukerji.
1929	*The Trumpeter of Krakow* by Eric P. Kelly.
1930	*Hitty: Her First Hundred Years* by Rachel Field.
1931	*The Cat Who Went to Heaven* by Elizabeth Coatsworth.
1932	*Waterless Mountain* by Laura Adams Armer.
1933	*Young Fu of the Upper Yangtze* by Elizabeth Foreman.
1934	*Invincible Louisa: The Story of the Author of "Little Women"* by Cornelia Meigs.
1935	*Dobry* by Monica Shannon.
1936	*Caddie Woodlawn* by Carol Ryrie Brink.
1937	*Roller Skates* by Ruth Sawyer.
1938	*The White Stag* by Kate Seredy.
1939	*Thimble Summer* by Elizabeth Enright.
1940	*Daniel Boone* by James H. Daugherty.

1941   *Call It Courage* by Armstrong Sperry.

1942   *The Matchlock Gun* by Walter D. Edmunds.

1943   *Adam of the Road* by Elizabeth Janet Gray.

1944   *Johnny Tremain* by Esther Forbes.

1945   *Rabbit Hill* by Robert Lawson.

1946   *Strawberry Hill* by Lois Lenski.

1947   *Miss Hickory* by Carolyn Sherwin Bailey.

1948   *The Twenty-One Balloons* by William Pene du Bois.

1949   *King of the Wind* by Marguerite Henry.

1950   *The Door in the Wall* by Marguerite de Angeli.

1951   *Amos Fortune, Free Man* by Elizabeth Yates.

1952   *Ginger Pye* by Eleanor Estes.

1953   *Secret of the Andes* by Ann Nolan Clark.

1954   *And Now Miguel* by Joseph Krumgold.

1955   *The Wheel on the School* by Meindert DeJong.

1956   *Carry on, Mr. Bowditch* by Jean Lee Latham.

1957   *Miracles on Maple Hill* by Virginia Sorensen.

1958   *Rifles for Watie* by Harold Keith.

1959   *The Witch of Blackbird Pond* by Elizabeth George Speare.

1960   *Onion John* by Joseph Krumgold.

1961   *Island of the Blue Dolphins* by Scott O'Dell.

1962   *The Bronze Bow* by Elizabeth George Speare.

1963   *A Wrinkle in Time* by Madeleine L'Engle.

1964   *It's Like This, Cat* by Emily Cheney Neville.

1965   *Shadow of a Bull* by Maia Wojciechowska.

1966   *I, Juan de Pareja* by Elizabeth Borton de Trevino.

1967   *Up the Road Slowly* by Irene Hunt.

1968   *From the Mixed-Up Files of Mrs. Basil E. Frankweiler* by E. L. Konigsburg.

1969   *The High King* by Lloyd Alexander.

1970   *Sounder* by William H. Armstrong.

1971   *Summer of Swans* by Betsy Byars.

1972   *Mrs. Frisby and the Rats of NIMH* by Robert O'Brien.

1973   *Julie of the Wolves* by Jean Craighead George.

1974   *The Slave Dancer* by Paula Fox.

1975   *M. C. Higgins the Great* by Virginia Hamilton.

1976   *The Grey King* by Susan Cooper.

1977   *Roll of Thunder, Hear My Cry* by Mildred D. Taylor.

1978   *Bridge to Terabithia* by Katherine Paterson.

1979   *The Westing Game* by Ellen Raskin.

1980   *A Gathering of Days: A New England Girl's Journal, 1930-32* by Joan Blos.

1981   *Jacob Have I Loved* by Katherine Paterson.

1982   *A Visit to William Blake's Inn: Poems for Innocent and Experienced Travelers* by Nancy Willard.

1983   *Dicey's Song* by Cynthia Voight.

1984   *Dear Mr. Henshaw* by Beverly Cleary.

1985   *The Hero and the Crown* by Robin McKinley.

1986   *Sarah, Plain and Tall* by Patricia MacLachlan.

1987   *The Whipping Boy* by Sid Fleischman.

1988   *Lincoln: A Photobiography* by Russell Freedman.

1989   *Joyful Noise: Poems for Two Voices* by Paul Fleischman.

1990	*Number the Stars* by Lois Lowry.
1991	*Maniac Magee* by Jerry Spinelli.
1992	*Shiloh* by Phyllis Reynolds Naylor.
1993	*Missing May* by Cynthia Rylant.
1994	*The Giver* by Lois Lowry.
1995	*Walk Two Moons* by Sharon Creech.
1996	*The Midwife's Apprentice* by Karen Cushman.
1997	*The View from Saturday* by E.L. Konigsburg.
1998	*Out of the Dust* by Karen Hesse (Scholastic)
1999	*Holes* by Louis Sachar (Frances Foster)
2000	*Bud, Not Buddy* by Christopher Paul Curtis (Delacorte)
2001	*A Year Down Yonder* by Richard Peck (Dial)
2002	*A Single Shard* by Linda Sue Park (Clarion Books/Houghton Mifflin)
2003	*Crispin: The Cross of Lead* by Avi (Hyperion Books for Children)
2004	*The Tale of Despereaux: Being the Story of a Mouse, a Princess, Some Soup, and a Spool of Thread* by Kate DiCamillo, illustrated by Timothy Basil Ering, (Candlewick Press)
2005	*Kira-Kira* by Cynthia Kadohata (Atheneum Books for Young Readers/Simon & Schuster)

資料來源：http://www.ala.org/ala/alsc/awardsscholarships/literaryawds/newberymedal/newberyhonors/newberymedal.htm（2005/5/20）

卡德考特獎（Caldecott Medal and Honor）得獎作品、畫家、作家與出版社一覽表

2005 Medal Winner:（金牌獎）

Kitten's First Full Moon by Kevin Henkes (Greenwillow Books/Harper Collins Publishers)

Honor Books:（銀牌獎）

• *The Red Book* by Barbara Lehman (Houghton Mifflin Company)
• *Coming on Home Soon,* illustrated by E. B. Lewis, written by Jacqueline Woodson (G. P. Putnam's Son's/Penguin Young Readers Group)
• *Knuffle Bunny: A Cautionary Tale,* illustrated and written by Mo Willems. (Hyperion Books for Children)

2004 Medal Winner:（金牌獎）

The Man Who Walked Between the Towers by Mordicai Gerstein (Roaring Brook Press/Millbrook Press)

Honor Books:（銀牌獎）

• *Ella Sarah Gets Dressed* by Margaret Chodos-Irvine (Harcourt, Inc.)
• *What Do You Do with a Tail Like This?* illustrated and written by Steve Jenkins and Robin Page. (Houghton Mifflin Company)
• *Don't Let the Pigeon Drive the Bus* by Mo Willems. (Hyperion)

2003 Medal Winner:（金牌獎）

My Friend Rabbit by Eric Rohmann (Roaring Brook Press/Millbrook Press)

Honor Books:（銀牌獎）

- *The Spider and the Fly,* illustrated by Tony DiTerlizzi, written by Mary Howitt (Simon & Schuster Books for Young Readers)
- *Hondo & Fabian* by Peter McCarty (Henry Holt & Co.)
- *Noah's Ark* by Jerry Pinkney (SeaStar Books, a division of North-South Books Inc.)

2002 Medal Winner:（金牌獎）

The Three Pigs by David Wiesner (Clarion/Houghton Mifflin)

Honor Books:（銀牌獎）

- *The Dinosaurs of Waterhouse Hawkins,* illustrated by Brian Selznick, written by Barbara Kerley (Scholastic)
- *Martin's Big Words: The Life of Dr. Martin Luther King, Jr.,* illustrated by Bryan Collier, written by Doreen Rappaport (Jump at the Sun/Hyperion)
- *The Stray Dog* by Marc Simont (HarperCollins)

2001 Medal Winner:（金牌獎）

So You Want to Be President? Illustrated by David Small, written by Judith St. George (Philomel)

Honor Books:（銀牌獎）

- *Casey at the Bat,* illustrated by Christopher Bing, written by Ernest Thayer (Handprint)
- *Click, Clack, Moo: Cows that Type,* illustrated by Betsy Lewin, written by Doreen Cronin (Simon & Schuster)
- *Olivia* by Ian Falconer (Atheneum)

2000 Medal Winner（金牌獎）

Joseph Had a Little Overcoat by Simms Taback (Viking)

Honor Books: （銀牌獎）

- *A Child's Calendar,* illustrated by Trina Schart Hyman
  Text: John Updike (Holiday House)
- *Sector 7* by David Wiesner (Clarion Books)
- *When Sophie Gets Angry-Really, Really Angry* by Molly Bang (Scholastic)
- *The Ugly Duckling,* illustrated by Jerry Pinkney, text: Hans Christian Andersen, adapted by Jerry Pinkney (Morrow)

1999 Medal Winner: （金牌獎）

Snowflake Bentley, illustrated by Mary Azarian, text by Jacqueline Briggs Martin (Houghton)

Honor Books: （銀牌獎）

- *Duke Ellington: The Piano Prince and the Orchestra,* illustrated by Brian Pinkney
  Text: Andrea Davis Pinkney(Hyperion)
- *No, David!* by David Shannon (Scholastic)
- *Snow* by Uri Shulevitz (Farrar)
- *Tibet Through the Red Box* by Peter Sis (Frances Foster)

1998 Medal Winner: （金牌獎）

Rapunzel by Paul O. Zelinsky (Dutton)

Honor Books: （銀牌獎）

- *The Gardener,* illustrated by David Small
  Text: Sarah Stewart (Farrar)
- *Harlem,* illustrated by Christopher Myers
  Text: Walter Dean Myers (Scholastic)
- *There Was an Old Lady Who Swallowed a Fly* by Simms Taback (Viking)

1997 Medal Winner:（金牌獎）

Golem by David Wisniewski (Clarion)

Honor Books:（銀牌獎）

- *Hush! A Thai Lullaby,* illustrated by Holly Meade; text: Minfong Ho (Melanie Kroupa/Orchard Books)
- *The Graphic Alphabet* by David Pelletier (Orchard Books)
- *The Paperboy* by Dav Pilkey (Richard Jackson/Orchard Books)
- *Starry Messenger* by Peter Sís (Frances Foster Books/Farrar Straus Giroux)

1996 Medal Winner:（金牌獎）

Officer Buckle and Gloria by Peggy Rathmann (Putnam)

Honor Books:（銀牌獎）

- *Alphabet City* by Stephen T. Johnson (Viking)
- *Zin! Zin! Zin! a Violin,* illustrated by Marjorie Priceman; text: Lloyd Moss (Simon & Schuster)
- *The Faithful Friend,* illustrated by Brian Pinkney; text: Robert D. San Souci (Simon & Schuster)
- *Tops & Bottoms,* adapted and illustrated by Janet Stevens (Harcourt)

1995 Medal Winner:（金牌獎）

Smoky Night, illustrated by David Diaz; text: Eve Bunting (Harcourt)

Honor Books:（銀牌獎）

- *John Henry,* illustrated by Jerry Pinkney; text: Julius Lester (Dial)
- *Swamp Angel,* illustrated by Paul O. Zelinsky; text: Anne Issacs (Dutton)
- *Time Flies* by Eric Rohmann (Crown)

1994 Medal Winner:（金牌獎）

Grandfather's Journey by Allen Say; text: edited by Walter Lorraine (Houghton)

Honor Books:（銀牌獎）

- *Peppe the Lamplighter,* illustrated by Ted Lewin; text: Elisa Bartone (Lothrop)
- *In the Small, Small Pond* by Denise Fleming (Holt)
- *Raven: A Trickster Tale from the Pacific Northwest* by Gerald McDermott (Harcourt)
- *Owen* by Kevin Henkes (Greenwillow)
- *Yo! Yes?* illustrated by Chris Raschka; text: edited by Richard Jackson (Orchard)

1993 Medal Winner:（金牌獎）

Mirette on the High Wire by Emily Arnold McCully (Putnam)

Honor Books:（銀牌獎）

- *The Stinky Cheese Man and Other Fairly Stupid Tales,* illustrated by Lane Smith; text: Jon Scieszka (Viking)
- *Seven Blind Mice* by Ed Young (Philomel Books)
- *Working Cotton,* illustrated by Carole Byard; text: Sherley Anne Williams (Harcourt)

1992 Medal Winner:（金牌獎）

Tuesday by David Wiesner (Clarion Books)

Honor Book:（銀牌獎）

- *Tar Beach* by Faith Ringgold (Crown Publishers, Inc., a Random House Co.)

1991 Medal Winner:（金牌獎）

Black and White by David Macaulay (Houghton)

Honor Books:（銀牌獎）

- *Puss in Boots* illustrated by Fred Marcellino; text: Charles Perrault, trans. by Malcolm Arthur (Di Capua/Farrar)
- *"More More More," Said the Baby: Three Love Stories* by Vera B. Williams (Greenwillow)

1990 Medal Winner:（金牌獎）

Lon Po Po: A Red-Riding Hood Story from China by Ed Young (Philomel)

Honor Books:（銀牌獎）

- *Bill Peet: An Autobiography* by Bill Peet (Houghton)
- *Color Zoo* by Lois Ehlert (Lippincott)
- *The Talking Eggs: A Folktale from the American South,* illustrated by Jerry Pinkney; text: Robert D. San Souci (Dial)
- *Hershel and the Hanukkah Goblins,* illustrated by Trina Schart Hyman; text: Eric Kimmel (Holiday House)

1989 Medal Winner:（金牌獎）

Song and Dance Man, illustrated by Stephen Gammell; text: Karen Ackerman (Knopf)

Honor Books:（銀牌獎）

- *The Boy of the Three-Year Nap,* illustrated by Allen Say; text: Diane Snyder (Houghton)
- *Free Fall* by David Wiesner (Lothrop)
- *Goldilocks and the Three Bears* by James Marshall (Dial)
- *Mirandy and Brother Wind,* illustrated by Jerry Pinkney; text: Patricia C. McKissack (Knopf)

1988 Medal Winner: （金牌獎）

Owl Moon, illustrated by John Schoenherr; text: Jane Yolen (Philomel)

Honor Book: （銀牌獎）

- *Mufaro's Beautiful Daughters: An African Tale* by John Steptoe (Lothrop)

1987 Medal Winner: （金牌獎）

Hey, Al, illustrated by Richard Egielski; text: Arthur Yorinks (Farrar)

Honor Books: （銀牌獎）

- *The Village of Round and Square Houses* by Ann Grifalconi (Little, Brown)
- *Alphabatics* by Suse MacDonald (Bradbury)
- *Rumpelstiltskin* by Paul O. Zelinsky (Dutton)

1986 Medal Winner: （金牌獎）

The Polar Express by Chris Van Allsburg (Houghton)

Honor Books: （銀牌獎）

- *The Relatives Came,* illustrated by Stephen Gammell; text: Cynthia Rylant (Bradbury)
- *King Bidgood's in the Bathtub,* illustrated by Don Wood; text: Audrey Wood (Harcourt)

1985 Medal Winner: （金牌獎）

Saint George and the Dragon, illustrated by Trina Schart Hyman; text: retold by Margaret Hodges (Little, Brown)

Honor Books: （銀牌獎）

- *Hansel and Gretel,* illustrated by Paul O. Zelinsky; text: retold by Rika

Lesser (Dodd)

- *Have You Seen My Duckling?* by Nancy Tafuri (Greenwillow)
- *The Story of Jumping Mouse: A Native American Legend,* retold and illustrated by John Steptoe (Lothrop)

1984 Medal Winner: （金牌獎）

The Glorious Flight: Across the Channel with Louis Bleriot by Alice & Martin Provensen (Viking)

Honor Books: （銀牌獎）

- *Little Red Riding Hood,* retold and illustrated by Trina Schart Hyman (Holiday)
- *Ten, Nine, Eight* by Molly Bang (Greenwillow)

1983 Medal Winner: （金牌獎）

Shadow, translated and illustrated by Marcia Brown

Original text in French: Blaise Cendrars (Scribner)

Honor Books: （銀牌獎）

- *A Chair for My Mother* by Vera B. Williams (Greenwillow)
- *When I Was Young in the Mountains,* illustrated by Diane Goode; text: Cynthia Rylant (Dutton)

1982 Medal Winner: （金牌獎）

Jumanji by Chris Van Allsburg (Houghton)

Honor Books: （銀牌獎）

- *Where the Buffaloes Begin,* illustrated by Stephen Gammell; text: Olaf Baker (Warne)
- *On Market Street,* illustrated by Anita Lobel; text: Arnold Lobel (Greenwillow)

- *Outside Over There* by Maurice Sendak (Harper)
- *A Visit to William Blake's Inn: Poems for Innocent and Experienced Travelers,* illustrated by Alice & Martin Provensen; text: Nancy Willard (Harcourt)

1981 Medal Winner: （金牌獎）
Fables by Arnold Lobel (Harper)

Honor Books: （銀牌獎）
- *The Bremen-Town Musicians,* retold and illustrated by Ilse Plume (Doubleday)
- *The Grey Lady and the Strawberry Snatcher* by Molly Bang (Four Winds)
- *Mice Twice* by Joseph Low (McElderry/Atheneum)
- *Truck* by Donald Crews (Greenwillow)

1980 Medal Winner: （金牌獎）
Ox-Cart Man, illustrated by Barbara Cooney; text: Donald Hall (Viking)

Honor Books: （銀牌獎）
- *Ben's Trumpet* by Rachel Isadora (Greenwillow)
- *The Garden Of Abdul Gasazi* by Chris Van Allsburg (Houghton)
- *The Treasure* by Uri Shulevitz (Farrar)

1979 Medal Winner: （金牌獎）
The Girl Who Loved Wild Horses by Paul Goble (Bradbury)

Honor Books: （銀牌獎）
- *Freight Train* by Donald Crews (Greenwillow)
- *The Way to Start a Day,* illustrated by Peter Parnall; text: Byrd Baylor (Scribner)

1978 Medal Winner:（金牌獎）

Noah's Ark by Peter Spier (Doubleday)

Honor Books:（銀牌獎）

- *Castle* by David Macaulay (Houghton)
- *It Could Always Be Worse*, retold and illustrated by Margot Zemach (Farrar)

1977 Medal Winner:（金牌獎）

Ashanti to Zulu: African Traditions, illustrated by Leo & Diane Dillon; text: Margaret Musgrove (Dial)

Honor Books:（銀牌獎）

- *The Amazing Bone* by William Steig (Farrar)
- *The Contest*, retold and illustrated by Nonny Hogrogian (Greenwillow)
- *Fish for Supper* by M. B. Goffstein (Dial)
- *The Golem: A Jewish Legend* by Beverly Brodsky McDermott (Lippincott)
- *Hawk, I'm Your Brother*, illustrated by Peter Parnall; text: Byrd Baylor (Scribner)

1976 Medal Winner:（金牌獎）

Why Mosquitoes Buzz in People's Ears, illustrated by Leo & Diane Dillon; text: retold by Verna Aardema (Dial)

Honor Books:（銀牌獎）

- *The Desert is Theirs*, illustrated by Peter Parnall; text: Byrd Baylor (Scribner)
- *Strega Nona* by Tomie de Paola (Prentice-Hall)

1975 Medal Winner: （金牌獎）

Arrow to the Sun by Gerald McDermott (Viking)

Honor Books: （銀牌獎）

• *Jambo Means Hello: A Swahili Alphabet Book,* illustrated by Tom Feelings; text: Muriel Feelings (Dial)

1974 Medal Winner: （金牌獎）

Duffy and the Devil, illustrated by Margot Zemach; retold by Harve Zemach (Farrar)

Honor Books: （銀牌獎）

• *Three Jovial Huntsmen* by Susan Jeffers (Bradbury)
• *Cathedral* by David Macaulay (Houghton)

1973 Medal Winner: （金牌獎）

The Funny Little Woman, illustrated by Blair Lent; text: retold by Arlene Mosel (Dutton)

Honor Books: （銀牌獎）

• *Anansi the Spider: A Tale from the Ashanti,* adapted and illustrated by Gerald McDermott (Holt)
• *Hosie's Alphabet,* illustrated by Leonard Baskin; text: Hosea, Tobias & Lisa Baskin (Viking)
• *Snow-White and the Seven Dwarfs,* illustrated by Nancy Ekholm Burkert; text: translated by Randall Jarrell, retold from the Brothers Grimm (Farrar)
• *When Clay Sings,* illustrated by Tom Bahti; text: Byrd Baylor (Scribner)

1972 Medal Winner: （金牌獎）

One Fine Day, retold and illustrated by Nonny Hogrogian (Macmillan)

Honor Books:（銀牌獎）

- *Hildilid's Night,* illustrated by Arnold Lobel; text: Cheli Durán Ryan (Macmillan)
- *If All the Seas Were One Sea* by Janina Domanska (Macmillan)
- *Moja Means One: Swahili Counting Book,* illustrated by Tom Feelings; text: Muriel Feelings (Dial)

1971 Medal Winner:（金牌獎）

A Story A Story, retold and illustrated by Gail E. Haley (Atheneum)

Honor Books:（銀牌獎）

- *The Angry Moon,* illustrated by Blair Lent; text: retold by William Sleator (Atlantic)
- *Frog and Toad are Friends* by Arnold Lobel (Harper)
- *In the Night Kitchen* by Maurice Sendak (Harper)

1970 Medal Winner:（金牌獎）

Sylvester and the Magic Pebble by William Steig (Windmill Books)

Honor Books:（銀牌獎）

- *Goggles!* by Ezra Jack Keats (Macmillan)
  Alexander and the Wind-Up Mouse by Leo Lionni (Pantheon)
- *Pop Corn & Ma Goodness,* illustrated by Robert Andrew Parker; text: Edna Mitchell Preston (Viking)
- *Thy Friend, Obadiah* by Brinton Turkle (Viking)
- *The Judge: An Untrue Tale,* illustrated by Margot Zemach; text: Harve Zemach (Farrar)

1969 Medal Winner:（金牌獎）

The Fool of the World and the Flying Ship, illustrated by Uri Shulevitz; text:

retold by Arthur Ransome (Farrar)

Honor Book: （銀牌獎）

* *Why the Sun and the Moon Live in the Sky,* illustrated by Blair Lent; text: Elphinstone Dayrell (Houghton)

1968 Medal Winner: （金牌獎）
Drummer Hoff, illustrated by Ed Emberley; text: adapted by Barbara Emberley (Prentice-Hall)

Honor Books: （銀牌獎）
* *Frederick* by Leo Lionni (Pantheon)
* *Seashore Story* by Taro Yashima (Viking)
* *The Emperor and the Kite,* illustrated by Ed Young; text: Jane Yolen (World)

1967 Medal Winner: （金牌獎）
Sam, Bangs & Moonshine by Evaline Ness (Holt)

Honor Book: （銀牌獎）
* *One Wide River to Cross,* illustrated by Ed Emberley; text: adapted by Barbara Emberley (Prentice-Hall)

1966 Medal Winner: （金牌獎）
Always Room for One More, illustrated by Nonny Hogrogian; text: Sorche Nic Leodhas, pseud. [Leclair Alger] (Holt)

Honor Books: （銀牌獎）
* *Hide and Seek Fog,* illustrated by Roger Duvoisin; text: Alvin Tresselt (Lothrop)
* *Just Me* by Marie Hall Ets (Viking)

- *Tom Tit Tot,* retold and illustrated by Evaline Ness (Scribner)

1965 Medal Winner:（金牌獎）
May I Bring a Friend? illustrated by Beni Montresor; text: Beatrice Schenk de Regniers (Atheneum)

Honor Books:（銀牌獎）
- *Rain Makes Applesauce,* illustrated by Marvin Bileck; text: Julian Scheer (Holiday)
- *The Wave,* illustrated by Blair Lent; text: Margaret Hodges (Houghton)
- *A Pocketful of Cricket,* illustrated by Evaline Ness; text: Rebecca Caudill (Holt)

1964 Medal Winner:（金牌獎）
Where the Wild Things Are by Maurice Sendak (Harper)

Honor Books:（銀牌獎）
- *Swimmy* by Leo Lionni (Pantheon)
- *All in the Morning Early,* illustrated by Evaline Ness; text: Sorche Nic Leodhas, pseud. [Leclaire Alger] (Holt)
- *Mother Goose and Nursery Rhymes,* illustrated by Philip Reed (Atheneum)

1963 Medal Winner:（金牌獎）
The Snowy Day by Ezra Jack Keats (Viking)

Honor Books:（銀牌獎）
- *The Sun is a Golden Earring,* illustrated by Bernarda Bryson; text: Natalia M. Belting (Holt)
- *Mr. Rabbit and the Lovely Present,* illustrated by Maurice Sendak; text: Charlotte Zolotow (Harper)

1962 Medal Winner:（金牌獎）

Once a Mouse, retold and illustrated by Marcia Brown (Scribner)

Honor Books:（銀牌獎）

- *Fox Went out on a Chilly Night: An Old Song* by Peter Spier (Doubleday)
- *Little Bear's Visit,* illustrated by Maurice Sendak; text: Else H. Minarik (Harper)
- *The Day We Saw the Sun Come Up,* illustrated by Adrienne Adams; text: Alice E. Goudey (Scribner)

1961 Medal Winner:（金牌獎）

Baboushka and the Three Kings, illustrated by Nicolas Sidjakov; text: Ruth Robbins (Parnassus)

Honor Book:（銀牌獎）

- *Inch by Inch,* by Leo Lionni (Obolensky)

1960 Medal Winner:（金牌獎）

Nine Days to Christmas, illustrated by Marie Hall Ets; text: Marie Hall Ets and Aurora Labastida (Viking)

Honor Books:（銀牌獎）

- *Houses from the Sea,* illustrated by Adrienne Adams; text: Alice E. Goudey (Scribner)
- *The Moon Jumpers,* illustrated by Maurice Sendak; text: Janice May Udry (Harper)

1959 Medal Winner:（金牌獎）

Chanticleer and the Fox, illustrated by Barbara Cooney; text: adapted from Chaucer's Canterbury Tales by Barbara Cooney (Crowell)

Honor Books:（銀牌獎）

- *The House that Jack Built: La Maison Que Jacques A Batie* by Antonio Frasconi (Harcourt)
- *What Do You Say, Dear?* illustrated by Maurice Sendak; text: Sesyle Joslin (W. R. Scott)
- *Umbrella* by Taro Yashima (Viking)

1958 Medal Winner:（金牌獎）

Time of Wonder by Robert McCloskey (Viking)

Honor Books:（銀牌獎）

- *Fly High, Fly Low* by Don Freeman (Viking)
- *Anatole and the Cat,* illustrated by Paul Galdone; text: Eve Titus (McGraw-Hill)

1957 Medal Winner:（金牌獎）

A Tree is Nice, illustrated by Marc Simont; text: Janice Udry (Harper)

Honor Books:（銀牌獎）

- *Mr. Penny's Race Horse* by Marie Hall Ets (Viking)
- *1 is One* by Tasha Tudor (Walck)
- *Anatole,* illustrated by Paul Galdone; text: Eve Titus (McGraw-Hill)
- *Gillespie and the Guards,* illustrated by James Daugherty; text: Benjamin Elkin (Viking)
- *Lion* by William P? ne du Bois (Viking)

1956 Medal Winner:（金牌獎）

Frog Went A-Courtin', illustrated by Feodor Rojankovsky; text: retold by John Langstaff (Harcourt)

Honor Books:（銀牌獎）

- *Play With Me,* by Marie Hall Ets (Viking)
- *Crow Boy* by Taro Yashima (Viking)

1955 Medal Winner:（金牌獎）

Cinderella, or the Little Glass Slipper, illustrated by Marcia Brown; text: translated from Charles Perrault by Marcia Brown (Scribner)

Honor Books:（銀牌獎）

- *Book of Nursery and Mother Goose Rhymes,* illustrated by Marguerite de Angeli (Doubleday)
- *Wheel On The Chimney,* illustrated by Tibor Gergely; text: Margaret Wise Brown (Lippincott)
- *The Thanksgiving Story,* illustrated by Helen Sewell; text: Alice Dalgliesh (Scribner)

1954 Medal Winner:（金牌獎）

Madeline's Rescue by Ludwig Bemelmans (Viking)

Honor Books:（銀牌獎）

- *Journey Cake, Ho!* illustrated by Robert McCloskey; text: Ruth Sawyer (Viking)
- *When Will the World Be Mine?* illustrated by Jean Charlot; text: Miriam Schlein (W. R. Scott)
- *The Steadfast Tin Soldier,* illustrated by Marcia Brown; text: Hans Christian Andersen, translated by M. R. James (Scribner)
- *A Very Special House,* illustrated by Maurice Sendak; text: Ruth Krauss (Harper)
- *Green Eyes* by A. Birnbaum (Capitol)

1953 Medal Winner: （金牌獎）

The Biggest Bear by Lynd Ward (Houghton)

Honor Books: （銀牌獎）

- *Puss in Boots,* illustrated by Marcia Brown; text: translated from Charles Perrault by Marcia Brown (Scribner)
- *One Morning in Maine* by Robert McCloskey (Viking)
- *Ape in a Cape: An Alphabet of Odd Animals* by Fritz Eichenberg (Harcourt)
- *The Storm Book,* illustrated by Margaret Bloy Graham; text: Charlotte Zolotow (Harper)
- *Five Little Monkeys* by Juliet Kepes (Houghton)

1952 Medal Winner: （金牌獎）

Finders Keepers, illustrated by Nicolas, pseud. (Nicholas Mordvinoff); text: Will, pseud. [William Lipkind] (Harcourt)

Honor Books: （銀牌獎）

- *Mr. T. W. Anthony Woo* by Marie Hall Ets (Viking)
- *Skipper John's Cook* by Marcia Brown (Scribner)
- *All Falling Down,* illustrated by Margaret Bloy Graham; text: Gene Zion (Harper)
- *Bear Party* by William Pène du Bois (Viking)
- *Feather Mountain* by Elizabeth Olds (Houghton)

1951 Medal Winner: （金牌獎）

The Egg Tree by Katherine Milhous (Scribner)

Honor Books: （銀牌獎）

- *Dick Whittington and his* Cat by Marcia Brown (Scribner)

- *The Two Reds,* ill. by Nicolas, pseud. (Nicholas Mordvinoff); text: Will, pseud. [William Lipkind] (Harcourt)
- *If I Ran the Zoo* by Dr. Seuss, pseud. [Theodor Seuss Geisel] (Random House)
- *The Most Wonderful Doll in the World,* illustrated by Helen Stone; text: Phyllis McGinley (Lippincott)
- *T-Bone, the Baby Sitter* by Clare Turlay Newberry (Harper)

1950 Medal Winner: （金牌獎）
Song of the Swallows by Leo Politi (Scribner)

Honor Books: （銀牌獎）
- *America's Ethan Allen,* illustrated by Lynd Ward; text: Stewart Holbrook (Houghton)
- *The Wild Birthday Cake,* illustrated by Hildegard Woodward; text: Lavinia R. Davis (Doubleday)
- *The Happy Day,* illustrated by Marc Simont; text: Ruth Krauss (Harper)
- *Bartholomew and the Oobleck* by Dr. Seuss, pseud. [Theodor Seuss Geisel] (Random House)
- *Henry Fisherman* by Marcia Brown

1949 Medal Winner: （金牌獎）
The Big Snow by Berta & Elmer Hader (Macmillan)

Honor Books: （銀牌獎）
- *Blueberries for Sal* by Robert McCloskey (Viking)
- *All Around the Town,* illustrated by Helen Stone; text: Phyllis McGinley (Lippincott)
- *Juanita* by Leo Politi (Scribner)
- *Fish in the Air* by Kurt Wiese (Viking)

1948 Medal Winner:（金牌獎）

White Snow, Bright Snow, illustrated by Roger Duvoisin; text: Alvin Tresselt (Lothrop)

Honor Books:（銀牌獎）

- *Stone Soup* by Marcia Brown (Scribner)
- *McElligot's Pool* by Dr. Seuss, pseud. [Theodor Seuss Geisel] (Random House)
- *Bambino the Clown* by Georges Schreiber (Viking)
- *Roger and the Fox,* illustrated by Hildegard Woodward; text: Lavinia R. Davis (Doubleday)
- *Song of Robin Hood,* illustrated by Virginia Lee Burton; text: edited by Anne Malcolmson (Houghton)

1947 Medal Winner:（金牌獎）

The Little Island, illustrated by Leonard Weisgard; text: Golden MacDonald, pseud. [Margaret Wise Brown] (Doubleday)

Honor Books:（銀牌獎）

- *Rain Drop Splash,* illustrated by Leonard Weisgard; text: Alvin Tresselt (Lothrop)
- *Boats on the River,* illustrated by Jay Hyde Barnum; text: Marjorie Flack (Viking)
- *Timothy Turtle,* illustrated by Tony Palazzo; text: Al Graham (Welch)
- *Pedro, the Angel of Olvera Street* by Leo Politi (Scribner)
- *Sing in Praise: A Collection of the Best Loved Hymns,* illustrated by Marjorie Torrey; text: selected by Opal Wheeler (Dutton)

1946 Medal Winner:（金牌獎）

The Rooster Crows by Maude & Miska Petersham (Macmillan)

Honor Books: （銀牌獎）

- *Little Lost Lamb,* illustrated by Leonard Weisgard; text: Golden Mac-Donald, pseud. [Margaret Wise Brown] (Doubleday)
- *Sing Mother Goose,* illustrated by Marjorie Torrey; music: Opal Wheeler (Dutton)
- *My Mother is the Most Beautiful Woman in the World,* illustrated by Ruth Gannett; text: Becky Reyher (Lothrop)
- *You Can Write Chinese* by Kurt Wiese (Viking)

1945 Medal Winner: （金牌獎）

Prayer for a Child, illustrated by Elizabeth Orton Jones; text: Rachel Field (Macmillan)

Honor Books: （銀牌獎）

- *Mother Goose,* illustrated by Tasha Tudor (Oxford University Press)
- *In the Forest* by Marie Hall Ets (Viking)
- *Yonie Wondernose* by Marguerite de Angeli (Doubleday)
- *The Christmas Anna Angel,* illustrated by Kate Seredy; text: Ruth Sawyer (Viking)

1944 Medal Winner: （金牌獎）

Many Moons, illustrated by Louis Slobodkin; text: James Thurber (Harcourt)

Honor Books: （銀牌獎）

- *Small Rain: Verses From The Bible,* illustrated by Elizabeth Orton Jones; text: selected by Jessie Orton Jones (Viking)
- *Pierre Pidgeon,* illustrated by Arnold E. Bare; text: Lee Kingman (Houghton)
- *The Mighty Hunter* by Berta & Elmer Hader (Macmillan)

- *A Child's Good Night Book,* illustrated by Jean Charlot; text: Margaret Wise Brown (W. R. Scott)
- *Good-Luck Horse,* illustrated by Plato Chan; text: Chih-Yi Chan (Whittlesey)

1943 Medal Winner:（金牌獎）

The Little House by Virginia Lee Burton (Houghton)

Honor Books:（銀牌獎）

- *Dash and Dart* by Mary & Conrad Buff (Viking)
- *Marshmallow* by Clare Turlay Newberry (Harper)

1942 Medal Winner:（金牌獎）

Make Way for Ducklings by Robert McCloskey (Viking)

Honor Books:（銀牌獎）

- *An American ABC* by Maud & Miska Petersham (Macmillan)
- *In My Mother's House,* illustrated by Velino Herrera; text: Ann Nolan Clark (Viking)
- *Paddle-To-The-Sea* by Holling C. Holling (Houghton)
- *Nothing At All* by Wanda Gág (Coward)

1941 Medal Winner:（金牌獎）

They Were Strong and Good by Robert Lawson (Viking)

Honor Book:（銀牌獎）

- *April's Kittens* by Clare Turlay Newberry (Harper)

1940 Medal Winner:（金牌獎）

Abraham Lincoln by Ingri & Edgar Parin d'Aulaire (Doubleday)

Honor Books:（銀牌獎）

- *Cock-a-Doodle Doo* by Berta & Elmer Hader (Macmillan)
- *Madeline* by Ludwig Bemelmans (Viking)
- *The Ageless Story* by Lauren Ford (Dodd)

1939 Medal Winner:（金牌獎）

Mei Li by Thomas Handforth (Doubleday)

Honor Books:（銀牌獎）

- *Andy and the Lion* by James Daugherty (Viking)
- *Barkis* by Clare Turlay Newberry (Harper)
- *The Forest Pool* by Laura Adams Armer (Longmans)
- *Snow White and the Seven Dwarfs* by Wanda Gág (Coward)
- *Wee Gillis,* illustrated by Robert Lawson; text: Munro Leaf (Viking)

1938 Medal Winner:（金牌獎）

Animals of the Bible, A Picture Book, illustrated by Dorothy P. Lathrop; text: selected by Helen Dean Fish (Lippincott)

Honor Books:（銀牌獎）

- *Four and Twenty Blackbirds,* illustrated by Robert Lawson; text: compiled by Helen Dean Fish (Stokes)
- *Seven Simeons: A Russian Tale,* retold and illustrated by Boris Artzybasheff (Viking)

資料來源：http://www.ala.org/ala/alsc/awardsscholarships/literaryawds/caldecottmedal/ caldecotthonors/caldecottmedal.htm (2005/5/20)

附 錄 四

國際安徒生大獎（1956-2004）得獎者與國家一覽表

年分	獎項	得獎者	國家
2004	文字作者	MartinWaddell	愛爾蘭
	繪　圖　者	MaxVelthuijs	荷蘭
2002	文字作者	Aidan Chambers	英國
	繪　圖　者	Quentin Blake	英國
2000	文字作者	Ana Maria Machado	巴西
	繪　圖　者	Anthony Browne	英國
1998	文字作者	Katherine Paterson	美國
	繪　圖　者	Tomi Ungerer	法國
1996	文字作者	Uri Orlev	以色列
	繪　圖　者	Klaus Ensikat	德國
1994	文字作者	Michio Mado	日本
	繪　圖　者	Jörg Müller	瑞士
1992	文字作者	Virginia Hamilton	美國
	繪　圖　者	Kveta Pacovská	捷克共和國
1990	文字作者	Tormod Haugen	挪威
	繪　圖　者	Lisbeth Zwerger	奧地利
1988	文字作者	Annie M. G. Schmidt	荷蘭
	繪　圖　者	Dusan Kállay	捷克
1986	文字作者	Patricia Wrightson	澳洲
	繪　圖　者	Robert Ingpen	澳洲

1984	文字作者	Christine Nöstlinger	奧地利
	繪 圖 者	Mitsumasa Anno	日本
1982	文字作者	Lygia Bojunga Nunes	巴西
	繪 圖 者	Zbigniew Rychlicki	波蘭
1980	文字作者	Bohumil Riha	捷克
	繪 圖 者	Suekichi Akaba	日本
1978	文字作者	Paula Fox	美國
	繪 圖 者	Svend Otto S.	丹麥
1976	文字作者	Cecil Bødker	丹麥
	繪 圖 者	Tatjana Mawrina	蘇聯
1974	文字作者	Maria Gripe	瑞典
	繪 圖 者	Farshid Mesghali	伊朗
1972	文字作者	Scott O'Dell	美國
	繪 圖 者	Ib Spang Olsen	丹麥
1970	文字作者	Gianni Rodari	意大利
	繪 圖 者	Maurice Sendak	美國
1968	文字作者	James Krüss	德國
		José Maria Sanchez-Silva	西班牙
	繪 圖 者	Jirí Trnka	捷克
1966	文字作者	Tove Jansson	芬蘭
	繪 圖 者	Alois Carigiet	瑞士
1964	文字作者	René Guillot	法國
1962	文字作者	Meindert DeJong	美國
1960	文字作者	Erich Kästner	德國
1958	文字作者	Astrid Lindgren	瑞典
1956	文字作者	Eleanor Farjeon	英國

資料來源：http://www.ibby.org/Seiten/04_andersen.htm (2005/6/20)

附錄五

展現「本質改變」特色的圖畫書書目

中文書目

大衛‧威斯納（文圖），黃筱茵譯（2002）。豬頭三兄弟。台北：格
　　林。

大衛‧麥考利（文圖），孫晴峰譯（1996）。黑與白。台北：信誼。

安石榴（文圖）（2004）。星期三下午捉蝌蚪。台北：信誼。

安東尼‧布朗（文圖），彭倩文譯（2001）。當乃平遇上乃萍。台北：
　　格林。

伊芙‧邦婷（文），大衛‧戴茲（圖），劉清彥譯（2002）。煙霧迷漫
　　的夜晚。台北：和英。

亞琳‧莫賽（文），布萊兒‧藍特（圖），林海音譯（1992）。有趣的
　　小婦人。台北：遠流。

約翰‧伯寧罕（文圖），林真美譯（1998）。莎莉，離水遠一點。台
　　北：遠流。

約翰‧席斯卡（文），藍‧史密斯（圖），管家琪譯（1994）。臭起司
　　小子爆笑故事大集合。台北：麥田。

賈桂琳‧貝格絲‧馬丁（文），瑪莉‧艾札瑞（圖），柯倩華譯
　　（1999）。雪花人。台北：三之三文化。

菲比‧吉爾曼（文圖），宋珮譯（1999）。爺爺一定有辦法。台北：上
　　誼。

佩吉‧拉曼（文圖），任芸婷譯（1998）。巴警官與狗利亞。台北：格

林。

墨里斯‧桑達克（文圖），漢聲雜誌譯（1993）。野獸國。台北：英文
漢聲。

蘿倫‧柴爾德（文圖），賴慈芸譯（2005）。我絕對絕對不吃蕃茄。台
北：經典傳訊。

英文書目

Banks, K. (1998). *And if the moon could talk.* New York: Farrar Straus Giroux.

Banyai, I. (1995). *Re-zoom.* New York: Puffin.

Banyai, I. (1995). *Zoom.* New York: Puffin.

Brett, J. (1990). *Berlioz the bear.* New York: Putnam.

Brett, J. (2002). *Who's that knocking on Christmas Eve?* New York: G. P. Put-
nam's Sons.

Brown, A. (1979). *Bear hunt.* London: Hamish Mamilton.

Bunting, E. (1994). *Smoky night.* San Diego: Harcourt Brace.

Burningham, J. (1977). *Time to get out of the bath, Shirley.* New York: Harper.

Burningham, J. (1984). *Granpa.* London: Jonathan Cape.

Cannon, J. (1993). *Stellaluna.* San Diego: Harcourt Brace.

Child, L. (2000). *Beware of the storybook wolves.* New York: Scholastic.

Child, L. (2002). *Who's afraid of the big bad book?* New York: Hyperion.

Cole, J. (1993). *The Magic School Bus in the solar system.* Richmond Hill,
ON: Scholastic Canada.

Coy, J. (2003). *Two old potatoes and me.* New York: Knopf.

Goble, P. (1990). *Iktomi and the ducks: A Plains Indian story.* New York: Or-
chard.

Harrison, T. (1997). *Don't dig so deep, Nicholas!* Toronto: Owl.

Henkes, K. (1996). *Lilly's purple plastic purse.* New York: Greenwillow.

Heo, Y. (1994). *One afternoon.* New York: Orchard.

Hodges, M. (1984). *St. George and the dragon.* New York: Little Brown.

Jackson, S. (1998). *The old woman and the wave.* New York: Dorling Kinder-sley.

Joyce, W. (1990). *A day with Wilbur Robinson.* New York: Harper Collins.

Meddaugh, S. (1992). *Martha speaks.* Boston: Houghton Mifflin.

Priceman, M. (1999). *Emeline at the circus.* New York: Knopf.

Raschka, C. (1992). *Charlie Parker played be bop.* New York: Orchard.

Raschka, C. (1993). *Yo! Yes?* New York: Orchard.

Sis, P. (1996). *Starry messenger: Galileo Galilei.* New York: Farrar Straus Giroux.

Teague, M. (2002). *Dear Mrs. LaRue: Letters from obedience school.* New York: Scholastic.

Van Allsburg, C. (1995). *Bad day at Riverbend.* Boston: Houghton Mifflin.

Whatley, B. (2001). *Wait! No paint!* New York: Harper Collins.

Willems, M. (2003). *Don't let the pigeon drive the bus!* New York: Hyperion.

附錄六

世界圖畫書發展簡表

1658　捷克教育家考米紐斯（John Amos Comenuis, 1592-1670）所編寫的《世界圖繪》（*Orbis Sensualium Pictus*）一書在紐倫堡出版，是西方世界第一本有插畫的兒童書。

1744　英國的約翰・紐伯瑞（John Newbery, 1713-1767）創立了世界第一家兒童書店，並出版內頁配有木刻插畫的 Little Pretty Pocket Book。

1789　英國的詩人兼畫家威廉・布雷克（William Blake, 1757-1827）完成了一本雕版印刷彩色兒童書《純真之歌》（*Songs of Innocence*）。

1845　德國亨利・霍夫曼（Heinrich Hoffman, 1809-1894）出版《滿頭亂髮的彼得》（*Peter Shock-Headed*）一書，是有史以來第一次主角的名字出現在書名當中。

1860　瓦特・克連（Walter Crane, 1845-1915）、凱特・格林威（Kate Greenaway, 1846-1901）及倫道夫・卡德考特（Randolph Caldecott, 1846-1886）等人，相繼與名出版家艾蒙・伊凡斯（Edmund Evans, 1826-1905）合作，在他的畫坊出版彩色圖畫書。

1878　倫道夫・卡德考特（Randolph Caldecott）爲《騎士約翰的趣聞》（*The Diverting History of John Gilpin*）一書繪製插圖，其中約翰騎在馬上馳騁的插圖，後來成爲美國卡德考特獎的標幟。

1896	法國的莫理斯‧邦提‧德曼菲爾（Maurice Boutet De Monvel, 1850-1913）出版《聖女貞德》（*Jeanne d'Arc*），本書在隔年除了被譯成英文之外，也被依原樣再版發行。
1902	英國的比雅翠絲‧波特（Beatrix Potter, 1866-1943）原本自費出版的二百五十本《小兔子彼得的故事》，由 Warne 出版社正式出版，被認爲是現代圖畫書之始，堪稱圖畫書進入新紀元的里程碑之作，這個系列並且成爲百年來最暢銷的圖畫書。
1907	在《愛麗絲夢遊仙境》的版權期滿之後，便出現了許多不同插畫版本，其中以《彼得潘》插畫聞名的英國插畫家亞瑟‧瑞克漢（Athun Rackhan, 1867-1939），也畫了一本《愛麗絲夢遊仙境》，畫風古典而優雅。
1922	美國圖書館協會（ALA, American Library Association）的兒童服務部門，爲了紀念英國的兒童書出版始祖約翰‧紐伯瑞（John Newbery），設立了兒童圖書獎──紐伯瑞兒童文學獎（John Newbery Medal），選出過去一年對美國兒童文學最有貢獻的兒童文學作家。
1928	由德國移民美國的童書作者汪達‧蓋（Wanda Gág, 1893-1946），以處女作《100 萬隻貓》（*Millions of Cats*）一舉成名，後來更在美國早期的兒童文學界占有舉足輕重的地位。
1938	美國圖書館協會爲紀念英國插畫家倫道夫‧卡德考特（Randolph Caldecott）對圖畫書的貢獻，成立了卡德考特獎（Caldecott Medal），授獎給前一年美國所出版的最佳兒童圖畫書插畫家，前提是得獎插畫家必須是美國人或美籍的外國人。

1942	美國插畫家羅伯・麥可斯基（Robert McCloskey）以《讓路給小鴨》（*Making Way for Ducklings*）獲得卡德考特金牌獎，他也是第一位二次獲得該獎的插畫家，另一本得獎作品爲 1958 年的《美妙時光》（*Time of Wonder*）。
1943	美國的維吉尼亞・季・巴頓（Virginia Lee Bunton, 1909-1968）於 1942 年出版《小房子》，該書於隔年獲卡德考特大獎。
1955	瑞士的卡瑞吉特（Alois Carigiet, 1902-1985）出版《大雪》（*The Snowstorm*），他同時也是 1966 年「國際安徒生插畫家大獎」設獎後的第一位得主。
1956	「國際少年圖書評議會」（IBBY, International Board on Books for Young People）設立「國際安徒生大獎」（Hans Christian Andersen Award），每兩年授獎給在青少年文學創作上有傑出貢獻並且活著的作家予以鼓勵；1966 年增設插畫獎，堪稱兒童文學、插畫界的諾貝爾獎。 英國設立凱特・格林威獎（The Kate Greenaway Medal）是英國插畫家年度的最高榮譽獎。
1962	英國牛津大學出版部出版布萊恩・懷德史密斯（Brian Wildsmith, 1930-）所著的 *ABC* 一書，該書更獲得同年的格林威獎。
1967	捷克布拉迪斯國際插畫雙年展於 1967 年設獎（Biennale of Illustrations Bratislava），英文簡稱 BIB，BIB 每雙年設年度首獎一名，金蘋果獎五名，金牌獎十名。 日本的瀨川康男（1932-）所創作的《奇妙的竹筍》於 1963 年出版，並於 1967 年獲首屆布拉迪斯國際插畫獎。
1970	美國插畫家墨理斯・桑達克（Maurice Sendak）獲頒安徒生

插畫家大獎，亦曾獲得卡德考特金牌獎等多項獎項，代表作爲《野獸國》（*Where the Wild Things Are*）、《廚房之夜狂想曲》（*In the Night Kitchen*）、《在那遙遠的地方》（*Outside over there*）、《親愛的小莉》（*Meili*）等。

1973　英國的雷蒙‧布立格（Raymond Briggs, 1934-）出版《怕冷的耶誕老公公》，獲得他的第二座格林威獎，他早在 1966 年便以 *Mother Goose Treasury*，獲得格林威獎的肯定，其 1978 出版的 *The Snowman*（雪人）更在 1982 年被拍成家喻戶曉的動畫片。

　　瑞士的約克‧米勒（Jorg Muller, 1942-）於 1973 年創作《挖土機年年作響——鄉村變了》，他也是 1994 年「國際安徒生大獎」得主，代表作有《鬼子島》、《發現小錫兵》、《太陽石》等。

1975　以無字圖畫書聞名的義大利插畫家愛拉‧瑪琍（Iela Mari）繼 *Historia sin fin*、*El erizo de mar* 之後，再度推出《樹木之歌》一書。

1977　美國的彼得‧史比爾（Peter Spier, 1929-）出版《挪亞方舟》（*Noah's Ark*），是 1978 年的卡德考特獎的金獎作品。

1980　日本的赤羽末吉（Suekichi Akaba, 1910-1990）獲該年的國際安徒生插畫家大獎，是第一位獲此大獎的東方人，代表作有：《追、追、追》、《馬頭琴》、《桃太郎》、《雪女》等。

1982　美國的克利斯‧凡‧艾斯伯（Chris Van Allsburg, 1949-）於 1981 年出版《天靈靈》（*Jumanji*）（此書獲 1982 年卡德考特獎）。1985 年出版《北極特快車》（*The Polar Express*）（此書又獲 1986 年卡德考特獎）。

1984	日本的安野光雅（Mitsumasa Anno, 1926-）獲 1984 年國際安徒生插畫家大獎，他的代表作有：《ABC 的圖畫書》、《天動說》、《旅之繪本》、《奇妙的種子》等等。
1986	澳洲的羅伯‧英潘（Robert Ingpen, 1936-）於 1986 年獲國際安徒生插畫家大獎。
1988	捷克的杜桑‧凱利（Dusan Kally, 1948-）獲 1988 國際安徒生插畫家大獎（1982 年獲 BIB 插畫首獎）。他的代表作有：《愛麗斯夢遊仙境》、《冬天王子，你要去哪裡？》、《仲夏夜之夢》、《魔罐與魔球》、《穿越世界的一條線》、《卡琳娜的冒險》等。
1990	早慧的奧地利插畫家莉絲白‧茨威格（Lisbeth Zwengen, 1954-）以三十六歲的年輕之姿獲得 1990 年國際安徒生插畫家大獎，是該獎最年輕的得獎者。她早在 1977 年（23 歲時）就以《古怪的孩子》入選波隆那原畫展。代表作有：《拇指公主》、《安徒生童話》、《小紅帽》等。美籍華人插畫家楊志成（Ed Young）以《狼婆婆》（*Lon Po Po: A Red-Riding Hood Story From China*）一書獲得卡德考特金牌獎，除了主題是中國民間故事之外，也是第一位美籍華人創作者獲得該獎。
1992	捷克的柯薇塔‧波茲卡（Kveta Pacovska, 1928-）以擅長獨特的色彩，和具有魔術般的空間構圖為由，而獲得 1992 國際安徒生插畫家大獎。代表作有《奇妙的數字》、《小小花國國王》等。
1993	瑞士的新秀插畫家馬柯斯‧費斯特（Marcas Pfisten, 1960-）運用七彩亮片的印刷特殊效果創作了一本閃閃亮光的《彩虹魚》（*The Rain Fish*）獲 1993 年波隆那國際兒童書展兒

童部推薦大獎。

1996　德國的克勞斯‧恩希卡特（Klaus Ensikat, 1937-）獲國際安徒生插畫家大獎，他的代表作有：《愛麗斯夢遊仙境》、《布萊梅的樂師》等。

1998　法國的湯米‧溫格爾（Tomi Ungerer, 1931-）獲國際安徒生插畫家大獎，代表作有《三個強盜》、《月球男人》等。

2000　英國的安東尼‧布朗（Anthony Browne, 1946-）獲國際安徒生插畫家大獎，代表作有《穿過隧道》、《威利的夢》（*Willy the Dreamer*）、《威利的畫》（*Willy's Picture*）、《當乃平遇上乃萍》（*Voices in the Park*）、《動物園》（*Zoo*）、《改變》（*Changes*）、《形狀》（*The Shape*）等。

2002　英國的昆丁‧布萊克（Quentin Blake, 1931-）獲國際安徒生插畫家大獎，代表作有《小野獸》、《光腳ㄚ先生》等。

2004　荷蘭的馬克斯‧菲爾休斯（Max Velthuijs, 1923-）獲國際安徒生插畫家大獎，代表作有《青蛙和野兔》、《青蛙和珍寶》等。

資料來源：誠品書店（本書作者小幅增修）

臺灣圖畫書發展簡表

1953	一月，《小學生畫刊》（半月刊）創刊。
1953	二月，《學生》月刊創刊，內容包括科學、傳記、世界名著及圖畫故事等。
1954	《東方少年》創刊。
1965	九月，《好學生》月刊創刊，以中國歷史文化及本土文學、藝術、科學為主要內容。
	國語日報社引進〔世界兒童文學名著〕，如《小房子》、《讓路給小鴨子》等。
1966	十二月，《王子》（半月刊）創刊，以日本兒童圖畫月刊為範例引入臺灣。
1971	〔中華兒童叢書〕由臺灣省教育廳出版，並於一九七七年出版了《太平年》、《小紅鞋》等八本幼兒圖畫書。
1974	「洪健全兒童文學獎」創辦（1974-1990年），由洪健全文教基金會所主辦，其中設有圖書獎。
1978	將軍出版社出版《新一代幼兒圖畫書》。
1980	信誼基金會出版社開始出版《幼幼圖畫》系列。
	光復書局出版《彩色世界圖畫書全集》（原出版社為義大利 Fratelli Fabbri Editiori）。
	漢聲精選〔世界最佳兒童圖畫書〕，其中主要書目有《第一次上街買東西》、《放屁》、《諾亞方舟》、《野獸國》、《十四隻老鼠吃早餐》等歐美日本最著名的圖畫書。

1981	十二月，〔中國童話〕十二冊，由英文漢聲雜誌社發行。
1984	鄭明進的插畫《螢火蟲》等三件作品，參展日本至光社主辦的第十二屆世界圖畫書原作展，於東京、大阪、神戶三地展出。
1985	英文漢聲雜誌社出版〔漢聲小百科〕十二冊。
1988	「信誼幼兒文學獎」設獎，對提升國內圖畫書創作的人才有很大的貢獻。第一屆首獎作品爲郝廣才撰文、李漢文繪圖的《起床了皇帝》。
1989	日本插畫大師安野光雅（一九八四年安徒生大獎得主）應信誼基金會邀請，於「幼兒文學獎」頒獎典禮上演講「我的圖畫書」。
	徐素霞的插畫《水牛與稻草人》等五件作品，入選義大利國際波隆那一九八九圖畫書原畫展。
1990	〔田園之春〕叢書自該年起以農林漁牧產業爲主題，以圖畫書的形式，由中華民國四建會協會受行政院農委會委託發行，到二〇〇〇年已發行一百本。
1991	十二月，鄭明進著《世界傑出插畫家》，雄獅圖書公司出版。
1992	一月，奧地利童書作家莉絲白‧茨威格（一九七七年安徒生插畫大獎得主）應邀在「第三屆台北國際書展」展出個人原畫展，並發表演講。
	劉宗慧所編的《老鼠娶新娘》，獲一九九二年西班牙加泰隆尼亞國際插畫家大獎（此書由遠流公司出版，已經有英文版和日本版在國外受好評）。
1993	一月，捷克的柯薇塔‧波茲卡（一九八六年安徒生插畫大獎得主）應邀於「第四屆台北國際書展」展出個人原畫展

及表演繪畫技巧。

1995　十月，日本圖畫書評論家松居直先生（曾多次擔任 BIB 原畫展審查委員），在台北演講「親子共讀圖畫書」，其推廣閱讀的作品《幸福的種子》，同年由台英出版。

十二月，布拉迪斯國際插畫雙年展的「'95 年世界巡迴展」，於台北市立美術館展出，展期至一九九六年一月。

1998　一月，「一九九七年波隆那國際兒童原畫展」在台北中正藝廊展出。

一月，由文化建設委員會主辦的「一九九八福爾摩莎童書原畫展」於台北中正藝廊展出。

五月，鄭明進編著《圖畫書的美妙世界》一書，由國立臺灣藝術教育館出版。

1999　三月，由台南縣文化中心出版的〔南瀛之美〕圖畫書系列，是一系列民俗、名勝、生態、產業、人物為題材的鄉土圖畫書。

十一月，國際童書大師艾瑞·卡爾（Eric Carle, 1929- ）的「艾瑞·卡爾原畫展」，由信誼基金會主辦，在新光三越高雄館展出，同年十二月三日～十二日則在台北新光信義店 6F 文化廳展出。

2000　邱承宗的《蝴蝶》原畫入選「二〇〇〇波隆那國際童書原畫展」非文學類（Non Fiction）作品。

鄭明進的二十本圖畫書作品，在「波隆那二〇〇〇年國際書展」中代表臺灣於臺灣主題館展出，讓世人感受到臺灣的文化與生命力。

「二〇〇〇年國際安徒生插畫家大獎」得主英國插畫家，安東尼·布朗（Anthony Browne 1946- ）來台北展出原畫，

並發表演講。

2001　　一月，「國際兒童圖畫書原畫展」於中正藝廊展出，展覽
　　　　內容包括：臺灣兒童書原畫展、波隆那國際兒童圖畫書原
　　　　畫展、田園之春圖畫書原畫邀請展。

　　　　二月，以〈14隻老鼠〉系列圖畫書聞名世界的日本插畫家
　　　　岩村和朗（Kazuo Iwamura, 1939-），由台北瑪咪書店邀
　　　　請，於二月三日～九日在台北台英社主講「我畫圖畫書的
　　　　經驗及私人美術館的創辦」。

　　　　六月，由行政院文化建設委員會策劃、青林國際出版公司
　　　　發行的〔臺灣兒童圖畫書〕中的《射日》、《三角湧的梅
　　　　樹阿公》、《奉茶》、《大頭仔生後生》、《1放雞，2放
　　　　鴨》、《勇士爸爸去搶孤》等作品出版。

資料來源：誠品書店

第二章

幼兒與幼兒文學

文學能夠激發人的感情，亦可收教導之效。它開啓了心靈發現之門，引領人們進入無盡的探險與喜樂的世界。藉著讀者與故事中人物之「認同」，不知不覺中的「模仿」，可以改變讀者的特質，此即文學「潛移默化」之功效。

因此，爲幼兒選擇良好讀物，並培養幼兒閱讀的興趣，發現書中豐富而美妙的寶藏，是成人責無旁貸的事。誠如 Bernice Cullinan 所言：「書在幼兒一生中深具影響力，其影響的程度完全取決於成人。成人有責任提供書籍，並傳遞兒歌、傳說故事，以及偉大小說中所含蘊的文學遺產。」（Cullinan, 1977, p.1）

本書主旨在於闡述文學的相關知識，幫助成人能夠與幼兒分享讀物與其相關經驗。透過成人與幼兒成功的互動，文學的價值能夠一代代傳承，幫助幼兒成長，使其終生受益無窮。以下將介紹幼兒文學的各種價值，以及幼兒語言、認知、人格，與社會發展各階段的特質，作爲您爲幼兒選擇讀物時的參考。

第一節 幼兒文學的價值

在暴風雨中，房子被吹起到半空中，降落時，屋中人安然無恙，走出屋外，竟是一片如詩如畫的綠野仙境，還有一群充滿感激的小矮人，這是多麼令人神往的奇遇，也是多麼愉悅的一件事啊！文學的主要價值之一，便是愉悅人心。藉著美麗的圖畫與想像，幼兒隨著書中人物進入一個新的探險國度。身歷其境的享受，使幼兒發現書的樂趣，進而喜愛閱讀，此種對書的正面態度，通常會延伸爲終生的嗜好。

圖書是傳遞文學遺產的主要媒介，透過它，中國神話、寓言故

事、世界童話故事（如格林童話、安徒生童話等），以及膾炙人口的各國傳說故事，代代相傳，讓每一代的幼兒都有機會接受文學的洗禮，涵泳沈潛於文學瀚海而自得其樂。

文學亦幫助我們了解與珍惜文化遺產，唯有對自身文化有著正面的態度，而且也尊重其他文化，才能發展出良好的社會性與人格。謹慎選擇的文學作品，可以展現許多文化貢獻的價值。尤其是臺灣社會中，少數族群的文化，更應倍受重視。當我們尊重別人一如尊重自己，才能有正向的自我概念。文學可以增進我們對其他文化的了解與尊重。

文學能增廣見聞，就像一位男孩曾寫信告訴幼兒圖書作家兼畫家——Eric Carle：「您的書讓我看到了從未想像過的事情。」若非透過圖書，廿世紀的兒童如何想像幾百年前，祖先渡海墾荒的的蓽路藍褸？如何經驗在荒島上的孤寂，及為求生存與大自然搏鬥的艱苦？如何體會到外太空旅行的樂趣與驚險？如何知道各種突發狀況的應變方法？如何了解其他孩子的想法與觀點？歷史故事提供幼兒過去生活的體驗；科學小說讓幼兒推測未來；現代寫實小說則鼓勵幼兒與現實生活中的人、事、物建立良好關係與互動。因為幼兒可以從文學中學習其他人解決問題的方式、人格特質，與道德意識，這些不僅可以幫助幼兒解決自身類似的問題，更可經由與書中人物的模仿、認同，而培養良好的品德，這是文學「潛移默化」之效，也應是文學對人類最大的貢獻吧！

幼兒在成長過程中，皆會經歷一些困擾的問題，例如：搬家、弟妹出生、年長兒童的欺負……等。剛搬家時，對新環境的陌生與對舊環境的思念，造成孩子內心的恐懼不安與悶悶不樂；弟妹出生奪去了往日父母對自己的照顧與關心；年長兒童仗勢欺人等行為，皆會造成幼兒挫折感。書中主角面對這些處境時，他們的態度與克服障礙的方

式，可以在無形中幫助孩子度過情緒的低潮，進而有更健全、快樂的成長。著名的幼兒文學作家 Ezra Jack Keats 的作品，即以「幫助孩子成長」著稱。

文學可以增進知識，開啓幼兒通往知識與閱讀興趣之門，亦可藉此了解其他文化，能有四海一家之胸襟，因此，父母及教師應提供幼兒各國圖書，讓其涵泳於各種不同國度之中，認識世界多樣風貌，培養寬闊的世界觀。此外，知識性圖書傳遞新知，百科圖鑑引領大自然景觀，生活故事將歷史重演，概念書中則將顏色、大小、形狀、數量深植幼兒心中，增進其認知發展。

最後，值得一提的是，文學可以培養與擴展幼兒的想像與創造力。藉著說與寫故事，幼兒重塑他們所讀過的故事人物；藉著自由畫，幼兒畫出他們心目中想像的故事情景。文學經驗成爲一源源不絕的泉源，隨時提供幼兒思考與創作的根基，刺激其藝術美感的發展，開啓一扇通往未來希望之門。

第二節　現代幼兒發展理論

在過去，幼兒被視爲成人的縮影，有著單純的心智、膚淺的感覺。隨著人們對幼兒期行爲與心智發展的了解，廿世紀以來，幼兒不再爲「小大人」；相反地，他們有不同於成人的心智思考模式。現代幼兒發展理論說明了幼兒在成長過程中，會有許多特殊需求，因他們的確是心理複雜的個體。以下將簡單介紹三種理論，藉以幫助我們更加了解幼兒與圖書，或是，更進一步，他們與圖書的關係及互動。

這三種較爲著稱的兒童發展理論，有著互補的作用（見表 2-1）。皮亞傑（Jean Piaget）的理論主要在於心智或是認知發展，艾瑞克森

（Erik Erikson）在於社會發展，而寇博（Lawrence Kohlberg）則在於道德發展。三種理論皆視兒童的個別發展為一系列階段，大多數人之成長皆經歷這些階段。

表 2-1：皮亞傑、艾瑞克森，及寇博之發展階段比較表

	皮亞傑	艾瑞克森	寇博
0-7 歲	感覺動作期（0-2 歲）前運思期（2-7 歲）➤前概念期（2-4 歲）➤直覺期（4-7 歲）	信賴與不信賴（0-18 個月）自主與羞怯懷疑（18 個月-3 歲）主動進取與愧疚（3-7 歲）	層次一：習俗前的道德觀 ➤階段 1：懲罰與服從取向 ➤階段 2：工具式的目的與交換取向
7-11 歲	具體運思期	勤勉與自卑	層次二：習俗的道德觀 ➤階段 1：人際和諧取向 ➤階段 2：「法則與秩序」取向
11-15 歲	形式運思期	自我認同與角色混淆	層次三：習俗後的道德觀 ➤階段 1：契約／法律取向 ➤階段 2：一般性／道德的／原則取向

參考資料：Russell, D. (1994). *Literature for children* (2nd ed.). New York: Longman, p.20

一、皮亞傑的認知發展理論

　　瑞士心理學家吉恩・皮亞傑（Jean Piaget）所提出有關認知發展的理論，是最早也可能是最著稱的兒童發展理論。皮亞傑認為：一個人

的心智發展會經歷不同階段，後階段是建立在前階段的基礎上。他將心智發展分為四個主要階段，其中又有一些次階段。值得注意的是，一旦進入較高階段，仍有可能會暫時退化回前一階段，就像爬山一樣，若非腳步站得夠穩或手抓得夠牢固，會有滑落現象。所以，若處在過渡的發展階段，由於尚未發展成熟穩固，會呈現發展的不規則現象，這也是後皮亞傑學派（Post-Piagetian）對皮亞傑的階段論提出修正之處。皮亞傑本人在六〇年代亦提出類似看法。

此外，階段與階段間之進展是非常緩慢而幾乎難以察覺的，且每個人發展速度各異，因此，以下所描述的由嬰兒期至青春期，孩子所經歷的各個不同認知發展階段，只是就平均狀況而言。

(一)感覺動作期 （出生至兩歲）

皮亞傑的心智發展第一階段稱為感覺動作期（Stage of Sensorimotor），約自出生至兩歲。此階段是嬰兒透過感覺經驗來認識自身和外界的時期，又可有六個分期，從第一分期的反射的使用，歷經最初的循環反應（分期二）、次級循環反應（分期三）、次級基模協調（分期四）、第三級循環反應（分期五），到第六分期的心理總合，代表嬰兒從以反射和任意行為的基本反應的生物，進展為目標導向行為的幼兒。他們根據環境的關係來組織行動，協調各種感官的訊息，並學習以頓悟（insight）的方式，取代原先嘗試錯誤的誤打誤撞方式，來解決簡單問題。

在此階段中，幼兒發展出幾個重要的認知概念。最重要的應是物體恆存（object permanence），換句話說，即是嬰兒無法了解當物體不在眼前時，它仍是繼續存在的。當嬰兒看不到母親時，他會以為母親不存在了，而引起極大恐慌。約在八、九個月大時，嬰兒開始顯示出部分的物體恆存概念，他們會找尋一些被藏住的物體，至分期六（十

八至二十四個月）時，物體恆存概念大多已發展完全。

另一個重要的認知概念是因果關係（causality），意指知道某些事件是引起其他事件的原因。有一研究比較嬰幼兒年齡與因果關係概念發展之相關：讓不同年齡的嬰幼兒觀看一段影片，顯示物理上不可能發生的現象，例如：一個甲球滾向另一個乙球，但乙球在被甲球碰到之前，便自己滾動。十個月大以下的嬰兒對此現象，不覺得驚訝；但較大的孩子則展現出意外的表情。顯然他們了解：沒有原因引起乙球的滾動，是不可能的（Papalia & Olds, 1990）。

嬰兒常在生活中試驗這種因果關係，例如：玩弄電燈開關，看著電燈一明一滅；也愛把餐具丟到地面，發出聲響，這些都顯示：他們了解自己能引發某些事件。

此階段嬰兒的世界是完全自我中心（egocentrism）的，他不知道有任何超越自己而存在的東西。除了他以感官知覺意識到的東西之外，對世界的事物，全然不知。也是在此時，嬰兒開始協調身體各部分的發展，學習如何運用手、手臂與腿。

早期認知發展對閱讀有什麼影響呢？最重要的是，在此時我們播下閱讀的種子，鼓勵嬰兒與書有物理上的接觸，且建立故事時間的習慣。許多嬰幼兒書都是以布、塑膠或防水硬紙板製成，因為嬰幼兒對書的首次反應不外是拍、打、咬，或將它丟入浴缸，將書視為物體使用。而不同材質製作的書籍（例如：洞洞書、表面有粗細觸感的書，或是棉毛等包裹的動物造型），則提供嬰幼兒認識書的物理特性的機會。慢慢地，他們才能理解書中的圖畫代表真實世界中的物體，對語音的全新經驗感到好奇，而深深被吸引。最後，他們才會明白書中的符號代表著觀念的世界。

(二)前運思期（二歲至七歲）

此階段又可分為前概念期（二至四歲）與直覺期（四至七歲）兩個分期。當孩子習得基本語言技巧後，便進入皮亞傑所稱的第二階段——前運思期（或稱運思前期、運思預備期）（Stage of Preoperation）。在前概念期（Preconceptual Stage）的兒童特徵是非常主觀的邏輯思考，而「自我中心」（egocentrism）是其中一重要特徵，即無法從他人立場看事物。所謂「前概念」，皮亞傑只是指尚無法理解一般或抽象概念。對兒童而言，這是偉大發現的時期，而大多還是倚賴感官經驗，當然，有時也靠符號式的思考。這是跨出感覺動作期的重要一步。

兩歲以前，處於感覺動作期的幼兒，已發展出質量保留概念的基礎，透過物體恆存概念基模的基本理解，明瞭物體縱使不在眼前，仍繼續存在；日後能夠進一步明白物質外形的變化，不會影響其重量、質量與體積，因為並無任何物質的加入或取出。

然而，在此分期，幼兒仍無法掌握質量保留概念。皮亞傑著名的實驗之一便是，幼兒相信高細的杯子所裝的水，較矮寬的杯子所裝的水多（或少），縱使他們親眼看見等量的水由前者倒至後者。這是因為他們有「集中」（centrate）的傾向：只注意某個情境中的某一部分，而無法顧及其他部分。幼兒也以不同標準將物體分類，例如：他們視能移動的無生命物體（如：機器）為活的，因為他們把它們與人及寵物聯想在一起。這也是為什麼許多有關機器動物的故事，受孩子喜愛的原因，例如：「小熊可可」（Corduroy）、「玩具總動員」（Toy Story）。此即所謂「萬物有靈」（animism）——將生命加諸於無生命物體的傾向。

另外，前概念期的幼兒邏輯思考受限於不可逆性（irreversibility）

──無法了解某些事物可逆向操作。一旦他們能形成把水倒回，恢復原先狀態的概念，便能了解兩個杯子的水是相等的。但在此時期，他們仍不能做到。此外，他們也還不能完全理解「適應」（adaptation）的概念，包括「同化」（assimilation）──以現有知識解釋或處理新訊息與「調適」（accommodation）──修正現有知識來回應新訊息。

由以上特質來看，我們不難了解何以二至四歲的孩子能夠輕易地相信聖誕老公公的存在，並且，即使在同一天不同地點看見許多聖誕老公公，也不足為奇。唯有當他們開始了解「量的保留」概念時，才會開始懷疑為何聖誕老公公可以同時出現在那麼多地方。此外，我們也不難理解何以這些年齡的孩子，難以接受在故事中重複呈現過去已發生情節的安排，因為他們尚未掌握「可逆性」的觀念。我們也可以體會為何一再重複情節的故事會令這些孩子著迷，而神話及魔法的故事會受到他們的歡迎。本質上，這個年齡層的孩子不會對這類文學的邏輯性提出質疑。

「前運思期」的第二個分期為皮亞傑所稱的「直覺期」（Intuitive Stage），約在四至七歲的年齡。由於尚未發展出一般邏輯推理：演繹與歸納的基本概念，此期的孩子以「直覺」或他們的感覺，來判斷周遭事物。以「橫跨」（transduction）來推理：由一特例推論至另一特例，而不考慮一般通則。這種推理會誤使孩子看到實際上並不成立的因果關係，例如：兒童常相信他們因為「做錯事」，而「覺得難過」或「生病」；或是父母吵架，是因為自己做了壞事（如：不聽話），由於二者大約同時發生，他們容易不合理地假設其中一項是造成另一項的原因。

此一分期的孩子正積極發展語言技巧，更注意周遭發生的事物，因此，也變得較不自我中心。就像探索內心感情的故事一樣，有關人際關係的故事，對他們有了新的意義。雖然，幻想式的童話、神話故

事仍吸引他們，但當他們開始對其他人與人際關係感到好奇時，真實故事通常變得更有意義。例如郝廣才（文）、李漢文（圖）的《起床啦，皇帝》，描寫一位小皇帝與平民兒童一起成長的友誼故事，就是一本適合此期孩子的圖畫故事書。對孩子的閱讀能力來說，這是一個非常重要的時刻，因為它是一個探索的階段，同時，也是在此時，孩子常喜歡發掘潛在樂趣，而廣泛地閱讀許多不同主題的書，可幫助他們在探索過程中，發現此種樂趣。

(三)具體運思期（七歲至十一歲）

根據皮亞傑的看法，兒童約在五至七歲時，智力發展會進入具體運思期（Stage of Concrete Operation），在這階段的兒童，能對現時現地做邏輯思考。此階段持續至十一歲。由於他們能以符號來執行運思，所謂「運思式思考」（operational thinking），故稱作「具體運思期」。

雖然，此階段的兒童能對非立即呈現的物體和事物形成心理表徵（mental image），但他們的學習仍與身體經驗密切關聯。此時期的兒童在分類、數字處理、時間和空間的概念，以及現實與想像的區辨能力，都遠較前運思期的兒童為佳。此外，漸脫離自我中心觀，能排除集中現象（decenter）——將情境各方面皆考慮在內。不再只注意狀態，而也重視轉換過程，換言之，也具有質量保留（conservation）概念。了解大多數的物理操作具有可逆性（reversibility），如：若將條形黏土揉成球形，便和另一球一樣。他們正在發展了解他人觀點的能力，這種能力亦同時增進溝通能力，並促使道德判斷更具彈性。

在此階段的兒童，閱讀開始分章節，內容長度較長的書籍，若無法一口氣讀完，也可在章節告一段落時停頓，隔些時候再繼續讀完。就年紀較小的兒童來說，從中間再接起情節是較困難的事。時間序列

也不再是困難的問題，插話式的書與神秘色彩的書對這些讀者展現邏輯的挑戰。由於此階段兒童更能注意到周遭事物以及自己在社會中的角色，描述有關人際關係及這年齡層孩子所面臨的社會問題的書籍，是較受歡迎的。

另外，由於此階段兒童開始掌握時間的概念，歷史小說對他們變得更有意義。而隨著他們開始開拓視野與探索更廣大的世界，一些介紹世界各國的故事書，也更能吸引他們的興趣。

(四)形式運思期（十一歲至十五歲）

最後一個階段是形式運思期（Stage of Formal Operation），約自十一歲開始，十五歲完成，這也是皮亞傑認為認知成熟的時期。此時，青少年有抽象思考的能力、測試假設，並看出各種可能性，不再受限於對現時現地具體事物的思考，也能了解別人的觀點。最主要的是，體會世界是一個社會現象，需要人與人之間的互動。

「這種進展為他們開啟了許多新知識之門。使青少年能分析政治和哲學的文章，有時還能革新社會觀點，建構自己周延的理論。甚至可以明白：某些情境不一定有確定的答案。……童年大多在努力抓住現時的世界，而青少年則逐漸意識到世界的可能情況」（Papalia & Olds, 1990, p.527）。

此時期的讀者，大多已達青少年期，他們閱讀的興趣已超過本書的範圍，但若能知曉兒童期之後的閱讀發展趨勢，也是對本書讀者有幫助的。受此期青少年歡迎的主題包括：幫派戰鬥、同性戀，以及婚前性行為等。雖然有些作家認為這些主題是社會與政府腐敗的現象，持完全反對的立場，但由於這些傳達的是好動青少年的心靈，自然感受到的懷疑、好奇、恐懼與焦慮，相關主題的書籍仍受到歡迎。一旦我們了解皮亞傑所發現的認知發展特質，身為成年人的我們，應能明

白何以這類主題的書廣受青少年青睞了（Russell, 1994）。

二、艾瑞克森的心理社會發展理論

　　人類除了心智發展之外，還有社會互動的發展。艾瑞克・艾瑞克森（Erik Erikson）的心理社會發展理論，將成熟過程劃分為八個階段，每個階段都會出現一種危機，必須在兩極端之間，獲得一滿意的平衡以解決該危機，才能健全地進入下一階段，與皮亞傑在認知發展上的連續層次相似。艾瑞克森的理論自出生至兒童期，共分為五個主要階段。與皮亞傑的認知發展階段一樣，這些發展是以大多數一般人而言，每位兒童都不相同，偶爾也會有退化現象發生。

危機一：基本的信賴與不信賴（出生至 12～18 個月）

　　第一個危機為基本的信賴與不信賴（Basic Trust versus Basic Mistrust）。約在出生至十八個月大。此時嬰兒沒有什麼主張，凡事信賴他們的照顧者，而且必須克服不信賴的恐懼，例如：當他們被放在自己的床上睡覺時，那種害怕被遺棄的感受。為了良好的心理健康，嬰兒必須在信賴和不信賴之間，發展出一個正確的平衡點。如前者佔上風，嬰兒會發展出艾瑞克森所稱的「希望德行」：相信自己的需要會得到滿足，願望也會達成；若不信賴超越信賴，嬰兒會認為外界不友善、反覆無常，便難以發展出親密的人際關係。在生活充滿新奇與潛在的不安定經驗的這個階段，藉著成人的安撫與身體接觸的情感所提供的安全感是非常重要的。Margaret Wise Brown 的經典之作《晚安月亮》（*Goodnight Moon*），長久受到幼兒之喜愛，即因其藉著一隻小兔子臨睡前，對放在牠舒適臥房內的所有喜愛的物品道晚安，所散發出的溫馨感人。另外，一九四二年卡德考特金牌獎作品《一位孩子的

禱告》（*Prayer for a Child*）則藉著孩子臨睡前，為所有周遭事物的禱告，傳達相同的氣氛，兩書有異曲同工之妙。對孩子而言，每夜重複聆聽熟悉的故事，可增進他們的自在與安全感。

危機二：自主與羞怯懷疑（12～18個月至三歲）

第二個危機為自主與羞怯懷疑（Autonomy versus Shame & Doubt）。約自十二～十八個月開始，直至三歲左右。這段期間是嬰幼兒注意周遭人物，尤其是照顧者與兄弟姊妹的時期。當他們可以活動自如時，便試圖運用逐漸發展的肌肉，來自理所有的事情，如：吃飯、穿衣、行走，並擴展生活領域。孩子學習自己做決定與自我控制，這便是艾瑞克森所謂的「意志」德行。但當他們一方面以自己的直覺來自主時，卻必須同時克服懷疑：他們是否有能力可以做自己想做的事情。由於無限制的自由，對孩子而言，不一定是安全、健康的，他們需要某種程度的自我懷疑，以認清自己的能力界限，適度的羞怯感可以幫助他們學習在合理的規範中生活。太多或太少的限制，都易使孩子太執著於自我控制，而使他們充滿恐懼、抑制、羞怯、懷疑，以及失去自信與自尊。因此，這是一個探索的時期，孩子的行為常令父母頭痛而生氣，所以，有「可怕的二歲孩子」的說法。Beatrix Potter 著名的《兔子彼得的故事》（*The Tale of Peter Rabbit*）便是描述這段時期的孩子，所面臨的道德兩難情境，書中主角常發生的衝突是：必須在依自己意志行事（自主）或順服母親權威命令二者之中做一抉擇。

危機三：主動進取與愧疚（三歲至七歲）

危機三為主動進取與愧疚（Initiative versus Guilt），約自三歲開始至七歲。此時期的孩子開始意識到自身的責任，也漸了解人際的衝突。一方面，兒童的進取心促使他們去計畫並付諸行動，此時的「德

行」爲「目標」；另一方面，他們又對想做的事感到愧疚感。與進取一愧疚相對照的，正代表一種分裂：人格的一部分仍屬於孩童，渴望嘗試新事物；而另一部分正變爲成人，不斷地檢討孩童式的動機和行爲是否適當。父母或照顧者應幫助兒童達到一個健康的平衡；艾瑞克森認爲：透過給與孩子自行動手，同時又給與指導和嚴格限制的機會，成人可完成此一艱鉅任務（Papalia & Olds, 1992）。

此時期孩子的進取心，不僅是希望凡事自己來而已，並且是自行決定做甚麼及何時做。但，當他們做了錯誤的決定時，也必須與愧疚感掙扎。在 Ezra Jack Keats 的《彼得的椅子》（*Peter's Chair*）中，主角彼得看見他的父母決定把他嬰兒期所用過的傢俱全部漆成粉紅色，給他剛出生的小妹妹用時，便表現出敵對的態度。爲了表示抗議與不滿，他決定離家出走（不過，只是在自家院子）。當他累了，想坐在他帶出來的嬰兒期坐過的藍椅子上時，卻因椅子太小坐不下。這時他意識到自己不再需要這把椅子，也後悔自己拒絕與人分享所有物的自私，於是，他立刻返回家中，甘心樂意地幫助父親將所有以前用過的嬰兒傢俱，全部漆成粉紅色，給妹妹使用。由此種能下決心改變自己行爲的情節看來，Keats 書中的彼得是較前述 Potter 書中的兔子彼得，具有較高層次的社會發展。

危機四：勤奮與自卑（七歲至十一歲）

危機四爲勤奮與自卑（Industry versus Inferiority），約在七歲至十一歲之間。其特色是想達到成功的決心，通常會與他人一起合作，完成具生產力的工作。此時期兒童能從事求學，並學習文化中所要求的技能。勤奮努力的結果，幫助兒童形成正面的自我概念，認爲自己能駕馭並完成某些工作，這種成功解決危機所發展出的「德行」爲「勝任」。然而，他們同時也會比較自己與同伴的能力，若他們自覺比不

上同伴，便可能退化至較早期的發展階段，而產生自卑的心理。Beverly Cleary 的《瑞夢娜》（Ramona）系列書，便成功地刻劃出這種感覺；也因此年輕的讀者都能同理了解書中人物瑞夢娜在努力爭取被同伴接受的心情。此種主題的書能廣受青少年喜愛，應是不難理解的。

危機五：認定與角色混淆（十一歲至十五歲）

危機五為認定與角色混淆（Identity versus Role Confusion），約在十一歲至十五歲的青少年時期。身體的快速成長和性的成熟，持續提醒他們：成年期即將到來，而他們也開始思考自己在成人社會中所扮演的角色，他們必須確定自我意識，此期的「德行」為「忠實」。或許，青少年期的大危機便是自我角色的發現（不僅是人格角色的認定，也是文化與社會角色的認定）。青少年急於想知道自己未來的角色是什麼、社會對他們有何期望，以及他們對自己的期望又是什麼。這些都是角色認定的問題。此外，由於常接觸許多資訊與別人的意見，角色混淆也一直是個威脅。他們常顯得浮躁及反覆不定，因他們在探索各種可能的情況。也就是在這個時期，他們首次真切地體認到文化與社會的多元與差異性。有關這些主題（尋求個人認定）的書，則吸引了青少年的閱讀興趣（Papalia & Olds, 1992）。

三、寇博的道德判斷發展理論

羅倫茲·寇博（Lawrence Kohlberg）的研究興趣在於道德推理及道德判斷的發展。他關心的是人們如何決定對與錯。透過虛構的故事，裡面含蘊一個假設的道德問題——例如：「漢斯」的困境（為了沒有足夠的錢買新藥救治瀕臨死亡的妻子，絕望之餘，偷了藥師的藥），來探討受試的孩子們推理答案的過程。根據所得到的結果，寇

博認爲道德推理水準和個人認知水準有關。他的研究是融合了杜威（John Dewey）與皮亞傑的理論，同樣地也視發展爲一系列階段，通過這些階段，個人方得以達到道德成熟。根據道德判斷的原因，寇博將道德推理分爲三個層次，每個層次又分爲兩個階段，共有六個階段。

層次一：習俗前的道德層次（零歲至七歲）

第一個層次是習俗前的道德層次（Preconventional Level），約自零歲至七歲。其重點在於兒童對一項行爲結果的立即反應——主要對於賞罰或是對於更有權勢的他人的反應而言。此層次又分爲兩個階段：第一個階段稱爲懲罰與服從取向（Punishment/Obedience Orientation），孩子遵從他人規則，以逃避懲罰。他們忽視行爲的動機，而是以其物理屬性（如撒謊的程度或結果，或是造成傷害的程度）來判斷好與壞。凡是造成傷害的，便是壞的；給與歡愉的，便是好的。例如：熱爐子是壞的；巧克力餅乾是好的。

第二個階段稱爲工具式的目的和交換取向（Instrumental/Relativist Orientation）。此時兒童的判斷基於自己的利益，或是他人的利益（但只有在互惠的原則下，例如：「若你爲我做那件事，我就幫你做這件事。」）達到此階段的兒童，必定在認知發展上，已有皮亞傑所稱的前運思期水準，並有一些語言與直覺思考推理的能力。

層次二：習俗的道德層次（七歲到十一歲）

第二個層次稱爲習俗的道德層次（Conventional Level），與皮亞傑的具體運思期（七至十一歲）大約同一時期。此時，兒童開始重視家庭、團體、社區和國家。遵守社會習俗的道德標準是相當重要的，希望被自己重視的人視爲「好」孩子，他們已相當能夠採取權威者的

觀點，來決定某項行為的好壞。此層次的第一個階段為人際和諧取向（Interpersonal Concordance, or "Good Boy/Nice Girl" Orientation）。能夠取悅別人並得到他人贊同的行為，便是好的。所謂「正常」的行為，指的是社會大眾所認同的「正常」。此時也是艾瑞克森的第四個危機（勤勉與自卑）出現的時期，可以看出同儕壓力的影響，兒童想穿與他們朋友相像的服飾，吃相像的食物，這些行為背後的真正原因，可能是他們想要有朋友。凡是朋友眼中認為「好」的，也就是個人認為「好」的。

此層次的第二階段為「法則與秩序」取向（"Law and Order" Orientation），兒童開始考慮到屬於自己的責任，「如果每個人都這麼做，該怎麼辦？」顯示對較高權威的尊重，謹守法則，並維持社會秩序。如果行為違反法則並傷及他人，則無論動機為何，他們都認為是不對的。

層次三：習俗後的道德層次
（青少年期／成人期，或永遠未達到）

最後一個層次是習俗後的道德層次（Postconventional Level），約在青少年期至成人期，對某些人而言，或是一生永遠未達到。此時，個人已能擺脫團體或社會的權威，做出理性而獨立的判斷。此為真實道德觀的達成。在所看到的標準和是非的分析上，能有內在控制的能力。此層次的二個階段均可為最高推理的層次。第一階段為契約／法律取向（Contractual/Legalistic Orientation），人們以理性方式思考，重視多數人的意願以及社會的福祉。他們不再盲目依循法律（就像在習俗的道德層次時一般），而是理性地判斷：某些法律是錯誤的。

第二個階段是一般性／道德的／原則取向（Universal/Ethical/Principle Orientation），此時人們的「對」與「錯」之判斷是根據自己的

良心以及他自己認知的、理性的、一貫的，且一般性的對錯原則，而不理會法律的限制或他人的意見。他們的行動是依據個人內在的標準。但，值得一提的是，有些心理學家對於這個階段的存在感到懷疑，或許只有一些先知與聖人可以接近這個階段，大多數的凡夫俗子則無法達到。

第三節　文學與幼兒發展

幼兒發展的研究指出：幼兒的語言、認知、人格與社會發展皆呈現各種階段。並非所有幼兒皆以同樣速度達到這些階段；但皆會經歷這些階段，只是快慢不同而已。以下將分別討論大多數幼兒這些階段發生的年齡，當然，這年齡只是近似值，且每個幼兒有其個別差異，不可一概而論。此外，也就每個發展階段的特質，提供相關書籍，希望這些圖書能幫助孩子每個階段的成長，並能順利進入下一個階段。易言之，期望透過這些圖書，提升幼兒的發展。

一、語言發展

無庸置疑地，文學對於幼兒的語言發展影響深遠。表 2-2 列出各發展階段之特質、實用技巧，以及建議閱讀書籍，藉以提升語言發展。語言是指傳達思想、感情，或能引起他人反應的行為。廣義的語言不止是指說話，而是包含啼哭、手勢、表情、呼喊、書寫，甚至繪畫；狹義的語言則指「用聲音符號，表達人類思想和情感的工具」（鄭蕤，1990，頁 16）。

表 2-2：語言發展

特質	實用技巧	建議圖書
〔學前階段：2-3 歲〕		
1. 語言成長非常快速，到三歲時約有 900 個字彙。	1. 提供許多活動來刺激語言成長，包括圖畫書及歌謠。	▶ Blanche Fisher Wright 的《真正的鵝媽媽故事集第一冊和第二冊》（*The Real Mother Goose Husky Book One and Book Two*） ▶ John Burningham 的《和甘伯伯去游河》（*Mr. Grumpy's Outing*）（台英社）
2. 學習辨別並指稱圖畫中的行動。	2. 讀敘述清晰、熟悉動作的圖畫故事書給幼兒聽，鼓勵他們指認動作。	▶ Pat Hutchins 的《母雞蘿絲去散步》（*Rosie's Walk*）（上誼） ▶ Eric Carle 的《好餓的毛毛蟲》（*The Very Hungry Caterpillar*）（上誼） ▶ 林良（文）、郭國書（圖）的《扣釦子》（中華幼兒圖畫書）（臺灣省教育廳）
3. 學習辨別身體的大、小部位。	3. 讓孩子指認圖畫書中熟悉的身體部位。	▶ Mathew Price（文）、Moira Kemp（圖）的《小寶寶翻翻書》，共四冊：《上床囉》、《好朋友》、《衣服》、《小寶寶》（上誼）

特質	實用技巧	建議圖書
〔學前階段：3-4 歲〕		
1. 字彙增至 1500 字左右，喜愛把玩語言中的聲音與節奏。	1. 讓孩子有聽說兒歌、童詩及謎語的機會。	◆ Barbara Emberly（文）、Ed Emberly（圖）的《小鼓手霍夫》（*Drummer Hoff*, 1968 年卡德考特金牌獎）（Prentice-Hall）
2. 使用語言來幫助發現周遭事物。	2. 讀圖畫故事書給幼兒聽，讓其發現書中的人、事、物。並與之共同討論。	◆ Eric Carle 的《好忙的蜘蛛》（*The Very Busy Spider*）（上誼） ◆ Ezra Jack Keats 的《下雪的日子》（*The Snowy Day*, 1963 年卡德考特金牌獎） ◆ Beatrix Potter 的《兔子彼得的故事》（*The Tale of Peter Rabbit*）
3. 用詞變得更複雜，使用更多的形容詞、副詞、代名詞，以及介系詞。	3. 透過圖畫書與圖畫故事書中詳盡的描述，擴展修飾語的用法。讓孩子說故事，並描述故事中人物及情節。	◆ Donald Crews 的《火車快飛》（*Freight Train*, 1979 年卡德考特銀牌獎）（遠流） ◆ Donald Crews 的《卡車》（*Truck*, 1981 年卡德考特銀牌獎）

幼兒文學

特質	實用技巧	建議圖書

〔學前階段：4-5歲〕

特質	實用技巧	建議圖書
1. 語言更抽象；可以造出文法正確的語句。他們的字彙約有2500個字。	1. 孩子喜愛情節稍微複雜的書。要求他們說更長、更詳細的故事。他們喜歡重述民間故事，並可使用無字的圖畫書說故事。	▶ 李錦玉（文）、朴民宜（圖）、高明美（譯）的《三年坡》（*Sannen Toge*）（台英）
2. 了解一些介系詞的用法，如在上、在下、裏、外、前、後等。	2. 使用概念書或其他圖畫書，書中對於介系詞重複應用。	▶ 許玲惠（文）、曹俊彥（圖）的《上下裡外》（光復） ▶ Pat Hutchins 的《母雞蘿絲去散步》（*Rosie's Walk*）（上誼）
3. 喜歡問許多問題，特別是問「爲什麼」與「如何」。	3. 運用與生俱來的好奇心，找一些書來回答孩子的問題，也讓他們互相回答問題。	▶ 瑞金・辛德勒（文）、席塔・加克（圖）、張劍鳴（譯）的《你是誰呀？》（*Das Silberne Licht*）（台英）

特質	實用技巧	建議圖書
〔學前階段：幼稚園 5-6 歲〕		
1. 大多數常使用複雜的句子，他們了解約6000個左右的字。	1. 給與孩子許多與文學相關的口語活動的機會。	▶ Verna Aardema（文）、Leo and Diane Dillon（圖）的《爲什麼蚊子老在人們耳朵邊嗡嗡叫》（*Why Mosquitoes Buzz in People's Ears：A West African Tale*）1976 年卡德考特金牌獎（上誼）
2. 喜愛參與戲劇遊戲，而說一些與日常生活有關的對話，例如：家中與雜貨店中常用的話語。	2. 讀一些有關「家」與「社區」的故事；並讓孩子演出他們自編的故事。	▶ Ann Joans（文圖）的《上學途中》（*The Trek*）（漢聲） ▶ 筒井賴子（Yoriko Tsutsui）（文）、林明子（Akiko Hayashi）（圖）的《第一次上街買東西》（*Miichan's First Errand*）（漢聲）
3. 對母語的書寫型式感到好奇。	3. 用孩子自己的話，將故事內容以圖表方式寫出。讓孩子聽寫各幅畫的描述。	▶ Dyan Sheldon（文）、Gary Blythe（圖）、張澄月（譯）的《聽那鯨魚在唱歌》（*The Whales' Songs*）（格林文化）

特質	實用技巧	建議圖書
〔小學低年級：6-8歲〕		
1. 語言繼續發展，增加許多新字彙。	1. 每天有一段時間閱讀故事給孩子聽，並有口語互動。	◆ Margaret Hodges（文）、Trina Schart Hyman（圖）的《聖喬治與龍》（*Saint George and the Dragon*, 1985年卡德考特圖畫書金牌獎）
2. 大多數使用帶有形容詞子句以及用「如果」開頭的條件子句的複句。平均口語的句子長爲 $7\frac{1}{2}$ 個字。	2. 讀一些可以提供範例讓孩子擴展語言結構的故事。	◆ Virginia Lee Burton（文圖）、林良（譯）的《小房子》（*The Little House*, 1943年卡德考特圖畫書金牌獎）（國語日報社） ◆ Robert McCloskey（文圖）、畢璞（譯）的《讓路給鴨寶寶》（*Make Way for Ducklings*, 1942年卡德考特圖畫書金牌獎）（國語日報社）
〔小學中年級：8-10歲〕		
1. 孩子開始試著將概念與一般想法聯結，使用一些連接詞，如「同時」、「除非」。	1. 提供一些書當作範例，讓孩子在口語活動時，運用這些語詞。	◆ Ed. Young（文圖）、林良（譯）的《狼婆婆》（*Lon Po Po : A Red Riding Hood Story from China*, 1990年卡德考特圖畫書金牌獎）（遠流）

2. 約50％的孩子可以正確使用附屬連接詞「雖然」。句子長度平均爲9個字。

2. 使用書寫與口語範例幫助孩子語言技巧更純熟。文字討論活動可以提供許多機會，讓孩子擴展口語句子。

▶ 貓頭鷹故事集（智茂）

〔小學高年級：10-12歲〕

1. 孩子使用複句，包括以「縱使」、「然而」爲首的讓步附屬子句，也常出現一些助動詞，例如「應該」、「可能」等。

1. 鼓勵一些口説與書寫活動，讓孩子使用更複雜的句子結構。

▶ Marbet Reif（原著）、Sta-sys Eidrigevicius（繪圖）的《魔術胡桃》（*The Magic Walnut*）（華一）〔小童話·大啓發〕

▶ John Steptoe（文圖）、曾陽晴（譯）的《跳鼠的故事》（*The Story of Jumping Mouse*）（遠流）〔世界繪本傑作選15〕

參考資料：Bartel (1975); Braga and Braga (1975); Brown (1973); Gage and Berliner (1979); Hendrick (1988); Loban (1976); and Norton (1991)。

(一)學前幼兒階段

　　語言是人類所特有的，每個兒童發展的時期不盡相同，大致上，說話的早晚和智力的高低成正比。在出生後的數年間，幼兒語言能力快速改變。一般可分為六個時期，簡單說明如下：

1. 發音時期

　　大約出生至一歲左右，屬於這一時期，也可稱為發音預備期。包括嬰兒的哭、笑，和「嘸嘸」、「呀呀」的發音練習。

2. 單字時期

　　大約是嬰兒一歲至一歲半左右的年齡，也是語言發展的第一期。此時嬰兒所發出的多屬單音或是單音重疊，如「爸」、「媽媽」等。

3. 稱謂時期

　　大約是嬰兒一歲半至二歲時期，也是語言發展的第二期。已能開始使用雙字語詞。除了名詞外，也有動詞及形容詞，如「大大、車車」、「媽媽、去去」，由於語句不完整，但亦能表達重點，又稱為「電報式語言」。在此時期，雙字語詞的增加相當緩慢，但在二歲左右會突然急遽增長。Braine（1978）曾研究三位十八個月大的嬰兒，他發現一位孩子在接下來連續幾個月的雙字語詞的累積數目為：14，24，54，89，350，1400，以及 2,500⁺。這現象說明了語彙在短時間內急遽擴增。國內學者也有類似研究結果。

4. 造句時期

　　大約是二歲至二歲半時期。此時，幼兒已可清晰、正確地回答簡單問題，也開始有了人稱代名詞「你、我、他」的觀念與使用，已能確實了解聲音所代表的意義。

5. 講述時期

　　二歲半至四歲的幼兒屬於此一時期。此時語言的使用變得更加複

雜，因為幼兒不只是好問，而是多使用複句，且在用語中增加了副詞、代名詞、介系詞，以及額外的形容詞。另外，也開始練習使用連接詞，如「因為」、「所以」、「如果」等。約在四歲左右，文法上的錯誤已能避免。此時期是「發問」的時期，幼兒常用的語詞是「為什麼」與「如何做」。

6.完成時期

約四歲至六歲的幼兒，語言完整表達已不成問題，語句的使用也相當熟練，常追問語句的內容與新知。一般幼兒語彙已多達一千七百個以上。

值得一提的是，語言發展的速度因人而異，且差別極大。Brown（1973）曾長期研究幼兒語言發展，他發現：有一位孩子在二歲三個月大時，已能正確使用六個文法的形態素（字或字的一部分，不能再做意義分隔者）；另一位孩子直到三歲六個月大，才能做到；第三位孩子則在四歲時，才達到相同的語言發展階段。

文學與文學相關經驗可以促進學前幼兒的語言發展。Hendrick（1988）在其《完整兒童》（*The Whole Child*）一書中，建議以兒童圖書及相關活動，來提升語言發展。在家、圖書館、幼稚園及托兒所中所獲得的閱讀經驗，可以幫助孩子運用語言來發現這個世界、辨別及說出行為和物品名稱、獲得更複雜的語彙、享受語言的奇妙，並建立自我尊重、對他人寬容、對生活好奇的積極態度，最後能夠增進人際互動（Norton, 1991；墨高君，1996）。此時期的幼兒圖書大多以圖畫書的形式呈現。

(二)學齡兒童階段

在小學階段，語言仍持續發展。Loban（1976）對學齡兒童語言發

展的長期研究，可能是歷時最久的。他探討一組二百多位孩子的語言發展，自幼稚園（五歲）開始，至十二年級（十八歲）為止，共進行十三年的研究。他發現透過成功地運用語言的不同型態（包含代名詞、動詞時態，以及連接詞，如「同時」、「除非」等），孩子駕馭語言的能力得以增長。

Loban 將兒童依語言熟練度分為兩組，其間有很大的差別。高熟練組的兒童在一年級時，便可達到口語熟練的程度，但低熟練組的兒童卻需至六年級，才達到相同程度；前者在四年級時，便可達到書寫熟練程度，而後者卻需等到十年級，才能達到相同程度。高熟練組的兒童在讀寫方面的表現俱佳，無論思想的表達、連貫性，及計畫性，都表現出語言的熟練。另外，他們也可流利、自在、輕易地使用豐富的語詞與人交談，且因不同聽眾而調整說話速度。在聽力方面，他們也是專心而有創意的聆聽者，這是低熟練組兒童難以望其項背的。低熟練組兒童多半用語貧乏，與人對話時含混不清，無法充分表達其中心思想。

在幼稚園及小學一年級時，口語表現較佳的孩子，在小學六年級時的讀寫能力亦較突出。由此種口語與讀寫能力之關聯，Loban 提出他的建議：教師、圖書館員，及父母應該更注重幼兒口語能力的發展。討論應是小學及圖書館計畫中，很重要的一部分，因為藉著討論，兒童可以組織想法，並作更複雜的歸納。

在讀故事時，書中重複的字詞可以吸引聆聽者加入，例如：由 Verna Aardemal 文、Leo and Diane Dillon 圖，獲一九七六年卡德考特圖畫書金牌獎（中譯本及錄影帶在國內由上誼公司出版）的《為什麼蚊子老在人們耳朵邊嗡嗡叫》（*Why Mosquitoes Buzz in People's Ears*），故事中一再重複情節，述說小貓頭鷹被樹枝打死的緣由，讓小讀者也能預測故事的進展，增加其字彙與口語能力。

圖書中生動的語言，以及明喻、暗喻的手法，皆有助於讀者的語言發展與文學風格的欣賞能力。例如：《月下看貓頭鷹》（*Owl Moon*）由 Jane Yolen 文、John Schoenherr 圖，是 1988 年卡德考特金牌獎的作品。全書充滿修飾豐富的語詞，將樹木、狗及影子都擬人化。例如：雪中的足印「跟隨我們」；樹木像巨人的雕像般「直立者」；一隻農莊的狗「回應」火車的汽笛聲，然後第二隻狗「加入」，火車與狗一起「唱歌」；我又短又圓的影子，在身後「碰撞」。而全書隨處可見的明喻與暗喻，更提供了生動的比較，除了上述所提的「像巨人的雕像」外，其他如：在我們身後不遠處，一列火車汽笛響起，時長時短，「就像一首很哀傷的歌」；當他們的聲音在夜色中褪去，一隻貓頭鷹移動著，「就像影子般，悄無聲息」，大地「有如夢境一般安靜」；月亮把他的臉變成「銀色的面具」；雪「比碗中的牛奶還要白」。

　　文學是一個很重要的資源，不僅提供良好的語文範例，又可激發口說與讀寫活動。此外，也可作為戲劇扮演與創造性戲劇活動的來源，透過戲劇，孩子不僅獲得扮演的樂趣，也增加了口語表達能力。例如：1964 年卡德考特金牌獎作品——Maurice Sendak 的《野獸國》（*Where the Wild Things Are*），書中主角麥斯（Max）因為著狼裝，在家中到處惡作劇，被母親處罰不能吃晚餐，而返回自己的房間。透過生動的想像力，他把房間變成茂密的森林，並坐船航行近一年後，到達野獸國所在的島上，在那裡他成了野獸們的國王，但一段時日後，他感到孤單並想要回到最愛他的人身邊，所以，他放棄國王寶座而返家，豈料，房中竟有熱騰騰的晚餐等著他。孩子們可以引用麥斯的經驗，激發創造他們自己的「瘋狂」經驗。

二、認知發展

Piaget 與 Inhelder（1969）認為：每個孩子思想成熟的順序皆相同，只是發展速度因人而異。適當的刺激不僅有助於認知發展，而且也是非常必要的。成長過程中缺乏許多經驗的孩子，在有助於回想的心智策略的應用上，可能會落後其他孩子三至五年。表 2-3 列出一些可以提升孩子認知發展的圖書，供讀者運用參考。

表 2-3：認知發展

特質	實用技巧	建議圖書
〔學前階段：2-3 歲〕		
1. 將他們認為相似的事件放在一起，這是他們所學習的組織與分類世界的新方法。	1. 提供孩子討論並將物品依顏色、形狀、大小或用途分類的機會。使用大本彩色圖畫的概念書。	▶ 安野光雅（Mitsumasa Anno）（文圖）、黃郁文（譯）的《數數看》（*Anno's Counting Book*）（臺灣英文雜誌社）
2. 開始能夠記得二或三件物品。	2. 提供孩子回憶訊息的機會，藉以練習短期記憶的能力。	▶ 林文玲（文）、李一煌（圖）的《衣服怎麼濕了》（上誼）

〔學前階段：3-4 歲〕

1. 開始了解事件間的關聯性。部分是如何變成整體的？彼此間的相對關係是如何？

1. 讓孩子有機會練習拼圖。使用簡單的拼圖。

◆《我第一眼看見形狀》（My First Look at Shapes）（漢聲）〔漢聲精選幼兒認知成長叢書(5)〕

2. 開始了解物與物間的相關，並依個人知覺特性加以分類，例如：依顏色、大小、形式或者用途分類。

2. 與孩子分享有關顏色、大小、形狀與用途的概念書。提供孩子機會，將物品和圖片加以分類。

◆《我第一眼看見分類》（My First Look at Sorting）（漢聲）〔漢聲精選幼兒認知成長叢書(6)〕

3. 開始了解物品間數與量的關聯性。

3. 給與孩子數數的圖畫書，讓他們數數看。

◆《我第一眼看見數數兒》（My First Look at Counting）（漢聲）〔漢聲精選幼兒認知成長叢書(12)〕

4. 開始比較兩件物品，並能說出何者較大，何者較小。

4. 與孩子分享並討論比較大小的書，例如：大巨人與小傑克，或是一系列的動物。

◆Eric Carle 的《爸爸，我要月亮》（Papa, Please Get the Moon for Me）（上誼）

〔學前階段：4-5歲〕

1. 可以記得做三件別人要他們做的事。若是故事材料以一種有意義的順序呈現，他們也可以重述一則短故事。

1. 說一些短而有意義的故事，並讓孩子重述。使用法蘭絨布板和圖畫故事，來幫助孩子組織故事。

▶ Marie Hell Ets.（文圖）、林真美（譯）的《在森林裡》（*In the Forest*）（遠流）

2. 孩子根據重要特質，將物品分類的能力增加了，但分類標準仍依物品表面印象。

2. 提供孩子許多機會分享概念書，以及有助於形狀、大小、顏色、感覺的概念發展活動。

▶ Eric Carle 的《我的第一本形狀的書》（*My Very First Book of Shapes*）（上誼）

3. 假裝說一些時間，但並不了解時間概念。「現在」或「以前」概念並不清楚。

3. 與孩子分享一些相關書籍，幫助他們了解時間系列，例如：一年四季，一天中的上午、中午、下午，或是一星期七天的順序。

▶ Eric Carle 的《好餓的毛蟲蟲》（*The Very Hungry Caterpillar*）（上誼）

〔學前階段：幼稚園 5-6 歲〕

1. 學習依照一種型態（例如：形狀、大小、顏色或用途）進行分類。不會在工作完成前，改變分類型態。

2. 孩子可以數到 10，並分辨 10 種物品。

3. 可以指認主要顏色。

4. 學習分辨「很多」與「很少」。

1. 繼續與孩子分享概念書，並進行一些分組與分類活動。

2. 以有關數數的書及其他活動，加強孩子數數技巧。

3. 以有關顏色的概念書及其他圖畫書中的顏色，來加強孩子辨認顏色的能力。

4. 提供孩子機會去討論並辨識概念間的不同處。

▶ 陳志賢（文圖）的《逛街》（*Taking a Walk Downtown*）（信誼）

▶ Arnold Lobel（文圖）的《顏色是怎麼來的》（*The Great Blueness and Other Predicaments*）（漢聲）

▶ Eric Carle 的《我的第一本有關數字的書》（*My Very First Book of Numbers*）

▶ Eric Carle 的《讓我們畫一道彩虹》（*Let's Paint a Rainbow*）（上誼）

▶ Eric Carle 的《拼拼湊湊的變色龍》（*The Mixed-up Chameleon*）（上誼）

▶ 海因茲溫格爾（文）、杜桑凱利（圖）、郝廣才（譯）的《穿越世界的一條線》（麥田）〔國際安徒生大獎精選 3〕

5.在能夠把物品正確地按大小順序排列之前,他們要不斷地嘗試錯誤。	5.與孩子分享有關最小至最大的書籍。讓孩子依書中人物大小製作法蘭絨布板,並以這些人物重述故事。	▶ Eric Carle 的《爸爸,我要月亮》(*Papa, Please Get the Moon for Me*)(上誼)
6.對於時間概念,仍相當模糊。	6.與孩子分享相關圖書,幫助他們了解時間序列。	▶ Shari Halpern(文圖)、陳昱芊(譯)的《我們玩什麼?》(*What Shall We Do When We All Go Out*?)(華一)〔希望・快樂・童年〕

〔小學低年級:6-8 歲〕

1.學習「讀」書,他們喜歡讀些簡單的書,並展現他們這種新的能力。	1.提供適合孩子發展閱讀技巧的簡易書籍。	▶ Arnold Sundgaard(文)、Eric Carle(圖)、蔣家語(譯)的《小羊和蝴蝶》(*The Lamb and the Butterfly*)(上誼)

2. 開始學習寫字，並且喜歡自創故事。

3. 由於注意力廣度增加，喜歡較長的故事。

4. 七歲以下的孩子仍以直覺推理為判斷標準，並透過真實情境來學習。

5. 在這段時期，孩子進入皮亞傑所稱的「具體運思期」。已發展出一種新的分類規則。他們並不需要看到所有物品才能進行分類，他們能了解各種類間的關聯性。

2. 儘量讓孩子寫、畫，並分享他們自己的圖畫書。使用一些無文字的圖畫書，提供情節的參考。

3. 讀一些較長的故事書給孩子聽。

4. 提供一些可以讓孩子看、討論並證明的訊息與關聯性的經驗。

5. 提供孩子機會去讀，並討論概念書。

▶ David Wiesner 的《瘋狂星期二》（*Tuesday*）（麥田）

▶ 赤羽末吉（Suekichi Akaba）（文圖）的《追追追》（*Sora Nigero*）（格林）〔國際安徒生大獎精選 7〕

▶ Chris Van Allsburg 的《北極快車》（*The Polar Express*）（信誼）

▶ Cynthia Rylan（文）、Diane Goode（圖）、林海音（譯）的《山中舊事》（*When I Was Young in the Mountains*）（遠流）〔世界繪本傑作選 9〕

▶ Bruce Hobson（文）、Adrienne Kennaway（圖）、張劍鳴（譯）的《聰明的變色龍》（*Crafty Chameleon*）（台英）

〔小學中年級：8-10歲〕

1. 閱讀技巧快速進步，但同年齡間的閱讀能力顯現出極大的個別差異。

2. 文學興趣水準可能仍在閱讀水準之上。

3. 學習將注意力集中在某些刺激上，而忽略其他刺激。記憶力獲得進步。

1. 提供適合孩子閱讀能力的書籍，讓其自行閱讀。讓孩子有機會與同儕、父母、老師及其他成人分享讀書經驗。

2. 每天有一段時間，大聲地讀各種不同的書給孩子聽。

3. 在孩子經歷真實的文學經驗之前，幫助他們設定聽或讀的目標。

▶ Mamoru Sato（文圖）、黃郁文（譯）的《怎麼會有大便》（*Unko No Dekirumade*）（台英）

▶ Kenneth Grahame 的《柳林中的風聲》（*The Wind in the Willows*）（智茂）

▶ David Macaulay 的《黑與白》（*Black and White*）（1991年卡德考特金牌獎）（信誼）

〔小學高年級：10-12歲〕

1. 了解過去事件的時間順序。	1. 鼓勵孩子閱讀歷史小說及展現歷史改變的書籍，藉以幫助他們了解不同的看法與歷史觀點。	▶李潼著《少年噶瑪蘭》（天衛文化）〔小魯兒童小說〕
2. 運用邏輯規則、推理與形式運思來解決抽象問題。	2. 運用質疑及討論技巧來發展更高層次的思考能力。孩子喜歡更複雜的書。	▶David Macaulay 的《大教堂》（*Cathedral*）（上誼）

參考資料：Braga and Braga (1975); Mussen, Conger, and Kagan (1979); Piaget and Inhelder (1969); Norton (1991); and Shaffer (1989)。

根據美國兒童發展權威——David Shaffer 在他的《發展心理學》（*Developmental Psychology: Childhood and Adolescence*）一書中提到，所謂認知發展是指：「孩子的心智技能在經過一段時間後的改變」，他認為：「我們常將所接觸到的事物，加以解釋，與過去經驗比較，將它們歸類，並儲存至記憶中。」（Shaffer, 1989, p.306）Mussen、Conger 與 Kagan（1979）則將認知定義為與下列領域有關的過程：

1. 知覺——發覺、組織及解釋外在世界與內在環境所獲得的訊息；
2. 記憶——儲存與取出所感知的訊息；
3. 推理——使用知識作推論，並得出結論；

4.反思——評估想法與解決辦法的品質；

5.洞察——了解二個或更多知識片段間的新關係（pp.234-235）。

　　以上這些功用對於成功的學校與成人生活，都是不可或缺的，每一項也都與了解和欣賞文學有密切關聯。若無視覺與聽覺，如何讀或聽文學？若無記憶，當個人經驗逐漸擴展時，如何了解文學作品中的相關且建立新的連結？在促進認知發展方面，文學也是非常重要的，它增進口頭心得的交換及思考過程的發展。在提升思考的基本運作上，幼兒文學有其特別功效。這些運作包括：(1)觀察；(2)比較；(3)分類；(4)假定；(5)組織；(6)摘要；(7)應用，以及(8)批評。以下將一一說明（Norton, 1991）。

1.觀察

　　彩色圖畫書是發展幼兒觀察技巧的絕佳工具。Arthur Yorinks（文）、Richard Egielski（圖）的《嗨！老鮑》（*Hey, Al*, 1987 年卡德考特金牌獎）（遠流）提供豐富的色彩與各種神態的鳥類，當讀者在辨別這些鳥類時，觀察技巧便更上一層樓了。Peter Spier 的《挪亞方舟》（*Noah's Ark*, 1978 年卡德考特金牌獎）（漢聲）除開頭洪水名稱外，全書無一文字，作者則以細膩的畫風，詳細刻劃各種動物及景物，引領孩子尋找一景一物，是觀察技巧的最佳練習。

2.比較

　　圖畫書及其他文學作品也提供孩子從事比較的機會。例如：在 Esphyr Slobodkina 的《賣帽子》（*Caps for Sale*）（上誼）中，孩子可以比較帽子的不同顏色；在 Allen Say 的《祖父的旅程》（*Grandfather's Journey*, 1994 年卡德考特金牌獎）（Houghton Mifflin），書中人物的穿著及生活環境，則提供了美、日兩個異國文化的對比。至於張秀綢

（文）、陳維霖（圖）的《圓圓國和方方國》（光復書局）則讓幼兒有極佳的機會，比較衡量圓形與方形在不同場合中的利弊得失。

3.分類

在真正了解事物間的關係之前，孩子必須先能夠將他們分類。Eric Carle 的《我的第一本形狀的書》（*My Very First Book of Shapes*）（上誼）以及鄭明進的《找朋友》（臺灣省教育廳出版），都是利用各種形狀的故事情節，自然引導孩子認識圖形分類的概念。

4.假定

有些圖畫書鼓勵幼兒假定下一頁將出現的畫面。Beatrice Schenk DeRegniers（文）、Beni Montresor（圖）的《我可以帶一位朋友來嗎？》（*May I Bring a Friend*？1965 年卡德考特金牌獎）中，主角在一星期中，每天帶一位朋友赴國王與皇后的邀宴，幼兒在翻至下一頁前，會先猜猜看這次是哪種動物將與主角同行，全書充滿各種可能性，提供幼兒絕佳的假定經驗。另外，Chris Van Allsburg 在《野蠻遊戲》（*Jumanji,* 1982 年卡德考特金牌獎）中，亦有類似手法。隨著野蠻遊戲的進行，會有出人意料之外的情境發生，對幼兒的假定能力，有極大的挑戰。這種對於書中主題、情節或人物之假定，幫助幼兒發展認知技巧及興趣。同時，也促使他們讀或聽文學讀物。例如：孩子可能看著林純純的《媽媽的絲巾變！變！變》（中華幼兒圖畫書，臺灣省教育廳）一書的封面插圖，而猜想書中內容。對於年紀較大的幼兒，在閱讀書之前，先行討論描述各章節之題目及相關內容，是一絕佳刺激口說與書寫語言發展的練習。

5.組織

對幼兒而言，了解時間的概念及順序並非易事。在 Nonny Hogrogian 的《美好的一天》（*One Fine Day,* 1972 年卡德考特金牌獎）中，以主角——一隻狐狸的一天為故事內容。這隻狐狸因口渴而偷喝了一

位老婦人罐中的牛奶，被老婦人發覺，剪下牠的尾巴作爲懲罰，若狐狸能賠償牠所喝下的牛奶，老婦人再幫牠縫回尾巴。所以，狐狸便千方百計要找一些牛奶來歸還老婦人。首先，牠找到牛，但牛要求吃一些草，才能產生牛奶，所以，牠又去尋求草，草要求水澆漑，於是牠又去找水，水說：要有罐子才能裝水，牠又去找罐子……，事件環環相扣，先後有一定順序；最後，狐狸如願以償地讓老婦人縫回尾巴。這種情節發展無形中給與孩子邏輯組織的形式。聽完或看完故事後，藉著自行重述故事或另創修正之新故事，孩子可以練習將想法按先後次序呈現與表達，組織能力也得以增進。

某些以「爲什麼」爲題的故事，通常也以一系列事件來解釋某件事。例如：前面提過的 Verna Aardema 的《爲什麼蚊子老在人們耳朵邊嗡嗡叫》（上誼），描述一系列事件的發生，導致「貓頭鷹媽媽不叫醒太陽，黎明也就不會到來」。此種以時間序列爲情節的故事，是最佳的法蘭絨布板故事題材，當孩子以法蘭絨布圖片重述故事或用這些故事爲基礎，從事創造性戲劇時，他們的組織能力也得到了強化。

6.摘要

任何形式的文學作品，皆可增進幼兒摘要的能力，他們可以口頭或書寫的方式，摘要敘述故事；可能是故事中他們最喜歡的部分，可能是他們所學到最重要的訊息，可能是故事中寫得最好的部分，可能是最高潮的部分，也可能是最喜歡或最不喜歡的主角的行爲事蹟。總之，是他們記憶所及，印象深刻的部分。

例如：日本作家岩村和朗的《14隻老鼠大搬家》、《14隻老鼠吃早餐》（漢聲）等系列作品，便令孩子們著迷地反覆敘述故事情節，指認書中十四隻老鼠的一言一行，對他們可愛的造型，愛不釋手呢！而瑞士作家Nord-Süd Verlag AG（文）、Gossau Zürich（圖）的《阿倫王子歷險記》（*Valentino Frosch und Das Himbeerrote Cabrio*）（麥田），

青蛙阿倫在尋找美麗公主的旅途中，所遭遇的事情，一直是孩子們時常津津樂道的題材。

7.應用

幼兒需要很多機會實地應用書中的概念、訊息與技巧。例如：當他們讀一些概念書籍時，他們應該可以看且操作實物，而非僅止於單單「看」而已。林良（文）、郭國書（圖）的《扣釦子》，除了介紹釦子的大小與形狀之外，書中各頁附有不同衣物及釦子，讓讀者可以一邊閱讀文字或圖畫，一邊實地練習扣各式衣服釦子的技巧。

另外，坊間有一些布書，例如：《數數故事》（*Counting Stories*）藉著子母帶，將各種物品數量與 0-9 之數字配對，讓孩子一邊操作，一邊獲得數量之概念，相信如此的學習方式是既有趣又深刻的。

8.批評

不論是成人或幼兒，都不應該被要求全盤接受所聽或所讀到的每一件事，而不能有自己評論的意見。尤其是幼兒，應有許多機會來批評所聽、所讀，以藉此發展批判思考的能力。歷史小說正可以提供幼兒探究與討論其人物、背景及情節之真實性。研究指出：幼兒所使用之質疑策略的層次與型態，會影響他們的思考層次與批判評論技能之發展（Norton, 1991）。

三、人格發展

兒童在成長過程中，會經歷許多人格發展階段。他們逐漸學習適當的表達方式、對他人的同理心，以及自我尊重的感覺。根據兒童發展權威 Joanne Hendrick 在她的《完整兒童》一書中所提的：兒童「當他們逐漸建立人生的基本態度時，情緒發展會經歷一連串的階段。學前時期涵蓋了三個階段：信賴與不信賴、自主與羞怯懷疑，以及主動

進取與愧疚」（1988，頁103-104）。Hendrick認為兒童工作者在孩子的幼兒時期，就必須提供他們許多機會發展健全的情緒態度，培養良好的心智能力。使其在成人的引導下，慢慢學習控制情緒，不亂發脾氣。

在克服恐懼、發展信賴、放棄個人意見，或是學習與同儕及成人互動的行為方面，難免會有受創的經驗，而人格發展的這些階段是成熟過程中，所必經的一部分。圖書在這過程中，能夠扮演一舉足輕重的角色。表2-4列出一些可以促進兒童人格發展的圖書，供讀者參考。

表 2-4：人格發展

特質	實用技巧	建議圖書
〔學前階段：2-3歲〕		
1. 開始認為他有與家中其他成員不同的角色。	1. 幫助孩子了解他們是有自我身份與自我價值的人。	▶ 谷川俊太郎（Shuntaro Tanikawa）（文）、長新太（Shinta Cho）（圖）的《我》（*I Myself*）（漢聲） ▶ 李紫蓉（文）、曲敬蘊（圖）的《小猴子》（信誼）
2. 有安全感的需求。	2. 將孩子抱在腿上讀故事，增加安全感及讀書的樂趣。	

〔學前階段：3-4 歲〕

1. 已發展出相當穩定的自我概念。

1. 孩子的自我概念會受到周圍人們的態度與行為影響，所以要讓他們覺得其他人是關心他們的、接受他們的，並且認為他們是有價值的。

◗Joe Lasker（文圖）的《誰要我幫忙》（*The Do-Something Day*）（漢聲）

◗Ann Forslind（著）、張麗雪（譯）的《小小大姊姊》（*Lilla STORA SYSTER*）（上誼）

2. 需要溫暖又安全的環境。

2. 在教室、家中或圖書館中，營造溫馨的環境，與孩子一起分享圖書。

◗Jan Ormerod 的《晚安》（*Moonlight*）（漢聲）

◗Jan Ormerod 的《早安》（*Sunshine*）（漢聲）

3. 以退縮、假裝問題不存在，或是責怪他人來逃避不愉快的情境。

3. 在不影響孩子自我價值觀的前提下，給與特別輔導，幫助他們接受錯誤。

◗Marjorie Sharmat 的《我撒了一個謊》（*A Big Fat Enormous Lie*）（漢聲）

4. 開始注意到他們的文化遺產。	4. 孩子需要以自己為榮，所以可提供他們一些強調社區、家園或文化貢獻的讀物。	▶ 中國童話（共 12 冊）（漢聲）

〔學前階段：4-5 歲〕

1. 尚未脫離自我中心觀，常以第一人稱說話，並認為他們自己是世界的中心。	1. 給與孩子一些可以與故事書及書中人物產生認同的文學讀物。	▶ 筒井賴子（Yoriko Tsutsui）（文）、林明子（Akiko Hayashi）（圖）的《第一次上街買東西》（*Miichan's First Errand*）（漢聲）
2. 處理自己情緒方面的能力增加了。	2. 幫助孩子以其他方式處理問題。應用文學幫助孩子了解其他人如何處理情緒。	▶ Ezra Jack Keats 的《彼得的椅子》（*Peter's Chair*）（上誼）
		▶ Ezra Jack Keats 的《旅行》（*The Trip*）（Mulberry Books）
3. 對於未知情境的恐懼，使孩子失去信心，也較難掌握情緒。	3. 幫助孩子了解新事物也幫助他們對自己處理未知情境的能力有信心。閱讀並討論新情境的圖書。	▶ Margarete Kubelka（文）、Hans Poppel（圖）的《祖母的妙法》（漢聲）
		▶ 五味太郎（Taro Gomi）的《爸爸走丟了》（漢聲）

4. 開始對內在動機加以反應。	4. 孩子需要內在動機的示範,提供相關書籍作為資源。	◗ 竹下文子(Fumiko Takeshita)(文)、鈴木まもる(Mamoro Suzuki)(圖)的《小狗奇普交了一個新朋友》(漢聲)
5. 需要溫馨又安全的環境。	5. 繼續在愛的氣氛中讀故事給孩子聽。	◗ 五味太郎(Taro Gomi)的《我是第一個》(漢聲) ◗ 李紫蓉(文)、曲敬蘊(圖)的《小鴨鴨》(信誼)

〔學前階段:幼稚園 5-6 歲〕

1. 通常是外向的、喜與人相處,以及友善的。	1. 讀一些相關故事,書中主人翁具有外向、善與人相處,以及友善的特質。	◗ 郝廣才(文)、李漢文(圖)的《起床啦,皇帝!》(信誼)
2. 相當穩定地成長,且能調適情緒;他們逐漸發展出自信與對他人的信任。	2. 鼓勵孩子發展自信與對他人的信任,提供各種機會,讓孩子擴展自信——它與自我價值觀密切相關。	◗ 高橋宏幸(Hiroyuki Takahashi)(文圖)、文婉(譯)的《我能做什麼事》(台英) ◗ Alicia Garcia de Lynam(文圖)、漢聲雜誌(譯)的《忙碌的週末》(*My Busy Weekend*)(漢聲)

| 3.縱使自信心增加，仍需要與成人保持溫暖又安全的關係。 | 3.透過故事時間時親密的聯繫，繼續與孩子保持溫馨的良好關係。 | ◆李紫蓉（文）、曲敬蘊（圖）的《小綿羊》（信誼） |

〔小學低年級：6-8 歲〕

| 1.情緒不像以前穩定；他們表現更緊張，也可能與父母或師長發生衝突。 | 1.幫助孩子學習處理緊張情緒的方法。讀一些相關故事，故事描述其他孩子處理緊張情緒的方法。 | ◆Elisabeth Reuter（文圖）的《安安——和白血病作戰的男孩》（Christian）（漢聲） |
| 2.尋求脫離成人而獨立，但仍需要與成人的溫馨與安全關係。 | 2.提供孩子展現獨立的機會，讓他們選擇分享的圖書及活動，提供相關書籍，其中主人翁有獨立的個性。 | ◆小野（文）、何雲姿（圖）的《藍騎士和白武士》（信誼） |

〔小學中年級：8-10歲〕

1. 在四年級時，合作的人格特質深受重視，但之後便減弱了。

2. 對眼前可能的危險並不太懼怕，但對遙遠的或是不可能的情境，例如：鬼、獅子、巫婆、魔法產生強烈的恐懼。

1. 鼓勵合作性的文學活動，提供強調合作為主題的圖書。

2. 運用描述孩子恐懼心理的文學作品，與孩子討論，並且讓其逐漸了解不切實際的恐懼。

◆ 劉伯樂（文圖）的《黑白村莊》（信誼）〔信誼圖畫書創作系列〕

◆ Maurice Sendak（文圖）、郝廣才（譯）的《在那遙遠的地方》（*Outside over There*）（麥田）〔國際安徒生大獎精選 8〕

〔小學高年級：10-12歲〕

1. 許多孩子已有內在控制的能力，他們相信自己可以掌握所發生的事，並且承擔成敗的責任。

2. 重視獨立的人格特質。

1. 加強責任感、組織與做決定的能力。提供描述內在控制的書籍。

2. 提供一些描述男、女孩獨立感發展的相關文學作品。

◆ 馬洛（原著）、周姚萍（改寫）的《苦兒奮鬥記》（天衛文化）〔小魯兒童小說〕

◆ Wilhelm Grimm（原著）、Maurice Sendak（圖）、郝廣才（譯）的《親愛的小莉》（*Dear Mili*）（麥田）〔國際安徒生大獎精選 1〕

| 3.有些孩子可能因
為身體的快速成
長，而變得自我
意識高且自我挑
剔；有些孩子可
能變得非常注意
自己的外表。 | 3.提供相關故事
，描述其他孩
子在這段期間
所遇到的成長
問題。 | ▶約翰‧班奈特（原著）、趙
永芬（改寫）的《雲雀男孩
》（天衛文化）〔小魯兒童
小説〕 |

資料來源：Hendrick (1988); Mussen, Conger, and Kagan (1979); Norton (1991); and Sarafino and Armstrong (1980)。

　　文學可以幫助幼兒發展正向與實際的自我概念。嬰兒並不認為他們是獨立的個體。在二、三歲時，幼兒開始逐漸體認到他們與家中其他成員不同。在三歲以前，藉著溫暖與愛的環境之助力，幼兒發展出對自身的感覺，也有了「我」的概念。然而，「自我中心」的想法仍在往後幾年繼續著，他們認為自己是宇宙的中心。若要有正向的自我意識發展，他們必須知道家人、朋友以及社會都看重他們。例如：Tomie DePaola 的《先左腳，再右腳》（*Now One Foot, Now the Other*）（漢聲），描寫祖孫之間深刻的親情，而中風的爺爺，就在孫子小包柏的幫助之下，逐漸復原。

　　對幼兒的人格發展而言，強調創意的問題解決圖書，是有其特殊價值的。荷蘭作家 Burny Bos（文）、Hans De Beer（圖）的《小象歐利找弟弟》（*Olli, Der Klein Elefant*）（麥田），藉著主人翁小象歐利因為想要一個弟弟而四處走訪，希望別的動物媽媽願意把一個孩子分給他作弟弟，為了增加他與那些動物的相似與認同，他想盡辦法，將自己打扮成孔雀、鹿、貓，甚至青蛙……等，表現豐富而具創意的問題解決方式。當然，主人翁最後終於了解父母疼愛子女的深情，而想

要儘快回到自己媽媽的懷抱。在美國作家兼畫家Tomie DePaola的《藝術課程》（*The Art Lesson*）中，書中主人翁發現他可以保留他個人對藝術的信念，同時也不會違背老師的規定，那就是先依老師規定畫完她要的圖畫，再照自己的想法，另外創造一幅生動活潑的豐富畫面。

所有幼兒皆需對自己的成就及文化遺產，深以爲傲，並發展正向的性別角色認同。也唯有具正向自我價值感的幼兒，將來才能承擔自身成敗的責任。文學可以幫助幼兒發現自己的能力，並且了解有些技巧的學習是需要時間的。例如：在 Ezra Jack Keats 的《彼得的口哨》（*Whistle for Willie*）（上誼）中，彼得一次又一次地試著吹口哨，都沒有成功，甚至戴上爸爸的帽子，學爸爸的口氣說話，仍吹不出口哨，最後經過一段時間的努力練習，終於如願以償。至於描述有關同一民族的貢獻事蹟，或先民豐功偉業的文學作品，如：民族英雄傳記等，皆可能強化幼兒對自己文化的正向態度。另外，Jack Kent 的《神奇變身水》（*The Wizard*）（上誼）、Gerald McDermott 的《石匠塔沙古》（*The Stonecutter*）（上誼），Arthur Yorinks（文）、Richard Egielski（圖）的《嗨！老鮑》（*Hey, Al*）（上誼），以及 Eric Carle 的《拼拼湊湊的變色龍》（*The Mixed-up Chameleon*）（上誼），書中主角皆因對自我價值感到懷疑，而想變成別人，最後終於醒悟到還是做自己最好。

閱讀能力的水準往往也會影響自我價值觀，Alexander 以及 Filler（1976）曾綜合閱讀能力與自我概念發展的相關研究，他們的結論如下：(1)當幼兒自認爲自己閱讀能力差，或是被他們所尊敬的同儕、老師，以及（或）父母視爲如此時，他們對自己可能產生低自我概念；(2)一旦幼兒相信別人認爲他們是差勁的閱讀者時，他們可能不再努力或是決定痛恨讀書，或是覺得讀書是無聊之事；(3)若是幼兒相信他們是差勁的讀者，他們可能真的會變成差勁的讀者；(4)正向的自我概念

讓幼兒有更佳的閱讀能力；反之，負向的自我概念導致幼兒更差的閱讀能力。

　　幼兒的人格發展是非常重要的。若幼兒不了解自己，並且相信自己的重要性，他們如何能看重他人？許多文學讀物與文學相關經驗，皆可增進正向的人格發展，例如：在一個溫暖又安全的環境中，將故事「讀」出來，討論並扮演故事中人物，從事創造性戲劇表演，或只是單純地沈浸在閱讀各種文學的樂趣中。

四、社會發展

　　隨著工業的發達，文明的演進，今日的幼兒在生活、行動和思想上，都與過去的幼兒有顯著的不同。父母工作環境變換大，尤其是單親家庭與母親外出工作的情形增多，幼兒隨家庭搬遷的機會也增多，使得許多幼兒必須在陌生的社區中長大，適應新學校、新朋友。父母也更意識到自己對子女成長的影響，而對自己的角色感到焦慮，而這種焦慮常在無形中傳達給孩子。社會競爭的激烈，也加重父母對子女的期望，他們覺得子女必須學得更多、更好，才能在未來的社會中立足，因此，從幼稚園開始，便將子女送至各種才藝班：舞蹈、美勞、電腦、美語、心算、音樂、體能……等。幼兒自幼便承受在學校成功、在運動上競爭，以及滿足父母情緒需要等壓力，而成長過速，成了美國兒童心理學家 Elkind（1981）所說的「匆忙的孩子」（The hurried child）。另外，電視也是影響幼兒生活的一個重要來源，它開啟了幼兒的見聞之窗，但也剝奪了幼兒從事遊戲和閱讀等活動的時間。因此，在電視和實際生活中，幼兒早在能解決自己的問題之前，便面臨許多成人問題，然而，他們畢竟不是小大人，他們需要的是一段快樂的童年，而非早熟的成年期，如此，才能有健全的社會發展。

表 2-5：社會發展

特質	實用技巧	建議圖書
〔學前階段：2-3 歲〕		
1. 孩子學習組織並呈現他們的世界；他們模仿他們所觀察到的動作與行為。	1. 鼓勵孩子多做角色扮演，如此，他們可以開始從別人的角度看事情，也可以學習別人的行為。	▶Eric Carle 的《拼拼湊湊的變色龍》（The Mixed-up Chameleon）（上誼）
2. 將物品轉換成假想物：一根木棒可能是一匹馬；一塊積木可以是一部車子。	2. 提供可以刺激孩子想像力的物品和圖書。	▶林純純的《媽媽的絲巾變！變！變》（中華幼兒圖畫書，臺灣省教育廳） ▶永坂幸三（Kozo Nagasaka）的《大家來玩黏土》（Let's Play with Clay）（漢聲）
〔學前階段：3-4 歲〕		
1. 開始意識到其他人也有感覺，就像他們一樣。	1. 鼓勵孩子談論當有類似事件發生在自己身上，他們的感覺如何。提供表現感覺的相關圖書。	▶市川里美（Satomi Ichikawa）（文圖）的《玫瑰花開了》（Nora's Roses）（漢彥） ▶Ezra Jack Keats 的《彼得的椅子》（Peter's Chair）（上誼）

幼兒文學

2.喜歡與別人一起玩，並發展與他人強烈的依戀關係。

2.鼓勵發展中的社會技巧：分享、輪流、合作性遊戲。

◆ Marjorie Weinman Sharmat（文）、Tony De Luna（圖）的《我和小凱絕交了》（*I'm Not Oscar's Friend Anymore*）（漢聲）

◆ Marie Hall Ets.（文圖）、林真美（譯）《和我玩好嗎》（*Play with Me*）（遠流）

3.開始喜歡參與團體活動和團體遊戲。

3.讀完一本書後，讓孩子在團體活動中扮演領導者與跟隨者的角色。

◆ 莎琳娜柯恩斯（文）、卡瑞吉特（圖）、張莉莉（譯）的《大雪》（*Der Grosse Schnee*）（麥田）〔國際安徒生大獎精選 12〕

4.開始由觀察別人面部的表情，得知其感覺。

4.藉著談論書中人物不同面部表情所顯現的感覺，來提升孩子對自己與他人的感覺敏銳度。

◆ David Wiesner 的《夢幻大飛行》（*Free Fall*）（遠流）

〔學前階段：4-5歲〕

1. 開始避免在生氣時有侵略行為，並尋求妥協。然而，他們常是專斷、霸道，並易於使用說辭。

2. 開始了解好與壞的結果，可能使用不被接受的行為來獲得反應。

3. 很少單獨遊戲，但他們開始獨立工作。

1. 當孩子將憤怒說出來時讚許他們，幫助他們冷靜與談論情境並尋求解決之道。選擇有關避免侵略行為的圖書。

2. 用孩子可了解的語詞解釋故事中的情節，讓孩子討論其他可能情節。

3. 培養孩子的堅持度；讓孩子做某件事，直到滿意完成才停止。這對問題解決能力與自我引導學習都是很重要的。

▶ 今江祥智（Yoshitomo Imae）（文）、赤羽末吉（Suekichi Akaba）（圖）、張玲玲（譯）的《雪女》（*Yuki Musume*）（麥田）〔國際安徒生大獎精選15〕

▶ 阿諾‧羅北兒(Arnold Lobel)（文圖）、楊茂秀（譯）的《明鑼移山》（*Ming Lo Moves the Mountain*）（遠流）〔羅北兒故事集2〕

▶ Eric Carle 的《好忙的蜘蛛》（*The Very Busy Spider*）（上誼）。

4.逐漸注意不同的角色——護士、醫生、警察、郵差、男人、女人等。	4.透過圖書和實際生活,讓孩子認識不同的人。並以戲劇方式扮演這些角色。	▶瀨田貞二(Teiji Seta)(文)、林明子(Akiko Hayashi)(圖)、漢聲雜誌(譯)的《今天是什麼日子》(漢聲)
5.表現出不合理的恐懼,例如:害怕黑暗、雷電、巫婆或是鬼。	5.藉著與孩子分享其他人克服恐懼的經驗,幫助孩子克服恐懼。	▶格林兄弟(Grimm, Brothers)(文)、Roberta Angeletti(圖)的《格林兄弟3:青蛙王子》(全高格林)〔繪本世界四大童話〕

〔學前階段:幼稚園 5-6 歲〕

1.孩子喜歡幫助父母處理家務,他們的行為漸漸可以信賴。	1.允許孩子為一些能力所及的事負責。讀一些有關孩子幫助家務的故事。	▶Alicia Garcia de Lynam《忙錄的週末》(*My Busy Weekend*)(漢聲)

2. 會保護弟弟妹妹以及其他小孩。	2. 讓孩子幫忙家務與讀故事給年幼的孩子聽，讓他們意識到自己將成為可以獨立的人。與他們分享為何所有人皆需要安全感的理由。	▶ 原道夫（Michio Hara）（文圖）、文婉（譯）《我也要背背》（*Onbu*）（台英）
3. 為他們所能完成的事而驕傲；他們以上學及所擁有的事物為榮。	3. 鼓勵孩子的自我價值感，讚許他們所完成的事，鼓勵孩子分享在學校與家中的經驗，讓他們談論所擁有的事物。	▶ 《我有》（漢聲）〔愛的小小百科 12〕 ▶ 《上學》（漢聲）〔愛的小小百科 13〕
4. 繼續表現出焦慮以及不合理的恐懼。	4. 幫助孩子克服恐懼與焦慮，強調這些是正常的現象。	▶ Ingrid & Dieter Schubert 的《天不怕，地不怕》（*Ik Kan niet slapen*）（漢聲）

5.喜歡在戶外玩喜歡的玩具，如三輪車、滑板車、腳踏車等。	5.提供孩子遊戲、討論遊戲、讀與畫戶外遊戲的機會，以及聽寫戶外遊戲故事。	◗ Ezra Jack Keats 的《下雪的日子》（*The Snowy Day*）（Viking）
6.喜歡到新的與熟悉的地方遠足。	6.帶孩子到動物園、植物園、歷史博物館等地旅行。介紹這些地方的相關故事。鼓勵孩子談談與家人曾去過的旅行地點。	◗ 愛的小小百科16《到公園》、18《郊遊》、19《去海邊》，及 20《爬山》（漢聲）
7.喜歡打扮、角色扮演，以及創造性遊戲。	7.提供各種機會，讓孩子裝扮成不同角色，並扮演這些角色。讀一些可作為創造性遊戲的書。	◗ Dr. Seuss（文圖）、郝廣才等（譯）的《蘇斯博士小孩學讀書全集》全18冊（遠流）

〔小學低年級：6-8 歲〕

1. 在受到壓力的情況下，可能會反抗父母，不易與弟妹和諧相處。

1. 鼓勵孩子更注意家人的需要，讀一些類似遭遇的故事，並談論與尋求解決方式。

◆ Ezra Jack Keats 的《彼得的椅子》（*Peter's Chair*）（上誼）

◆ Franz Brandenberg（文）、Aliki Brandenberg（圖）的《我希望我也生病！》（*I Wish I was Sick, too!*）（漢聲）

2. 喜歡與其他孩子玩，但常堅持要第一。

2. 鼓勵孩子要做領導者也要做跟隨者，讀一些相關故事，書中主角克服類似問題。

◆ Aliki Brandenberg（文圖）的《我們是好朋友》（*We Are Best Friends*）（漢聲）

3. 在意老師的幫助或讚許。他們試著順從老師並讓老師高興。

3. 讓孩子分擔工作並且讚美他們。六、七歲的孩子特別喜歡分享故事。多加稱讚他們讀書並與人分享的行為。

◆ 方素珍（文）、何雲姿（圖）《小珍珠》（信誼）

4.喜歡安靜地聽故事，不論是在家、學校或是圖書館皆如此。	4.常提供孩子讀故事與說故事時間。	◗ Gail E. Haley 的《故事啊，故事》（*Story, Story*）（信誼）
		◗ 阿諾・羅北兒（Arnold Lobel）（文圖）楊茂秀（譯）的《老鼠湯》（*Mouse Soup*）（遠流）
5.有絕對的對錯觀念，且不具任何彈性。	5.與孩子討論書中人物處事態度與準則。	◗ Raymond Briggs 的《當風吹來的時候》（*When the Wind Blows*）（漢聲）
6.對男女之間的不同感到好奇。	6.詢問孩子有關男孩女孩間的不同問題，以及嬰兒從哪裡來？提供相關書籍，解答這類問題。	◗ Babette Cole 的《媽媽生了一個蛋》（*Mommy Laid An Egg*）（Chronicle Books）

〔小學中年級：8-10 歲〕

1. 「對」與「錯」的觀念變得更具彈性，會考慮錯誤行為發生的情境。

1. 提供各種經驗與書籍，他們開始明白父母師長所強調的：各種情境、人、事、物間不同的價值觀、態度，與行事標準。

◆ Paul Goble 的《喜愛野馬的女孩》（*The Girl Who Loved Wild Horses*, 1979 年卡德考特圖畫書金牌獎）（Bradbury）

2. 開始受同儕團體的影響。

2. 閱讀並討論相關圖書，書中強調同儕團體的重要性，這些團體會影響孩子的態度、價值觀以及興趣。

◆ 小野（文）、何雲姿（圖）《聖誕不快樂》（信誼）

3. 想法逐漸變得社會化；他們可以了解其他人的觀點。覺得他們的推理與解決問題方式，應該與其他人相同。

3. 提供許多機會，讓孩子去探究不同的觀點。文學是一個絕佳的來源。

◆ 方素珍（文）、楊麗玲（圖）的《白雪公主在嗎？》（*Is Snow-White at Home ?*）（信誼）〔幼年童話 9〕

〔小學高年級：10-12歲〕

1. 發展出種族態度；低偏見的孩子，其不具種族歧視的概念增加；反之，高偏見的孩子，種族歧視概念增加。

1. 提供文學及教學活動，發展孩子多元種族的價值觀，並重視少數族群的貢獻。

▶ 小野（文），小野、李近和家人（圖）的《心情髮樹》（皇冠）〔小皇冠叢書第十種〕

2. 想要將事情做好，而不只是有個開頭與探索的努力而已。若覺得不能達到自己個人的標準，會產生自卑與不適任感。

2. 鼓勵孩子多擴展自己有興趣的知識，提供相關書籍，並協助他們完成工作，符合期望標準。

▶ 余遠炫（文）、王振宇（圖）的《從前從前有一條龍》（皇冠）〔皇冠童書舖15〕

3. 有一種正義感，並排斥世上的不完美處。

3. 閱讀並討論相關故事，書中人物克服不公平的遭遇。增進孩子對生活的不同觀點，或是提出有關生活的問題。

▶ 吉田足日（原著）、余元君（改寫）、章毓倩（繪圖）的《燈籠花》（建新書局）

第二章　幼兒與幼兒文學

4.深受同儕團體的影響,對父母的順從度減低;對同儕的順從度相對提高,孩子也可能挑釁父母。	4.如果家庭與同儕的價值觀差距太大,孩子會產生衝突。提供孩子適當的文學讀物與討論,來幫助他們。	▶林清玄(文)、武建華(圖)的《王子和椅子》(*The Prince and Chairs*)(信誼)〔信誼圖畫書創作系列〕
5.已發展出強烈的性別角色期望行為,男孩在「女性」工作上常失敗;女孩則在「男性」工作上不易成功。	5.提供書籍與討論,避免性別角色定型,強調兩性皆可在許多角色上得到成功。	▶管家琪著《小婉心》(天衛文化)
6.無論男、女孩,皆可接受異性的身份。女孩較男孩早開始感覺到需要婚姻。	6.提供一些與異性發展良好關係的書籍,這些書籍特別容易吸引女孩的興趣。	▶管家琪著《少女念慈的秘密》(皇冠)〔皇冠童書舖 3〕

資料來源:Braga and Braga (1975); Mussen, Conger, and Kagan (1979); Piaget and Inhelder (1969); Norton (1991); and Shaffer (1989)。

根據 Shaffer(1989)的定義,所謂「社會化」是「一種幼兒獲得在他們的社會中,老一輩的人所認可的有意義且適當的信念、價值

觀，以及行爲的過程」（頁560）。他指出三種社會化對社會的貢獻：
(1)一種節制幼兒的行爲及控制他們反社會衝動的手段；(2)一種可以提升個人人格成長的方式（或途徑），及(3)一種奠立社會秩序的手段。多數人認爲：當幼兒在學習可被他們的團體接受的方式時，社會化便產生了。若要與家人、朋友，及鄰里社區的人和諧相處，幼兒必須學習控制侵略與敵對的行爲，欲達此目的，則需了解他人的感受與觀點。爲了幫助幼兒順利地成長，我們必須注意三種社會化的重要過程：

1. 來自父母和其他成人的獎勵或處罰，增強幼兒爲社會接受的態度與行爲，並削弱其爲社會所排斥的態度與行爲。例如：一個拒絕與其他幼兒分享玩具的孩子，可能被拿走玩具；若與人分享玩具，則可能獲得擁抱或正面的讚許。

2. 藉著觀察其他人，幼兒可以學習自己文化中，合宜的應對禮節、行爲舉止，以及信念。經由模仿成人與同儕中，學習行爲規範及價值觀。例如：在我們的文化中，男、女孩可能從觀察自己與模仿自己父母在家庭中所扮演的角色，而學習性別差異之處。另外，幼兒也由家人與不同種族、文化者之間的互動，而學習待人處事之道。

3. 第三個過程——認同，可能是社會化中最重要者。它需與模仿對象有情感的連結。幼兒的思想、感覺與行動，都與他們相信和他們相像的人類似。

　　幼兒的人際關係通常起源於與家人的關係，進而擴展至鄰里社區、學校等。文學作品及相關活動可以幫助幼兒敏察別人的感覺。日本作家筒井賴子（文）、林明子（圖）的《佳佳的妹妹不見了》（*Asae and Her Little Sister*）中，當佳佳發現妹妹不見了，心中的焦急與找到妹妹的興奮心情在書中刻劃無遺。Anthony Browne 的《大猩

猩》（*Gorilla*），書中主角因父親太忙，一直沒空陪他，而悶悶不樂。結果，夢中大猩猩出現，代替父親的角色（穿上父親的衣物），陪他盡情玩樂；最後，父親亦挪空陪他出遊。

手足間的爭吵問題，向來是幼兒圖書中常見的主題，也是幼兒常感受且能了解的情緒。在 Ezra Jack Keats 的《彼得的椅子》中，彼得為了害怕妹妹搶走父母對他的關愛，而離家出走，並帶著小時候的照片，代表對過去生活的懷念（那時，妹妹未出世，父母全心全意照顧他）。最後，他終於發現自己長大了，藍椅子再也坐不下了，進而主動幫助父親油漆曾屬於自己的藍椅子為粉紅色，供妹妹使用。這種轉變是自發、自然的，令人感動。

親情的刻劃也是另一常見主題。前述 Tomie DePaola 的《先左腳，再右腳》，描述祖孫間深厚的感情；而 Helen V. Griffith 的《祖父的家》（*Grandaddy's Place*），則探討祖父與孫女間關係的發展。另外，友誼也是幼兒圖書中屢見不鮮的主題。在羅伯特的《最珍貴的寶貝》（*Der Grobte Schatz*）中，女巫國的女王為尋找繼任人選，舉行「寶貝大搜索」比賽，誰能找到最珍貴的寶貝，誰就是下一任女王。女王說「有的寶貝大，有的寶貝小，妳只管找出最棒的寶貝；它很昂貴，也很珍貴，只有真正關心它的人才能找得到。」（引自中譯本，管家琪譯，格林文化出版）。結果，一對女巫帶回了金錢買不到的東西──一個朋友，而贏得女王寶座。Leo Lionni 的《這是我的》（*It's Mine*）（上誼），描述池塘中三隻青蛙，整天爭吵不休，為的是凡事據為己有，不願與其他青蛙分享，結果，一場暴風雨中，蟾蜍救了牠們，也讓牠們體會互助合作的可貴，而建立了良好的友誼。

在每位幼兒的社會發展過程中，道德標準與道德判斷的能力是相當重要的一部分。當學前幼兒認同父母的價值觀、態度，及行事標準時，便已開始發展「對與錯」的概念了。根據皮亞傑與殷海德（Piaget

& Inhelder, 1969)的看法，孩子在七、八歲以前，會有嚴謹而無彈性的對錯觀念，這是由父母處學來的。他們認爲：在八至十一歲之間，孩子的道德發展會有許多改變，此時，孩子開始有「平等觀」，會考慮錯誤行爲發生的情境，對於對錯的判斷也較具彈性，也是此時，個人行爲深受同儕團體的影響。勞倫茲・寇博（Lawrence Kohlberg）對道德判斷的階段分期，也是根據當價值觀發生衝突時，孩子或成人所做的選擇而定（Kohlberg, 1981）。

　　幼兒文學中蘊含許多危機時刻，此時，主角權衡情勢做出道德決定。雖然，Kohlberg 並未將他的道德發展階段，應用在幼兒文學上，Donna Norton 與 Cheryl Gosa 則有此做法（Norton, 1986; Gosa, 1977）。前者應用 Kohlberg 的道德發展階段，來評估傳記文學中人物的道德判斷；後者則認爲 Kohlberg 的階段，適於作爲真實小說中人物分類與評估的準則。因此，Gosa 強調：成人若希望孩子能夠了解故事中人物做決定的過程，就必須選擇故事中人物的道德發展階段與讀者的階段相近者，如此，讀者才能體會故事中人物的決定。否則，若是超過讀者所能理解的層次，這樣的小說或故事是無意義的。

第四節　童書與兒童情緒輔導

　　「童書與兒童情緒輔導」是近年來常被提及的議題，也受到相當的重視。本節共分二部分：理論背景與童書應用，希望能夠就此主題加以較深入地探討。

一、理論背景

本小節分爲㈠哲學基礎、㈡壓力與兒童及㈢心理治療、圖書治療與藝術治療。以下分別說明之。

㈠哲學基礎：童書故事與幼兒

Glazer（1981）認爲，文學對幼兒的情緒成長貢獻有四：⑴它向幼兒顯示他們的許多感覺是與別人相同的，而那些感覺是正常與自然的；⑵它探索許多不同觀點的感覺，給與完整的描述，並提供命名的依據；⑶不同主人翁的行爲，顯示處理特殊情緒的不同方式；⑷文學讓幼兒明白一個人會經歷許多情緒，而這些情緒有時是互相衝突的。

說故事可以有許多形式，包括：說兒童圖書故事、畫圖說故事，以及孩子藉著扮演他們所見所聞，而說出的改編故事（Mc Namee & De Chiara, 1996）。兒童的世界是不斷變動的三個同心圓（我、我與他人、我與我的地方），如圖2-1。藉著反覆來回於三者之間，他們獲得支持、技能與相互了解，在孩子世界的每一個圓中，他們內在的「我」與外在的人與事進行互動，這就是成長及改變的複雜歷程。唯有走進孩子世界的同心圓中，我們成人才能開始了解他們的經驗、感受、想法、反應與行爲。這些便是介入治療的基礎。然而，由於成人對童年的遺忘、孩子對成人的不信任、孩子語言表達技巧的有限，或是成人對孩子的了解不足，讓成人常常無法真正進入孩子的內心世界。

圖畫書提供了一個很好的媒介，幫助成人進入孩子的世界，也幫助孩子以他們自己的速度，在安全的距離範圍內，去認同或經驗書中的人、事、物；然後，在一個支持的環境中，重演在他們的世界中只

有部分了解與熟悉的事件。透過圖畫書，可以鼓勵師生對於真實且通常困擾孩子的生活事件進行交談，如此，雖仍身在教室中，卻能擴展孩子的視野，爲他們開啓通往世界的門。藉著圖畫書經驗的分享，成人也得以探索孩子的世界。

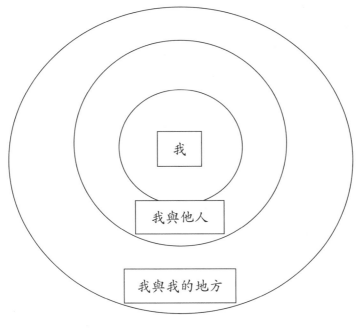

圖 2-1　兒童的世界

　　爲了進一步了解孩子對圖畫書的感受，除了讀故事之外，可以要求孩子重述故事、畫故事內容，以及將孩子說的故事寫下來，這些孩子自發的活動可以顯現他們真正的內心世界。透過此，成人得以進入孩子豐富的世界中，而孩子則是在不斷地接受與創造意象中，將他們的經驗概念化。

(二)壓力與兒童

兒童在生活中會經歷許多不同的壓力，有些是直接而切身的；有些是間接的，例如：由電視、新聞中看到的、聽到的，或是周遭其他朋友的經驗。有些來自於內在因素：與生俱來的（例如：訊息處理的能力異常、種族，甚至外貌）、身心創傷或疾病、適齡發展上的知覺（例如：恐懼與願望），與對自我及他人的錯誤、無助及自我顛覆的知覺（McNamee & McNamee, 1981, p.182-183; 1982, p.5）。當然，另外也有些來自外在因素：家庭環境（例如：分居、父母不合、虐待兒童、弟妹的出生或領養、搬家）、社區環境（例如：鄰居或朋友）、學校環境（例如：老師、行政人員、同班與同校同學、學業與課外活動等）、大社區環境（例如：孩子居住的鄰里、社區、鄉、鎮、縣、市與國家），以及世界性事件（例如：戰爭、自然現象、能源危機與環保）（ibid, pp.184-185; p.5）。

上述內外因素常伴隨出現，孩子便承受多重壓力。每個孩子對壓力的反應亦不相同，因個人自我概念與經驗而異。也深受自身過去生活經驗與旁人觀念、處理方式的影響。因此，孩子處理壓力的能力，一方面受到先天遺傳因素（神經、生理與心理）的支配；另方面也受到與環境（包括人與事）互動經驗的影響。當然，不論是造成孩子壓力的人或是幫助孩子適應壓力的人，在每位孩子的生命中，都扮演舉足輕重的角色。

(三)心理治療、圖書治療與藝術治療

Reisman（1973）將心理治療定義如下：「是一種人與人間互相了解與尊重的溝通，也是一種幫助他人的願望。」（頁 10，引自 McNamee & De Chiara, 1996），他特別強調「互相了解與尊重」的態度。

心理治療的方式有許多種，除了晤談外，對兒童較常用的是動作取向的，例如：遊戲、律動與舞蹈、美術、音樂、戲劇、圖畫書與說故事（Nickerson & O'Laughlin, 1982, pp. 3,5）。兒童心理治療應提供孩子一種機會「在最喜愛的情境中，經驗成長」（Axline, 1947, p.16），讓孩子能夠紓解他們「累積的緊張、挫折、不安全、攻擊、恐懼、迷亂、困惑的情緒」（ibid, p.16）。而遊戲、圖書與美術正可以提供熟悉、自然而又喜愛的情境。

遊戲治療讓孩子在想像世界中，重新經驗在真實世界中讓他們恐懼、痛苦或困惑的事件。圖書治療則以某種程度的真實或想像，呈現真實世界中的故事與圖書，讓孩子知道他們並不孤單，其他孩子或像孩子般的動物，也經歷同樣的事，藉此減少孩子的無助與恐懼感，並學習故事中主角勇於解決問題。藝術治療提供孩子「另一種不需複雜語言的溝通方式」。事實上，它是另一種語言，「非口語但具象徵意義，透過它，孩子可以表達（可能是無意識的）內心世界中，真正的感覺、希望、恐懼與幻想（不自覺的過程）」（Case & Dalley, 1990, p. 2）。

二、童書應用

根據兒童發展權威 Joanne Hendrick 在她的《完整兒童》一書中所提的：兒童「當他們逐漸建立人生的基本態度時，情緒發展會經歷一連串的階段。學前時期涵蓋了三階段：信賴與不信賴、自主與羞怯懷疑，以及主動進取與愧疚」（1988，頁 103-104）。Hendrick 認為兒童工作者在孩子的幼兒時期，就必須提供他們許多機會發展健全的情緒態度，培養良好的心智能力。使其在成人的引導下，慢慢學習控制情緒，不亂發脾氣。

在克服恐懼、發展信賴、放棄個人意見，或是學習同儕及成人互動的行為方面，難免會有受創的經驗。圖書在這個程中，能夠扮演舉足輕重的角色。

圖書治療（bibliotherapy）是一種讀者與文學間的互動。意指用圖書治療身體疾病，也可泛指一個過程，在這個過程中，用圖書來治療各式各樣身體的、發展的、行為的，以及心理的問題。簡言之，運用圖書和透過對這些圖書的討論，來處理許多不同的問題（Sawyer & Comer, 1991）。利用圖書治療的概念可遠溯自希臘的第一個圖書館（Bibliotherapy, 1982，引自曾慧佳，1996），而圖書治療最早是由教育家 David Russell 和 Caroline Shrodes 所研究，迄今已有廿餘年，他們研究發現：圖書治療是一種評價人格和觀察個體適應與成長狀態的有效工具。

許多研究學者或是實務工作者（包括醫生、心理學家、教師、社工人員、輔導人員、圖書館員），甚至父母，都會使用圖書作為治療兒童、病人的工具，惟效果未有定論，故有學者建議將之視為主治療之外的輔助工具（Aiex, 1993; Riordan & Wilson, 1989）。然而，大多數研究還是肯定圖書治療對孩子情緒發展的幫助（Bullock, 1998; Gamm, 1981; Gartrell, 1997; Hodges, 1995; Pardeck, 1985）。

Charlotte S. Huck 與 Doris Young Kuhnru 將圖書治療過程劃分為三個階段：(1)認同（identification），讀者把自己與書中人物聯想在一起；(2)情緒宣洩（catharsis），當讀者與書中人物在一個類似的問題上產生認同時，他們可以在某種程度上釋放出自己在實際生活所遭遇的類似問題上，所承受的緊張壓力；(3)領悟（insight），透過觀察和理解故事中人物如何處理一種情緒，讀者可以學習解決自身實際問題的方法（Sawyer & Comer, 1991）。

恐懼和妒忌是幼兒常見的情緒，尤其當家中有寶寶誕生時，妒忌

的心理更是在所難免。有關這類題材的圖書可以幫助幼兒表達他們的恐懼，並且明白雙親仍是愛他們的，而對於新關係的恐懼，也非他們獨有，其他幼兒也有類似感覺。例如：Ezra Jack Keats 的《彼得的椅子》（*Peter's Chair*）（上誼），便是描述一位男孩，當小妹妹出生後，眼看媽媽對她的細心照顧，加上爸爸也將原本屬於他的藍色家具逐一漆成粉紅色，於是帶著小時候的照片、小狗、狗的玩具骨頭，及一把尚未被爸爸漆成粉紅色的藍椅子負氣離家出走（不過，只在自家院子裡）。當他累了，想坐在藍椅子上休息時，才發現它太小，自己已坐不下了。結果，他甘心樂意返家，並主動幫爸爸將藍椅子漆成粉紅色。另外，《寶寶誕生了》等系列作品，則是讓幼兒在幫忙照顧小寶寶時，體會自己的角色與寶寶的天真可愛，而逐漸紓解原本的敵意與恐懼。

許多幼兒害怕第一次上學、上街，或是搬家、轉學至新的環境。日本作家筒井賴子（文）、林明子（圖）的《第一次上街買東西》（漢聲），便是描述一位小女孩第一次上街的情景，那種害怕、興奮與緊張的心情，在文字與圖畫中細膩地刻劃入微。每一位小讀者應能深切感受書中主人翁的情緒，並學習到第一次上街買東西的經驗。Ezra Jack Keats 的《旅行》（*The Trip*）則是敘述一位小男孩搬家後的孤獨與恐懼，藉著想像，他又回到舊家，與昔日好友歡聚一堂，在情緒得到如此紓解後，他終於能接受新的友誼。

雖然，圖書治療成效尚無定論，唯文學可以幫助兒童處理情緒問題是有目共睹的。讓他們了解自己的感受，並藉由故事中主人翁所遭遇的問題，洞察自身遇到的類似問題，而學習其他人克服類似問題的方式。根據Rudman與Pearce（1988）的說法：「圖書對幼兒的作用就如同鏡子，反映他們在周遭環境中，所呈現的外貌、人際關係、感覺，以及思想。」（頁159）此外，圖書亦如世界的窗戶，邀請幼兒

擴展自我，在自身之外找到興趣。

結語

　　對於孩子的情緒輔導，童書不是唯一的方式，卻應是相當有效的一種媒介，若能配合遊戲、藝術、戲劇等其他心理輔導方式，加以靈活運用，必有最佳效果。

參考文獻

中文部分

曾慧佳（1996）。圖書治療法：兒童書可以做心理治療（以離婚、吃藥
爲例）。國民教育，*36*(3), 35-37。

鄭蕤（1990）。幼兒語文教學研究。台北：五南。頁 16。

墨高君譯（1996），Sawyer, W. and Comer, D.（1991）原著。幼兒文
學。台北：揚智。

英文部分

Aiex, N. K. (1993). *Bibliotherapy.* ERIC Digest. (ED357333).

Alexander, J. E. and Filler, R. C. (1976). *Attitudes and reading.* Newark,
Del： International Reading Assn.

Axline, V. M. (1947). *Play therapy.* New York: Ballantine.

Bartel, N. (1975). Assessing and remediating problems in language develop-
ment. In Hammill, D. and Bartel, N. (eds.), *Teaching children with learning
and behavior problems.* Boston: Allyn & Bacon.

Bibliotherapy (1982). *Fact Sheet.* (ED234338)

Braga, L., & Braga, J. (1975). *Learning and growing: A guide to child devel-
opment.* Englewood Cliffs, N. J.: Prentice-Hall.

Braine, M. (1978). The ontogeny of English phrase structure: The first phrase.
In Bloom (ed.), *Reading in language development.* New York: John Wiley.

Brown, R. (1973). *A first language/The early stages.* Cambridge, Mass. : Har-
vard University Press.

Bullock, J. R. (1998). *Loneliness in young children.* ERIC Digest. (ED419624)

Case, C., & Dalley, T. (Eds.) (1990). *Working with children in art therapy.* New York: Tavistock/Routledge.

Cullinan, B. E. (1977). Books in the life of the young child. In B. Cullinan and C. Carmichael (Eds.), *Literature and young children.* Urbana, Ill.: National Council of Teachers of English.

Elkind, D. (1981). *The hurried child.* Reading, MA.: Addison-Wesley.

Gage, N. L., & Berliner, D.C. (1979). *Educational psychology.* Chicago: Rand McNally.

Gamm, C. C. (1981). *Books on death, divorce, and handicaps for primary grades: An annotated bibliography.* (ED198928)

Gartrell, D. (1997). Beyond discipline to guidance. *Young Children, 52*(6), 34-42. (EJ550998).

Glazer, J. (1981). *Children's literature for early childhood.* Columbus, Ohio: Merrill.

Gosa, C. (1977). Moral development in current fiction for children and young adults. *Language Arts, 54,* 529-536.

Hendrick, J. (1988). *The whole child.* (4th ed.). Columbus, Ohio: Merrill.

Hodges, J. (1995). *Conflict resolution for the young child.* (ED394624)

Kohlberg, L. (1981). *Essays on moral development: The philosophy of moral development.* New York: Harper & Row.

Loban, W. (1976). *Language development: Kindergarten through grade twelve.* Urbana, Ill.: National Council of Teachers of Engilsh.

McNamee, A. (1982). *Children & stress.* Wshington, D.C.: Association for Childhood Education International.

McNamee, A. S., & De Chiara, E. (1996). *Inviting stories to help young chil-*

dren cope with stressful life experiences. (ED399081)

McNamee, A., & McNamee, J. (1981). Stressful life experiences in the early childhood educational setting. In C. Wills and I. Stuart (Eds.), *Self-destructive behavior in children and adolescents* (pp. 180-206). New York: Ban Nostrand Reinhold.

Mussen, P., Conger, J., & Kagan, J. (1979). *Child development and personality* (pp.234-235). New York: Harper & Row.

Nickerson, E. T., & O'Laughlin, K. (1982). *Helping through action-oriented therapies.* Amhurst, Mass.: Human Resource Development.

Norton, D. (1986). *Moral stages of children's biographical literature: 1800s-1900s.* Vitae Scholasticae.

Norton, D. E. (1991). *Through the eyes of a child.* New York: Macmillan.

Papalia, D., & Olds, S. (1990). *Child development.* (5th ed.). New York: McGraw-Hill.

Papalia, D., & Olds, S. (1992). *Human development.* (5th ed.). New York: McGraw-Hill.

Pardeck, J. T., & Pardeck, J. A. (1985). *Using bibliotherapy to help children adjust to changing role models.* (ED265946).

Piaget, J., & Inhelder, B. (1969). *The psychology of the child.* New York: Basic Books.

Riordan, R. J., & Wilson, L. S. (1989). Bibliotherapy: Does it work? *Journal of Youth Services in Libraries, 2* (3), 241-49.

Rudman, M., & Pearce, A. (1988). *For love of reading: A parent's guide to encouraging young readers from infancy through age 5* (p.159). Mount Vernon, N. Y.: Consumers Union.

Russell, D. L. (1994). *Literature for children* (2nd ed.). New York: Longman.

Sarafino, E. P., and Armstrong, J. W. (1980). *Child and adolescent develop-ment.* Glenview, Ill.: Scott, Foresman.

Shaffer, D. R. (1989). *Developmental psychology: Childhood and adoles-cence.* (2nd ed.) Pacific Grove, Calif: Brooks/Cole.

第三章

如何選擇優良
兒童讀物

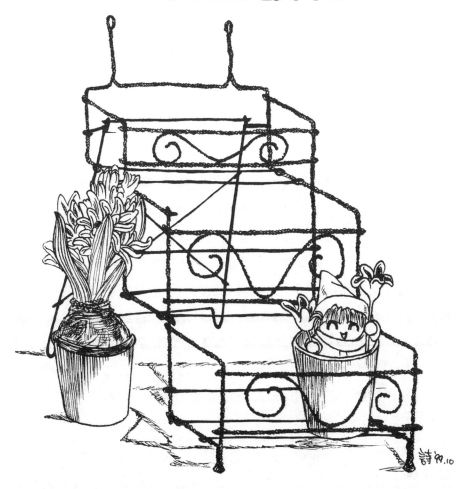

在浩瀚的出版品中，要為孩子選擇符合所需的書籍，並非易事。本章將就書籍評選標準、文學要素，以及圖書選擇要領三方面，加以探討，供父母、教師與圖書館員參考。

　　文學計畫的目標與兒童讀物之選擇息息相關。根據 Huus（1973）的研究，一個文學計畫應有五個目標：(1)文學計畫應幫助兒童體認文學是愉悅的，並且終生享用不盡。文學應合乎兒童的興趣，並能創造兒童對新主題的興趣；因此，教育工作者必須知道這些興趣，並了解激發新興趣的方法；(2)文學計畫應讓兒童熟悉他們的文學遺產，因此，文學應促進知識的保存，並傳承至後代。教育工作者必須對由古到今的好的文學作品，相當熟悉，並與兒童分享；(3)一個文學計畫應幫助兒童了解文學的基本要素，培養正確的文學鑑賞能力。孩子需要聽、讀好的文學作品，並欣賞好的作家，教育工作者必須有能力發掘好書，與兒童分享；(4)一個文學計畫應幫助兒童逐漸了解他們自己與其他人。當兒童認同文學作品中的人物，這些人物遭遇與兒童自身經驗類似並克服困難時，他們便學會處理自身問題的方法。教育工作者提供給兒童的文學作品，應涵蓋不同年代與國家，培養孩子更寬廣的世界觀；(5)一個文學計畫應幫助兒童評鑑他們所讀的作品。文學計畫應能擴展兒童的文學品鑑能力，以及想像力。因此，教育工作者應幫助學生學習如何比較、質疑與評鑑他們所讀的作品。

　　為達上述目標，兒童讀物之選擇應包含各類文學作品，並求其均衡；應有古典與現代故事、想像與真實故事、散文與韻文（詩歌）、傳記，以及百科全書等。本書將在以下各章逐一探討各類作品。本章主旨在於提供兒童讀物評鑑標準，首先是文學要素（情節、人物塑造、背景、主題、風格，以及觀點），接著是兒童的文學興趣與兒童讀物的文學特色，最後則是幫助兒童評鑑文學作品的程序。

第一節　圖書評鑑標準

　　根據 Jean Karl 的說法，真正的文學「應有小說或圖畫書故事情節之外的一些理念，或是非小說類主題之外的一些意義，但這些理念或意義是不易察覺的、隱性的；好書並不說教，而是將欲傳達的理念滲入書本身，明顯地成為書本身生命的一部分」（頁50）。反之，Karl 認為二流圖書過度強調所欲傳達的訊息，或是歪曲與過度簡化人生，它所呈現的觀點太明顯了，以至於輕易地便受到讀者的排斥（Karl, 1987）。

　　Carlson（1979）指出：使用劣等書低估了兒童的能力，特別是對學習緩慢者和閱讀能力較弱者，傷害更大。這些書思想簡單、文筆平庸、粗劣，易養成年輕讀者的惰性。如果文學是要幫助兒童發展潛能，好書必須是兒童文學經驗的一部分。因此，評鑑圖書就成為成人與兒童都需具備的技能。

　　Frye、Baker 與 Perkins（1985）列出五個文學批評的重點。在實際評鑑文學作品時，常強調其中二項或更多項：

1. 主要著重於文學形式，與內容無關；
2. 作品與其本身的時、空關係（包含作者）；以及周遭社會、經濟，與知性的環境；印刷或其他的傳播方式；第一次讀到此書的讀者群的假設（適合閱讀對象）；
3. 與寫作之前年代的文學與社會歷史關係，是重複傳統、延伸傳統，或與傳統悖離；
4. 與未來的關係，這些作品是否呈現未來的事件；是否形成文學潮流的一部分？是否影響下一代的閱讀、寫作，以及思想？

5.是否呈現某種生命永恆概念、藝術絕對標準，或永恆不變存在的真理？（頁130）

　　對一位文學評論者而言，以上這些重點的相對重要性，取決於他對作品本身、作者、主題，與讀者的重視程度（Norton, 1991）。

　　藉著閱讀與討論優良圖書，並分析書評與文學評論，可以提升一個人認識及推薦優良兒童讀物的能力，而成為文學評論者。不僅可以就作品本身形式、情節、作者技巧、主題呈現等方面，說明其為優良、平庸或是劣等圖書的理由；更可以引導讀者反覆閱讀，開拓新視野，對讀者整體文學素養助益頗大。

第二節　文學要素

　　本節主要探討文學要素，審視兒童文學作家如何運用情節、人物刻劃、背景、主題、風格，與觀點，來創造出令人難忘的故事。

一、情節

　　「情節」，簡單地說，是指故事中事件發生的順序，結果達到一個特定的目標。不論其複雜程度如何，都是故事成敗的關鍵因素之一。當我們要求一個孩子說他最喜歡的故事時，他通常是詳述其情節。一本書必須有好的情節：足夠的動作、刺激、懸疑及衝突，才能吸引孩子的興趣；而一本好書更能讓孩子融入其中，感受衝突與高潮，為令人滿意的結局喝采。當然，情節的複雜度是隨著孩子年齡而增加的；幼兒對於日常生活的簡單情節，即感到滿意，但，對年長兒

童而言，他們期待也享受更複雜的情節。

(一) 事件發展的順序

　　故事通常會有相當清楚的「起」（開頭）、「承」（發展）、「轉」（轉折）、「合」（結局）。一個介紹人物與動作的好的開頭，能吸引讀者之興趣，不論是傳統上的「從前……」，或是簡單地敘述背景：「在一個月黑風高的晚上……」，都是幼兒所習慣而喜愛的。接著發展故事的衝突，加以舖陳，以營造高潮，此時，通常也是轉折處，最後，則是一個適當的結局。如果缺少上述任一部分，幼兒會認為此書是難以令人滿意的，而且，也浪費讀者的時間。在事件呈現的手法上，作者有幾種方式，但在幼兒文學中，事件的發生通常是按照時間順序的。因為「依據兒童閱讀心理專家的研究，兒童要到九歲左右，對故事的前端、中間、尾部的大體結構，才有比較清楚的概念；到了十歲左右，才能充分了解故事中繁複情節的因果關係」（蔡尚志，1994，頁185）。

　　在累進式的民間故事中，常見非常強烈而明顯的時間順序。動作與人物以因果相關聯，當新動作或新人物出現時，所有人、事皆會再重述一遍，而孩子喜愛這些重複的敘述。在Nonny Hogrogian的《美好的一天》（*One Fine Day*, 1972年卡德考特圖畫書金牌獎）中，狐狸為了償還老婦人牠所偷喝的牛奶，以便要回牠的尾巴，而想盡辦法一一懇求可以幫助牠的人與物，每遇到一位人或物，牠便重複敘述事件的始末。如此重複對幼兒是有效的，可以鼓勵他們加入說故事活動，並可預測故事的發展，提升幼兒對故事的興趣。累進的因果事件也可以是反向發展，由結局推至開端，例如：Verna Aardema的《為甚麼蚊子老在人們耳朵邊嗡嗡叫》（*Why Mosquitoes Buzz in People's Ears*, 1976年卡德考特圖畫書金牌獎）（上誼）以虛構有趣的情節，說明了「為

甚麼蚊子老在人們耳朵邊嗡嗡叫」的源由。

(二)發展衝突

情節的重心是衝突，導致結局。不論是內在衝突（一個主角的內心掙扎），或是外在衝突（人物之間的掙扎），都是故事引人之處，也與故事主題息息相關。根據 Lukens（1986）的看法，兒童文學涵蓋四種形式的衝突：(1)人對人；(2)人對社會；(3)人對大自然；(4)人對自身。針對幼兒所寫的情節，通常只有一種衝突形式；但針對較年長的兒童所寫的故事，則會運用數種衝突情境。

二、人物刻劃

一個可信又令人喜愛的故事，需要一些主角，他們就像我們生活周遭的人們，有共同的特質與個性，也在故事中成長。Bond（1984）曾說：「作者運用想像與人類經驗來創造三度空間的人物，這些人物有過去、未來、父母、手足、希望、恐懼、悲傷，與快樂。同時，作者展現的是一些獨立的個體，他擁有我們共有的人性，吸引讀者的認同與感情的介入。」（頁 299）

主角通常有幾種個性，就像真的人一樣，有好有壞，隨著遭遇的情境而改變。他是誠實善良、勇敢而值得信賴的；但，他也是善妒的、害怕的或生氣的。他的個性不僅在故事中完全展現，也會隨著改變。若人物刻劃成功，會使讀者產生共鳴，甚至將書中人物視為無話不談的知己呢！例如：Maurice Sendak 的《野獸國》（*Where the Wild Things Are*）（漢聲）中，主角馬克斯（Max）不就像我們身邊的小孩一樣，天真、頑皮、活潑，他的喜、怒、哀、樂是那麼熟悉，一顰一笑是那麼自然，隨著他的遭遇，讀者不知不覺中彷彿也有了同樣的感

覺，這就是人物刻劃成功之處。

三、背景

　　故事「背景」指的是它發生的時間與地點，這些可以幫助讀者分享主角所見、所聞、所聽、所感，也讓讀者更能體會主角的價值、行為、衝突，與困擾。情節、人物刻劃，及背景三者是一個故事整體可信度的重要指標，而不同型態的文學作品（圖畫書、幻想故事、歷史小說，與當代真實小說），皆有不同的背景要求。當一個故事發生在某一個歷史時期，或是某一個特定地區，則背景、情節，與人物塑造皆需符合史實記載與當地情境（Norton, 1991）。

　　在某些故事中，背景是重要的一部分，若不了解其時、空關係，則無法發展人物與情節；然而，在某些故事中，背景只是提供一個環境，很快地便將讀者帶入故事場景中。例如：以「從前」開頭的故事，通常指的是一個神話時代，魔法可以使公主沈睡一百年，王子變成野獸、天鵝，或青蛙，而南瓜也可以變成馬車。在 Andrew Lang 的《紅色童話故事集》（*The Red Fairy Book*）中，共有三十七篇古典童話故事，其中有三十篇以「從前」開頭，難怪當幼兒說故事時，十之八九會以「從前」開頭。

　　當然，魔法並非到處可見，通常是發生在「某個王國」、「森林深處」、「黑暗城堡」，或是「很遠、很遠，一個溫暖且愉快的地方」，這些都能激起兒童想像的飛揚，使文學作品的情趣發揮得更淋漓盡致。雖然，背景的敘述有時相當簡短，但仍有它的作用：營造氛圍、提供對照、建立歷史背景，或是表達象徵意義。

(一)營造氛圍

　　兒童文學作家與成人文學作家一樣，都運用環境背景，來營造氣氛，以增加人物與情節的可靠性。試想若是一個巫婆騎著掃帚，出現在廿世紀陽光亮麗的草原上，讀者感受如何？是否難以置信？若是同一個巫婆，半夜出現在古代陰森森的城堡中，是否令讀者毛骨悚然，不知將發生何事？這種「逼真」的氛圍，讓讀者無形中已「融入」故事情境中了。

　　例如：在 Ezra Jack Keats 的《約翰‧亨利》（*John Henry*）中，敘述美國傳說中的傳奇人物約翰‧亨利的一生事蹟，故事開頭便完全吸引了讀者：

山崗上一片寂靜。

天空無聲地繞著月亮打轉。

河流停止了它的呢喃，

微風停止了它的低語，

青蛙與貓頭鷹

還有蟋蟀都沉靜無聲──

萬物都在注視著、等待著、傾聽著。

然後──河流怒吼了！

風低語、呼嘯，並歌唱。

青蛙嘎嘎叫，貓頭鷹嗚嗚叫

所有的蟋蟀唧唧地叫。

「歡迎，歡迎！」回聲響徹山崗。

約翰‧亨利誕生了，

手上握著一把鐵鎚誕生了！

這樣的開頭，是不是已營造出故事的神秘氛圍與傳奇色彩了？

(二)提供對照

環境背景也可能是情節安排的對照者，製造出「人對社會」或「人對大自然」的衝突。在 Frank Baum 的《綠野仙蹤》（The Wizard of OZ）裡，女主角因衣著打扮及身體尺寸與當地小人不相同，而備受矚目；在 Maurice Sendak 的《野獸國》中，野獸所居住的島與主角馬克斯的房間，畢竟有天壤之別，所以，馬克斯最後還是回到他熟悉的環境中，而母親不變的愛，也可以從背景顯現出來——一盤熱的晚餐，放在房間的桌上。

(三)建立歷史背景

在歷史小說與傳記中，環境背景的正確性是絕對重要的。主角的一舉一動，和故事中的衝突，都可能受到時、空背景的影響。除非作者仔細描述環境背景，否則，兒童是無法了解在他們不熟悉的年代，所發生的事件。在 Peter Spier 的《挪亞方舟》（*Noah's Ark,* 1978 年卡德考特圖畫書金牌獎）（漢聲）中，為了讓讀者對聖經中所記載的事件，有更深一層的了解，作者還翻譯了一首十七世紀的荷蘭詩，題目為「洪水」（The Flood），為荷蘭詩人 Jacobus Revius（1586-1658）所作。另外，圖畫書中的人物穿著、建築物外型，以及動植物也都要符合史實。

歷史小說與傳記的作者，不僅需描述時間與地點，還要注意價值觀、用語，以及當時當代的習俗等。若非作者親臨其境，便需下一番功夫研究——訪問耆宿或是考據史實。Thomas Handforth 的《美麗的新年》（*Mei Li,* 1939 年卡德考特圖畫書金牌獎），便是描述三〇年代的中國過年的情景，不僅將那個年代過年的習俗，刻劃得栩栩如生，

也顯露出中國傳統社會的重男輕女觀念，若非作者曾經到過中國，恐怕難以描繪得如此逼真。

(四)表達象徵意義

　　環境背景常用來表達故事中的象徵意義。在古典童話中，象徵手法是相當普遍的。例如：戰慄人心的冒險與魔法的變形，發生在黑暗森林深處；而華麗的皇宮與城堡場景，則象徵「永遠幸福快樂」的日子。現代兒童幻想故事與科幻小說作者，常借用古典童話中類似的象徵背景，來營造出詭異與魅力的氣氛；而現實小說作家也運用巧妙的象徵背景，來烘托出情節或人物的發展。

　　例如：在Frances Hodgson Burnett的名著《神秘花園》（*The Secret Garden*）中，一座被鎖在一道牆後十年的花園，象徵一位父親遭遇妻亡子病的悲傷，以及父子間感情的疏離。當一位孤獨、不快樂的女孩，發現了埋藏的花園鑰匙，並且打開了滿佈藤蔓的門時，她人生中第一個積極的改變，就發生了：

　　　　它是一個任何人所能想像的，最甜美、看起來最神秘的地方。擋在它前面的那道牆，爬滿了無葉的玫瑰花梗，濃濃密密地糾纏在一起（頁76）。

　　發現花園、開始整理工作，並看著它恢復昔日的美，帶來了女孩的快樂、生病男孩的重獲健康，以及父子的和好如初。作者以描寫微小的新嫩芽從土中冒出，與花園的新鮮空氣帶給兩個蒼白小孩透紅兩頰的景象，來象徵讓這個神秘王國中人，身心得到醫治的神奇法術。

四、主題

　　故事的主題是作者所要強調的觀念，藉著情節、人物，與環境背景三者的結合，而表達出有意義的整體。大部分的文學理論家、作家都主張文學作品要有主題，例如謝冰瑩認為：「我覺得一篇作品如果沒有主題，根本就不能存在。因為主題代表作者的思想，代表作者的人生觀；主題等於一個人的靈魂，也是這一篇作品精神的寄託。」（轉引自陳正治，1990，頁 59）。蔡尚志則以為「任何文學作品，不管作者的目的是要強調一個嚴肅的觀念，或描述一個很平凡的經驗，甚至只為了一個遊戲消遣的動機，都是『存心』想要表現什麼、傳達什麼，都一定有它的『主題』……『主題』是作品的靈魂，沒有了主題，作品就成了一堆鬆散雜亂、枯燥無味、不知所云的文字了。」（蔡尚志，1994，頁 51-52）

　　當然，認為文學作品不需要有主題的作家，他們的文學作品不一定就沒有主題，反而常常在作者的潛意識中，自然流露出來。所以，有的作者雖不強調主題，但是他們的作品仍有主題。例如美國著名的兒童圖畫書作家兼畫家——Tomie DePaola 就認為，文學作品不需要有嚴肅的主題，只要能愉悅兒童，讓他們喜歡文學即可，但他的一百多本作品中，卻很難找到沒有主題的；《先左腳，後右腳》（*Now One Foot, the Other*）（漢聲）描述祖孫情深及親情的可貴；《阿利的紅斗篷》（*Ali Needs a Cloak*）（上誼）教導孩子羊毛變成斗篷外套的過程；《巫婆奶奶》（*Strega Nona*）（上誼）則強調「做錯事，就要接受懲罰，以負責任」的主題。其他許多小兔子、小貓咪系列作品，也都是透過日常生活中的簡單情節，彰顯一個主題。另外，贊成「為文藝而文藝」，文學不關道德的唯美主義大師——王爾德（Oscar

Wilde），在他的作品《快樂王子》（*The Happy Prince*）中，也呈現
「捨己為人」的主題。

　　評鑑兒童圖書的主題時，要考慮作者所欲傳達的，對兒童而言是
否有價值？一本令人難忘的好書，會有一個或更多主題，而這些主題
是兒童可以了解的，因為符合他們自身所需。Perrine（1983）說：

　　　　沒有特定的方法可以發現主題。有時，我們可以藉著探究在故
　　事中，主角如何改變，以及在故事結束前，主角是否學得何事，來
　　找出主題。有時，最好的方式是去探討主要衝突的本質及其結果。
　　有時，題目也會提供一個重要的線索（頁10）。

　　兒童圖書的主題呈現有下列三種方式：⑴作者旁白敘述；⑵書中
人物對話說明；⑶隱喻暗示。通常，以前二者居多，但以第三者「潛
移默化」的功用，可能最具影響力，也較深刻，適合較大兒童或是成
人讀物。不論如何，兒童故事的主題必須正確易懂，使兒童從故事中
得到有意義的啟示，學到正確的知識與經驗，受到良好的薰陶，最後
能得到成長。

　　兒童文學的精神是求真、求善、求美，蔡尚志（1994）提出數項
檢視主題的原則：（頁54-55）

1. 求真的
　　⑴提倡「實事求是」的科學精神。
　　⑵闡揚「享受權利，克盡義務」的現代觀念。
　　⑶鼓勵主動學習及深入思考探討的求知態度。
　　⑷重視發明、創造、進取、勞動的意義。

2. 求善的
　　⑴肯定人生價值，尊重人性尊嚴，發揚民主、法治、自由、平等的

理念。

(2)強調樂觀、積極、正義、合作、堅毅、負責的生活態度。

(3)發揚「我為人人，人人為我」的犧牲奉獻，及熱忱服務的道德意
　　識。

(4)介紹整齊、清潔、簡單、樸素、迅速、確實的生活習慣。

3.求美的

(1)提倡美育，能培養兒童高尚氣質和優雅風度的主題。

(2)描述溫馨動人的情誼，平安祥和的氣氛，能陶鑄兒童健康、活潑
　　、愉快、開朗性情的主題。

(3)宣揚博愛思想，能增進人類和平、友愛、關懷與了解的主題。

(4)宏揚中國優良的固有文明，能激勵兒童愛國家、愛民族、愛人類
　　的情操的主題。

五、風格

　　作家巧妙地選用各種字彙與安排，來創造情節、刻劃人物、營造
環境，以表達主題。他們富創意的文句，不僅激起兒童想像的飛揚，
也建立了作家獨特的風格。要評鑑故事的風格，祇要將它大聲讀出
來，聲音不僅應能吸引讀者的感官知覺，且應能配合故事內容。故事
所使用之語言應能提升情節發展、賦予人物生命，以及創造一種氣
氛，才是好作品。

　　美國作家 Paul Goble 的《喜愛野馬的女孩》（*The Girl Who Loved
Wild Horses*），不僅是一九七九年卡德考特金牌獎，也是兒童評選出
的優秀作品，主要原因即在於作者語言的使用。他非常小心地選用語
詞，運用精確的動詞與明喻手法，而營造出震撼心靈的懸崖與狹谷景
色，美麗而活躍的野馬，以及馳騁其中，深愛這些景物並且充滿靈氣

的印第安女孩：

……

　　村子裡有位喜愛馬的女孩。她常在鳥兒們歌頌日出時便起床，帶馬兒到河邊喝水，她輕柔地對牠們說話，而牠們也聽從。

　　人們注意到她以一種特別的方式了解馬。她知道牠們最喜歡的青草，也知道何處可以找到牠們在冬天暴風雪時的避難所。如果有馬兒受傷了，她會照顧牠。

……

　　在一個太陽高照的炎熱天，她覺得想睡覺，鋪了毯子躺下，舒服地聽著馬吃草及在花叢間緩慢移動的聲音，她很快地睡著了。

　　遠處輕微的雷聲並沒有吵醒她。憤怒的雲朵開始席捲天空，黑暗下伴隨著閃電。但，清新的和風與雨的氣息讓她熟睡。

　　突然，一記閃電帶著爆裂的隆隆雷聲，震驚了大地。女孩驚慌地雙腳躍起，萬物甦醒。馬兒以後腿直立，恐懼地噴鼻氣。她抓住一隻公馬的鬃，躍上馬背。

　　霎時間，馬群像風一般狂奔，她叫馬兒們停住，但聲音被雷聲淹沒了。沒辦法讓馬兒們停止。她的手指深入馬鬃裡，緊緊摟住馬的脖子，害怕跌落。

　　馬兒們奔跑得越來越快，被閃電追趕著。恰似棕色的洪水，漫過山崗，穿越山谷。恐懼驅使著牠們不斷向前奔馳，往日熟悉的吃草景象已遠遠拋諸腦後。

　　終於，暴風雨在地平線上消失了。疲累的馬兒放慢腳步，停下來休息。星星出來了，月光灑落山頭，這是女孩從未見過的，她知

道他們迷路了。

第二天早上，她被大聲的馬嘶叫驚醒，一隻有漂亮斑點的種馬正在她面前來回昂首闊步，搖動著馬鬃，踏著雄糾糾的步伐，牠高傲強壯，比任何她曾夢想過的馬還要英挺。牠告訴她：牠是所有山上流浪野馬的領袖，歡迎她與牠們同住。她感到興奮，她所有的馬也舉起頭，高興地嘶叫著，慶幸能自由地與野馬生活在一起。

人們到處尋找女孩與失蹤的馬，卻遍尋不著。

但是，一年之後，二位獵人騎馬上到野馬住的山上。當他們爬上一座山丘，望向山頂，他們看見有美麗斑點的種馬帶著一群野馬，在牠旁邊是女孩騎馬牽著一隻小雄駒。他們叫她，她揮手回應，但種馬迅速地將她與所有馬帶離開。

......

這是一個漫長的追逐，種馬保護女孩與小雄駒。牠繞著他們打轉，讓騎士無法靠近。他們試著用繩子抓牠，但牠避開了。牠一點也不害怕，雙眼閃耀如寒星。牠噴著鼻氣，快如閃電般躍動著。

騎士們敬佩牠的勇氣。若不是女孩的馬絆跌使她跌倒，他們是永遠無法抓到她的。

她高興見到她的父母，而他們以為她再度返家會是快樂的。但，他們很快地發現她悲傷，而且想念小雄駒與野馬。

每天日落後，人們會聽到村子上面的山頂傳來種馬悲傷的嘶叫聲，呼喚她回去。

日子一天天過去，她的父母知道女孩是寂寞的。她生病了，醫生們束手無策。他們問怎麼做會讓她再好起來。「我喜歡與野馬一起奔馳，」她回答。「牠們是我的親人，如果你們讓我回到牠們那裡去，我將會永遠快樂。」

她的父母愛她，同意她回去與野馬同住。他們給她一件漂亮衣服，以及一匹全村最好的馬騎。

　　　　　　　　　　……

　　再一次，女孩騎馬跟在種馬旁，他們在一起是驕傲又快樂的。

　　但，她並未忘記父母。每年她都回來，而且，總是送給他們一隻小雄駒。

　　然後，有一年她沒回來，從此也未再見到她。但，當獵人們再次看見野馬時，雄壯的種馬旁，奔馳的是一隻漂亮的母馬，而牠飄動的馬鬃與馬尾是一縷縷雲彩，飄浮在牠四周。他們說這女孩最後一定也變成野馬了。

　　今日，我們仍然高興記起在馬族中，有我們的親人。看見馬兒自由奔馳，會讓我們覺得愉快，我們的思想隨著牠們飛揚。

【註：作者節譯自 Goble（1978）的 *The Girl Who Loved Horses*,
Bradbury。1979 年卡德考特金牌獎。】

　　Goble 在《喜愛野馬的女孩》中，使用許多比喻，如種馬的雙眼閃耀如「寒星」；母馬飄動的馬鬃與尾巴是「一縷縷雲彩」（隱喻）。在暴風雨中，馬兒們奔跑著「越來越快，被閃電追趕著……恰似棕色的洪水，漫過山崗，穿越山谷」（明喻）。這些比喻引領孩子的想像，彷彿置身其中，親臨其境，隨著女孩在風雲變色、雷電交加中，駕著馬兒狂奔而去……這種心靈的悸動與共鳴，是所有好的文字作品共通的特色。

　　當然，文字的運用要引起幼兒的共鳴，必須是他們能夠理解、感受的語彙。林良（1976）在《淺語的藝術》中曾說：「……兒童與成

幼兒文學

人所使用的是同一種語言，……不過兒童對國語的使用，跟成人有程度上的差異。兒童所使用的，是國語裏跟兒童生活有關的部分，用成人的眼光來看，也就是國語裏比較淺易的部分」（頁23）。

因此，想要創作出使兒童讀起來親切有趣，又能感動的作品，一定要先熟悉兒童的語言，了解兒童的認知層次，才能巧妙運用兒童所能理解的語言，營造出作品獨特的風格。

六、觀點

由於每個人的經驗、背景、價值觀，及觀點各異，縱然描述同一事件，所使用的文句與語氣，也會有所不同。因此，一個故事若從另一觀點敘述，可能會大異其趣。如果 Tomie DePaola 的《先左腳，後右腳》是以爺爺的觀點來敘述，會是如何？如果前述《喜愛野馬的女孩》是以女孩觀點，而非全知觀點來敘述，又有何不同？

作家常用的觀點有三種：(1)第一人稱觀點；(2)全知觀點；(3)有限的全知觀點。第一人稱觀點是以某一位主角為「我」，當然這位主角應是在故事中有舉足輕重的地位，而行動代表客觀的觀點，作者只描述主角的行為，讀者必須自己解讀主角的思想與感受。

全知觀點是以第三人稱來敘述故事，以「他們」、「他」，或者「她」為主詞。作者不會只侷限在單一人物的知識、想法、感受，和經驗的描述上，而是所有人物的感覺與想法皆可包括在內。使用有限的全知觀點時，作者以一位主角的經驗為主，但也可以知道其他人物的所有想法與經歷。因此，有限的全知觀點較第一人稱的敘述手法，更容易釐清衝突與行動，幫助讀者了解故事情節發展。

雖然我們無法選擇一個較佳的觀點，來適用於所有的兒童文學作品；但作者對觀點的選擇，的確能影響某些年齡的兒童對故事喜愛與

相信的程度。適合八歲以上兒童閱讀的真實小說，通常採用以一個孩子為中心的第一人稱觀點，或是有限的全知觀點。如果他們曾有類似經驗，很容易就會認同故事中的某一人物。

在 David Macaulay 的《黑與白》（*Black and White*）中，第二個故事——「有問題的父母」，是以第一人稱敘述的；第一個故事——「長途旅行」是以有限的全知觀點敘述；其餘兩個故事——「火車站」與「一片混亂」則以全知觀點的角度描述相關環境背景。四個故事看似各自獨立，卻又好像互相關聯，提供讀者思考分割力的最佳考驗，Macaulay 巧妙運用三種不同觀點，營造故事撲朔迷離的情節，創出知識性圖書的典範。此書榮獲一九九一年卡德考特金牌獎。

另外，Jane Yolen（文）、John Schoenherr（圖）的《月下看貓頭鷹》（*Owl Moon*）（Philomel 出版）是以一位五、六歲男孩的觀點敘述，故事中所發生的一切，都是透過這位男孩的觀點來解釋，不僅娓娓動聽，深受同齡孩子之喜歡，也贏得其他各年齡層孩子的共鳴，更獲得專家肯定，評選為一九八八年卡德考特金牌獎圖書。

第三節　為每位孩子選擇正確的書

隨著孩子的成長，不同年齡的孩子會有不同的個人文學需求。縱使同一年齡或是同一發展階段的孩子，興趣與閱讀能力也會不同，這是我們成年人所不可忽略的。為了幫助孩子選擇適當讀物，以吸引他們的興趣與激發對文學的喜愛，我們必須了解孩子為何而讀？讀些什麼？Guthrie（1979）曾探討成人讀書的原因，而研究結果也頗適用於兒童。閱讀有兩個最重要的原因：(1)獲得一般知識；(2)得到身心紓解與喜樂。

Chall 與 Marston（1976）發現，決定成人閱讀的最重要因素有可得性、可讀性，與興趣。這些因素其實也影響兒童閱讀習慣與偏好。如果你的孩子閱讀計畫目標，在於培養文學興趣及樂趣，你必須讓他有機會接觸許多優良讀物，考慮他的閱讀能力，以及了解他的閱讀興趣。

以下就可得性、可讀性，與興趣三個因素，加以說明：

一、可得性

文學讀物必須便於兒童取得。為了了解孩子對哪些書有興趣，也為了了解其背景，並增進其文學素養及對自己與他人的認識，我們必須提供孩子許多機會去讀、去聽圖書。文學計畫中涵蓋不同類別、高品質、新舊兼具的文學作品。可惜的是，研究顯示：孩子在學校中，閱讀文學作品的機會並不夠多。例如：Poole（1986）調查英國的學校，發現教師並未充分運用高品質的故事書；而 Barr 與 Sadow（1989）分析美國學校的情形，也有類似的結果。

另外，Swanton（1984）研究資優生的閱讀習慣，顯示：資優生不僅較非資優生擁有更多書籍，使用公共圖書館的頻率也較高。接受問卷調查者中，55%的資優生表示：公共圖書館是他們主要的閱讀資料來源；而只有33%的非資優生認為如此。35%的資優生，藏書超過一百本；非資優生中，只有19%擁有相同數量的書籍。Swanton 建議以下列方式，加強公共圖書館與學校之間的合作：

1. 提升學生參加公共圖書館主辦夏季讀書計畫的意願。
2. 讓父母了解大聲讀書給孩子聽，以及給與孩子自己擁有書籍的重要，並強調「身教」對培養孩子閱讀習慣的影響，是不可忽視的。
3. 鼓勵學校圖書館員舉辦介紹圖書的演講活動，吸引孩子閱讀的興

趣。

4.帶孩子參觀公共圖書館。

5.宣傳公共圖書館活動與服務項目。

6.讓「獲得第一張圖書館借書卡」，成為特別的大事。

二、可讀性

「可讀性」是為孩子選擇文學讀物時，應考慮的另一要素。若要讓孩子自行閱讀，所提供的圖書應適合孩子的閱讀能力，否則，字彙過於艱深的結果，易產生挫折感。當孩子可以讀出一本書中 98-100% 的字，並且，可以答對 90-100%的閱讀測驗問題時，他便可以獨自閱讀這本書了。由於同一年齡層或年級的兒童，閱讀能力差異可能極大，所以，成人必須提供並熟悉各種不同程度的書籍。一般而言，許多兒童的閱讀能力較閱讀興趣的程度為低，因此，他們需要許多機會去聽，去與好的文學作品互動（Norton, 1991）。

三、興趣

近年來，有不少關於影響兒童閒暇閱讀習慣與興趣因素的研究，當然，這些因素會隨不同年齡層而異。Greaney（1980）指出幾點因素：(1)美國與英國的學者研究顯示，閒暇閱讀的時間及數量會因年齡而異，小學畢業前是最高峰，中學後便有下降趨勢，但高能力的讀者例外；(2)女孩較男孩讀更多書，但男孩較女孩讀更多的非小說類圖書；(3)家庭社經地位高的兒童較家庭社經地位低的兒童讀得多；(4)閒暇閱讀的量與學生學業成績成正比；成績好的學生通常讀較多、較高品質的讀物。

研究顯示：兒童閱讀興趣也受到閱讀能力的影響。前述 Swanton 的調查報告指出，資優兒童喜歡閱讀的各類型題材比例如下：推理小說（43%）、小說（41%）、科學小說（29%）與幻想故事（18%）。相對地，一般能力的學生喜歡閱讀的前四種類型題材為：推理小說（47%）、喜劇／幽默（27%）、真實小說（23%）以及冒險小說（18%）。資優學生喜歡科幻小說的理由，根據他們的說法，是因為科幻小說所呈現的挑戰吸引他們。

　　雖然，學術研究的結果，可以讓我們大致了解某個年齡、性別，和閱讀能力的兒童較喜歡的題材，但因個別差異的存在，我們仍需詢問個別的孩子，以進一步了解他個人興趣所在。問卷內容可如表 3-1 所示，並依不同年齡層兒童修改，若你問孩子為何喜歡某些書時，他的回答可能提供你一些額外的訊息。興趣清單的內容可以幫助我們去協助孩子選擇圖書，並擴展他們的文學樂趣（Norton, 1991）。

　　教育工作者應謹記：引導孩子閱讀並享受他們一般興趣之外的書籍。Nodelman（1987）警告說：

　　　兒童若只有接觸傳統圖書的經驗，他們很快地便學會無法忍受非傳統類圖書。那是很可惜的事。因為越能涉獵不尋常或複雜書籍的人，他的生活越有樂趣，世界的知識越深邃與敏銳，且越有容忍的氣度與謙恭的胸襟。當然，好的開始便是讓孩子能夠喜愛各類書籍，然後，再引導他們更深入地閱讀、了解文學，進而了解生命中微妙的錯綜複雜之事（頁 38）。

表 3-1：一份非正式的興趣清單

1. 你有嗜好嗎？＿＿＿

   若有，是甚麼？＿＿＿＿＿＿＿＿＿＿＿＿＿＿＿＿＿＿＿＿

2. 你有寵物嗎？＿＿＿

   若有，是甚麼？＿＿＿＿＿＿＿＿＿＿＿＿＿＿＿＿＿＿＿＿

3. 在你聽過的書中，你最喜歡哪一本？＿＿＿＿＿＿＿＿＿＿＿

4. 你喜歡聽哪一類的書？（可複選）

   真實動物＿＿＿　　　　　　圖畫書＿＿＿

   真人（兒童）＿＿＿　　　　知識書＿＿＿

   科幻小說或圖書＿＿＿　　　推理小說或故事＿＿＿

   趣味故事＿＿＿　　　　　　童話故事＿＿＿

   運動故事＿＿＿　　　　　　詩歌＿＿＿

   真實故事＿＿＿　　　　　　歷史小說＿＿＿

   想像動物＿＿＿　　　　　　冒險小說＿＿＿

   家庭故事＿＿＿　　　　　　其他＿＿＿

5. 在你自己閱讀過的圖書中，最喜歡哪一本？＿＿＿＿＿＿＿

6. 你喜歡自己閱讀哪些類別的書？（參考4.的類別）＿＿＿＿＿

7. 放學後，你做些甚麼？＿＿＿＿＿＿＿＿＿＿＿＿＿＿＿＿

8. 在假日你做些甚麼事？＿＿＿＿＿＿＿＿＿＿＿＿＿＿＿＿

9. 你喜歡收集東西嗎？＿＿＿

   你喜歡收集甚麼？＿＿＿＿＿＿＿＿＿＿＿＿＿＿＿＿＿＿

10. 你喜歡哪些學科？＿＿＿＿＿＿＿＿＿＿＿＿＿＿＿＿＿＿

11. 你喜歡自己讀書或是聽別人讀？＿＿＿＿＿＿＿＿

12. 寫出（說出）本週所讀的一本書名。＿＿＿＿＿＿＿＿＿＿

13. 你會去圖書館嗎？＿＿＿

   若是，多久去一次？＿＿＿＿＿＿

你有圖書證嗎？＿＿＿

14.你看電視嗎？＿＿＿

15.如果你看電視，你喜歡哪些節目？（可複選）

喜劇＿＿＿	卡通＿＿＿
運動＿＿＿	西部牛仔＿＿＿
動物＿＿＿	音樂＿＿＿
家庭故事＿＿＿	遊戲節目＿＿＿
教育性＿＿＿	推理（神秘）＿＿＿
眞實故事＿＿＿	偵探節目＿＿＿
特別節目＿＿＿	科學小說＿＿＿
新聞＿＿＿	其他＿＿＿

16.你喜歡哪些電視人物？＿＿＿＿＿＿＿＿＿＿＿＿＿＿＿

17.你喜歡哪些新聞人物？＿＿＿＿＿＿＿＿＿＿＿＿＿＿＿

18.列出你想要知道更多的主題。＿＿＿＿＿＿＿＿＿＿＿＿

參考資料：Norton, D. E. (1991). *Through the eyes of a child* (3rd ed.). New York: Macmillan, p. 106。

第四節　孩子是評論者

　　對於他們所讀的讀物，孩子本身是最終的評論者；在爲孩子評選讀物時，應考慮他們的喜好。近年來，在一個由國際閱讀協會與兒童圖書委員會聯手的整合計畫下，已約有萬名來自美國各地的兒童，受邀評選每年出版的兒童圖書。每年兒童評選後的意見都被記錄下來，研究小組將這些資料匯集成「兒童的選擇」書單，分成下列幾類：開始能自行閱讀者、低年級、中年級、高年級、知識圖書，以及詩歌

（Norton, 1991）。

　　審視這些兒童喜愛圖書的清單，可以了解吸引兒童的圖書特色。
Sebesta（1979）評估在「兒童的選擇」書單中入選的圖書特色，並與
未入選圖書的特色相比較，結論如下：

1. 入選圖書的情節發展較快速緊湊。
2. 若訊息呈現詳細的話，幾乎任何題目都會吸引兒童的興趣。題目本
　 身可能較研究顯示的興趣來得不重要；似乎是「特色」而非「題目
　 」，才是兒童選擇的重點。
3. 兒童喜愛環境背景的詳細描述；他們想知道一個地方看起來究竟如
　 何？而且在主要行動開始前，就能感受到。
4. 入選圖書的情節結構不一。有些故事有一個仔細安排的因果關係，
　 作為情節發展重心；有些故事則是由幾個不相關聯的事件組成一些
　 情節。
5. 兒童不喜歡令人哀傷的圖書。
6. 兒童似乎喜歡一些帶有明顯教訓的書籍，雖然評論家通常不贊成說
　 教的文學。
7. 「溫馨」是兒童所喜愛的圖書中，最明顯的特質。他們喜歡書中人
　 物彼此相愛，表達對所言所行的感受，以及偶爾有無私的表現。

　　Sebesta相信以上這些訊息，可以用來幫助孩子選擇圖書，激發他
們的閱讀意願與討論。例如：為了提升孩子對故事的參與感，你可以
引導他們注意故事中細節的描述、溫馨感人的地方，或是情節發展的
速度等。

　　兒童選擇圖書的類型不一：有人是從強勢推薦的書單中選擇；有
人則不是。若要增進文學評選的能力，兒童必須接觸過許多好書，並
且探討是何因素讓這些書令人難忘。通常，幼兒只是喜愛讀書、談論

圖書，但年紀較大的孩子則開始評估，喜歡文學作品的哪一部分，不喜歡哪一部分。

一位小學六年級的教師，曾鼓勵她的學生從事文學評論工作並擬定選擇良好文學讀物的準則（Norton, 1989）。此項作業的動機，源於學生想知道他們父母在小學六年級時，曾讀過哪些喜愛的書？孩子開始訪談家長與其他成年人，詢問他們當年最喜愛的圖書與書中人物。他們在一張大圖表上，列出書名、人物（角色），以及推薦人數等。

接著，每位學生讀一本他的父母或所尊敬的長輩，當年喜愛的書籍，讀完之後，再與他們討論這本書的內容，談談讓他們記憶深刻之處。此時，教師再介紹情節、人物刻劃、環境背景、主題，與風格等概念，孩子由所讀過的書中，尋找每一個文學要素的例子。最後，他們列出評估一本書時，會注意的一些問題：

1. 這是一個好故事嗎？

2. 我認為故事所敘述的，真的可能會發生嗎？情節可信嗎？

3. 主角是否太容易就克服困難？

4. 高潮看起來是否自然？

5. 人物看起來是否真實？我是否了解主角的個性，以及他們行為的原因？

6. 故事中人物有成長嗎？

7. 我是否發現書中人物性格的不同面？這些人物兼具優、缺點嗎？

8. 環境背景是否據實呈現書中敘述的時、地風貌。

9. 人物與環境背景協調嗎？

10. 我是否感覺親臨其境？

11. 作者在故事中想要告訴我的是甚麼？

12. 主題值得一讀嗎？

13. 當我大聲讀這本書時，人物對話聽起來是否像真人說話一般？

*14.*其他語言是否聽起來自然？（頁390）

　　仔細分析以上十四個問題，可以發現它們與前述評鑑文學作品中的情節、人物刻劃、環境背景、主題與風格的準則，關係相當密切。

　　兒童不僅使用某些原則來選擇他們喜愛的圖書，對於書該如何且何時讀給他們聽，也有意見。Alicia Mendoza曾對五百二十名國中、小學生（五至十三歲）進行調查。針對研究結果，他提出下列幾點建議（Mendoza, 1985）：

*1.*國中、小學生喜愛聽別人讀故事或書。因此，父母師長應常讀書給孩子聽。

*2.*教師應利用家長會的機會，向家長們強調在家讀書給孩子聽的重要性。

*3.*角色模仿是重要的，因此，無論是父親或母親，都應讀給孩子聽。

*4.*因為孩子喜歡在團體中聽故事，教師應鼓勵父母儘量在家中，以團體活動方式讀故事。

*5.*父母師長應提供孩子讀給別人聽的機會。

*6.*孩子應可自由選擇故事，無論是讀給別人聽或是聽別人讀。

*7.*在聽故事前，孩子喜歡知道相關訊息。父母師長應告訴他們作者姓名，並簡介故事情節、人物，與環境背景。

*8.*在聽完別人大聲所讀的書後，孩子喜歡並且也應該有機會，討論書中內容，以及閱讀書中內容。

　　若孩子常有機會與別人分享、討論，及評鑑圖書，他們便能擴展閱讀樂趣並選擇值得一讀的故事與人物，而分享與討論可以在圖書館、家中，或教室中舉行。

參考文獻

中文部分

林良（1976）。淺語的藝術。台北：國語日報附設出版部。頁 23。

陳正治（1990）。童話寫作研究。台北：五南。頁 59。

蔡尚志（1994）。兒童故事原理。台北：五南。頁 185。

英文部分

Barr, R., & Sadow, M. (Winter 1989). Influence of basal programs on fourth-grade reading instruction. *Reading Research Quarterly*, *24*, 44-71.

Bond, N. (June 1984). Conflict in children's fiction. *The Horn Book, 60*, 297-306.

Carlson, R. K. (1979). Book selection for children of a modern work. In Monson, D. and McClenathan, D. A. K. (Eds.), *Developing Active Readers: Ideas for Parents, Teachers, and Librarians*.

Chall, J., & Marston, E. (February 1976). The reluctant reader: Suggestions from research and practice. *Catholic Library World*, *47*, 274-275.

Frye, N., Baker, S., & Perkins, G. (1985). *The harper handbook to literature*. New York: Harper & Row.

Goble, P. (1978). *The girl who loved borses*. Bradbury.

Greaney, V. (1980). Factors related to amount and type of leisure time reading. *Reading Research Quarterly*, *15*, 337-357.

Guthrie, J. (March 1979). Why People（Say They）Read. *The Reading Teacher, 32*, 752-755。

Huus, H. (May 1973). Teaching literature at the elementary school level. *The Reading Teacher, 26*, 795-801.

Karl, J. E. (July/August 1987). What sells--What's good？ *The Horn book, 63*, 505-508.

Lukens, R. (1986) *A critical handbook of children's literature.* Glenview, Ill: Scott, Foresman.

Mendoza, A. (February 1985). Reading to children: Their preferences. *The Reading Teacher, 38*, 522-527.

Nodelman, P. (January/February 1987). Which children？ Some audiences for children's books. *The Horn Book, 63*, 35-40.

Norton, D. E. (1989). *The effective teaching of language arts* (3rd ed.). Columbus, OH: Merrill.

Norton, D. E. (1991). Through the eyes of a child (3rd ed.). New York: Macmillan.

Perrine, L. (1983). *Literature: Structure, sound, and sense* (4th ed.). San Diego: Harcourt Brace Jovanovich.

Poole, R. (Fall 1986). The books teachers use. *Children's Literature in Education, 17*, 159-180.

Sebesta, S. (1979). What do young people think about the literature they read？ *Reading Newsletter*, No.8. Rockleigh, N. J.: Allyn & Bacon.

Swanton, S. (March 1984). Minds alive: What and why gifted students read for pleasure. *School Library Journal, 30*, 99-102.

第二篇

幼兒文學分類探討

第四章

結論

根據民國六十二年一月廿五日經立法院三讀通過的《兒童福利法》第一章總則第二條：「本法所稱兒童，係指未滿十二歲之人」。因此，兒童是指出生至小學畢業；又可能因十五歲以下皆是小兒科醫生的醫療對象，可將兒童期延長至十五歲。若以發展的角度，可將兒童文學細分為：幼兒文學（零歲～八歲）、兒童文學（六歲～十二歲）、少年文學（十歲～十五歲）。

　　所謂「兒童讀物」應指適合兒童閱讀、參考，或應用的各種媒體，包括書報、雜誌、電影、戲劇、幻燈片、錄影帶、電子書等，以寫作目的而言，可大致分為非文學性與文學性；以傳達形式而言，又可分為文字與圖畫。當然，凡兒童讀物皆離不開圖畫，只是隨著年齡增長，圖畫比例逐漸減少而已，不過，連環圖畫例外。

　　林文寶等（1996）將兒童讀物簡單分為以下三大類型：

㈠**非文學性**

　　*1.*自然學科

　　*2.*社會學科

　　*3.*人文學科

㈡**圖畫性**

　　*1.*單獨

　　*2.*連環

㈢**文學性**

　　*1.*散文類

　　⑴散文

　　　A.敘事

      B.抒情

      C.說理

      D.寫景

   ⑵故事

   ⑶寓言

   ⑷神話

   ⑸童話

   ⑹小說

2.韻文類

   ⑴詩

   ⑵歌

3.戲劇類

   ⑴舞台劇

      A.話劇

      B.歌劇

   ⑵廣播劇

   ⑶電視劇

   ⑷電影

   ⑸民俗雜戲

美國學者 Norton（1991）則將兒童文學分為以下八種類型：

㈠**圖畫書**

*1.*鵝媽媽故事、歌謠

*2.*玩具書

*3.*字母書

4.數數書

5.概念書

6.易讀書

7.圖畫故事書

㈡傳統文學

1.民間故事

2.童話

3.神話

4.寓言

㈢現代幻想故事

㈣詩歌

㈤當代真實小說

1.動物

2.推理

3.運動

4.幽默

㈥歷史小說

㈦多元文化文學

(八)**非小說**

    *1.*傳記

    *2.*知識書

    另一位美國學者 Russell（1994）的分類方式則較為簡略：

(一)**圖畫書**

    *1.*插圖

    *2.*故事

(二)**字母、數數，與概念書**

(三)**鵝媽媽歌謠**

(四)**詩歌**

(五)**民俗文學**

(六)**幻想故事**

(七)**真實小說**

(八)**歷史小說與傳記**

(九)**知識書**

    本書參考以上學者之分類方式，將幼兒文學分類如下頁表，共分為三大類別，分章節逐一探討其特質、創作原則及作品賞析。

幼兒文學分類表

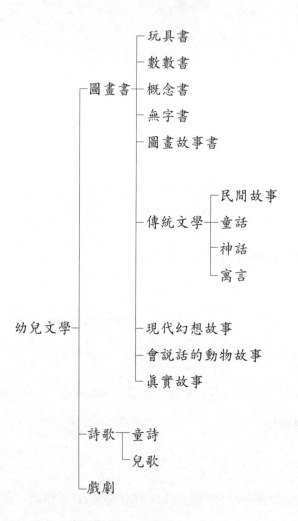

- 幼兒文學
  - 圖畫書
    - 玩具書
    - 數數書
    - 概念書
    - 無字書
    - 圖畫故事書
  - 傳統文學
    - 民間故事
    - 童話
    - 神話
    - 寓言
  - 現代幻想故事
  - 會說話的動物故事
  - 眞實故事
  - 詩歌
    - 童詩
    - 兒歌
  - 戲劇

參考文獻

中文部分

林文寶、徐守濤、陳正治、蔡尙志合著（1996）。兒童文學。台北：五南。

英文部分

Norton, D. E. (1991). *Through the eyes of a child* (3rd ed.). New York: Merrill.

Russell, D. L. (1994). *Literature for children* (2nd ed.). New York: Longman.

第五章

圖畫書

不只是文字的書

一位成年人抱著孩子坐在自己的膝上，讀一本圖畫書，是多麼溫馨的感覺！這也是許多成年人難以忘懷的童年回憶。當一位充滿愛心的成年人，為孩子提供這樣的機會，去經歷圖畫書中的驚喜時，孩子與成人皆受惠無窮。

　　當然，圖畫書的價值並不只在愉悅幼兒而已，書中反覆出現的音節，不僅刺激幼兒的語言發展、增進聽覺辨識能力，更提升其注意力集中度。文字的重複加深其字彙能力，概念書也透過對抽象觀念的理解，而促進智力發展。無字圖畫書則有助於培養孩子觀察力、擴展描述語彙，以及創造合乎邏輯順序的故事能力。圖畫書中的插畫刺激孩子藝術的鑑賞力與審美觀；文辭優雅的圖畫故事書則培養孩子欣賞文學風格的能力。以上這些價值使得圖畫書在幼兒發展過程中，扮演舉足輕重的角色。

第一節　甚麼是圖畫書

　　大多數的幼兒圖書皆有插圖，但並非所有有插圖的童書皆可稱為圖畫書。Nodelman（1988）指出：圖畫書「透過一系列的圖畫與少許相關文字或者完全沒有文字的結合，來傳遞訊息或說故事」（頁Ⅶ，前言）。

　　Sutherland與Hearne（1984）強調：在圖畫書中，插圖與文字同等重要，甚至比文字更重要。因為孩子對說故事的反應不僅是聽覺上的，也是視覺上的。有些相當具影響力的圖畫書，是完全沒有文字的。然而，許多圖畫書儘量在文字與圖畫中，取得平衡，使二者達相輔相成的效果。值得一提的是，美國著名的卡德考特獎（Caldecott Medal），其評審標準即以插圖為主，文字次之。

因此，圖畫書涵蓋範圍相當廣泛，從嬰幼兒的玩具書至適合較年長兒童的有情節的圖畫故事書皆可稱之。依其呈現的方式可分為：有字圖畫書與無字圖畫書。依其內容大約亦可分為兩大類：(1)文學類：如故事（童話、神話、民間傳說）、童詩、兒歌；(2)科學類：如人體、動植物、天文史地、數學、圖鑑，以及有關食衣住行的題材等。若以故事型態來區分，大致可分為以下四種：

一、古典童話、民間傳說與神話
（Folktales, Legends, and Myths）

這些是歷久不衰的、人人耳熟能詳的故事，初始是以口耳代代相傳而來。它們具有傳統說故事的特質，開始大多是「很久，很久以前……」或是「從前……」，結尾則是主角「從此過著幸福、快樂的日子」。故事通常發生在某一個幻想的地方，而魔法是不足為奇的。由於是流傳而來，可以有許多不同版本的《灰姑娘》、《白雪公主》、《小紅帽》，與《睡美人》同時流行。古典童話故事也是許多現代幻想故事的來源，例如：James Thurber 的《許多月亮》即是由古典童話改編而來；而 Gail E. Haley 的《故事啊，故事》（A Story--A Story）則是由非洲神話改編而來。

對於童話的起源，各家說法不一，主要有二種：(1)童話由民間傳說、神話演變而來；(2)童話與民間傳說、神話同時產生，甚至比它們更早。主張(1)的理論家除了前面提及的 David L. Russell 外，還有 Charles Ploix，他說：「自然神話就是說明自然物質現象的神話。自然神話的含意逐漸模糊後，故事中的場所由天界轉到人間界。把這些人間界中的人們行為當作故事的題材，就是童話。」（引自林守為，1970，頁3）

Max Muller 以爲：「古典神話中的眾神，在變成古典的半神和英雄的時候，神話就變成傳說；傳說中的半神和英雄，到了更後代，變成了平凡的一般人或無名勇者的時候，傳說就變成了童話。」（引自林守爲，1970，頁 3）。大陸學者祝士媛則爲童話、民間傳說，與神話作了清楚的註解：「童話最早是口頭創作，屬民間文學。它和神話、傳說有密不可分的關係。它們的共同特點是有濃烈的幻想色彩。神話產生最早，它講的是神的活動。主人翁都是神、魔、仙、妖之類。……傳說是在神話傳演的基礎上產生的。內容多爲與歷史人物、歷史事件、地方古蹟、自然風景、社會習俗有關的故事。……由此可以看出神話、傳說是童話的淵源。很多民間童話是由神話、傳說演變而來的。」（引自陳正治，1990，頁 17）

主張(2)的理論家有如下的看法：

日本學者蘆谷重常認爲：「童話究竟發生於何時的問題，那只能說是屬於不可想的太古而已。一般的想法以爲『童話是神話的兒童化』，不過，慎重地推想，童話卻比神話發生得更早。在神話發生時，必有與其相呼應的宗教信仰和相當的文學技巧爲其背景，但在文化程度還沒達到一相當階段──尚在未開化的草莽時代，語言就已存在。在神話裡含有無數的童話，但這些童話實存於神話之前。」（引自陳正治，1990，頁 18）

另外，蘇尙耀則以爲：「研究童話的學者，探求童話的淵源所自，認爲童話和神話及傳說差不多是同時發生的。上古時代，文明未啓，先民的知識有限，他們對於生活周遭所接觸的自然物，如日月山川，自然現象如四季循環、陰雨雷電，常常懷著敬畏和驚異；更常將變化不測的自然現象，比擬作不可捉摸也難以接近的精靈。於是用了自己種種的經驗去揣摩、去想像，創造種種幻想怪誕的故事，這就成了自然童話。童話的生命，就是這樣漸漸的啓發培養起來的。後來由

於人類生活的發展和社會的進化，又產生了一種英雄童話。這自然童話與英雄童話，可以說是依附於神話和傳說而存在的。……唯初民既無童話、神話、傳說等的分別，我們也無法嚴格區分究竟這些古老的故事，哪些是自然童話，哪些是神話；或哪些是英雄童話，哪些是傳說……。」（引自吳鼎，1966，頁 121-122）

以上二種說法，各自成理，不必細加追究；不過，可以肯定的是：童話、傳說，與神話三者間關係之密切，是無庸置疑的。林良（1990）說得好：「現代西方國家的童話作家所寫的『modern fantasy』，日本童話作家所寫的『fantasy』，我國童話作家所寫的『童話』，都有一個共同的根源，那就是安徒生的『創作童話』。」（頁205）以下我們來談現代童話故事。

二、現代童話故事（Modern Fantasy Stories）

現代童話與前述古典童話、神話、民間傳說最大的分際在於，前者是創作的，後者是根據已有的故事加以整理、改寫。因此，有人把「現代童話」又稱為「創作童話」。

由古代童話演進到現代童話，最關鍵的人物是丹麥的安徒生（Hans Christian Andersen, 1805-1875）。著名的〈國王的新衣〉，就是他根據西班牙王子——唐・馬奴兒的著作《卡諾爾伯爵》裡「國王與織布騙徒」的故事改寫而成。另外，他也自創童話，如〈醜小鴨〉、〈美人魚〉等，由於率先從事童話創作，且量多質美，後人便尊稱他為「童話之王」或「現代童話之父」。

現代童話通常是以「現代背景」為主，而魔法是主要的特色。由於是作者自創，不像古典童話與民間傳說，同一故事有許多不同版本。在現代童話耕耘有成者，數量頗多，例如：意大利Carol Lorenzini

（1826-1890，筆名為 Collodi）的《木偶奇遇記》（*Pinacchio*）、英國 Lewis Carroll（1832-1891）的《愛麗絲夢遊仙境》（*Alice in the Wonder Land*）、Oscar Wilde（1854-1900）的《快樂王子》（*The Happy Prince*）、Kenneth Grahame（1859-1932）的《柳林中的風聲》（*Wind in the Willows*）、美國 Frank Baum（1856-1919）的《綠野仙蹤》（*The Wizard of Oz*）、E. B. White 的《夏綠蒂的網》（*Charlote's Web*）、Ma-urice Sendak 的《野獸國》（*Where the Wild Things Are*, 1964 年卡德考特金牌獎）、Chri's Van Allsburg 的《北極特快車》（*The Polar Express*, 1986 年卡德考特金牌獎）、Crocket Johnson 的《阿羅有枝彩色筆》（*Harold and the Purple Crayon*）等，都是令孩子愛不釋手、傳頌千古的優良現代童話。

我國童話發展較西方約遲二百年，世界第一本童話集據說是 1697 年法國貝洛爾（Charles Perrault, 1628-1703）的《鵝媽媽故事》（*Mother Goose*）。中國的現代童話出現得較晚，第一篇作品是民初沈得鴻（茅盾）寫的〈尋快樂〉（洪汛濤，1989）。其他優良作家還包括嚴友梅、林良、林鍾隆、朱秀芳、張水金、孫晴峰、洪汛濤、李紫蓉等。現代童話像古典童話一般，皆為孩子帶來沈浸於幻想世界中的喜悅，但前者將魔法溶入現代生活中，而後者的魔法通常是發生於遙遠的地方及久遠的年代裡。在現代童話中，創意的想像趣味，取代了古典童話中邪惡的勢力——邪惡的巫師和巨大的壞野狼，也提高了童話的境界。

三、會說話的動物故事

在圖畫書中，常見以動物為主角，且會說話，例如 Beatrix Potter 的《兔子彼得的故事》、Hans C. Andersen 的〈醜小鴨〉等。除了動物

主角會像人一般說話與思考外，並且有人類的感情。許多動物故事避免使用魔法，並嘗試將重點放在現代日常生活中的事件。例如， Robert McCloskey 的《讓路給鴨寶寶們》（*Make Way for Ducklings*），描述一對鴨父母為了替即將出生的鴨寶寶們找尋合適的生長環境，到處尋尋覓覓，找到固定場所後，鴨寶寶出世了，鴨媽媽又忙著教牠們一些基本技能：游泳、排隊、走路……等，最後，鴨媽媽帶著八個鴨寶寶，驚險萬分地穿過高速公路，來到另一個公園。這與人類父母哺育幼兒的苦心與過程是相似的。在 Leo Lionni 的《梯力與牆》（*Tillie and the Wall*）中，主角是一群田鼠，為了好奇，想知道牆另一邊的世界。有一隻田鼠想盡辦法，終於藉著地道爬到了牆的另一邊，受到生長在那邊的一群田鼠的歡迎，為了滿足長久以來的好奇心，這些田鼠也得償宿願地藉著梯力的地道，來到梯力生長的牆的這一邊，同樣地，也受到梯力同伴的歡迎。這與人類社會中，對於未知世界的好奇與渴望心理，又有何異？

另外，現代幻想故事中，也常以無生命的物體為主角，例如：房子、玩具等。在 Virgina Burton 的《小房子》（*The Little House*, 1943 年卡德考特圖畫書金牌獎）中，一座小房子原本建於山明水秀的草原上，她強壯但也需要愛，隨著文明的進展，物換星移，她的四周不再有星光與綠草，代之而起的是重重高樓與現代化的交通網，她變得破舊而寂寞。這房子的經歷，就如同一個真正的人，有她的喜怒哀樂，直到她被搬離城市，快樂地被安置在一片草原中，在那裡，她重見月的陰晴圓缺，以及四季的更迭，她再度「活」起來，並受到良好的照顧。

在 Leo Lionni 的《亞歷山大和上發條的老鼠》（*Alexander and the Wind-up Mouse*）中，一隻玩具發條老鼠和一隻真老鼠成為好朋友，前者備受主人寵愛，後者卻是人人喊打。像許多小孩想變成其他物品一

樣，真老鼠羨慕玩具老鼠，也想變成玩具老鼠，於是，依約在月圓之夜帶著紫色石頭到花園盡頭找彩色蜥蜴，實現願望。在路上卻發現玩具老鼠慘遭主人丟棄，於是，牠使用蜥蜴給牠的願望，將牠的朋友變成真正的老鼠。像這些以自我覺醒與對愛的需求爲主題的圖畫書，爲數頗多。例如：《嗨，老鮑》（*Hey, Al*）（Arthur Yorinks 文、Richard Egielski 圖，1987 年卡德考特圖畫書金牌獎）、《神奇變身水》（*The Wizard*）（Jack Kent 文圖）（上誼）、《石匠塔沙古》（*The Stonecutter*）（Gerald McDermott 文圖）（上誼），以及《阿倫王子歷險記》（*Valentino Frosch und Das Himbeerrote Cabrio*）（Burny Bos 文、Hans De Beer 圖）（麥田）等，這些主題對幼兒的人格與社會發展，皆有相當大的助益。

四、眞實故事

今日的幼兒圖畫書幾乎涵蓋所有主題，其中常是幼兒所面對的社會與心理問題，例如：死亡、父母離婚、手足之爭、孤獨、寂寞等。這些主題的呈現，顯示幼兒圖畫書作家對現代幼兒的能力有信心，認爲他們可以處理我們現實社會的複雜關係。真實故事描述我們所了解的事實，可能是歷史故事，如文天祥傳、岳飛傳等；也可能是現代背景，如《汪洋中的一條船》描述鄭豐喜一生奮鬥事蹟。真實故事引人之處，通常在於作者所描述的人物，能夠引起讀者的共鳴與認同；換句話說，孩子喜歡讀一些很像他們自己的其他孩子的故事。

第二節 幼兒圖畫書創作原則

幼兒圖畫書的創作包含兩方面：圖畫與文字。對年幼識字不多的幼兒而言，前者的重要性更甚於後者。美國自一九三八年起，圖書館學會為了紀念英國畫家倫道夫・卡德考特（Randolph Caldecott），成立了兒童讀物圖書獎，每年評選優秀兒童讀物插畫，給與金牌獎（Caldecott Medal）一本，銀牌獎（Caldecott Honor）二、三本，為的就是獎勵畫家創作兒童讀物插畫，獲此殊榮的畫家，莫不引以為傲。以下就圖畫與文字之創作原則分別討論。

一、圖畫部分

就幼兒圖畫書而言，圖畫的重要性是超過文字的，因幼兒識字不多，他們是「讀」圖畫的，又因觀察敏銳，一筆一劃都是他們注意的細節，圖畫可說是「敘述的藝術」或是「說故事的藝術」。最好的插畫應能表現出良好藝術作品的特色，不僅表現出距離、深度，與質感，更能將讀者的想像延伸得更遠，進入圖畫書的世界，與書中人物同悲喜。以下就插畫藝術的幾個要素加以簡略探討，讓讀者能更了解藝術家所使用的技巧（Russell, 1994）。

(一)線條

線條可以勾劃出人物，也可以表現情緒的氛圍，例如：動感、距離，甚至感覺。一般而言，圓與曲線予人溫暖、舒適，與安全感；銳角與鋸齒狀線條展現興奮及快速移動的感覺；水平線暗示了冷靜與穩

定；而垂直線則是高度與距離，例如：在書頁上方的人物，看起來較下方或側邊的人物來得遙遠。線條的適當運用，可以讓讀者有想像的空間，表現故事的精神。

(二)留白

書頁上的留白也是相當重要的藝術技巧。如果圖畫佔滿版面，讀者便被迫去注意所有圖畫細節；反之，若圖頁上有許多留白，讀者的注意力便會集中在所呈現的圖畫上，凸顯其特殊的重要性，例如，美國畫家 Leo Lionni 的作品便有此特色。巨大的留白暗示了孤獨與空洞，也可營造出距離感。相反地，若是完全沒有留白時，也可能顯示出混亂或困惑的氛圍。

(三)圖形

圖形也能引起情緒的反應。大面積的圖形予人穩定、限制的感覺；反之，細緻的圖形可以予人流動、輕柔，與自由的感覺。例如：美國畫家 Leo Lionni 與 Eric Carle 的作品，多由拼貼技巧完成，主要即是以圖形為主。圓形與曲線及圓的線條類似，皆能予人安全、溫暖的感覺；而方形和一些有角度的圖形，則可能引起更興奮的反應。

(四)色彩

「幼兒需要高彩度的圖畫」是一個錯誤的觀念。有些幼兒圖畫書的經典名作，是由黑白或單色繪製的。例如：Robert McCloskey 的《讓路給鴨寶寶們》（*Make Way for Ducklings*）（1942 年卡德考特圖畫書金牌獎）、Ludwig Bemelmans 的《解救馬德林》（*Madeline's Rescue*）（1952 年卡德考特圖畫書金牌獎），以及 Chris Van Allsburg 的《野蠻遊戲》（*Jumanj*i）（1982 年卡德考特圖畫書金牌獎），插畫皆是以單

色構成，它們若是改以彩色繪圖，效果必定大打折扣。當藝術家選擇以黑白或單色來繪製插畫時，他通常以線條、留白，與圖形的效果，來取代色彩的不足。若是色彩太過強烈或不適當，往往奪去讀者對本文的注意，而圖畫書既然是結合了文學與插畫，太過強調其一，而忽略了另一部分，是不適當的。

幼兒對色彩的敏銳度是遠超過成人的，色彩不僅可以影響幼兒對圖畫書的興趣，也可以引起不同的情緒反應。一般認為：紅色與黃色屬暖色系，可以令人興奮；而藍色與綠色屬寒色系，可以令人沈穩或安靜。在不同的文化中，色彩有其特殊傳統意義，例如：在中國帝制時期，黃色代表皇室，而白色在東方文化中則代表哀悼；在西方文化中，紫色象徵忠誠、黃色表示懦弱、藍色是憂鬱沮喪、綠色則是嫉妒或病態。在 Gerald McDermott 的《射向太陽的箭》（*Arrow to the Sun*）中，他使用西南亞的傳統色彩——金黃、黃色、淺棕，及橘色為主，營造出神秘又具地方色彩的氛圍，令人對這個印度傳說故事印象深刻。在美國畫家 Ezra Jack Keats 的作品中，可以看到他常使用深橘、深棕及黑色，來表現其主角（都是黑人）所生存環境的混亂與灰暗，例如：*Goggles*、*John Henry* 與 *Apt. 3* 等作品。

(五) 質感

為了賦予平面的紙張立體感，作者常費盡心思以不同的材質作畫，例如：Macia Brown 的《老鼠變老虎》（*Once a Mouse*）是以版畫製作；Leo Lionni 與 Eric Carl 擅長拼貼畫，前者作品有《這是我的》（*It's Mine*）、《小黑魚》（*Swimmy*）、《田鼠阿佛》（*Fredrick*）、《亞歷山大和上發條的老鼠》（*Alexender and the Wind-up Mouse*）、《魚就是魚》（*Fish is Fish*）、《梯力與牆》（*Tillie and the Wall*）、《六隻烏鴉》（*Six Crows*）等，後者作品則有《好餓的毛毛蟲》（*The*

Very Hungry Caterpillar）、《拼拼湊湊的變色龍》（*The Mixed-up Chameleon*）、《好安靜的蟋蟀》（*The Very Quiet Cricket*）、《爸爸，我要月亮》（*Papa, Please Get the Moon for Me*）、《看得見的歌》（*I See a Song*）等，以及國內作家李漢文的紙雕，例如：《起床啦，皇帝》等。另外，也可以作畫的材料、手法來表現質感，具象的圖畫可以表現真實感，例如：前面所提的《野蠻遊戲》、《讓路給鴨寶寶們》，而較不具象的圖畫則可以豐富讀者的視覺經驗與想像力，例如：Macia Brown 的《灰姑娘》（*Cinderella*）（1955 年卡德考特圖畫書金牌獎）、《影子》（*Shadow*）（1983 年卡德考特圖畫書金牌獎），以及前面所提的《射向太陽的箭》等。

(六)組織與觀點

　　如何呈現一幅幅的圖畫，以切合文學所表達的意涵與感情？這種整體的佈局是非常重要的，稱之為「組織」。作者必須仔細考慮圖畫的焦點在哪裡？以誰的角度看這幅畫？所要傳達的氣氛是甚麼？而觀點是組織中重要的一項。需考慮是以一個孩子的觀點？還是一隻兔子的觀點？一條魚的觀點？日本作家筒井賴子（文）、林明子（圖）的《第一次上街買東西》以一個幼兒的觀點出發，當然全書中所呈現的景物皆是幼兒的視野，這與我們成人的視野有極大不同；而 Leo Lionni 的《魚就是魚》（*Fish is Fish*）則是描述一條久居池塘的魚，在聽了青蛙對外界人物的形容後，心中所浮現出與事實很不一樣的景象。由於這條魚只見過池塘裏的生物，所以，很自然地，牠想像青蛙所說的鳥、牛、人等的形狀，都以魚的外型為基礎，再加上各自的特徵而成。呈現出所謂的「井蛙不可以觀天，夏蟲不可以語冰」。

　　另外，距離感也是作者要考慮的。當讀者覺得與畫中景物越接近，就越易融入情境；與畫中景物距離越遠，就越有疏離感，觀點並

非一成不變，重要的是要配合文字敘述，營造整體的氛圍。

二、文字部分

可就情節、人物刻劃、背景、主題、風格，與觀點六部分加以探討，詳見第二章第二節文學要素，在此不再重複贅述。不過，在文字創作上，若能兼顧教育性、趣味性、藝術性，與兒童性，且能求真（不朽的真理）與求善（親和性），則應是不錯的作品。

(一) 教育性

好的故事應有「教育意義」，但不具「教育目的」，也就是說，教育意義是蘊藏於字裏行間，而不是「說教」，讓讀者讀完之後，無形中得到啓示或反思，以收「潛移默化」之效。作者在創作之初，應不執著於任何教育目的，而是將真實感人的情感或事件，忠實地描述，哲理與教育意義往往就蘊含其中。若是太過矯柔造作，不僅無法打動人心，也會趣味盡失，流於說教的形式。

(二) 趣味性

對年幼的兒童來說，趣味性可能是最重要的，否則，具有再好的教育性與藝術性的故事，也無法讓他們領受。最好能夠「寓教於樂」，讓孩子在趣味盎然中，得到教育的啓發。「寓言」故事便是透過趣味性極高的簡短故事，讓讀者領悟人生哲理。

(三) 藝術性

不僅在圖畫方面需要藝術性；在文學方面，也需提供「美」的感受。文字力求純淨、自然、準確、生動、具體、口語與形象化，讓孩

子欣賞，從而涵養高度的美感。故事基本上既是「文學的」，必須有語言藝術的本質——美麗的文字，善用各種修辭法，將心中的感覺恰如其份地表達出來，便是「美」。

四兒童性

故事要讓孩子能夠體會、欣賞，在文字的運用與概念的表達上，便需切合他們的發展層次。太過淺顯的情節引不起他們的興趣；太過複雜的遣詞用字，又非他們所能理解。所以，應掌握讀者的認知水準，了解他們所思所想，才能創作出小讀者們一讀再讀的作品。

五求真（不朽性）

故事要傳達的應是永恆不朽的真理：正義終能戰勝邪惡，善有善報、惡有惡報。因此，不管情節多麼怪誕滑稽（想像與趣味），在邏輯的安排上，總還是合情合理，不可能是荒謬，或是前後矛盾的。而這種真理（或是哲理）是放諸四海皆準的。

六求善（親和性）

孩子覺得最熟悉的，是周遭的生活經驗，如果作者能從現實生活取材，巧妙地把不平凡的人物，和不尋常的事件，透過生動有趣、變化莫測的情節展現出來，讀者必能隨著劇中人物的對話、動作、危機、衝突，而心情起伏，感同身受。如此扣人心弦的故事，才是吸引兒童閱讀的好作品。

簡言之，好的故事應能感動兒童、吸引兒童的閱讀興趣、擴展視野、增進文學美感，以及心有所得。

第三節 創作賞析

　　以下作品大多選自國立屏東師範學院幼教系日間部以及進修部學生，在「幼兒文學與習作」、「讀物賞析與習作」或「故事與歌謠創作」等課程中，所創作之作品。她們或即將爲幼兒園教師，或已是在職幼教教師，秉持對幼兒的愛心，爲了幫助幼兒成長，將她們對幼兒的關懷訴諸文字。寫作技巧或許不夠純熟，遣詞用字也尚待琢磨，但教育寓意卻頗深遠，相信這一篇篇的故事，不僅能夠帶給孩子歡笑，也能收文學潛移默化之功效。

　　每篇故事後，大多有本書作者簡短的賞析評語，有些更有該篇作者自述之創作動機，供讀者參考。限於版面，無法收錄更多附插圖的圖畫書，並以彩色印刷呈現創作素材之特色，希望將來能加以改進。

最好的禮物

林美華

今天，平平的臉上寫著快樂的笑容，因為幼稚園的老師要帶平平和班上所有的小朋友，一起去郊遊。

平平的媽媽為平平準備一個小水壺、一個小背包，背包裡裝滿平平最愛吃的東西。平平好開心，一路上，和小朋友們吱吱喳喳說個不停，嘻嘻哈哈笑個不停。平平從車窗向外看，看見天空一朵軟綿綿的白雲，好像媽媽溫柔的臉，平平心裡想：「母親節快到了，我該送什麼禮物給媽媽呢？」想著想著，車子就到郊遊的小樹林了。

平平一邊走，一邊玩，心裡一邊想著：「送什麼禮物給媽媽呢？」

平平看見一隻蝴蝶，穿著美麗的彩衣。「蝴蝶姊姊，妳真美，我可以把妳帶回家送給媽媽嗎？」平平問。「不行！不行！花叢是我最喜歡的家，我不想跟你回家！」蝴蝶說。

平平走著走著，看見一叢粉紅的小花。「花妹妹，妳真美，我可以把妳帶回家送給媽媽嗎？」平平問。花妹妹很害羞，低著頭說：「大地是我的家，我不想跟你回家。」

平平走到池塘邊，看見小魚兒快樂的在水裡游來游去。平平說：「小魚兒，你真快樂，我可以把你帶回家送給媽媽嗎？」小魚兒低著頭，搖搖尾兒，跟著魚媽媽游走了。

平平看見池塘邊，一棵小樹苗正從濕的土裡冒出新芽，嫩嫩的綠葉真漂亮，平平好高興的對著小樹苗說：「小樹弟弟，你真可愛，我可以把你帶回家送給媽媽嗎？」小樹苗搖著嫩葉說：「樹林是我的家，我不想跟你回家。」

平平聽到樹上小鳥唱著輕脆好聽的歌，「小鳥！小鳥！我可以

把你帶回家送給媽媽嗎？」平平問。小鳥拍拍翅膀，頭也不回的飛走了。

樹上玩得正高興的小松鼠，聽見平平想帶小動物回家，也急急忙忙地溜走了。

平平好失望，低著頭，走來走去，走來走去。

花叢裡傳來老師的叫聲。

「平平你願意和我們一起照相嗎？」老師說。

平平點點頭。

平平和小朋友們合照了一張可愛的相片，相片裡有可愛的小樹，美麗的花蝴蝶在花叢裡飛來飛去，還有天空溫暖的陽光和微笑的白雲。

「我們回學校，將相片做成美麗的卡片，送給媽媽！」老師說。平平笑得最開心，平平終於有一件最好的禮物，送給親愛的媽媽。

❤創作主旨 -

媽媽是孩子的寶貝，孩子是媽媽的「心肝仔」。

這個故事，透過孩子生活中最熟悉的「郊遊」，讓孩子學習兩件事：㈠愛惜自然，尊重生命，讓自然中一景一物、一花一草，都能在他所屬的地方，自由快樂的成長，讓青山常在，綠水常流。㈡孩子心中懷抱感恩，這「愛媽媽」的純真的心，就是最寶貴的禮物。

相信，平平的媽媽和所有的媽媽，都會珍愛這一份——「最好的禮物」。

嘟嘟的寵物

蔡佩君

嘟嘟　　有一個特別的習慣

就是養寵物＜越奇怪越好＞

有一天

他跑到寵物店問老板：

「老板呀！你這兒有沒有奇怪的寵物賣給我啊？」

老板笑一笑地說：「哎呀！我這兒可多著呢！」

說著拿出店裡的——藍色大象、粉紅色的猴子、

金色蟑螂、綠色的兔子，

還有　號稱十不像的毛怪……

然而　嘟嘟卻搖搖頭說：「唉喲！我家都有了，一點也不稀奇！」

說著轉頭要走的時候，老板突然拉住他說：「既然你有如此的偏好，那我帶你去看一隻動物吧！」

於是　老板帶著嘟嘟

到最裡面的大冰庫前，打開冰庫的門……

「咚咚咚」的滾出一隻大白熊，懶懶的坐在地上，

嘟嘟看了之後，高興地要老板把這隻熊賣給他，

老板說：「這隻熊非常好養，你每天只需要餵牠一餐，

再陪牠玩兩個小時之後再把牠放進冰庫就可以了；

但是——你千萬不可以碰到牠的鼻子，否則後果自己負責。」

於是，嘟嘟把熊帶回家之後還買一個大冰庫當牠的新家，

每天固定餵食一餐，陪牠玩兩個小時再放進冰庫。

有一天，

嘟嘟抱著大白熊在地上滾時，不小心碰到熊的鼻子，

『吼……』的一聲，平日溫馴的大白熊
突然變成一隻凶猛的熊，張牙舞爪地追著嘟嘟，
可憐的嘟嘟害怕地往前一直跑……越過鄉間大道，
穿過小溪河流，當他跑進一座森林時，一不注意，
被樹枝絆倒在地上，嘟嘟心想：完蛋了，死定了。
就在這時候，大白熊突然張開熊掌伸出食指，
碰碰嘟嘟的鼻子說：「嘿嘿！該你來追我囉!!」

❤賞析 -
　　具創意巧思，情節發展不落俗套，具趣味性，結局令人莞爾。

孔雀的煙火　　　　　　　　　　　　　林美姣

　　森林中的孔雀國裡，住了好多好多漂亮的孔雀和一位仙女，這位仙女不但長得很美麗，而且還會變魔法。

　　有一天，森林裡的孔雀們對仙女說：「妳能不能教我們變魔法呢？」

　　仙女聽了說：「你們半夜三點來我這兒吧！我再從各位當中選一個做徒弟好嗎？」

　　孔雀們都高高興興地回去了。然後，有的便在自己的頭上、身上插了許多花，刻意地打扮一番；有的則挺起胸膛，雄糾糾、氣昂昂地走路，並且，都自認為是最好的孔雀。

　　只有一隻孔雀無精打采地站在旁邊，原來，牠一生下來就比別的孔雀小，同時，全身羽毛又黑黑的，一點兒也不漂亮。所以大家都叫他：「小黑！小黑！」每隻孔雀都看不起牠，也不肯跟牠玩。

　　「我這副樣子，仙女一定不會選我當徒弟。」於是牠失望地飛出森林。

　　牠飛了很久很久，突然看見一位老公公躺在路旁。「老公公，你怎麼啦？」

　　老公公說：「天氣太熱，我快要熱死啦！」

　　小黑聽了老公公的話，便趕緊拔下自己尾巴上的毛當扇子，替老公公搧風。說也奇怪，那把羽毛扇每搧動一次，便會吹來陣陣的涼風，老公公很快就恢復體力。

　　因此，不但老公公非常高興，小黑也很快樂地再向前飛去。

　　過了不久，小黑又發現有位老婆婆揉著眼睛走在路上。

　　「老婆婆，妳怎麼啦？」

　　「沙子跑進我的眼睛，我什麼也看不見了。」

於是，小黑又拔下自己的羽毛，輕輕地揾著老婆婆的眼睛，她立刻覺得很舒服。

「咦！真奇怪。」小黑自己也吃了一驚，因為牠實在沒想到會那麼容易就治好老婆婆的眼睛。

小黑繼續向前飛，結果，又看到一位老公公躲在路旁的水溝裡發抖。

「老公公，你怎麼啦？」

「國王要抓我！」

「咦，國王為什麼要抓你？」

「國王命令我用孔雀的羽毛做蓬車，可是，我卻不忍心拔孔雀的羽毛，所以國王非常生氣，派人來抓我。」

小黑聽完老公公的話，便拔下自己身上所有的羽毛，然後，通通送給老公公。

因此，小黑變成了一隻沒有羽毛的孔雀，不能飛了，只好有氣無力地往前走。

當小黑走過一間小屋子時，突然，聽到屋裡有個小女孩哭得非常傷心。

「小女孩，妳怎麼啦？」小黑奇怪地問小女孩。

「我想出去看看秋天的煙火，可惜我生病了，不能出去！」

小黑聽了小女孩的話，雖然很想幫助她，可是，自己實在已經沒有能力助人了，只好失望地回到森林裡。

森林裡所有的孔雀，看到小黑那個樣子，都忍不住嘲笑牠：「哼！那副樣子，自己也不覺得害臊。」

小黑只好躲進岩石洞裡。

半夜三點終於到了，仙女也出現啦！結果，仙女走到岩石旁邊，抱起躲在岩石洞裡的小黑，然後說：「我可愛的徒弟你趕快去

安慰那位生病的小女孩吧！」

　　仙女的話剛說完，裸體的小黑就變成美麗的煙火，閃閃發光地飛向天空。

❤創作動機 --

　　班上有位兔唇的孩子，常喜歡幫助同伴，然而同伴卻多不領情，為此創作此篇故事，希望對於班上孩子有所啟示。

❤賞析 ---

　　無說教目的，但「善有善報」的道德寓意卻已隱含其中。

 白花公主　　謝佳純

　　很久很久以前，在一座古堡中，住著白花公主和小馬王子，公主和王子結婚後，並沒有像傳說中公主和王子過著幸福快樂的日子。

　　小馬王子每天騎著馬到森林裏打獵，留白花公主一個人在城堡中。白花公主每天早上起床後，當她在刷牙時會想著：「今天我要做什麼事呢？我要好好想想，不然實在太無聊了。」白花公主已經好久沒有笑過了。她什麼事都讓傭人幫她做，連穿衣服都是女傭幫她扣釦子。今天公主一大早就起床了，照例，傭人端來早餐讓公主坐在她柔軟的床上吃，公主一面吃早餐，一面喃喃自語：「起床後要做什麼呢？什麼事都不用做啊！那待在床上好了，可是在床上也什麼事都不用做啊！好無聊喔！公主和王子要做什麼呢？」

　　女傭棋棋聽了，笑著說：「公主啊！你何不去問問其他公主在做什麼呢？」

　　公主聽了眼睛為之一亮，就下決心地說：「對！我該去拜訪她們，看看婚後，公主和王子是不是過著幸福快樂的日子。」因為她再也想不出一個公主能做什麼事了。於是，她快快地用過早餐，換上最漂亮的衣服，留一封信給在外打獵的王子後就出發了。

　　首先，她往北走，到北方的城堡中找白雪公主，白雪公主正快樂地唱歌。她問白雪公主：「公主和王子過著幸福快樂的日子嗎？」

　　公主說：「很幸福、很快樂啊！因為我會自己烤麵包。」「那妳教我好不好？」於是，白花公主向白雪公主學習烤麵包。

　　第二天白花公主到東方睡美人的城堡，她問：「白雪公主會烤麵包，所以她很幸福、很快樂，公主和王子過著幸福快樂的日子

嗎？」

睡美人答：「很幸福、很快樂啊！因為我會自己沖牛奶。」
「那，那妳教我好不好？」於是睡美人就教她如何沖牛奶。

第三天，白花公主決定到南方拜訪姆指姑娘，白花公主在一大片草地中尋找姆指姑娘的城堡。找了好久，她才在一朵盛開的紅花上找著姆指姑娘，她輕輕地說，因為她怕嚇著了小個子的姆指姑娘：「白雪公主會烤麵包，睡美人會沖牛奶，所以她們都很幸福、很快樂，公主和王子過著幸福快樂的日子嗎？」

「很快樂、很幸福啊！因為我會自己疊被子。」姆指姑娘細聲地說。

「那妳可以教我嗎？」

於是，白花公主很用心地向姆指姑娘學疊被子。

第四天，白花公主到西方灰姑娘的城堡。她說：「白雪公主會烤麵包、睡美人會沖牛奶、姆指公主會疊被子，所以他們都很幸福、很快樂。公主和王子過著幸福快樂的日子嗎？」

「很幸福、很快樂啊！因為我會自己摺衣服。」灰姑娘笑著說。

「那妳可以教我嗎？」

於是白花公主學會了四樣事情，她快樂地回到她自己的城堡，此時王子還在睡覺呢！

白花公主想著：我該為王子做些事了。

她決定要把白雪公主教她的烤麵包；

睡美人教她的沖牛奶；

姆指姑娘教她的疊棉被；

灰姑娘教她的摺衣服，一一實現。

首先，白花公主把王子身旁的衣服摺好，整齊地放在床邊，好

讓王子醒來可以穿。然後她到廚房烤麵包和沖一杯熱牛奶。白花公主把自己做好的早餐端到王子身旁。

　　她溫柔地叫醒王子。王子驚奇地發現公主所做的一切。王子感動地一邊吃著愛心早餐，一邊跟正在疊被子的公主說：

　　「我以後再也不出去打獵了，

　　　我要在家陪妳，我要跟妳學

　　　烤麵包、沖牛奶、疊被子和摺衣服，

　　　妳教我好不好？」

　　　公主笑了，笑得好開心……

　　　從此以後，王子和公主過著幸福、快樂的日子……

❤創作動機 --

　　在看完幾篇童話故事之後，結局都是公主和王子最後結婚了，過著幸福快樂的日子，我想這樣就結束了，公主和王子婚後都在做什麼事呢？這個想法，成了我創作的動機，再利用小朋友最喜歡重複的原則，反正故事中有那麼多的公主嘛，就完成了此篇囉！

❤賞析 --

　　具現代感與創意的童話故事，隱含「一分耕耘，一分收穫」、「用心經營與付出，才有真正的快樂」的教育意義。

 蘇韻蘋

　　涼涼的風從窗戶外吹進來，牽著長長的窗簾跳起波浪舞，ㄆㄅ
ㄆㄅ是圓圓的小波浪，ㄆㄚㄆㄚ是高高的大波浪。小櫃子上的大眼
睛洋娃娃睜大眼睛看著，嘟著嘴說：「哼！我的大圓裙可以轉出更
美的波浪。」趴在旁邊的玩具兔說：「噓！敏兒睡覺的時間快到
了，小聲點。」「對啊！對啊！等敏兒睡著了，我們就可以跟夜行
天使一起出去玩了。」突然，噹！噹！⋯⋯客廳裡的大掛鐘響了九
聲，房間裡一下子安靜了下來。奶油色的月光覺得奇怪，偷偷從吹
開的窗簾溜進來，輕輕地躲在敏兒的小床邊。

　　「咚！咚！咚」小小的腳步聲愈來愈清楚，房間裡大小玩具都
知道，是敏兒和媽媽親親晚安以後，拉著小熊達達往房間來了。一
進房間，敏兒就帶著達達向每一樣玩具道晚安，說說話也摸摸大家
的頭，然後才安心躺到床上，把達達抱緊，等著爸爸來說個床邊故
事。每次，敏兒都不想讓故事那麼快結束，因為爸爸一講完故事，
幫敏兒蓋好被子，再跟敏兒親親晚安以後，就會留下敏兒下樓去
了。今天，爸爸出去以後，敏兒又想到，不管她怎麼請求爸媽讓她
晚點睡覺，每次九點一到，他們都會抱抱敏兒，摸著敏兒的頭，笑
著說：「乖寶貝，睡覺時間到了，過來親親晚安。」然後就推著她
上樓去了。敏兒覺得真不公平，她拉起達達說：「為什麼小孩子就
要這麼早睡覺？大人們想幾點睡都可以。他們晚上不知道都在做什
麼？玩嗎？吃嗎？我好想知道喔！我在睡覺時，爸爸媽媽到底在做
什麼？房間裡的娃娃又在做什麼呢？」

　　想著想著，敏兒打了一個好大的呵欠，慢慢閉上眼睛睡著了。
圓圓的月亮在天上散步，躲在床下的月光像黃色奶油河，淹過敏兒
的床，圍著敏兒和達達，小熊達達像茶凍一樣晶亮的大眼睛，在月

光裡閃啊閃。

　　「叮鈴！」被風輕輕撞了一下的風鈴，發出小小的聲音，娃娃們的心都跳了一下，「來了嗎？來了嗎？」洋娃娃帶著緊張小聲地問，「噓！」其他的娃娃都這樣回答。這時黑暗的房間裡好靜、好靜，聽得到窗外所有的聲音。「ㄆㄚ」遠遠的有個小聲音，「ㄆㄚㄆㄚ」接近了，「ㄆㄚㄆㄚㄆㄚ」有一個好大的黑影子拍著大翅膀飛過來了。「夜行天使！」大家都好興奮，慢慢等著，一會兒，夜行天使停在陽台上，看著房間裡的娃娃們，伸手抓了一把暖暖的月光，轉了一轉，再向他們灑去。一下子，娃娃們都動了起來，洋娃娃高興地轉了幾個圈，玩具兔快樂地跳了幾下，大家都盡情伸伸懶腰，扭扭屁股，可站了好久呢！夜行天使輕輕拍動了幾下翅膀，大家就慢慢飛了起來，要跟著夜行天使一起出去玩。

　　這時候被敏兒緊緊抱住的達達好著急，每次好不容易等到月圓之夜，卻只能看著大家快快樂樂出去玩，自己怎麼跑都跑不掉，這次不管怎樣一定要跟上。啊！拉出左腳了，右腳也快出來了，……偏偏敏兒翻了個身，又被壓住了，達達好擔心，看到排在最後的玩具兔也快飛出窗外了，達達更用力要拉出自己的身體，一不小心大叫：「等等我。」所有的娃娃驚慌地回頭看著達達，這時候，敏兒揉著眼睛坐起來，「好吵！敏兒睡不著。」大家都嚇呆了。

　　敏兒抬起頭來，奇怪地看著大家，突然覺得害怕，問：「你是誰？」娃娃們看著夜行天使，不知道該怎麼回答。敏兒又問：「你是一隻大鳥嗎？你會飛嗎？」夜行天使轉過來看著敏兒說：「我不是鳥，我是夜行天使，天使當然是會飛的。」「夜行天使？那你會做什麼？」玩具兔急急回答：「看看我們，它可厲害了。」「對啊！對啊！它讓我們動呢！」「對啊！對啊！它帶我們飛呢！」其他玩偶娃娃七嘴八舌地回答。「喔！可以飛到星星住的地方跟他們

第五章　圖畫書──不只是文字的書

玩嗎？可以摸到月亮嗎？可以……」「你跟我們一起去看看就知道了。」夜行天使笑著說。「真的嗎？我也可以去嗎？可是，我不會飛啊！」「看我的。」夜行天使又抓了一把月光，再轉了一轉，灑向敏兒。奶油色的月光從頭到腳包圍著敏兒，讓她覺得又驚奇又興奮。「好了，大家走吧！」夜行天使拍動著翅膀，後面跟著敏兒和達達，還有大大小小的娃娃，一起往綴著星星的夜空飛去。敏兒回頭看家裡還亮著燈的房間，爸爸還坐在書桌前打電腦，媽媽也在旁邊看著書，（原來我在睡覺的時候，爸爸媽媽都還在工作。）愈飛愈遠，敏兒發現有許多大樓房子把電燈全都打開了，把四周照得好像白天一樣明亮，路上還有許多小小的人和車子來來去去，好熱鬧。「有人在電影院門口排隊，百貨公司人來人往，連掛著大大〝m〞字的麥當勞裡面也擠滿了人！」「人類把這些叫做夜生活。」洋娃娃驕傲地向敏兒說。「ㄝˋㄕㄥㄏㄨㄛˊ？」敏兒不知道那是什麼，這個時候，她有點想念自己溫暖的小床。飛著飛著，風來了，輕輕把這一大群吹往月亮面前。

　　「歡迎你們來，咦！這位小女孩以前沒有看過，妳也是娃娃嗎？」月亮親切地問，「我叫敏兒，我是人類，月亮您好。」「嗯！真有禮貌的女孩，人類也好，只要單純善良，我都歡迎，好好去玩吧！」夜行天使領著大家往前飛去，到了一個佈滿星星，閃閃發亮的地方，那裡已經有了很多其他的娃娃，玩具們高興地唱歌、跳舞，一團小樂隊兵看見敏兒，就演奏起「歡迎曲」，夏威夷草裙娃娃扭啊扭到敏兒面前，為她套上一個花圈，其他玩偶則爭著拉敏兒一起跳舞、唱歌，好快樂啊！

　　月亮慢慢散步到西邊，時間已經好晚好晚了，敏兒雖然很快樂，但是也從來沒有這麼累過，她好想躺在自己舒服柔軟的床上好好休息一下。這時候，夜行天使又拍動翅膀，準備送大家回去了，

這時候月亮拿出一顆茶凍般的小石頭，送給敏兒說：「歡迎你下次再來。」敏兒高興地謝謝月亮，並且說：「我也有一個禮物要送您。」說完，就在月亮圓圓胖胖的臉上親了一下，「謝謝您，晚安。」

「敏兒，起床了！」媽媽的聲音從很遠的地方傳來，敏兒覺得很奇怪，自己明明在那麼高的地方飛，怎麼還聽得到媽媽的聲音？「敏兒，起床了。」敏兒睜開眼睛，發現自己還好好躺在床上，怎麼會？昨天晚上明明……難道是在作夢，敏兒看看娃娃們，都還整齊坐在櫃子上，敏兒又看看達達，忽然想起那塊小石頭，哇！真的在口袋裡找到了呢！敏兒神祕地笑了笑，似乎看到了達達也在向她眨眼睛呢！

❤賞析 --

　　豐富的想像，細緻的筆觸，讓讀者如身臨其境，也有了一次神祕之旅。想像中不失真實性，真實中又具想像空間。

琳琳的波浪裙 黃郁青

　　琳琳是一個擁有一雙水汪汪大眼睛，膚色像白雲一樣白皙的可愛小女孩。每個人看到琳琳，總要向她的爸媽稱道：「哇！你們家琳琳長得好可愛，像個洋娃娃一樣！」爸媽每次聽到這樣的讚美，總是覺得很高興，而且覺得很得意。

　　但是，琳琳有一件事，總是讓爸媽很擔心，那就是──琳琳討厭穿裙子，且說話和動作就像個小男孩。

　　每當洗完澡後，媽媽總會試探著說：「琳琳，我們待會穿上這件漂漂的衣服好嗎？」可是當琳琳回頭一看──是件裙子。「不要！」琳琳總是大叫一聲，並在猛力搖了一下頭後，便光著身子跑走了。可憐的媽媽，為了追回琳琳，便和琳琳在客廳裡玩起「貓捉老鼠」的遊戲，最後媽媽總是流了一身臭汗。

　　累壞了的媽媽癱坐在椅子上，她的汗不斷地從額頭流到下巴，並且從下巴滴到了地上，也因為怕琳琳會感冒，媽媽最後只好妥協地說：「好吧！我們就穿妳喜歡的褲子吧！」琳琳在旁，得意地笑了笑。

　　每天早上，琳琳要上幼稚園時，爸爸總是會趁媽媽在準備香噴噴的早餐時，為琳琳換上衣服，爸爸說：「琳琳，我們今天穿這件漂漂的衣服好嗎？」琳琳回頭一看──是裙子。原本剛睡醒，眼睛都還睜不開的琳琳，一下子瞪大了眼睛、漲紅了臉，又是一聲「不要！」然後便跑開了。

　　爸爸為了追回琳琳，只好跟在後面，可是琳琳一溜煙地跑進了廚房。在廚房裡，媽媽正忙著為大家煎蛋，而琳琳為了躲避爸爸的追趕，並沒有注意到媽媽，她一進門便乒乒乓乓，一下子撞破了玻璃杯，一下子又撞倒了椅子，最後居然撞到了……

「哇！」只見媽媽鍋中的蛋一直往上飛、往上飛，然後，「咻！」的一聲，蛋居然「降落」在爸爸沒幾根毛的頭上，而且還發出「茲！茲！」的聲響。爸爸痛得伸手一拍，將蛋拍到地上，爸媽無奈地互看了對方一眼，然後說：「好吧！我們就穿妳最喜歡的褲子吧！」

爸爸媽媽對琳琳一點辦法也沒有了，只好向奶奶求救。

琳琳最喜歡奶奶了，因為奶奶每次來他們家時，都會帶來好多好多的東西，而且晚上還會講故事給她聽。因此，琳琳好期待奶奶的到來。

過了幾天，奶奶終於來了。琳琳一聽到奶奶來了，立刻衝到門口抱著奶奶又親又吻，可是琳琳一看，奶奶這次居然沒有帶著大包小包的東西，琳琳失望地問道：「奶奶！為什麼妳這次沒有帶琳琳喜歡的東西來？」奶奶一聽，馬上說：「有啊！奶奶帶了一件禮物要送妳哦！」之後，便像變魔術一樣，手中突然出現了一個禮盒。

琳琳一看說：「哇！好漂亮哦！這禮物真的是要送我的嗎？」奶奶說：「對呀！特別要送給妳的哦！」琳琳好開心，當場便小心翼翼地拆起禮盒。「嗯——怎麼會是裙子？」琳琳打開一看，盒子裡放的居然是一件下擺有著波浪狀的美麗裙子。琳琳生氣地雙手一揮，將裙子打翻在地上。

奶奶心疼地立刻蹲到地上，將裙子撿了起來。她問琳琳：「為什麼不喜歡這個禮物？」琳琳紅著眼眶說：「因為那是裙子。」奶奶又問：「那琳琳為什麼不喜歡裙子？」琳琳抿著嘴，沈默了好久。爸爸、媽媽、奶奶都很想知道琳琳不喜歡裙子的原因，因此每個人都圍到琳琳的身邊，且愈靠愈近，愈靠愈近。琳琳最後看向爸爸媽媽，然後說：「因為爸媽每次在我穿裙子時，都會好兇的罵我說：『琳琳，穿裙子不可以在椅子上爬來爬去、跳來跳去；穿裙子

時要乖乖坐好；穿裙子時不可將裙擺拿起來搧風……」讓我覺得，我一定是一個壞小孩，所以爸媽討厭我，才要罵我。」說著說著，琳琳的眼淚就像小珍珠一樣，一顆接著一顆地，滾落臉龐。

爸媽看了很難過，兩人走過來，一人一邊地緊緊抱住了琳琳，並且說：「琳琳，對不起，我們不知道平常對妳的要求傷了妳的心，也不知道妳這麼不喜歡穿裙子。雖然我們很喜歡妳穿裙子時，像個小公主一樣可愛的模樣，但如果妳真的不喜歡，那以後我們就不會再逼妳了。」琳琳抬起淚汪汪的眼睛，眨眨眼睛興奮地說：「真的嗎？」爸媽點點頭。但琳琳又把頭低下去，並且支支吾吾地說：「其實我並不是那麼討厭穿裙子啦！只是因為怕被你們罵，所以才不喜歡穿。」說完便用她那大大的眼睛，一直瞄著那件被奶奶拿在手上的美麗波浪裙。

奶奶一看，便把波浪裙拿到琳琳面前，並且說：「其實琳琳，妳以後不用再擔心會被罵了。因為這件裙子，裡面是件褲子，而且外面有波浪般的下擺，可以幫妳遮掩。」說完便展示給琳琳看，原來那是一件「褲裙」。

琳琳好開心，從此以後她再也不怕穿裙子，也總是喜歡穿著奶奶送的「波浪裙」，像隻美麗的花蝴蝶一般，穿梭在花叢裡。

❤賞析 -

以風趣、幽默的筆調，描述孩子在「性別認同」學習上，易出現的問題，自然道出父母親與孩子的心聲，藉由彼此了解與奶奶的「智慧」，化解親子衝突，進而達到「幫助幼兒成長」的目的。

一個真正的朋友

蔡悅如

　　小琪是一位很害羞，不愛説話的小女孩。她在幼稚園裏都不跟別的小朋友玩，所以就沒有朋友。小琪唯一的朋友，就是家裏的小白狗──諾諾。小琪會把她在幼稚園裏發生的事，告訴諾諾，把她今天在學校裏玩什麼，老師教什麼，説什麼故事，還有其他小朋友做什麼事，統統告訴牠，但是，即使是這樣，小琪還是覺得不快樂，因為，諾諾只會聽，不會説。

　　有一天，小琪在幼稚園時，有二個小男孩故意去拉她的兩個辮子，拉得小琪好痛，好痛，於是，小琪就哭了，但她不敢告訴老師，因為她很害羞。她也不敢告訴其他小朋友，因為，她沒有朋友。她傷心地回家了，她把她傷心的事，告訴諾諾，小琪邊哭泣邊説話，而諾諾只是靜靜地聽著，兩顆圓滾滾、黑黝黝的眼睛看著小琪，好像聽懂小琪的話，好像知道小琪心裏的感覺。到了晚上，小琪抱著諾諾回房間去睡覺，但小琪心裏還是很傷心。

　　當小琪剛睡著沒多久，她突然感覺好像有聲音在叫著，「小琪！小琪！」一個男孩的聲音，輕輕的、柔柔的。她覺得很奇怪，於是她慢慢地、慢慢地睜開眼睛，她看到一雙圓滾滾、黑黝黝的眼睛盯著她看，小琪嚇了一大跳，問説：「你是誰啊！你怎麼跑到我房間裏呢？」這位男孩説：「小琪，妳別怕，我不是別人，我是諾諾啊！我今天看妳好傷心的樣子，我也覺得很難過。所以，我想陪妳聊聊天，讓妳不要這麼傷心啊！」小琪説：「那你為什麼會變成人呢？」諾諾説：「我是一隻有魔法的小白狗啊！但是，我不能常常使用魔法，因為，我施一次魔法，就會減少一些法力，當我魔力用完時，我就會變成一隻普通的小白狗。」小琪説：「那你可以幫助我，讓我不那麼害羞嗎？」諾諾説：「可以啊！」於是諾諾在口

中唸唸有詞：「吧咪吧咪──轟。」諾諾說：「好了，明天之後，妳就會變得不害羞了。」小琪很開心地說了聲「謝謝」後，開心地睡著了。

　　隔天，去幼稚園後，小琪忍不住把昨晚發生的事，告訴隔壁的薇薇。薇薇聽了之後說：「小琪，妳平常很少說話，但妳今天告訴我的故事好奇妙，好有趣，我好喜歡聽妳說話。」小琪聽了好開心。回家之後，她很開心地把這件事告訴諾諾。諾諾也替她覺得高興。但小琪每天晚上都會跟諾諾要求一些事情，讓小琪變得更大方、會說話、有人緣。小琪在幼稚園裏就交了許多好朋友。但是，小琪回家後，都不跟諾諾說話了，而諾諾晚上也沒有來找小琪，因為小琪都把話跟她的朋友說了。

　　到了某一天晚上，諾諾又來了，他對小琪說：「小琪，我以後不能來找妳了，因為，我的魔力已經用完了，我以後就只是一隻普通的小白狗了。」小琪這時才發現，諾諾讓她交了許多朋友，而用盡牠的法力，但小琪卻不再把諾諾當朋友，她覺得自己錯了，小琪決定補償諾諾，從那天起，小琪每天回家後，都會把她在學校發生的事告訴諾諾。雖然諾諾只是靜靜的聽著，用兩顆圓滾滾、黑黝黝的眼睛看著她，但小琪知道，諾諾聽得懂，而且，和她有相同的感覺。諾諾是她最好的朋友。

❤賞析 --

　　情節溫馨、感人，處理孩子成長過程中，常見的「害羞」問題。藉故事幫助孩子成長，刻劃人與動物之感情，同時，也呈現孩子純真的想法。

月亮的臉 陳寧容

夜神的披風慢慢地籠罩在天空時，森林裡的動物們都輕輕地闔上了眼睛，只有頑皮的小月亮懶懶地伸伸腰，張大眼睛，精神飽滿地爬上枝頭。

「今天找誰玩好呢？」小月亮一邊自言自語，一邊忙著去找森林裡的動物，他跳過一棵又一棵的樹，用手指輕輕地去撥弄小松鼠的眼皮，看牠是否真睡了？又跳到另一棵樹上，去看看無尾熊睡了沒？連貓頭鷹居然也瞇著眼！真奇怪呀！今天居然找不到玩伴?!

小月亮無聊極了，只好自己在枝頭上跳來跳去，咦！那是什麼呀？它在枝頭上，屁股有一條線拖著，它看起來很輕的樣子，「喂！你會飛嗎？你是誰呀？你也睡了嗎？」這個東西吭也不吭，小月亮好奇地用身體輕輕碰它，哎呀！它飛起來了！好棒！快來跟我玩吧！嘿！等等我，別飛這麼高，這麼快呀！我快追不上啦！我還沒問你名字呢！才一下子，這個東西已經飛得老遠了，小月亮追得好喘，還是沒追上，只好洩氣地回到森林枝頭，沮喪地過了一晚，「它明晚回不回來呢？」「它搬家了嗎？」

隔天晚上，小月亮急著找「它」，結果，找了好久都沒找到「它」，小月亮開始害起相思病來了！誰找小月亮玩，他都提不起勁兒，心裏頭只有那晚的「它」。

過了一個禮拜，太陽公公一回家後，小月亮便從池塘邊的枝頭上蹦了出來，「咦！那是什麼？」「啊！我知道了，一定是『它』知道我想念它，所以叫了一群朋友來啦！」小月亮好高興，在枝頭上笑開了嘴，等著「它」帶它的朋友上來，可是「它」不在呀！它的朋友長得也不太像它，它的朋友們從一個小男孩吹的吸管裡一個個出來，而且都沒有長尾巴！「那它們會來找我嗎？」「哇！起來

了，起來了！來呀！我們來玩，別飛太快哦！」小月亮不想再跑輸這群朋友，於是便一路跟著它們，往上飛呀！飛呀！

等到小月亮回頭一看時，森林已經像螞蟻一樣小了，小月亮想回去了，可是身體卻退不回去了，小月亮急得哭了起來，嚷著：「我要回家，我要回家！」在小月亮身邊的一堆泡泡看到小月亮哭得那樣傷心，紛紛貼在小月亮臉上，親吻小月亮的臉，一陣陣夜風吹來，小泡泡都乾了，小月亮哭著睡去，等他醒來，臉已經坑坑洞洞了，小月亮真的好尷尬，趕緊躲到雲媽媽身後，怕被人認出他坑坑洞洞的臉……。

就這樣，小月亮直到現在都不敢回森林，夜神來臨時，他只能默默地待在天上，望著遙遠的森林，一夜又一夜。

❤創作動機 --

月亮的臉為什麼會坑坑洞洞的呢？您可能會毫不思索地以科學的角度來回答這個問題，但是，我想以另一種方式來告訴孩子，增加孩子的想像力。我相信，孩子長大以後，終會了解答案，然而，在孩子想像世界裏，多一些可發揮的題材，豐富他的想像世界，又何嘗不可呢？

❤創作背景 --

這是配合單元而自創出來的故事，故事中的角色都是孩子熟悉的，除了小月亮外，氣球及泡泡也是靈魂人物。在故事表演及分享後，我和一班孩子們才進入玩吹泡泡的活動中，以加深孩子的體驗，而科學角中關於月球的圖鑑與相關話題，則在孩子的話題中蔓延開來……

❤賞析 --

文筆細膩、生動、富想像力，給予孩子另類思考的機會。

 林麗芳

　　一條從小鎮綿伸出來的小路，路旁種滿了阿伯勒。每到夏天，花朵隨著風飄下，有如下了一場金色的雨。小路的盡頭有著五階寬大的石階，爬上石階可以到達一個美麗的小山丘，小山丘上四季都開滿了形形色色的花朵，姹紫嫣紅，吸引了無數的蝴蝶來此翩翩飛舞。在小山丘的中央則聳立著一棵大樹。

　　此時，天空夕陽鮮紅的光芒從大樹密密麻麻的葉縫灑下，又擴散占領了整個小山丘、所有觸目可及的地方。而一對姊妹戴著剛做好的花圈，剛剛才下了石階，拉著手跑過了下著金黃色雨的小路。

　　姊妹才氣喘噓噓的跑到了家，那棕色厚實的大門就打了開來，兩雙溫暖的手將她們擁進懷裡，姊妹則拿下花圈掛在蹲下迎接她們的爸媽脖子上。

　　「我們今天看到黑色的蝴蝶喔！」扶桑滿臉興奮的說著。

　　「黑蝴蝶喔！」茉莉一邊複誦姐姐的話一邊向媽媽撒嬌。

　　「好，快去洗手，要吃飯了喔！」爸媽滿臉笑容的回應。

　　天空很快的掛上了黑幕，雖然今晚月亮沒有出來，但一顆顆閃亮的小鑽石仍然掛在天空對著準備就寢的姊妹微笑。

　　「姊姊，明天，花花，蝴蝶！」茉莉對躺在旁邊的姊姊說。

　　「嗯，明天我們再去做花圈，看蝴蝶！」扶桑笑嘻嘻的回答。

　　小山丘上的大樹葉子開始黃了。

　　小山丘上的大樹枝幹全都枯光了。

　　小山丘上的大樹長出嬌嫩的新芽了。

　　小山丘上的大樹葉子翠綠的很迷人了。

　　時光不曾停留的往前奔跑，過了幾年，扶桑和茉莉都上了學。然而即使開始上學，姊妹還是時常利用課餘跑向屬於她們的小小世

界。她們做花圈送給爸媽；追趕著蝴蝶玩……。大樹一塊突起樹根下的小洞更是她們的秘密基地。

小路上金黃色的雨和樹蔭愈來愈小，鎮上的商店愈來愈多。

又是晴朗的一天，扶桑和茉莉放了學又跑向他們的小世界。但是跑到小路的盡頭，前方卻似乎是如此的不對勁。階底布滿青苔、階面被一旁小草入侵的石階倒塌了；迷人的花兒不見了；蝴蝶也不知道飛到哪了；小山丘中央的大樹看起來孤孤單單的。

一群工人樣貌的人散落在小山丘上到處指指點點的。扶桑鼓起勇氣問了離她們最近的工人：「你們在做什麼啊？」

「這裡要建停車場阿！」面前工人和善的回答。

扶桑拉著茉莉衝回了家裡，姊妹倆無論爸媽怎麼詢問，都只是一言不發。

「我們一定要保護我們的小山丘！」扶桑對著茉莉偷偷並堅定的說。

當天是一個沒有月亮也沒有星星的夜晚。扶桑和茉莉趁著爸媽都睡著了，拿出事先放在枕頭下猙獰的鬼面具，跑到滿目瘡痍的小山丘。

姊妹倆戴上了鬼面具，躲到了大樹下她們的基地，趁著巡邏的工人經過時跳出大叫。

工人被嚇的落荒而逃。

就這樣，扶桑和茉莉每天晚上都帶著鬼面具到大樹下的基地嚇人。但三天後，姊妹倆還是被發現了。當扶桑和茉莉被帶回家，姊妹見到一臉擔憂的父母，終於忍不住大哭起來。

停車場還是建成了。花朵和蝴蝶都不見了，原本的小山丘只留下了大樹。大樹孤孤單單的站在那，當風吹過時，葉子沙沙地作響，就恍若大樹也在哀哀悲泣。

扶桑和茉莉漸漸地長大，小鎮也漸漸變了樣子。小鎮有了火車站，愈來愈熱鬧了。而那個停車場變成了一棟大樓，其中原本要被砍掉的大樹在居民的抗議之下被遷移到了另一個地方。

扶桑和茉莉時時有空就去看看那棵大樹，回想她們小時候那每到夏天就下起金黃色小雨的小路，那讓她們姊妹小時辛苦攀爬的石階，還有那四季都有不同美麗花朵搖曳生姿、蝴蝶翩翩飛舞的小山丘……，那是她們永遠的回憶；她們心中永遠的秘密花園。

❤創作動機 --

這是一個結合了自己從小夢想的廣大花田和讓自己容易感傷的時間流逝兩個因素的故事。時間流逝中，人事物的改變是很容易讓人嘆息的，尤其只有自己注意到、記得並留戀過去的時候。只是寫故事時改掉了這點設定免得顯得太過悲傷。老師介紹的約克米勒則讓我完整了這故事後面的結構。

❤賞析 --

優點：

 1.取材生動，情感細膩。

 2.情節安排流暢，具邏輯性。

 3.文筆流暢。

缺點：

 1.作者自認為伏筆太少。

 2.整篇故事中缺少大的轉折及高潮。

 3.在三天後，姐妹倆扮鬼被發現的那一段，可以再多加敍述。

王麗雅

在一個很遠很遠的地方，有一個玻璃娃娃村。

那兒的玻璃娃娃比世界上任何一個娃娃都美麗，就像是出自最精巧的手藝。

村子裡的娃娃都有一顆美麗的心，有的像火焰一樣的紅，有的像海水一樣湛藍；也有的像新生的綠芽一樣翠綠；另一些則比剛出生的小鴨毛色的鵝黃更可愛。每顆心的顏色都是最獨一無二的。

其中有一個娃娃茱妮，她有一顆透明的玻璃心。玻璃心會隨著不同的光線折射出不同的顏色。有時是淡淡的粉紅色，有時是淺淺的紫色，但更多的時候是很多很多的顏色混合在一起。

茱妮很喜歡自己的心，她常常看著那燦爛的顏色發呆。或許就是因為茱妮的心太不同了，所以大家都覺得她不是玻璃娃娃村的人，也不喜歡接近她，彷彿透明的心是種傳染病一樣。不只是村人，連茱妮的爸爸媽媽都覺得奇怪。你聽聽，他們是怎麼說的？

「茱妮呀～真是個奇怪的女孩，大家的心都有顏色，為什麼她的心沒有呢？」一個有著鐵灰色玻璃心的老婆婆問。

「是呀是呀！一顆玻璃心沒有固定顏色，真是難看死了！」一個心的顏色像剛摘下來的橘子一樣金黃的女孩應和著。

「唉啊～我敢說，一定是茱妮的爸爸或媽媽做了什麼壞事啦！他們的小女兒才會失去心的顏色。」說話的是村長，他的心像最深沉的夜晚，是一種接近黑色的深藍色。

聽到街坊鄰居們的議論紛紛，茱妮慢慢的覺得自己好像真的跟別人不一樣。為什麼會這樣呢？茱妮也不知道，但是一天又一天的過了，她也開始慢慢的不喜歡自己的顏色了。

茱妮的爸媽為了這件事很煩惱，到處請教聰明的人，可是都沒

有一個人知道為什麼，也沒有人說得出解決方法。

「茉妮的心怎麼跟大家都不一樣呢？」茉妮的媽媽很煩惱，她有一顆像月亮的光芒一樣銀白的心。

「是啊！為什麼茉妮的心沒有顏色呢？」爸爸也很煩惱，他的心則像秋天的楓葉一樣金黃。

「是不是我們做了什麼壞事，所以茉妮的心才會沒有顏色呢？」

「或許茉妮只是需要多曬點太陽。多曬曬太陽，她的心也許就會有顏色了。」

小茉妮是個體貼的好孩子，為了不讓爸爸媽媽煩惱，於是她照著爸爸媽媽的話開始曬太陽，她的心在陽光底下發出了耀眼的金色光芒。

「爸爸，你看，茉妮跟你多麼的像！」媽媽快樂的說。

聽到媽媽的話，茉妮也很快樂，因為她跟大家一樣了。

可是當太陽緩緩的落下，茉妮的心的顏色又開始變了…

從耀眼的金色變成溫暖的橘紅色，又慢慢的變成藍色，最後隨著月亮昇起，茉妮的心反射出銀白色的光芒。

茉妮好失望喔！她坐在草地上抽抽搭搭的哭了起來。

「別哭了，茉妮！妳看，妳的心跟媽媽一樣美呢！」爸爸拍拍茉妮的肩膀。

「爸爸，為什麼我跟別人不一樣？」

「我也不知道……或許這是給妳的一個考驗吧！」爸爸說。

「既然是考驗，那我不如去尋找原因或是改變的方法好了！」茉妮心想。

第二天一大早，天還沒亮，茉妮就悄悄的離開了玻璃娃娃村。

茉妮不停的往前走，經過春天百花盛開的花園，夏天生氣盎然

的森林。她走過秋天豐收的果園，又穿過大雪紛飛的雪地。一路上，不斷有小動物為了她的心而發出讚嘆。

「你們看！那個美麗的玻璃娃娃有一顆多麼漂亮的心！」小松鼠說。

「是啊！就像最純淨的水晶！」小鳥啾啾的叫著。

「我從來沒看過那麼美麗的顏色！」小兔子也興奮的蹦蹦跳跳。

就連兇猛的老虎和大蛇都喜歡上茉妮美麗的心。

可是茉妮並不快樂，因為她的心還是沒有屬於她的顏色。

她走了好遠好遠的路，試了好多好多的方法，當她試完最後一種方法時，她也走到了世界的盡頭，那是一大片深藍色的海洋。而她的心仍舊像剛出發時一樣透明。

「為什麼世界上所有的東西都有顏色，只有我的心是透明的？」茉妮覺得她心碎了。

喔！不！那並不是一個誇張的形容詞，茉妮的心真的碎了，碎成一塊一塊的！

「以前我不喜歡我的心，可是現在我連心都沒有了！」茉妮哭了起來。

太陽落下了又升起，這樣反覆了三次，茉妮小小的身影仍然坐在海邊哭泣。當月亮再次出現的時候，茉妮做了一個決定，於是她收拾起破碎的心，小心的用布將它包好，然後開始往回走。她記得來的時候，曾經遇過一位手藝高超的工匠，或許他會有辦法幫助茉妮？

茉妮經過了一個又一個大大小小的城鎮，問了一個又一個的路人，可是沒有一個人知道她要找的工匠在哪裡。

終於，她從一個老婆婆那兒得到了一點消息。原來，在遇見茉

妮之後，工匠深深覺得自己的手藝不夠完美，於是他帶著工具環遊世界，去找尋一個可以讓作品完美的辦法了。

「可是我不懂，已經是這麼漂亮的作品了，他怎麼還不滿足呢？」老婆婆說。

茱妮接過老婆婆手上栩栩如生的玻璃小狗，看了又看，想了很久，突然，她知道工匠要找的是什麼了。

告別了老婆婆，茱妮又繼續踏上旅程。她知道，只要順著美麗的玻璃製品往前走，總有一天她會找到那位工匠的。

一路上，她看到越來越多美麗的玻璃製品，有可愛的小鴨、優雅的貓咪等等。每一樣作品都美的令人驚奇。有一天，她經過了一個小小的玻璃城市，她一看就知道工匠一定住在這裡，因為這兒有著堪稱世界上最美麗的玻璃製品。

她順著玻璃街道慢慢的往前走，街道兩邊的景色讓她不禁想起了她來的地方。看著夕陽為這個城市鍍上一層金色的漆，她突然覺得這就是最美麗的顏色了。

在夕陽和月亮交替的時候，她看到了工匠，他正坐在火爐前打造一個美麗的娃娃呢！火光將工匠的臉孔映的專注而認真。茱妮靜靜的等著，或許是太累了吧！她竟然不小心在椅子上睡著了。

醒來的時候，她發現工匠正坐在她的旁邊微笑的看著她。

「沒想到我還能再一次看到妳。」工匠說。

「是的，我來是希望你能幫我把心修復成原來的樣子。」說著，茱妮小心的打開了裝著心的碎片的小包裹。

工匠接過心的碎片，看了很久，搖搖頭嘆了口氣。「我想我幫不了妳。」

「為什麼呢？」茱妮問。

「因為妳的心是最特別的。不是任何材料能替代的。」

特別嗎？茉妮低頭看著心的碎片，她發現，每一片小碎片都是一顆心的形狀。

　　她看著看著，眼淚不自主的滴了下來，因為她想起她有多愛她的心。

　　「讓我來幫你吧！就算報答你讓我發現我有多愛我的心。我知道你要找的是什麼…」茉妮微笑著說。「不過你要答應我，接下來的作品要比我更加美麗。」

　　「沒關係的，」工匠也笑了起來，「我已經知道我要找什麼了。」

　　「喔？難道你不想讓你的作品變得更完美嗎？」茉妮問。「只要用一小片我的心的碎片，就能做出全世界最美麗的娃娃。」

　　「第一次遇到妳的時候，我只看到妳的美麗，那時我的確是因為想要讓我的作品更完美而踏上旅途。」工匠頓了一下，「但剛剛看到妳的心的時候我才發現，我要找的是獨一無二的感覺。」

　　「獨一無二？是很特別的意思嗎？」

　　「是的，妳是最特別的。不需要跟別人比較，因為妳就是妳。」工匠摸著茉妮的頭髮。

　　兩人都笑了起來，窗外的玻璃風鈴也叮噹作響。

❤創作動機 --

　　在動筆寫故事之前，我都會有個習慣，就是先把我夢想中的主角畫在紙上。有一天在紙上塗塗抹抹的時候，突然很想畫一個美麗的玻璃娃娃，也就是茉妮的雛型。畫出來後覺得如果娃娃這樣被我遺忘實在太可憐了，所以就決定要寫一個故事讓她活在我創造的世界裡。在寫故事的時候本來一直想不出劇情，只是想用另一個故事傳達跟《你很特別》這本書裡一樣的含意——你是最特別的，沒有人可以取代

幼兒文學

238

你。可是又苦無靈感，後來無意間回想起很小的時候看過一篇故事，好像是管家琪的吧！寫一隻有著藍色的脆弱的心的魔鬼的故事。於是就用這些線索寫了這篇故事。

❤賞析 --

　　文筆生動、描寫細膩。情節安排富巧思，布局層次分明，寓意深遠。

紙鶴

向虹蕙

　　我又再摺紙鶴了。自從爸爸離開家的那一天起，我和媽媽每天都會用白紙摺紙鶴，寄給在遠方的爸爸。爸爸在哪裡，在做些什麼事情，我並不是很清楚。我只知道，有一次，當我好奇的問媽媽這個問題時，媽媽忽然哭著告訴我，爸爸在很遠的地方幫我們打壞人，讓我們不會被壞人欺負。我趕忙安慰媽媽：「爸爸打壞人是一件好事啊，我們要高興，媽媽為什麼要哭呢？」媽媽沒有回答，她只是哭得更傷心。我不希望看到媽媽哭，我希望媽媽每天都是笑嘻嘻的，所以我再也不敢問媽媽這個問題。

　　媽媽告訴我，紙鶴是一種可以傳遞思念和愛的東西，我們摺紙鶴給爸爸，就代表我們把愛和思念傳遞給他。爸爸收到了紙鶴，知道我們在想他，他就會打倒更多的壞人，好快點回家與我們相聚。

　　在摺紙鶴之前，我都會在白紙上畫彩色的圖，圖中有著我想對爸爸說的話。媽媽則是在白紙上寫字，寫些什麼我也不是很清楚，不過我猜媽媽應該是叫爸爸快點回家，因為這是我和媽媽共同的願望。

　　爸爸不在家時，我和媽媽最期待的事，就是收到爸爸的信。但是爸爸的信，好久好久才來一封，不過裡頭卻有好多好多紙鶴呢。媽媽說，這就代表爸爸很愛我們，很思念我們，可是他無法親自對我們說，只好藉著紙鶴來傳達。

　　有一天，我和媽媽在街上買東西時，忽然間，一陣陣的槍聲，傳遍了四周，緊接著，就聽到有人大喊，「日本人來了，快逃呀！」媽媽聽到了，馬上拉著我的手拼命地跑，拼命地跑。

　　突然，媽媽「啊！」的一聲倒下，我看到媽媽的身上，流了好多好多的血，我哭著問：「媽媽，媽媽，你怎麼了？」媽媽沒有回

答我，她只是叫我乖乖的躺下，用身體覆蓋住我，對我說：「你安靜的躲好，等外面都沒有聲音了，再出來，這樣你就會安全了。」那時候的我並不知道什麼是「安全」，但在我還來不及問的時候，媽媽就閉上眼睛，不動了。

　　過了好久好久，我聽到外面都沒有聲音了，就探出頭，看看四周。我看到路上躺了好多好多人，他們和媽媽一樣，都流了好多好多的血。我嚇到了，哭喊著叫媽媽醒來，不要再睡了，快把我帶離這恐怖的地方。但媽媽只是一動也不動地躺著，不理會我的哭喊。我哭得好累好累，就在媽媽的身旁昏昏沉沉地睡著了。

　　當我醒來時，我躺在一張白色的床上，聞到一股刺鼻的藥水味，看到好多護士阿姨在我面前走來走去。我趕緊抓住一個護士阿姨問：「這裡是醫院嗎？我為什麼會在這裡？我的媽媽呢？」護士阿姨微笑的回答：「這裡是紅十字會。你會在這裡，是因為我們不知道你的家人在哪裡，所以就先把你帶到這兒來照顧。」「我的媽媽就躺在我的身旁，請問她現在在哪兒？」我著急的詢問。護士阿姨臉色一沉，小聲的說：「很抱歉，當我們到達現場時，你的媽媽就已經死了。」「死了？媽媽不是睡著了嗎？『死』是什麼意思？是不是代表我再也見不到媽媽、聽不到媽媽的聲音了？」我驚慌的詢問著。護士阿姨微微點點頭，默默地離開了。這一刻，我終於知道了什麼是「安全」，但我卻永遠失去了我最愛的媽媽。

　　自此之後，我每天都在紅十字會裡畫畫、摺紙鶴。有一天，爸爸忽然出現在我的眼前，說要接我回家。我很高興爸爸來接我，但我卻怎麼也笑不出來。護士阿姨把爸爸拉到一旁，小聲的對他說：「這個孩子自從失去媽媽後，就變得不愛說話，沒有笑容，只是一直拿黑色的筆，畫一群群倒在路上的死人。畫好了之後，再將畫折成紙鶴。」

爸爸了解了我的情況，把我帶回家裡，每天陪我說話，陪我畫畫、摺紙鶴。漸漸的，我的話變多了，畫裡的顏色也多了起來，黑色不再是我唯一使用的顏色。但我仍是沒有笑容，畫中的內容，也沒有一點兒改變。

　　就在爸爸接我回家的一個月後，我問爸爸：「你知道我在畫什麼嗎？」爸爸說：「一群死人？」「不是的，爸爸。我在畫媽媽和我呀！媽媽在我手指的地方，我就躲在她的下方。所以畫裡頭還是有活人的。」我在回答爸爸的同時，眼淚也一滴滴的掉了下來。爸爸摸摸我的頭說：「孩子，每個人的生命都有結束，走到盡頭的時候。媽媽只是比我們早走到了終點，化作白雲，在天上守護著我們。等我們都走到了終點的時候，我們也會變成白雲，和媽媽再相聚。所以以後我們都畫快樂的畫，摺快樂的紙鶴，讓媽媽感受到我們的思念和愛，好不好？」我緊緊的抱住爸爸，露出了回家以後，第一個帶著眼淚的微笑。

❤創作動機 --

　　在國外，有許多故事描述著外國人的戰爭，例如：鐵絲網上的小花、爺爺的牆。但在國內，卻少見有故事以「中國人的戰爭」為主軸發揮。而「南京大屠殺」的戰爭史實，是所有關於中國人的戰爭中，最吸引我的，凡是與它有關的書本、電影，我都一定看過，唯獨沒看過它以「故事書」的形式呈現。因此，我以兒童的角度出發，寫了這篇故事，紀念在南京大屠殺中犧牲的中國人民。

❤賞析 ---

　　文筆流暢生動、富感情，為母愛的偉大與戰爭的殘酷作了深刻的註解。

那一年　　　　　　　　　　　馮麗美

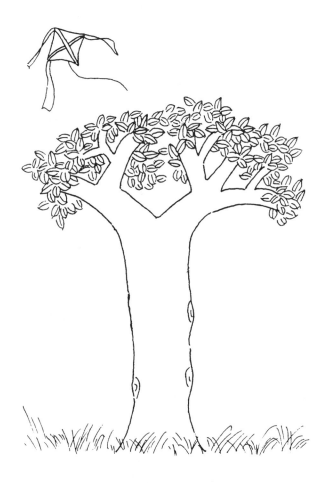

爺爺像風箏一樣飛走了，

飛得好遠，好遠……

　　春天來的時候，我跑到樹下，跟大樹說：「爺爺要去旅行，去
很遠很遠的地方。」大樹問：「和誰去？」「他要自己去，因為那
個地方小孩不能去。」「可是妳的爺爺眼睛看不見，怎麼去很遠的
地方？」「不知道吧！」爺爺曾摸著我的臉說：「妳是我的眼
睛。」沒有帶眼睛，怎麼去旅行？我看見一隻蝴蝶從我眼前飛過，
「爺爺為什麼不帶我去旅行？」我在心裡想著。

　　日子一天天過去，夏天來的時候，我跑到樹下，跟大樹說：
「爺爺沒有去旅行，他只是天天躺在床上。」大樹問：「他生病
了？」「媽媽告訴我爺爺感冒了。」「感冒去看醫生，吃了藥很快
就會好起來的。」等爺爺好起來，我要牽著他的大手去旅行。我是
爺爺的眼睛，我看見一隻蜻蜓從眼前飛過。

　　日子一天天過去，秋天來的時候，我跑到樹下，跟大樹說：
「爺爺沒有去旅行，他只是天天躺在床上，一直不停地咳嗽。」大
樹不說話，它搖著頭，搖來了冷冷的風，搖落一地的黃葉。等爺爺
不咳嗽時，我要牽著爺爺的大手去旅行，我是他的眼睛，我看見秋
天的陽光灑下了晶亮的光芒。

　　日子一天天過去，冬天來的時候，我跑到樹下，哭著跟大樹
説：「爺爺不見了，他們把他放在一個大箱子裏，不許我看，媽媽
哭了，爸爸哭了，我也哭了。」大樹卻説：「妳的爺爺已經去旅
行，去一個很遠而妳又不能去的地方。」我流著淚問大樹：「爺爺
會回來看我嗎？我很想他。」大樹點點頭。我看見樹上僅剩的幾片
葉子隨風飄起。我不再是爺爺的眼睛。

當春天再來的時候，
大樹抽著嫩芽，
長出新葉，
我在大樹下放風箏，
線突然斷掉，
風箏飛走了。
像爺爺一樣飛走了，
飛得好遠，好遠……
我在樹下哭了起來。

❤賞析 --

　　「死亡」是幼兒可能面對的經歷，也是成人不知如何向他們解釋的人生問題，本篇以「爺爺像風箏一樣飛走了」象徵生命的逝去，也點出小女孩對爺爺的不捨與思念。文字淺顯易懂，自然流露出祖孫深刻的親情。圖畫以黑白線條明顯呈現主題，四季更迭與人物表情都能刻劃入微。

"哭"樹根

第五章 圖畫書——不只是文字的書

柔柔最喜歡靠在媽媽懷裡，聽媽媽唸故事書。

有一天，媽媽唸一本故事書給柔柔聽。

故事裡，有兩隻小松鼠，因為肚子餓了，就坐在枯樹根上面哭
……

　　柔柔一直想著故事裡的「哭樹根」，很想看看故事裡兩隻小松
鼠坐的那棵樹，長得什麼樣子？為什麼會哭？

　　上學時，柔柔跑到榕樹下，仔細的看著榕樹的樹根，好像老公公的鬍鬚。「唉呀！它沒有眼睛，不會哭，小松鼠應該不會坐在這裡哭。」

　　星期天，爸爸和柔柔到公園玩，柔柔好高興，因為公園裡有各
種樹，或許可以找到松鼠坐的哭樹根呢！

　　一到公園，爸爸和柔柔玩飛盤，柔柔不想玩飛盤，她一心一意
想找到「哭樹根」。

一棵南洋杉樹上結了果子，好像是小松鼠愛吃的松果，但是看不到樹根，它一定不是小松鼠坐的「哭樹根」。

　　椰子樹長得好高好高，露出地面的樹根細細小小，花開的時候
蜜蜂環繞，小松鼠應該不敢坐在這裡哭。

　　雞蛋花，好漂亮，味道好香好香，它的樹幹受傷時會流出白色
的乳汁，但它沒有眼睛不會哭，它不是我要找的樹。

　　菩提樹，葉子像心形，長得濃濃密密，小鳥最喜歡啄食它的果實，小嫩葉在月光下會反光，小松鼠應該喜歡它，可是它也沒有眼睛，不會哭，不是那棵會哭的樹。

　　沙漠玫瑰長在漂亮的花盆裡，會開粉紅色、深紅色和白色的花，但是它有毒，小松鼠不會坐在這裡哭。

為什麼？我還是找不到那棵「哭樹根」呢？

文：謝碧月　圖：陳美秀・林曉鈴

　　親子間透過閱讀共享親暱的情境是最溫馨，而「透過書籍，兒童可以學習並了解他們周圍的世界」。「哭樹根」的習作緣於小女成長過程中發生的趣事……

　　大部分的時候我們都會以大人的認知和孩子相處，而大人往往無法真正了解孩子的內心世界。

　　我常常唸故事書給小女兒聽，通常她總是百聽不厭，要求我一遍又一遍的唸，有一天，當她聽完一則小松鼠的故事，內容有一段關於小松鼠因為乾旱缺糧而坐在枯樹根上哭泣的故事情節，小女很同情小松鼠的遭遇，但是對於「枯樹根」這個名詞，以她的語言理解一直認為是會哭的樹根，所以每次讀完這則故事她總是問我：「什麼是哭樹根？」而我總是以「枯樹根」的概念努力的解說「樹因為缺乏水份或病蟲害就會枯死」的道理，直到有一次，當我一如往常向她解說「枯樹根」時，她以一臉困惑的表情問我：「我一直看都看不到樹的眼睛，樹又沒有眼睛為什麼會哭？」聽到這番話我才恍然大悟，原來孩子的世界是這般天真。幼兒文學專家們所謂：「文學若以溫和的口吻和適當的語調朗讀出來，往往可以成為兒童藉以了解他們生活世界的一種工具或媒介。」由此可徵。

　　本書文稿部分以小女的這則趣事為主題，並以介紹公園裡孩子們常見的幾種樹為副題，盡量揣摹孩子的心境，以我們能力所及，用最精簡的文詞寫成。

　　繪本最重要的視覺表現在於繪畫的技巧，陳美秀和林曉鈴在構圖與上色方面有豐富的經驗和熟練的技巧，因此，我們三人，各盡所能，截長補短，共同合作。

　　在三人共同習作三本故事書的過程，從構思、準備到製作完成，

第五章　圖畫書──不只是文字的書

由於時間短促而倍感吃力，然而製作期間因為互相分享孩子的趣事、討論內容表現的形式，以及完成的技巧等，無形中增加了些許樂趣，在我們忙碌的暑期進修期間，不僅是項挑戰，也是一項調劑。

第四節　一位幼兒圖畫書插畫家的經驗

　　湯米‧狄波拉（Tomie De Paola）是一位極負盛名的幼兒插畫家，著作多達一百多本，曾獲卡德考特圖畫書銀牌獎，談論早年藝術經驗與塗鴉的重要性。其作品目前在國內有中譯本的有：《巫婆奶奶》（上誼）、《阿利的紅斗篷》（上誼），以及《先左腳，後右腳》（漢聲），分別代表他作品的三大類別：民間傳說、認知性故事與生活經驗。他認為幼兒文學不必有嚴肅的主題，讓孩子輕鬆自在，喜愛閱讀，欣賞文學，獲得喜悅、滿足，才是他創作的目的。以下是 De Paola 的經驗談：

　　　　我是一位塗鴉者，事實上，我一直都「愛」塗鴉。身上隨時都帶著便條紙，與黑、紅色的細字記號筆，無論是在電話旁、書桌上、畫桌旁、坐飛機時的隨身袋子裡，或是開會時，都有它們的蹤影。

　　　　在成長過程中，家中是找不到著色簿的，我的工具是素色的紙、鉛筆，與我所信任的蠟筆。此外，我自己的畫作與塗鴉，看來都比單調的著色簿圖案有趣得多（最近，我母親也坦承：素色紙是便宜多了）。

　　　　從小，我便得知：十足的畫作與認真的塗鴉，是絕對不同的，畫作更具結構與方向性。通常，在開始作畫時，便有一個確定的想法。例如，我可能說：「我想我要畫一位穿著時髦『富麗』型溜冰裝的女孩，正在溜冰。」然後，便試著去畫與我原先想法或想像吻合的畫面。

塗鴉是完全不同的，我只要用鉛筆畫在紙上即可。各種有趣的畫面便會出現。開始時，我並未真正專注於塗鴉上，而是在當時正進行的其他事。通電話時，是一個塗鴉的好時機；另一個好時機便是：夜深時，躲在被窩中，以手電筒照亮，一邊聽收音機，一邊塗鴉。事實上，有些是畫在被單上，而非紙上。這些早期的「藝術」塗鴉，就像變魔術般出現在我的算術作業紙上，紙上有一些從黑板上抄下來的表格與數字，不知何時，紙上已塗滿圖畫，連答案都沒地方寫。我的老師們——至少，有一部分的老師——並不覺得有趣。他們警告我，我永遠不會加、減、乘等技巧。他們是對的，但，身為畫家，塗鴉對我是更為重要的活動。從前，我能買一台計算機，為我忠實地核對帳目，現在，我有一位會計師。

　　「會議塗鴉」特別是在校務會議所畫的，是最有價值的。在大學校務會議中談論的，大多是以前無數次會議所談過的議題。「巫婆奶奶」（Strega Nona）便是在此種場合下，出現在我的便條紙上。當時，我並不知道她是誰，但，幾個月後，在我工作室的牆上，她很快地讓我認識她的一切。

　　我常打開一個抽屜，發現一些數年前的塗鴉作品。（我將塗鴉作品散置在不同抽屜中，日後，它們會突然出現眼前，令我驚訝不已。）我的助理為我收藏所有通電話時的塗鴉作品，我的母親及一位老朋友，都有特別收藏我塗鴉作品的抽屜，等待有一天他們能利用它們。

作者節譯自 Norton, D. E. (1991). *Through the eyes of a child.* New York: Merrill, 150-151。

參考文獻

中文部分

林守爲（1970）。童話研究。台南：作者印行，一版。

林良（1990）。談童話。東師語文學刊，*3*，205。

吳鼎（1966）。兒童讀物研究第二集──童話研究。台南：小學生雜誌社，一版。

洪汎濤（1989）。童話學。台北：富春文化。

陳正治（1990）。童話寫作研究。台北：五南。

英文部分

Nodelman, P. (1988). *Words about pictures*. Athens: University of Georgia Press.

Russell, D.L. (1994). *Literature for children*. (2nd ed.). New York: Longman.

Sutherland, Z. and Hearne B. (1984). In search of the perfect picture bookdefinition. In Pamela Barron and Jennifer Burley (Eds.), *Jump over the moon: Selected professional readings*. New York: Holt, Rinehart & Wiston.

第六章

幼兒詩歌
韻律飛揚的文字

有人說詩歌是「彩虹的歌」[1]，也有人說詩歌是「彩虹的文字」[2]，它以人類經驗的浩大光譜，為人類心靈彩上五顏六色。更有人說，詩歌像一扇彩色玻璃窗，它讓光照射穿過，但保留它自身的美[3]。「光」隱喻知識、智慧，或真理；「美」則指詩人以他的想像力，巧妙運用文字與聲音，所營造出的鮮明、飛揚的想像意境。好的詩可以將聲音與感官作有效連結，激發讀者的感情、想像與思考。

許多詩歌可以啟發幼兒心靈，以全新的觀察力，去看、去感受詩歌的內涵與韻律的美。幼兒詩歌因為對象是幼兒，不論其作者是成人或兒童，皆有其專門的特色。徐守濤認為：「它強調淺顯易懂、意象鮮明、文詞優美、形式多變，和題材豐富，是適合兒童心理、程度、經驗，和想像的一種文學作品。」（林文寶等、徐守濤、陳正治、蔡尚志，1996，頁90）詹冰說：「兒童詩必須是詩，兒童詩不但要音樂的、生活的、故事的，還要繪畫的、幽默的、心理的、鄉土的、社會的……等，同時要是被兒童們欣賞的詩。」（林文寶等，1996，頁91）其中以最後一句「被兒童們欣賞的詩」更是兒童詩中，不可缺少的要素。林武憲說：「兒童詩是專門為兒童寫作而適應兒童欣賞的詩，它是以分行的、想像的、有韻律的口語，來表現兒童見解、感受和生活情趣的一種兒童文學形式。」（林文寶等，1996，頁92）

本章第一部分討論詩歌的價值、定義、幼兒喜愛的詩歌特質、評選詩歌的原則；第二部分討論詩歌的形式與要素及創作原則。

第一節　詩歌對幼兒的價值

詩歌為幼兒開啟認識世界的另一扇門，讓他們了解透過文字的神奇力量，所創造出來的意象，也讓他們以新的角度審視世上的一景一

物。美國詩人Rumer Godden認為：給一位兒童喜愛詩歌的嗜好，就有如給了他享受生活的能力。她說：

給與一個孩子對詩歌的喜好，就如同安置一個讓個人永遠心曠神怡的泉源，不僅如此，對詩歌的愛好與了解的結果也可以促進對生命的敏銳反應，一種第六感的知覺，對周遭事物的敏感，而不致一無所覺。這是一種心智訓練，隨著人的成長，它亦無止盡地成長（Godden, 1988,頁 306）。

另一位美國詩人 Charles Causley 則強調詩的啟發性，他相信詩的價值之一在於：每一次讀後，都可能有不同的領悟（Merrick, 1988）。詩歌是所有文學形式中，最具個人色彩的，因此也是最容易使人誤解的。在兒童詩歌集《敲一顆星星》（Knock at a Star）中，詩人 X. J. 與 Dorothy M. Kennedy 以下列五點來回答「詩有甚麼用？」的問題：(1) 它讓我們笑——好的詩人已意識到這是進入孩子世界的最好方式之一；(2)它告訴我們故事——如同一些鵝媽媽故事集的作品，詩歌可以描述景象、塑造人物，以及表現情節；(3)它傳達訊息——詩人通常有一些想法要表達，縱使是喜劇詩歌，也常有引人深思之處；(4)它與我們分享感受——從喜、怒至哀、樂、平靜，詩人要求我們進入他們的世界，在那一刻，與他們分享所感，而詩人也常十分注意我們的感受；以及(5)它激發我們的好奇心——詩人強迫我們以前所未有的方式看事情，並且鼓勵我們開拓心靈，運用想像力。好詩並非蒙蔽我們，而是照亮我們，引導我們去看以前未見之事，去感受以前從未感受之事。最好的詩是真與美的結合；最好的詩人是以我們能欣賞的美，和我們能了解的真，來對我們表達詩情畫意（引自Russell, 1994,頁 31-32）。

第二節　甚麼是詩歌

　　「詩歌」並不是一個容易定義的文學類型，迄今仍眾說紛紜，無一定論；不過，它能促進愉悅感、培養文字鑑賞力，以及幫助幼兒對自我的了解，這些功能是不容置疑的。有人強調它的文字作用；有人重視它的情感衝擊，以下列舉幾位詩人、評論家，和幼兒的看法說明之。作家 Godden（1988）說：「真的詩，不論多短，應該由形式、韻律、節奏三者結合，再由最恰當的文字，表達其主題。」（頁 310）

　　評論家 Patrick Groff 認為：幼兒詩歌是一種除了運用詩的技巧外，更超越字面上意義的著作。他解釋說：

　　　使用原始組合的文句，可能是最容易、最好的，也是最明顯的寫作詩歌的方式，它超越字面上完整的和明顯的意義之外。因此，在詩歌中，一個字比在散文中具有更多意義，前者強調暗示而非明示之意。字句含有弦外之音，讀者必須深入探測字句表面之下，所隱含的意義，象徵性的語言最常提供這種猜測的要素（Groff, 1969, 頁 185）。

　　詩人 Emily Dickinson 以情緒與生理反應來定義詩歌：如果她讀一本書而致「她的身體冷到連火也無法讓她覺得溫暖」，她知道這就是詩歌；如果她生理上感到頭頂要飛起來，她也知道這就是詩歌（引自 Norton, 1991, 頁 357）。

　　Judson Jerome 主張：詩歌是文字的表演，他強調意義不能與字音分開，如同視覺形式對雕刻家與畫家是重要的，音調形式對詩人亦如

是。Jerome 將詩人的作品與音樂家的作曲相比擬，二者都講求整體品質，除此之外，他還將詩歌視爲一種預先審慎規劃的藝術（Jerome, 1968）。

詩人 Harry Behn（1968）探討兒童對詩歌的看法，結果相當分歧，但頗引人深思。當他問孩子：詩歌應該是什麼？有一位男孩答稱：「任何朗誦起來很棒的東西，沒有人物的描述……人物是故事，而詩歌是其他的事，是其他特殊的事，在遙遠的樹林裏，像 Robert Frost 遵守約定，在暴風雪中佇立等候」（頁 159）。另一位孩子回答：「一首詩歌應是與動物有關的、你所感覺的、春天、有趣的事、任何你看到和聽到的事、任何你能想像的事、任何事。甚至是一個故事！」（頁 159）

林鍾隆對詩的定義，有相當深入的敘述：「詩是從心裡吐出來的，詩是從胸口吹出來的，不是靠腦袋想出來的，更不是靠智慧編出來的。因此詩中必須有『心』的影子，或者詩之前，必須有人的耳朵或眼睛。詩人如何在感受事物，心中有怎樣的情緒，這是詩的本質結果的報告、現象的描寫，不能說是真正的詩。」（林鍾隆，1977）

總之，雖然詩歌的定義各家不一，但皆強調文字的基本組合、音韻的特色，以及情緒的影響。當然，視覺因素對詩歌而言，亦是重要的。所謂「詩中有畫，畫中有詩」，詩如同畫，需仔細鑑賞品味，詩人運用形象與空間來增加文字的張力，以達詩情畫意之美。

詩歌的主要含意必須細細欣賞，就像畫或雕塑，必須慢慢地反覆品味，才能沉浸在它的音韻及想像中。換句話說，兒童要有時間去看、去聽、去感受詩人的世界。

第三節 幼兒喜愛的詩歌特色

　　隨著幼兒個人的興趣不同，他們喜愛的詩歌類型因人而異，但對多數幼兒而言，仍有些共同喜愛的特色，以下列舉幾位學者的研究結果。Fisher與Natarella（1982）審視國小一年級至三年級兒童所喜愛的詩歌，他們發現孩子喜愛敘事詩與打油詩、有關奇異事件的詩歌、傳統詩歌、押韻詩（兒歌、童謠），或是以擬聲法創造聲韻型態的詩歌。

　　Terry（1974）探討國小中、高年級兒童喜愛詩歌的特質，她的結論如下：

1. 國小學童對詩歌的熱愛，隨著年齡漸增而減少。
2. 與傳統詩歌相較，兒童對現代詩較具好感。
3. 兒童較喜歡關於熟悉且愉快經驗的詩歌。
4. 兒童喜歡敘事詩或有強烈幽默感的詩歌。
5. 兒童喜歡有節奏、韻律特色的詩歌。
6. 兒童不喜歡過度強調複雜的想像，或是微妙暗示感情的詩歌。
7. 大多數國小中、高年級的教師，都忽略詩歌，很少讀給孩子聽，而且也不鼓勵孩子創作自己的詩歌。

　　與前述Fisher與Natarella的研究結果類似，Terry認為：敘事與打油詩是孩子們的最愛，而自由體的詩歌則是他們最不喜歡的；幽默，甚至是荒謬的、關於熟悉的經驗或動物的詩歌，始終是最受孩子歡迎的。

　　成人應提供孩子與各類詩歌接觸的經驗，或是藉著書籍，或是藉

著錄音帶、錄影帶，與孩子分享詩篇，並布置豐富的詩歌環境，以激發孩子自行創作詩歌的意念與行動。唯有成人能夠熱愛詩歌、欣賞詩歌，才能與孩子分享詩歌所帶來的喜悅，詩人──Jack Prelutsky 曾敘述如下一段故事（引自 Norton, 1991, 頁 360-361 ）：

　　曾有一位教師，班上有卅三位學生，他們的心靈充滿了渴望與熱誠。某個星期一早上，教師翻開她的課程表，發現應該朗誦一首詩歌給學生聽，於是她讀了這首詩

　　………花叢，

　　………樹縫，

　　………傾盆，

　　………蜜蜂。

　　當她朗誦完後，她說：「請翻開你的地理課本到一百卅七頁。」

　　某星期二早上，這位教師（一位相當不錯的人，剛好也喜歡詩歌）決定，主動讀另一首詩歌給班上孩子聽，這首詩較第一首長些，如下：

　　………………山，

　　………………安，

　　………………麵，

　　…………………水仙。

　　接著，她說：「請翻開你的歷史課本到六十二頁。」整個星期她都像這樣，在星期五時，班上的孩子已經知道她的習慣了，當她翻開詩歌課本時，他們開始在座位上騷動並且扮鬼臉。班上最堅定的唯美主義者已開始對花叢、蜜蜂、水仙等，失去興趣。許多孩子對詩歌懷有奇怪的感覺，他們開始互訴對詩歌的看法，有些人說：

「詩歌是無聊的，

　詩歌是無聲的，

　詩歌沒甚麼意思，

　詩歌就是一些不能引起我興趣的事，

　我討厭詩歌。」

　　曾有另一位教師，班上也有卅三位幼童，她也是一位不錯的人，也喜歡詩歌。在一個星期日傍晚，她翻開課程進度表，發現有一節詩歌課排在第二天的課表中，「嗯！」她沉思著，「明天我該與他們分享哪首詩歌呢？」經過仔細思考後，她選擇一首關於一位愚笨怪物的詩歌，很明顯地，牠是詩人從一塊布中所創造出來的，而她認為這可能激發學生的想像力。「嗯！」她再度沉思，「現在，我怎麼讓這首詩更有趣呢？」她做了更詳細的計畫，而在背誦這首詩時，又有了一些點子，這是第二天早上所發生的：

　　「孩子們，」她説。「今天是一個特別的日子。是笨怪物週的第一天，為了慶祝，我要與你們分享一首笨怪物詩歌。」她出示一個小錫罐，繼續説：「怪物住在這罐中，但我還不讓你們看，當我背誦這首詩時，你們想看看牠長甚麼樣子？」

　　然後，她開始朗誦這首詩，當她讀到最後一行的最後一字時，突然，有隻蛇從罐中彈出，孩子報以虛假的恐怖與真正興奮的心情，大聲尖叫。他們要求她再背誦一次，而她照做了。之後，她讓孩子們畫笨怪物，沒有兩個人的畫是相同的。他們的畫被製作成幻燈片，在某個集會中展示，孩子則集體背誦這首詩歌。在這個「笨怪物週」中，她又與孩子分享其他的詩歌，每次總是展現她的真誠，並以豐富想像力的方式呈現。她運用面具、樂器、舞蹈、音效，以及陶土捏塑。孩子變得如此投入，以至於她很快地便能不用道具，來背誦詩歌。在周末時，她的學生對詩歌的觀感如下：

「詩歌是令人興奮的，

　詩歌是好玩的，

　詩歌是有趣的，

　詩歌使你思考，

　我愛詩歌。」

　　由上例可知，成人（教師）應「用心」引導孩子進入詩歌的殿堂，否則，徒具對詩歌的熱愛，卻不知如何吸引孩子對詩歌的興趣，可能讓孩子從此對詩歌望而卻步呢！

第四節　選擇幼兒詩歌的原則

　　Norton（1991）綜合數位學者的建議，列舉選擇兒童詩歌的原則如下：

1. 具有生動、活潑韻律與節奏的詩歌，是最吸引兒童的。
2. 兒童詩歌應強調語音，並鼓勵文字遊戲。
3. 以鮮活、新奇的方式，所營造出的深刻視覺意象與文字，讓兒童擴展他們的想像，並以嶄新觀點去看與聽世上的一切。
4. 兒童詩歌應述說簡單故事，並介紹熱鬧的動作場面。
5. 所選擇的詩歌，不應是降低至兒童層次而寫的。
6. 最有效的詩歌能讓兒童去解釋、感覺，並融入詩歌意境中。它們鼓勵兒童延伸比較、意象，與發現。
7. 主題應愉悅兒童、啓示他們、提升自我、激起快樂回憶、讓他們覺得好玩，或鼓勵他們探索。
8. 好詩歌應能禁得起反覆誦讀。（頁 359-360）

Godden（1988）與 Charles Causley（Merrick, 1988）強調：一首好詩歌不需要立刻被完全解讀。Godden 認為：一首好詩歌「有一種神秘的成長力量，在心中開展。很快地，孩子的心、耳變得敏銳，他們的感受會超越兒童詩人與鮮活、快速領悟的詩歌——遠遠超越」（Godden, 1988，頁 310）。

第五節 幼兒詩歌的形式與要素

大體上，兒童詩歌並無固定形式（Lowell, 1971），也不一定要押韻，只要能琅琅上口，文字編排不同於散文，即可稱之。西洋文學中，多以兒童詩歌（Children's Poetry）一詞涵蓋；中國文學中，學者多再分為兒歌、童詩二大類，前者重句法與押韻；後者則以情為主，強調美感經驗。根據內容性質，兒歌可分為：催眠歌、遊戲歌、知識歌、時令歌、氣象歌、謎語歌、逗趣歌、勤勉歌、抒情歌、生活歌、故事歌等十一種；童詩在內涵和形式上，包括敘事詩、抒情詩、描繪詩，與圖象詩等四種（林文寶等，1996）。以下分別說明舉例並賞析。

一、兒歌

以下又分「兒歌的定義」與「兒歌的類別」，加以闡述：

㈠兒歌的定義

兒歌是符合兒童心理的諧韻歌詞，由於語句淺白，注意諧韻，有高低音調，唸誦時，注意強弱及抑揚頓挫，好似歌唱，因此有「兒童

歌謠」之稱。取其一、三字，就是「兒歌」；取其二、四字，就是「童謠」，二者名稱不同，實質相同（林文寶等，1996），所謂「兒歌者，兒童歌謳之詞，古言童謠」（周作人，1982，頁51）。另外，也有學者認為童謠與兒歌不同，例如：朱介凡（1977）謂「童謠多是政治性的預測、諷刺，讓歷史家取為治亂興衰的論斷。」（頁8）「童謠很少關涉兒童生活」（頁10），他對「兒歌」的看法如下：「兒歌是孩子們的詩。從孩子們的心性、生活、童話世界意象、遊戲情趣，以及兒童語言的感受出發，比起成人們的山歌、民謠，更要顯得『句式自由、結構奇變、比興特多、聲韻活潑、情趣深厚、意境清新、言語平白、順口成章』。他隨意唱來，其旨趣、結構的發展，常多出人意表。一句一句快樂地唱，他下一句究竟要唱出什麼？教人難以推理。兒歌所涉及的事物，宇宙人生，鉅細無遺。辭章千變萬化，而並不雜亂，它只是充分顯示了孩子們生命成長的活力，從嬰兒直到少年──心靈的遊戲。」（頁27）

杜淑貞（1994）指出：「一味以『關涉兒童生活』為界限，雖然可明示近世童謠的特徵，但卻無濟於對『古童謠』的了解。」（頁337）林文寶（1991）在〈釋童謠〉中，也以為：那種既不是本事的童謠，又非有心人慨詠時事之作，乃是一些別有居心的野心家，造作種種謠言，故意使兒童唱之，以求達到政治目的，則僅取效童謠形式而已。因此，朱介凡最後的結論是：

> 有時候，兒歌和童謠，也難以截然劃分。
> 兒歌與童謠有很顯然的分別。卻也有那種存在著中間性的情形，說它是兒歌也可，說它是童謠也行。
>
> （朱介凡，1977，頁11）

第六章　幼兒詩歌──韻律飛揚的文字

所以，綜合各家說法，大抵以「兒歌就是童謠」論見者居多。

杜淑貞（1994）進一步歸納兒歌童謠的特質如下：

1. 遣詞用字不避俚俗。
2. 詠物說理趣味生動。
3. 充分展現地方特色。
4. 想像新奇幽默。
5. 語彙淺近易懂。
6. 形象明白親切。
7. 音韻鏗鏘悅耳。（頁 540）

(二)兒歌的類別

兒歌依分類方式不同，有不同的種類，例如：以時間來分，有古代兒歌與現代兒歌之分；以句式來分，有整齊式兒歌和不整齊式兒歌等，本書依內容來分，可有下列十一類：

1. 催眠歌（搖籃曲）

這是催促幼兒入睡的歌謠，也是人的一生中，最早接觸到的一種文學藝術。是用母親的口吻唱給嬰幼兒聽的，它傾注了母親對下一代最柔和、最美好的聲調與感情，緩慢的節奏，構成特殊音樂的美，直接喚起孩子們聽覺的美感。泰戈爾曾說：「從母親嘴裡聽來的兒歌，倒是孩子們最初學到的文學，在他們的心上最具吸引力和盤據的力量。」（引自葉詠俐，1992，頁 31）

例如：本書作者改編的這首＜搖籃曲＞：

睡吧，睡吧，我親愛的寶貝。

媽媽在旁，輕輕搖你睡。

爸爸關心，悄悄相依偎。

天已黑了，太陽已休息。

快睡，快睡，我可愛的寶貝。

　　此外，另首內容相當類似的＜搖籃曲＞也是大家耳熟能詳的：

小寶寶，乖乖地睡覺！

不要慌，不要鬧，

讓媽媽搖一搖。

小小月亮掛在樹梢，

花兒休息，鳥兒也不叫。

小寶寶，乖乖地睡覺。

　　著名的＜搖籃曲＞（戈特爾作詞、莫札特作曲）在詞意上則豐富
許多：

快睡吧，我的寶貝，

鳥兒早已回去，

花園裏多安靜，

‥‥‥‥‥

銀色光輝照大地，

你安睡在月光裏，

快睡吧，我的寶貝，

快睡，快睡！

‥‥‥‥‥

有誰比你更快樂，

有誰比你更幸福，

糖果玩具皆齊備，

沒煩惱也沒憂愁，

一切幸福都得到，

‥‥‥‥‥

願幸福能夠長久，

快睡吧，我的寶貝！

快睡，快睡！

以下這首兒歌則充分傳達了「靜」的氣氛：

（睡覺）　　　　　　　　　　　　　　　　　　　　　● 林昕 ●

靜悄悄

靜悄悄

爺爺要睡覺

靜悄悄

靜悄悄

奶奶要睡覺

靜悄悄

靜悄悄

我也要睡覺

靜悄悄

靜悄悄

靜悄悄　　　　　　　　　　　　（刊登於國語日報 2002.11.28）

❤創作動機 --

　　陪小寶貝睡覺時，床邊故事已經講完了，孩子仍然意猶未盡的睡

不著，爸爸媽媽希望寶貝快點睡覺，明天才能準時起床，只好來數羊了！羊也數到 100 了，寶貝還是睜大眼睛與你聊個不完，這個時候來個催眠的詩歌，明明白白告訴寶貝該睡覺了，這首兒歌就這樣誕生了。曾用在自己家裡哄寶貝睡覺和學校小朋友午睡時吟誦，其聲音節奏由正常的聲調，慢慢輕緩小聲，漸進並重複吟唱，孩子果然甜蜜入睡（文中的爺爺、奶奶、我等可隨家中的成員替換詞。例如改成外公、外婆、爸爸、媽媽、小寶貝等等）。

2.遊戲歌

此類兒歌因多伴隨遊戲而得名，兒童一邊玩耍，一邊吟誦，藉以助興，而這些兒歌，往往是日後「兒童戲劇」的濫觴，換言之，遊戲歌可說是兒童戲劇的起源（杜淑貞，1994）。

跳繩　　　　　　　　　　　　　　　　　　　• 鄭瑞菁 •

一二三四五六七，
繩子掄動真神奇，
七六五四三二一，
我跳你跳健身體。

小皮球　　　　　　　　　　　　　　　　　　• 臺灣兒歌 •

小皮球，
香蕉油，
滿地開花一十一；
一五六，一五七，
一八一九二十一；
二五六，二五七，

二八二九三十一；

三五六，三五七，

三八三九四十一；

‧‧‧‧‧‧‧‧‧‧‧‧‧‧‧‧‧‧‧

七五六，七五七，

七八七九八十一；

‧‧‧‧‧‧‧‧‧‧‧‧‧‧‧‧‧‧‧

九五六，九五七，

九八九九一零一。   （作者改編）

　　以上二首兒歌，皆是兒童一邊跳繩，一邊吟唱的，不僅助興，也可練習計數。

　　至於兒童在跳格子或猜拳時，最常吟唱的有：

（胖子、瘦子）

胖子、瘦子，

小猴子，戴帽子，

刮鬍子，切鼻子，

請用我的撒隆巴斯，

撒隆巴斯，萬歲。   （作者改編）

（打電話）

一角、二角、三角形，　（兩人面對面，邊唸邊作出各種形狀的手

四角、五角、六角半，　　勢）

七角、八角、九插腰，　（雙手插腰）

十角、十一角打電話。　（手放耳邊，作打電話狀）

喂、喂、喂，×××在家嗎？　（×××指對方姓名）（問方）

不在不在，甚麼事？　（答方）

請留姓名和電話。　　　　　　　　　　　　　　（作者改編）

3.知識歌

　　凡是增進幼兒認知發展的兒歌，皆可稱為知識歌。包含萬事萬物，以及數、量、形的學習，在豐富幼兒的知識，開啟幼兒的心靈等方面，居功厥偉，可謂寓教於樂。

（數字歌）　　　　　　　　　　　　　　　　　　● 劉清和 ●

一隻烏龜一個殼，兩隻松鼠啃果核，

三隻小豬大肚兒，四隻猴子笑呵呵，

五隻青蛙愛唱歌，六匹小馬找水喝，

七隻小羊爬上坡，八隻麻雀擠一窩，

九條金魚水裡摸，十個娃娃找外婆。

（小貓咪）　　　　　　　　　　　　　　　　　　● 劉清和 ●

一隻黑貓愛睡覺，

兩隻白貓戴手套，

三隻花貓尾巴翹，

四隻黃貓牆頭跳，

五隻小貓一起叫。

　　以上二首皆屬數字歌，孩子經由反覆唸誦中，習得序列與數量之概念。二首都是七言整齊式兒歌，押尾韻且同調相押。第一首中間轉韻，第二首則是一韻到底。

一月一　老鼠新郎要娶親，

二月二　雷公錯打孝媳兒，

三月三　臭頭皇帝朱元璋，

四月四　嚐遍百草神農氏，

五月五　龍舟競賽過端午，

六月六　瓠瓜枕頭得幸福，

七月七　牛郎織女會七夕，

八月八　中秋賞月團圓佳，

九月九　重陽登高菊花酒，

十月十　詩仙李白通詩詞，

十一月來　歲末湯圓冬至來，

十二月到　元寶水餃好運到。

❤創作動機 --

　　許多人都是聽故事長大的，我也不例外。許多孩子對於白雪公主、仙履奇緣、灰姑娘、小紅帽……等西洋童話故事都能如數家珍。我家的孩子也不例外，但例外的是，他聽到了更多屬於中國人的童話。那些都是你我小時候，在那個沒有電視、電腦的年代，每晚搬個小凳子圍坐在院子裡，聽著老人家用濃濃的鄉音，述說著一段又一段的民間故事。那看似模糊卻又清晰的年代呵！

　　在孩子小的時候，幼兒園的老師給他說的是三隻小豬、七隻小羊和小飛俠的故事。在他睡前，我為他說的是夸父追日、河神娶妻、水鬼變城隍的故事，我也為他說西遊記、水滸傳、三國演義，而今，他已是一個半大不小的小四生，閒暇時看的故事書仍是封神榜、三國誌，西遊記更是他出門時背包裡必備的書。我並不排斥他看西洋故事

書，但那些只要一打開電視卡通、錄影帶或在圖書館的書架上，到處隨手可得。相對的，屬於中國童話故事的卻不多見。

當我創作這首兒歌時，為的只是想把屬於中國的故事還給中國的孩子。兒歌中所用的月份，說的是農曆。傳說中，正年初三是老鼠娶親的日子，所以年初三父母會催促著孩子們早早就寢，以免驚擾到迎親的隊伍。但其實是大家從除夕守歲，初一拜年，初二回娘家，到了初三實在該好好休息了。農曆二月十一是驚蟄春雷轟隆，驚醒了冬眠中的小蛇、蜜蜂、螞蟻。「為什麼會先閃電，再打雷？」孩子問。於是有了雷公誤將孝順的媳婦劈死，玉帝知道了，一再責備雷公，雷公解釋道：「打雷時，都是下雨天，到處一片黑暗，不容易看清楚，難免要出錯呀！」於是玉帝便封了那位枉死的孝順媳婦為閃電娘娘，用寶鏡把大地照明，免得急躁的雷公又誤劈了好人！

本篇用的都是以農曆較具代表性的民間故事為主題。例如：農曆四月十八日是神醫華佗的生日，四月二十六日是神農大帝的誕辰，於是用了「嚐遍百草神農氏」，五月有端午節，七月有織女牛郎會，八月有中秋夜……，而每句兒歌的押韻都為了呼應前面月份的韻腳所押的韻，以致無法符合一般兒歌押韻的要求，實為不足之處。

這是一位愛好中國文學的媽媽，為她的孩子講述許多中國童話的縮影，也是一位幼兒教師，即將為班上幼兒展開一系列中國童話故事的序幕。文意相當豐富，句句皆有典故，可獨立成篇。若能在押韻上，再加琢磨，更能顯出此篇之神韻。

（蝌蚪哪裡來）   •陳梅英•

青蛙媽媽不孵蛋，
太陽公公趕來看，

孵出蝌蚪千千萬。

● 雷浩霖 ●

蝌蚪

小小蝌蚪長尾巴，

扁扁身體黑又滑，

大大池塘是他家，

池中嬉戲好玩耍。

長長尾巴變戲法，

變變變成短尾巴，

長出四腿成青蛙，

跳到荷葉叫爸媽。　　　　　　　　　　（刊於國語日報 83.9.22）

　　以上二首兒歌皆以「蝌蚪」為主題，句法上皆屬於整齊式，且皆為七言。第一首押「ㄢ」韻，第二首押「ㄚ」韻，皆屬押尾韻，一韻到底。

　　第一首描述蝌蚪的誕生，第二首則說明蝌蚪的成長。第一首只有三句話：首句明示蝌蚪不是青蛙孵出的；第二句暗示是經過太陽照射，蝌蚪才由卵孵化而成；第三句說明孵出蝌蚪的數量是成千上萬。

　　第二首前二句描述蝌蚪的外形；第三、四句說明牠成長的環境；五、六句敘述尾巴變化的過程；末二句則是變成青蛙後成為四條腿，喜愛在荷葉上活動的習性。全首只有八句，卻能簡要呈現蝌蚪的成長，這比課堂上平鋪直敘的講授，是否生動、有趣多了？

● 雷浩霖 ●

小河流

小河流，愛郊遊，

浠瀝浠瀝展歌喉。

小河流，雄赳赳，

碰到阻難向前走。

小河流，樂悠悠，

乘著滑梯往下溜。 （刊於兒童日報 82.3.2）

這首兒歌在句法上屬於不整齊式，但在各句的字數，又有固定模式（pattern）可循，全首共分三段，每段皆是三言、三言、七言的句式，不整齊中又有整齊的美。

押韻上，屬押尾韻「ㄡ」，一韻到底，讀來琅琅上口，音韻相當和諧。

內容上，第一段敘述流水聲，第二段說明不畏阻難向前流的精神，第三段則是表達「水往下流」的特性，言簡意賅，一點也不拖泥帶水。

（恐龍哪裏去） • 陳梅英 •

侏羅紀，恐龍多，

現在只見恐龍骨。

什麼大難逃不過？

還是人類闖大禍？

對恐龍的好奇與喜愛，似乎中外兒童皆然。此篇以「恐龍哪裏去」為題，試圖對恐龍絕跡事實作一解釋，究竟是天災還是人禍？

（書博士） • 陳梅英 •

翻開它，

動物跳到眼前來；

第六章 幼兒詩歌——韻律飛揚的文字

讀讀它，

字字說得真精彩；

親近它，

再多的問題，

沒——問——題。

本首在句法上屬於不整齊式的雜言體，共分三段。前二段皆為三言、七言的固定句法，第三段首句也是三言，第二句是五言，又多了第三句。三段在結構與句式上，同中有異，頗富變化；同時，也強調末句的重要。此外，末句雖只三言，但加上標點符號後，長度與前二段末句的七言相同，異中求同，富整齊之美。

內容上，不以說教方式描述書的重要性，但卻以實例——「動物跳到眼前來」、「字字說得真精彩」、「再多的問題，沒——問——題」等，不著痕跡地凸顯書的妙用，當孩子多次朗讀此篇時，文學潛移默化之效應可期。

（小花貓）   • 何瑾宜 •

小花貓，喵喵喵，

看見魚兒喵喵叫，

小花貓，膽子小，

看見狗兒快快跑。

這首兒歌運用「摹聲法」，押了「喵」、「叫」、「小」、「跑」等四個ㄠ韻，文詞簡潔，道出貓兒之特性，句法採三言、七言之變化，整齊中更見趣味。

小花貓   • 吳秋燕 •

小花貓，真無聊，

趴在窗檯往外瞧，

瞧甚麼？

瞧見門口小狗捉跳蚤。

小花貓，真八卦，

豎起耳朵偷聽話，

聽甚麼？

聽見隔壁寶寶叫媽媽。

　　這首兒歌分為兩段，描述花貓平日最常有的動作——看與聽。每
段各有一個「提問」，提問之後的答案，可視之為「自問自答」，或
是「甲問乙答」。除了「設問法」外，也用了「排比法」，段與段之
間，呈現兩組「排比」現象，童趣盎然。

　　第一段的韻腳有「聊」、「瞧」、「蚤」三個，均押「ㄠ」韻，
第二段的韻腳有「卦」、「話」、「媽」三個，均押「ㄚ」韻。句法
上，兩段都採取「三言，三言，七言，三言，九言」的句型，顯示文
字的參差錯落，展現整齊中有變化之美感與趣味。另外，兒歌中首句
「小花貓」一詞，分別在第一、二段開頭隔離反覆出現，不僅強調主
題，也形成了「類句法」之趣味。

河馬   • 吳秋燕 •

河馬，河馬，

小小眼睛大嘴巴，

天生就愛玩泥巴，

泥巴澡，真舒服，

除去蟲兒笑哈哈。

　　這是一首雜言體的兒歌，在句法上，並無規則可循。句子長短不
一，在統一中，尋求句法的變化與創新。五行之中，共押了「馬」、
「巴」、「巴」、「哈」，四個整齊的「ㄚ」韻腳，故而展現一種生
動活潑的韻味。也用了一個頂真語詞——「泥巴」。

⬭雞　　　　　　　　　　　　　　　　　　　　　　•朱玉燕•

一二三，三二一，
一二三四五六七，
七個娃娃七隻雞，
小雞公雞和土雞，
火雞雉雞和野雞，
還有一隻老母雞。

⬭電子雞　　　　　　　　　　　　　　　　　　　　•李佳玲•

電子雞，
真神奇，
吃飯睡覺還要把澡洗。
玩遊戲，
真賴皮，
輸了還要不停發脾氣。

　　以上兩首兒歌，皆以「雞」為主題，不過，第一首是描述有生命
的雞，第二首則是現代玩具寵物。句法上，第二首採「三言，三言，
九言」為一組的句式，第一首則屬不固定句法的雜言體，句子長短參

幼兒文學

差，巧妙不同，自然展現生動活潑的特性。兩首皆一韻到底。

（蠶）   • 陳素蘭 •

蠶寶寶，寶寶蠶，
白白長長軟又軟。
一生脫四次衣裳，
吐絲作繭躲進囊，
成蛾破繭走出房。

這首兒歌前二句押「ㄢ」韻，後三句轉為「ㄤ」韻，富變化之美。短短五句簡簡描述了蠶的外型與生長的過程，在孩子琅琅上口中，已認識蠶的特性。

（小螞蟻）   • 李春娜 •

小螞蟻，
真努力，
搬東西，像接力。
見個面，
行個禮，
歡歡喜喜在一起。

（小老鼠）   • 李春娜 •

小老鼠，
愛跳舞，
半夜起來敲鑼又打鼓，
邊跳邊唱一二三四五。

第六章　幼兒詩歌——韻律飛揚的文字

（小猴子）   ● 何瑾宜 ●

小猴子，吱吱叫，
看見香蕉搶著要，
小猴子，愛跑跳，
追來逗去感情好。

（獨角仙）   ● 黃淑萍 ●

夏季裡，天氣爽，
獨角仙，飛來往，
樹林裡，一雙雙，
展開漂亮的翅膀，
自由自在的飛翔，
身體長得強又壯，
鐵甲武士一模樣。

　　以上四首皆是一韻到底，讀起來有音韻之美，簡潔有力。在句法
上，皆屬不整齊式，但有固定句式（pattern），反覆讀來，在變化之
中，又有整齊之趣味。另外，在「小猴子」一首中，「小猴子」一
詞，分別在第一、二段開頭隔離反覆出現，不僅強調主題，也形成了
「類句法」之趣味。

　　在內容上，四首兒歌皆是描寫日常生活中常見的小動物或昆蟲，
文句簡潔，短短幾句就刻劃出小動物之特性，很適合幼兒學習程度。

（含羞草）   ● 林曉萍 ●

含羞草，別害羞，
碰你一下就縮頭，

害我不敢把你摸，
哥哥笑我膽小狗，
真是丟臉羞羞羞！

（西瓜）　　　　　　　　　　　　　　　　　　• 紀芳琪 •

紅西瓜，
綠綠的皮，
紅紅的瓜：
黃西瓜，
綠綠的皮，
黃黃的瓜：
媽媽買了大西瓜，
你猜是個紅西瓜，
還是一個黃西瓜？

（買水果）　　　　　　　　　　　　　　　　　• 鄭素卿 •

西瓜大又甜
蘋果香又圓
櫻桃小又鮮
香蕉彎又甜
口味千萬變
價格互不欠
保證都新鮮
隨你任挑選

　　以上三首都是屬於有關植物的知識歌，簡短幾句，卻能傳神地描

寫出該物的特性，頗富趣味。其中「西瓜」一首，第一、二段用了排比句法，強調主題之外，也顯示不同種類之西瓜的區別；最後一句以「設問法」結尾，讀來趣味盎然，是本首兒歌特殊之處。

小河馬
• 呂怡芬 •

小河馬，大嘴巴，
什麼事情都不怕，
就怕太陽找上他，
快快躲進水裡家，
啪的一聲激水花，
嚇走水上大白鴨，
還有睡覺癩蝦蟆。
小河馬，怕人罵，
迅速潛到水底下，
偷偷藏起大嘴巴，
忘了還有小尾巴，
還是被人發現他，
只好乖乖來受罰。

小蝌蚪
• 李佳玲 •

小蝌蚪啊小蝌蚪，
細細的尾巴，
大大的頭，
小小的池中慢慢游。
長大後，蹦出了腿，
變成青蛙綠油油，

跳上岸去交朋友。

　　以上二首是描述動物的兒歌，以輕快的語調，道出動物的外型與生活習性，可謂寓教於樂，讓孩子輕鬆學習。

（稻草人）　　　　　　　　　　　　　　　　　• 胡寶仁 •

稻草人啊田中立，
穿簑衣又戴斗笠，
眼睛瞪得大粒粒，
麻雀飛來又飛去，
就是不敢靠過去。

（植物園）　　　　　　　　　　　　　　　　　• 廖珮君 •

植物園裡真熱鬧，
有樹有花也有草，
樹兒高高穿雲霄，
花兒美麗愛撒嬌，
小草雖小志氣高，
不怕風雨挺直腰。

（小橡皮）　　　　　　　　　　　　　　　　　• 呂怡芬 •

小橡皮呀真神氣！
渾身白皙無人比。
邊走邊撿髒東西，
好像勤勞吸塵器，
把乾淨還給大地，

但卻犧牲了自己。

（小陀螺）   • 洪淑萍 •

小陀螺
愛轉圈
頭兒尖尖腳也尖
這副身材好轉圈
轉起圈來快又旋
胖弟弟
學轉圈
跟著陀螺轉圓圈
胖胖身材難轉圈
轉得頭兒晃圈圈

（電話）   • 向虹蕙 •

遊遍世界各地，
不費一丁點力。
只會說一句話，
朋友卻滿天下。

❤創作動機 --
　　電話，是家家戶戶必備的用品，每當它發出「鈴鈴」的聲響時，
人人就會趕緊拿起它，與外界聯繫。因此，電話可說是每個人都需要
的「朋友」。

　　以上五首是描述事物的特性，短短幾句話，就能刻劃出該物的特

徵或功用，令人對它印象深刻，對於幼兒而言，除了琅琅上口的文字趣味之外，又能獲得認知上的學習。

4.節慶時令歌

（新年）   • 黃尹貞 •

新年到，真熱鬧，
家家戶戶放鞭炮，
團圓夜，發紅包，
孩子樂得哈哈笑。

（甜粿過年）   • 傳統念謠台語發音 •

甜粿過年，
發粿發錢，
包仔包金，
菜頭粿吃點心。   （引自信誼基金會，1998）

　　節慶與四時的變化，是幼兒生活中不可忽視的，也是幼兒教育課程設計中，必定列入的重要教學內容，因此，相關的兒歌頗多。以上第一首「新年」，把新年的熱鬧氣氛，以及放鞭炮、發紅包的習俗都敘明了，最後，作者還不忘加上孩子的心情——哈哈笑。第二首則是敘述過年吃「甜粿」與「鹹粿」（蘿蔔粿、菜頭粿）的習俗。

5.氣象歌

• 羅椀文 •

小雨滴

小雨滴，
真美麗，
水面起漣漪。
小弟弟，
真調皮，
拿傘做遊戲。

• 陳靜美 •

小雨滴

小雨滴浠瀝瀝，
小雨滴溜滑梯，
溜到小河玩遊戲。
游呀游呀真神氣。
小雨滴浠瀝瀝，
小雨滴溜滑梯。
溜到大海真淘氣，
捲起浪花真刺激。

• 蕭雯寧 •

風

風兒風兒淘氣鬼，
開心起來草原吹，
蝶兒跑來蜜蜂追，
生起氣來沒人陪，
吹來朋友一堆堆，

有的沖上空中亂亂飛。

❤創作動機--

　　這首兒歌主要靈感來自電影「龍捲風」，涼風吹來真淘氣，開開心心吹得草原美，生起氣來吹得朋友（垃圾）一堆，沖上空中的龍捲風亂亂飛成一團，挺令人想起影片中之龍捲風。

　　以上三首都是大自然界的現象。第一首藉小弟弟的調皮，描述小雨滴的有趣、好玩；第二首則以二段式的描繪，說明小雨滴本身好玩遊戲、淘氣的特性，擬人化的手法與六六七七的句式，以及整齊的押韻，所營造出的節奏感，是本首兒歌成功之處。

　　第三首語氣詼諧，也是強調風的淘氣，一韻到底，前五句皆是七言，末句為九言，在整齊中又有變化。仔細看看文字的排列，頗似風捲起的形狀，不知是巧合？或是作者有意安排？若是，則又可歸為「圖象歌」。

6.謎語歌

（眼鏡）
　　　　　　　　　　　　　　　　　　　　　　　　•陳寧容•

你看我，像星星；
我看你，亮晶晶；
哥倆好，鼻上堆，
用時往上推一推。

　　這是一首猜物品的謎語歌，前二句押ㄥ韻，後二句押ㄟ韻，字數相當整齊，讀起來琅琅上口，極富韻律感。前二句暗指該物材質的特

性，第三句則明示使用處所，謎底已呼之欲出，末句則說明使用時的
必要動作，至此，答案確定。另外，此首兒歌文意簡明，描述的又是
幼兒日常習見之物，答對並非難事，應能激起幼兒對於謎語的興趣與
樂趣。

（蝸牛）　　　　　　　　　　　　　　　　　● 張雅琴 ●

你的身體，

看起來圓圓好像球，

摸起來滑滑軟溜溜，

走起路來身體前後慢慢縮一縮。

好奇怪喔！！

為什麼你走過的路，

會有溼溼的小黏沫，

能像你這麼可愛的動物真不多。

　　此首本為詠物的知識歌，但若事先將題目保留，讓孩子猜題，就
可以是謎語歌了，如此，不僅提高孩子的興趣，也能增加他們的印
象。全首分二段，每段四句，屬於不整齊式，但二段對應句的字數相
同，不整齊中又有整齊的美，富變化且不失呆板。

　　雖然蝸牛對都市的孩子而言，不是常見的動物，但對鄉下的孩子
而言，卻是司空見慣的。不過，書上卻常見到牠，況且，具有滑黏黏
身體的小動物亦不多，孩子猜對謎底應是意料中事。

（荔枝）

紅關公，白劉備，

黑張飛，走去密。

眼睛

二隻矸仔貯烏棗，

日時開，冥時鎖。

耳朵

一叢樹仔，

二片葉，

幹來幹去看昧著。

風

有聽著聲，

無看著影，

摸昧著邊，

吃昧出鹹淡。

　　以上四首兒歌皆是台語發音的謎語歌，選自《火金姑》（台語）傳統兒歌集，民國八十七年信誼基金會出版。謎底多是幼兒所熟悉的臉部五官、水果與自然現象，文字淺白，幼兒易懂易猜，以台語讀起來，更能增加文字的趣味性，也有語言與認知的學習，真可謂「寓教於樂」。

7.逗趣歌

菜市場　　　　　　　　　　　　　　　　　• 台麗娟 •

買個大冬瓜，送給大舅媽，

買個小西瓜，送給小姨媽，

白菜和苦瓜，樣樣頂呱呱，

菠菜和絲瓜，全部買回家。

❤創作動機 --

　　爲了要符合押韻，我選擇了菜市場的瓜類，因爲我喜歡逛市場，且種類多；買菜的人，選擇身邊熟悉的人，因爲大舅媽常陪我逛市場，因此就將她加入，而小姨媽是爲了文章的順口，而添加的人物。

拔蘿蔔　　　　　　　　　　　　　　　　　　　　• 李佳玲 •

ㄅ啊一個大蘿蔔，

ㄆ啊一個老太婆，

ㄇ啊頭髮摸一摸，

ㄈ啊阿彌陀佛，

ㄉ啊鮮花一朵，

ㄊ啊一個大秤鉈，

ㄌ啊水果一籮。

老太婆，拔了一個大蘿蔔，

換來鮮花一朵，水果一籮，

還有一個大秤鉈，

老太婆，摸了摸頭，

直說真是阿彌陀佛。

憨大呆 (臺語)　　　　　　　　　　　　　　　　• 許瑋倫 •

憨大呆，買雞蛋，

跋一倒，損破蛋，

買雞公，等生蛋，

等呀等！等無蛋，

想噥沒！走去問，

是安怎，噥無蛋，

憨大呆，擱敢問，

雞公哪會生雞蛋！

註解：

憨大呆：傻傻的、笨笨的、胖胖的

損破蛋：打破雞蛋

跋一倒：跌倒

想噥沒：想不通為什麼

走去問：四處詢問人

是安怎：為什麼？

遊

• 王玉霖 •

月兒彎彎照水上，

水上一葉扁舟，

扁舟載著扁鵲，

扁鵲水上悠悠遊，

悠遊自在樂無窮。

逗趣歌的主要目的應是趣味，不一定有教育意義或內在意涵。若能藉著文字，讓幼兒喜愛兒歌，覺得有趣，就是不錯的逗趣歌了。

第一首以重複的押韻──「瓜」、「媽」，營造出輕快的趣味。第二首則是相當適合初學「ㄅㄆㄇ」注音符號者，不僅加深印象，也讓人讀起來趣味盎然。

第三首則以頭尾交互押韻（頂真或連鎖句法）的手法，描述一幅

悠遊自在的景象。

8. 勤勉歌

（刷牙歌）   ● 唐翠苹 ●

左刷刷，右刷刷，

上刷刷，下刷刷，

飯後睡前勤刷牙，

牙齒潔白人人誇，

都說我是乖乖娃。

　　生活教育是幼兒教育的主要目的之一；因此，「勤勉歌」就成了兒歌中不可或缺的主題。舉凡刷牙、起床、睡覺、上學、洗澡、有禮貌等等，都是常見的勤勉歌題材。藉由反覆朗誦，能將兒歌內容熟記在心，並且身體力行，應是這類兒歌最大的功效。

9. 抒情歌

（心情）   ● 鄭素卿 ●

臉上無表現

一直都不變

讓人一看見

覺得討人厭

眼睛瞇瞇笑

像陽光閃耀

嘴巴微微笑

像花兒美妙

心情亂糟糟

起伏低又高

一下壞又一下好

讓人摸不著

心情變化真奇妙

沒人能知道

　　心情變化本就難以捉摸，這首兒歌以三段內容，分別敘述不同的心情，以簡單的文字將「心情」的特質描寫地相當傳神。

10.生活歌

（上學）   • 李佳玲 •

上學去，

真有趣，

老師教唱小毛驢，

同學陪我玩遊戲，

上學去，

真有趣。

（上學）   • 唐翠苹 •

高高興興上學校，

穿著新衣戴新帽，

背著我的新書包，

見到同學就微笑。

紅綠燈　　　　　　　　　　　　　　　　　• 鄭雅方 •

小小孩子要讀書，
爸媽接送很辛苦，
自己乖乖學認路，
謹慎踏出每一步，
紅燈停下小腳步，
黃燈左右看清楚，
綠燈快速過馬路，
路上小心不追逐。

壞人　　　　　　　　　　　　　　　　　　• 羅椀文 •

娃娃走路要小心，
別讓壞人來靠近，
餅乾糖果都不要，
平安回家最重要。

警察先生　　　　　　　　　　　　　　　　• 唐翠苹 •

警察先生最偉大，
遇到壞人都不怕；
不管刮風或下雨，
保護我們不放假。

零食　　　　　　　　　　　　　　　　　　• 陳玉卿 •

糖果餅乾我最愛，
可樂汽水也不賴，
吃的時候樂開懷，

張開嘴巴——

一口一口吃進來。

但是，

蛀牙先生它也愛，

呼朋引伴一塊來，

大吃大喝樂開懷，

我的牙齒——

一陣一陣痛起來。

以上六首皆屬生活歌，從上學、紅綠燈號誌，到壞人、警察先生、零食等，都是與幼兒生活息息相關的人事物。藉由上學趣事，鼓勵幼兒勤學；紅綠燈的辨識，提醒幼兒遵守交通規則，確保行路安全；別靠近陌生人，更是當前社會中，幼兒應有的安全意識；警察先生的人民褓姆角色，也是值得幼兒敬重的；至於吃零食的壞處也是幼兒該提高警覺的。

11.故事歌

（馬頭琴）   • 胡寶仁 •

馬頭琴響雲霄，

琴聲悠揚處處飄。

小牧童歌聲妙，

大人們呀都道好；

馬趕羊來吃草，

小小羊兒咩咩叫。

（咦？）

小傢伙像娃娃，
原來可愛小白馬，
乖乖乖不要怕，
讓我帶你回家吧！
小白馬本領大，
大野狼啊沒辦法；
小白馬本領大，
大夥兒都跑輸牠。
（但！）
王爺要小白馬，
牧童拒絕被毆打，
令屬下射擊牠，
小小白馬死去啊！
馬頭琴小白馬，
伴隨牧童走天涯；
馬頭琴響雲霄，
琴聲悠揚處處飄。

　　這是一則流傳於蒙古草原上的童話故事，以兒歌的方式寫來，更
有一種文字的洗鍊之美。整齊的句式及押韻（中間轉韻，末二句又回
原韻），營造出節奏韻律感，將人與馬之間的真摯情誼，以富音樂性
的方式刻劃出來，讀來更覺悲戚與感動。簡潔中更見文字的張力。

（鴨子騎車記）   ● 林昕 ●

鴨子真有勇氣
想學騎車真有趣

人家怎麼說牠

牠都不放棄

耐心學習有意義

再來寫個日記

分享成功的經歷

鴨子～騎車記～

（本篇創作根據小魯出版社之同名圖畫書而作，該書原著文‧圖為
大衛‧夏農，沙永玲譯）

● 林昕 ●

有隻母雞叫蔥花

有隻母雞叫蔥花

熱心服務人人誇

有事託牠全幫忙

可是健忘害了她

東找西找找不到牠

小鴨鴨～呱 呱 呱

母雞當了鴨媽媽

母雞蔥花人人誇

人人誇～人人誇

人人更愛母雞蔥花

（本篇創作根據國語日報出版之同名圖畫書而作，該書作者為方素
珍）

二、童詩

以下又分「童詩的定義」與「童詩的類別」二部分，加以說明：

(一)童詩的定義

「詩」不是一個容易定義的名詞，不易測量，亦不易歸類。不過，它能增進愉悅、擴展語言的感受力，以及幫助兒童洞察萬事萬物，是眾所公認的特質。楊喚對於「詩」有很好的形容：「詩，是不凋的花朵／但，必須植根於生活的土壤裡；／詩，是一隻能言鳥，／要能唱出永遠活在人們心裡的聲音。」而童詩不僅具有詩的一般特質，因讀者為兒童，亦得兼顧兒童讀物的特徵，考慮兒童發展上的因素，作者不僅要有「童心」，更要有「童趣」，才能適切表達兒童所思所想。有成人為兒童所寫者，也有兒童本身為兒童創作者。

葉詠俐（1992）認為童詩比起兒歌，內容較深廣，思想較含蓄，結構較複雜，篇幅更長一些，形式接近自由詩，它的特點有四：(1)抒發兒童心靈深處的情思——詩要有激情，沒有激越的真情實感的東西，縱使具備詩的形式，也不是詩；(2)以兒童眼光去揭示生活中富有詩意的事物——在平凡的生活中，蘊藏著無數富有詩意的事物，靠詩人的敏銳感受力和對現實深刻的認識，去發掘出來；(3)張開符合兒童心理狀態的想像翅膀——詩需要想像，兒童詩也一樣，不過是孩子式的想像；(4)富有兒童情趣的藝術構思——詩要創造出一種令小讀者神往的意境，給與孩子一種美的享受和無窮的樂趣；(5)用天真活潑的兒童口吻表達——詩是語言的藝術。沒有千錘百鍊打動人心的語言，就不能成為真正的詩。好的兒童詩，應該能用語言把孩子的心點亮。不僅讀來娓娓動聽，更能夠啟發和引導小讀者去思想。

張清榮（1994）將「童詩」定義如下：「童詩是以精練、音樂性的文字，詩的技巧及形式，表現兒童真摯感情世界的人事物，重視意象的浮現，造成音韻、圖畫美感的意境，具明快趣味，兒童樂於閱讀，且能促進正面成長的作品。」（頁154）

杜淑貞（1994）則認為：「每一首好的童詩，必然都有著敏銳的詩心，細膩的觀察，精巧的構思，濃縮的語言，以及優美的形式。」（頁557）

因此，童詩是以童心出發，以形象思維與精練、韻律的文字，生動地營造出感動人心的意象和感情，傳遞美感經驗與趣味。

杜淑貞（1994）進一步將「童詩」的特質歸納為以下七項：

1.自然靈動的意象。

2.平淡天真的詩味。

3.樸實貼切的經驗。

4.新巧豐美的想像。

5.坦白率直的淺語。

6.簡潔明暢的旨趣。

7.響亮悅耳的節奏。（頁577-578）

(二)童詩的類別

童詩的分類，若以內容性質來看，大致可分為敘事詩、抒情詩、描繪詩三大類，若以形式來看，則可分為圖象詩與文字詩二大類。以下分別舉例說明。

1.以內容性質而言

可分為敘事詩、抒情詩、描繪詩三大類，以下一一舉例說明之。

(1)敘事詩

敘事詩以記述人、事、物為主，以詩的形式與美感，將人或物等事件之始末敘述清楚。另外，故事詩亦屬敘事詩，以分行的方式，敘述一個完整的故事，以內容而言，又可分童話詩與寓言詩。

巧克力   • 蘇韻蘋 •

巧克力，甜蜜蜜，

是我最喜歡的好東西，

只要放進嘴巴裡吸一吸，

就會讓我一整天都笑嘻嘻。

媽媽說，愛吃飯的小孩我最喜歡，

只要把這碗飯吃完，

就可以吃巧克力。

爸爸說，愛看書的小孩我最喜歡，

只要把這本書看完，

就可以吃巧克力。

等一下，我想請問爸爸和媽媽，

讓我先好好吃完一塊巧克力再說，

可以不可以？

　　這首詩敘述一個孩子對巧克力的喜愛，而爸爸媽媽也利用孩子的這種心理，要求他先看書、吃飯，然後，才可以吃巧克力，但，孩子單純的想法卻是：先吃完一塊巧克力再說。短短幾句，道出了成人與孩子基本觀點的不同，也表達出孩子的純真與童心。

上學前   • 葉雅琳 •

當時針走到六，

分針站在十二。

陽光哥哥會來敲敲我的窗，

要我快快起床，

不要賴在棉被姊姊的懷抱。

當時針走到七，

分針跑了一整圈。

我和牙刷妹妹、牙膏弟弟打完架，

毛巾阿姨摸摸我的臉頰，

提醒我不能再玩鬧。

當時針走到八，

分針又跑了一圈。

爸爸和汽車叔叔載我到學校，

大門伯伯對我招招手，

我卻大喊：「你─們─早！」

　　這首是敘述孩子早上上學前的景象，輕鬆的語調卻暗示著時間的緊湊，相當傳神。

（綠色的床）　　　　　　　　　　　　　　　　　　• 盧素琴 •

我有一張大大的床，

躺在床上，

我可以看到白色的雲，

　　　　　藍色的天空，

　　　　　黃色的小鳥，

還有媽媽紅紅的臉蛋。

我的大床，

真是舒服啊！

軟軟的……香香的……

還有濃濃的泥土味，

還可以聽到風婆婆打呼的聲音。

我的大床，
就在澄清湖的旁邊，
一大片一大片，
綠色的草地，
就是我最溫暖的床。

　　本篇充滿了對大自然的遐想，以大地為床，可以嗅到泥土的芳香，可以看到藍天白雲，更可以親近草地，聽到和風的聲音，帶領讀者進入一個想像的世界，彷彿徜徉澄清湖畔。與天地融為一體，意境優美，詩中有畫。

（喜歡）　　　　　　　　　　　　　　　　　　• 留雲 •

當我小小時候，
我有許多的喜歡，
喜歡問山是怎麼綠的？
　　　海是怎麼藍的？
喜歡問那道彩虹橋要怎麼走上去？
　　　還有那天上的星星，
　　　是誰家忘了關燈火？
當我慢慢長大，
我知道這些喜歡，
山是因為希望而綠的，
海是因它的寬大而深藍。
要走上那座彩虹橋，
先要築起心中
　　　夢想的階梯，

那天上的星星，

是為夜歸的人，點起守護的燈火。

　　此篇是一位母親為她的孩子解說疑惑的紀錄，當孩子長大，他對幼時的問題有了自己的答案。歲月使人成長，時空或許改變了，唯有大自然與心中的愛（喜歡）是永恆不變的。

(2)抒情詩

（存在）　　　　　　　　　　　　　　　　• 留雲 •

孩子，

我蘊育你一個生命，

你卻回報我無比的喜悅。

你是小小魔術師，

每天總有變不完的花樣，

世界在你眼中並不大，

你在我心中卻是全部。

你的喜撫平我的怒；

你的樂分擔我的憂。

雖然，

我無法為你摘星星、攀月亮，

可是，

我願給你一片廣闊的天，

和滿滿柔軟的懷抱。

　　望著熟睡中的孩子，如此安詳、恬靜。那些因為他而引起的不適與辛勞，在一刹那間，都不見了。我常讚嘆造物主的偉大，尤其當他的神蹟顯露在孩子身上時。看著他圓潤的雙手、粉嫩的雙頰，心中的感動，又豈是三言兩語？

　　本篇用詞淺顯，卻充滿母親對孩子的愛。看似平凡，其實是滿偉大的，例如：「世界在你眼中並不大，你在我心中卻是全部」。孩子對母親的愛，往往無法深刻體會，直到自己也成了父母。這是一位母親的肺腑之言，希望能夠感動天下的孩子。

（媽媽的眼睛）　　　　　　　　　　　　　　•鄭素卿•

一亮一滅是什麼？
是天上閃亮亮的小星星
一亮一滅是什麼？
是螢火蟲可愛的小屁股
一亮一滅是什麼？
是天花板壞掉的電燈泡
一亮一滅是什麼？
是姐姐寶貝的鑽石戒指
一亮一滅到底是什麼呢？
原來是
媽媽充滿溫暖慈愛的眼睛

（星星）　　　　　　　　　　　　　　　•紀芳琪•

夜晚的星星，

像俯看都市夜景，

最大的星星，

像牛伯伯的銅鈴；

最小的星星，

像小魚兒的眼睛；

最亮的星星，

像戒指上的水晶；

最美的星星，

就是媽媽的眼睛！

　　以上二首的內容都與「媽媽」有關。皆是由景物的描述，連結至對「人」的感情，這是文學作品中常見的手法。第一首用小星星、螢火蟲、電燈泡與鑽石戒指來形容媽媽的眼睛，表現媽媽眼睛的特色——溫暖慈愛，再由末句點出。第二首詩中對星星的形容很恰當、也很美。用了四句抽換詞面的「排比」句法：「最大」、「最小」、「最亮」、「最美」的星星，整齊的句法充滿了詩的韻律感，重複舖陳的結果，將末句「最美的星星，就是媽媽的眼睛」，推向最顯著的效果，充分表達了媽媽在孩子心中至美的形象。

親親晚安　　　　　　　　　　　　　　　　　　● 蘇韻蘋 ●

爸爸，親親，晚安，

媽媽，親親，晚安，

阿咪，親親，晚安，

小白，親親，晚安，

寧兒要睡覺了。

月亮貼在窗子上，

靜靜看著，

一下子，

月亮在夜空中慢慢散步，

日光偷偷從窗戶溜進來，

長長的奶油色裙子拖過寧兒的床，

癢癢的，好像爸爸的鬍渣，

暖暖的，好像媽媽的嘴唇，

刺刺的，好像阿咪的舌頭，

濕濕的，好像小白的鼻頭，

啊，難道月亮也想跟寧兒親親晚安嗎？

　　這首是孩子入睡前的「晚安」曲，很溫馨的感覺，伴隨孩子進入
夢鄉的，除了親愛的爸爸、媽媽、小貓、小狗外，還有柔和的月亮
呢！這是多美的畫面！帶著此種恬靜心情入夢的孩子，是多麼幸福
啊！

（搬家）　　　　　　　　　　　　　　　　　　　● 鄭穎靜 ●

爸爸說，

那裡離公司近，

上班很方便；

媽媽說，

那裡離超市近，

買菜很方便；

他們說，

那裡離學校近，

上學很方便。

可是，

他們卻忘了，

那裡離我的好朋友，

好遠！好遠！好遠！

　　此首寫的都是成人與兒童在想法上的不同，前者常以自己的觀點來處理事情，忽略了孩子心裡真正的感受，偏偏有時還有個冠冕堂皇的理由——爲孩子好，是否令人啼笑皆非？〈搬家〉表達的是「友誼」在孩子心中的分量，遠超過日常生活中的便利，可惜，成人忘了他們孩童時代對朋友的重視，而被現實中種種問題取代了。

(希望)   ● 姚怡寧 ●

我希望爸爸不用每天深夜裡才回家，

我希望能和同學一起開心去玩耍，

我希望病魔能離開奶奶的身旁，

我希望曉燕大觀都能上天堂，

我希望從此不再有壞蛋，讓我平安成長，

我希望天天都有陽光，溫暖每一個地方。

　　這首也是表達孩子心中所思所想的童詩，六句全以「我希望」開頭，六個希望從身邊的人（爸爸、同學、奶奶）及於他人（白曉燕、周大觀），最後，則是希望天天有陽光，處處有溫暖，關懷層面擴及至每一個地方。這種推己及人的胸襟可能是現代教育中，亟待培養的。

（無情）

我不想玩天搖地動機

可是一雙頑皮的手按下了開關

把我的家震得再也看不見

我真的不想玩天搖地動機

可是一雙無情的手按下了開關

把我的爸媽帶到了天堂

從此我沒有家沒有盼望

今後我只能仰望天上微弱的星光

多麼希望它們就是我最親愛的爸媽

　　這首是爲 921 而寫的，表達天災的無情與無奈，也傳達了孩子的心情──對爸媽無盡的思念。讀來令人心酸！

(3)描繪詩

（鄉樂園）   • 許瑋倫 •

早晨   正午

公雞啼叫早上好   烈日高照農務忙

雀鳴鳥唱鴿兒飛   身影緊連腳下跑

白花紅花黃花笑   風兒瀟瀟繞大樹

蝴蝶飛舞蟬兒叫   正午休憩樹蔭下

紅磚瓦上貓兒跳   飯菜涼茶肚皮飽

黃狗追著小鴨跑   水車流轉沁涼水

老牛背上鷺鷥白   灌溉農田八方道

稻穗飽滿隨風搖   大夥踏水暑氣消

黃昏

炊煙飄飄稻草香
紅曦紫雲夕陽照
孩童玩耍大廟前
彈珠扯鈴捉迷藏
路燈底下飛蛾繞
家人齊聚天倫樂
灶台爐上飯菜香

夜晚

月兒微笑上樹梢
湛藍夜空星兒照
螢火蟲兒提燈跑
蛙兒蟋蟀聲聲叫
曬穀場上談聲笑
熱茶溫口圓扇涼
大地為床天為被
香香甜甜入夢鄉

●陳錦香●

春天

春天是一位美麗的天使，
她走遍東、西、南、北。
每當，
她走過的地方，
就會煥然一新。
春天是一位英勇的將軍，
他帶著軍隊到處打仗，
他趕走了冬天，
勝利永遠是春天的。
春天是一個仁慈的國王，
他帶給人們溫暖、快樂。
春天是到處旅行的賣衣人，
她把漂亮的衣服賣給人們，
使大地穿上五彩繽紛的新衣。
春天啊！

春天！

能不能請你快快來，

我真的真的好想你，

你可不可以快快來到呢？

　　以上二首都是描繪景色，第一首是描繪鄉間早晨、正午、黃昏、夜晚四個時段的特色；第二首則以擬人手法表現春天的特色。將「春天」比擬為美麗的天使，帶給人們清新、溫暖、快樂，與五彩繽紛。以淺顯的文句，描述春天的特色，讀來倍覺親切。最後，以期盼的口吻，希望春天快快降臨。此篇以幼兒的觀點，來描繪春天的景象，淺顯易懂，頗富童趣。

（風）

● 合麗娟 ●

風是一個淘氣的孩子，

有時，它撥亂媽媽的頭髮；

有時，它又摘掉爸爸辛苦種的花。

當你對他生氣時，

它又露出親切的笑容，

戲弄柳樹爺爺的鬍鬚。

夜晚，它哼著催眠曲，

哄著寶寶進入夢鄉。

風啊！風啊！

想要抓住時，

卻從我身邊悄悄溜走。

（風）

・陳靜美・

風，你的家在哪裡
在樹上　在屋頂上，
還是在草叢裡。
風不說話！
只在我的臉頰親一下。

（四季的風）

・蔡佩君・

春風很客氣，
總是在窗外，
慢慢地蹲著，
一再地請她，
才害羞地進來。
夏天的風衣裏，
裝著迷魂藥，
從南方一路灑來，
讓人們神魂顛倒。
秋風最調皮，
帶著胡椒粉，
一不小心，
人們就哈啾哈啾。
冬風可真大方，
窗戶有道小縫，
他就硬闖進來，
真是沒禮貌。

第六章　幼兒詩歌──韻律飛揚的文字

以上三首童詩的主題都是「風」，作者不約而同地皆以擬人法進行描繪，讓原本令人難以捉摸的風，變得親切且平易近人。

第一、二首描述風的調皮特性，它無處不在，而且喜歡捉弄人，當人們對它生氣時，它又會「露出親切的笑容」、「只在我的臉頰親一下」，感覺又是那麼溫馨！

第三首則是描述四季的風，春、夏、秋、冬各有特色，文句淺顯、自然，短短四、五句即能點出季節風的個性。

（雨在哪裡）   • 黃玉君 •

雨在哪裡？

雨在花園裡，

你瞧！誰正提著水壺到處跑？

不停滋潤乾渴的花草。

雨在哪裡？

雨在街道裡，

請仔細瞧瞧，是誰在大展廚藝？

行人頓時成了落湯雞。

雨在哪裡？

雨在空氣裡，

再次瞧一瞧，有誰忘了蓋上百寶箱？

讓音符輕盈跳躍在屋頂上。

（下大雨了！）   • 姚怡寧 •

下大雨了，太陽躲起來，

下大雨了，閃電跑出來，

下大雨了，行人躲起來，

下大雨了，雨傘跑出來，

太陽出來了，大雨不見了！

　　雨是大自然的一種現象，但，在詩人眼中，卻是具有生命的小精靈。詩人以她豐富的想像力，描述在花園、街道、空氣裡的雨，以及下大雨的景象。

（夜色）　　　　　　　　　　　　　　　　　　　　　　• 吳姿瑩 •

太陽公公緩緩地滾向了山的另一頭，

天空姊姊的臉蒙上了一層黑色的薄紗，

月亮妹妹身著白衫飄呀飄到天空姊姊的面前，

脫下胸前的星星項鍊準備獻給美麗的天空姊姊，

天空姊姊笑盈盈地接過月亮妹妹晶瑩的星星項鍊。

但，一不小心，

項鍊從天空姊姊的手中滑落，

灑了滿天的星星。

（夢）　　　　　　　　　　　　　　　　　　　　　　• 姚怡寧 •

我是夏夜裡的螢火蟲

我是雪地裡的北極熊

我是自由的天使

我是純淨的孩子

我是愛玩的風

我是愛哭的雨

我是白色

我是雲

第六章　幼兒詩歌──韻律飛揚的文字

「你說什麼？」「喔！我不是魔術師。」
我只是在夢裡

（時鐘）
　　　　　　　　　　　　　　　　　　　　　　　　• 陳錦香 •
秒針是個游泳高手，
快速地向終點游去。
分針是位千金小姐，
慢條斯理地游著。
時針是個老人，
游泳時，
不停地喘氣。

（木棉花）
　　　　　　　　　　　　　　　　　　　　　　　　• 陳素蘭 •
春風仙子，
悄悄的來拜訪，
在那株又高又長的，
纖纖玉手上，
掛滿了橘紅色的
小花燈。
一盞，
二盞，
三盞，
四盞，
五……

　　〈夜色〉是描繪詩，也是童話詩，敘述著有星星的夜晚都會發生

的美麗故事。爲滿天星斗的夜空，做了合理的解釋，可以激起讀者的想像力。

〈夢〉的文字淺顯，意境佳、富想像，讓幼兒可以藉此分享與討論對夢的感覺。將夢變化多端的特性點出來，尤其結尾的自問自答更是神來之筆。

〈時鐘〉的作者分別以「游泳高手」、「千金小姐」，以及「老人」，來形容「秒針」、「分針」與「時針」，相當貼切、巧妙。

〈木棉花〉的作者以敏銳的觀察力，加上豐富的想像力，運用簡潔的文筆，描繪周遭景物，充滿詩情畫意。

（銀河）　　　　　　　　　　　　　　　　　　• 吳詩琳 •

天上的河佈滿了星星，

地下的河充滿了水滴；

我可以到地下的河中舀水，

我是不是，

也可以到天上的河中撈星星？

〈銀河〉將天上的河與地下的河相比對，短短幾句點出其不同處，亦顯出孩子童稚心靈的期望──到天上的河中撈星星。文字淺白，頗富童趣。

（黑夜）　　　　　　　　　　　　　　　　　　• 林美妏 •

夜總是無聲無息地籠罩整個大地。

將蒼芎穿上一襲黑紗，

蔚藍的天空頓時變成一幕漆黑。

神秘！寧靜！

第六章　幼兒詩歌──韻律飛揚的文字

偶而在層疊的雲中，出現一輪明月，靜靜地照著大地。

偶而在銀河中，綴滿許多閃亮的星星，

忽明忽暗，忽暗忽明，

像是頑皮地眨眼睛

散步在黑夜裡，

你是否覺得有一雙雙眼睛在偷窺著？

〈黑夜〉以擬人手法，刻劃出黑夜的神秘、寧靜，偶而點綴其中的是明月與頑皮眨眼睛的星星，全詩具意境的美。

（大掃除）   ● 雷浩霖 ●

天空的家

不知被誰搞的

像墨汁般的黑

閃電娘娘瞧見了

「轟隆！」一聲

全體總動員

噴水、灑水、沖水⋯⋯

把家整理得一片潔淨

太陽公公看得好開心

就在牆上掛個獎牌——彩虹   （臺灣時報 1993.6.10）

（蝦子也吵架了）   ● 雷浩霖 ●

嘰哩呱啦！

嘰哩呱啦！

爸媽吵架後，

臉紅不說話；

姊妹吵架後，

臉紅不說話。

咦？

蝦子入油鍋，

嗞嗞喳喳！

嗞嗞喳喳！

臉紅不說話，

咦？

蝦子也吵架了。 （兒童日報 1993.6.19）

2.以形式而言

　　可分爲圖象詩與文字詩二大類，以下簡單說明。

⑴**圖象詩**

　　圖象詩以文字的排列技巧，展現所欲表達的圖象，令讀者一目瞭然，印象深刻，此類作品佳作不多，僅舉一例說明（參見下頁）。

•林佳蓉•

月光

在

　月光

　　照耀下

　　　讓我們

　　　出去散散步

　　沿著這街道走去

　　　往風的方向

　　　唱唱歌

　　就在那

　月光

中

(2)文字詩

　　凡非屬圖象詩者，皆可稱為文字詩。上節所舉的敘事、抒情，與描繪詩皆屬之，在此不再舉例。

第六節　兒歌的創作原則

　　兒歌可能是每個人最早接觸的文學作品，由於篇幅短小，不易表達較深刻的感情，又因句法與押韻的限制，要創作優良兒歌實極具挑戰性。既然，欣賞兒歌可從內容與形式兩個方向來看，在寫作方面，也可以就這兩個部分來加以探討。

一、內容

兒歌涵蓋內容極廣，由前節所述之分類可知，幾乎無所不包。因此，凡兒童有興趣、符合其需要，而且可幫助其成長的內容皆是合宜的。當然，在文字的運用上，應符合兒童發展層次，以其能理解為要。簡言之，應考慮兒童各階段的能力、興趣，與需要。

二、形式

兒歌在形式上可分為句法與押韻二部分：

(一)句法

兒歌常用「比興」的藝術手法。比，就是比喻，以聯想、具體事物說明抽象的事物或感情。例如上節所列知識歌的「小橡皮」，即以「吸塵器」比喻「小橡皮」的功用；至於興，是指聯想，以某一事物的描繪，來引起對另一事物的聯想。因此，開頭一、二句的起興，是相當重要的，可以增加嬉戲的樂趣。例如上節知識歌的「雞」，即以「一二三，三二一，一二三四五六七」二句開頭，再進入主題「七個娃娃七隻雞……」是很好的起興手法。

句法有整齊式與不整齊式兩種。前者指每行字數相等，常見有三言、四言、五言、七言等四種；後者指各行字數不等者，不過，有些在不整齊中，又有固定規律可循，例如：第一段是五五七七句式，第二段也是五五七七句式，在整齊中又富變化。另外，有些則是各行字數皆不等，或是毫無規則可循，稱之為「雜言體」。至於，何種句法較佳，則無定論。只要文句簡潔、意象鮮明，讀起來琅琅上口，都是

好句法。

(二)押韻

音樂性（韻律）是兒歌的重要特色，也是吟誦的基礎。因此，好的兒歌應該押韻，營造出語言的美與趣味。常見的有押尾韻與頭尾交互押韻。前者不需一韻到底，可中途換韻；後者則是後一行的頭韻，與前一行的尾韻相同，一般而言即是修辭上的「頂真（連鎖）」技法。押韻時，若能同調相押最佳，其次是同平聲或同仄聲，至於，四聲混合的押韻，則宜避免。

此外，活用表達技巧也是創作好兒歌不可忽略的。陳正治歸納常見的表達技巧有：直敘法、問答法、擬人法、反覆法、起興法、誇張法、排比法、對比法、譬喻法、層遞法、自語法、婉曲法、連鎖法等十三種，另外，回文法、歸納法、演繹法也常被應用（林文寶等，1996）。

朱介凡（1974）認為中國歌謠「結構的法式」，可分為下列十一種：

1. 平擺：初置木石，平平擺放。
2. 堆積：堆累積攏，為高為大。
3. 引進：情境吸引，逐漸進入。
4. 遞接：站站驛傳，承遞相接。
5. 對舉：兩相舉照，黑白分明。
6. 排列：並同數事，排列比證。
7. 屬序：按著數字，依序敘說。
8. 連鎖：事不相屬，連鎖得之。
9. 重疊：重章疊句，反復而歌。
10. 問答：問答逗趣，俗稱對口。

*11.*反結：重在結句，正話反說。（頁 96-111）

　　兒歌創作者若能熟習各種表達技巧，在創作時，才能靈活運用，為兒童寫出融合各種技法的優秀作品。

第七節 童詩的創作原則

　　童詩既然是為兒童創作的，基本的寫作原則與前述故事及兒歌的寫作原則是一致的：必須適合兒童心理、程度和經驗，吸引其興趣，開拓其視野，增進其文學與藝術修養，達到潛移默化的功效。當然，由於形式不同，在創作上也有與前二者不同之處。因文句較故事簡短，在遣詞用字方面需再三斟酌；但，又不似兒歌，受到句法與押韻方面之限制，在遣詞用字上，又自由許多。以下就童詩特點，來探討其創作原則。

(一)符合「童心」

　　無論作者是成人或是兒童，若能以童稚純真的心靈出發，表達孩子眼中的世界與所知所感，則所描寫的事物必能感動人心，且能抒發兒童的情緒。

(二)以「情」為主

　　無論是寫人、寫景，或是詠物，都是最真摯的感情，絕無虛偽或是無病呻吟，如此深刻且至情至性的表達，才是好詩。

(三)意象鮮明

所謂「詩中有畫，畫中有詩」、「詩情畫意」，詩的美即在於詩人運用其敏銳的想像與觀察力，從平凡的生活中，發掘不平凡、富有詩意的事物，透過其深刻的感受力，以及深入淺出的文學技巧，將其描繪出來，讓讀者印象鮮明，如親臨其境，具有意境美。

(四)聲韻調和

雖然童詩不必像兒歌一般講究押韻與句法，但，若能在聲韻上注重調和，讀起來更能有「詩」的韻味與「美」的感受。

(五)形式設計新穎

在文字的編排與段落的設計上，若能凸顯創意，可能更令讀者印象深刻。特別是圖象詩，在形式的設計上，更講求巧思，不僅讓人會心一笑，更回味不已。

象徵派詩人 Baudelaire 說：「你聚精會神地觀賞外物，便渾忘自己存在，不久你就和外物混成一體了。當你注視一棵身材均勻的樹，在微風中盪漾搖曳，不過頃刻……你自己也就變成一棵樹了。同理，你看到在蔚藍天空中飛行迴旋的鳥，你覺得它表現出一個超凡脫俗、終古不磨滅的希望，你自己也就變成一隻飛鳥了。」（引自朱光潛，1967，頁 40）就是這種物我一體、情景交融的境界，才能產生詩的意象與情趣吧！

附註

1　見王金選（1988）。*彩虹的歌*。霧峰：教育廳。

2　"Rainbow Writing"，出自 Merriam, Eve. *Rainbow writing*. New York：Atheneum, 1976。

3　詩人 Paul Roche 之比喻，引自 Russell, D. L. (1994). *Literature for children* (2nd ed.). New York: Longman. p.87。

參考文獻

中文部分

朱介凡（1974）。中國歌謠論（初版）。台北：中華書局。

朱介凡編著（1977）。中國兒歌。台北：純文學。

朱光潛（1967）。文藝心理學（八版）。香港：鴻儒書坊。

杜淑貞（1994）。兒童文學析論。台北：五南。

林文寶（1991）。釋童謠，收於東師語文學刊第四期，台東師院語文教育系主編，臺灣區省市立師範學院 79 年中國語言研習會論文集。

林文寶、徐守濤、陳正治、蔡尚志合著（1996）。兒童文學。台北：五南。

林守為編著（1991）。兒童文學。台北：五南。

林煥彰編（1981）。布穀鳥兒童詩學季刊，7。台北：布穀。

林鍾隆（1977）。兒童詩研究。台北：益智書局。

周作人（1982）。兒歌之研究，收於周作人先生文集之一，兒童文學小論。台北：里仁書居。

信誼基金會（1998）。紅田嬰。台北：信誼。

張清榮（1994）。兒童文學創作論（一版）。台北：富春文化。

葉詠俐（1992）。兒童文學。台北：東大圖書。

英文部分

Behn, H. (1968). *Chrysalis, concerning children and poetry.* New York: Harcourt Brace Jovanovich.

Fisher, C., & Natarella, M. (December 1982). Young children's preferences in poetry: A national survey of first, second, and third graders. *Research in the Teaching of English, 16,* 339-354.

Godden, R. (May/June 1988). Shining popocatapetl: Potery for children. *The Horn Book*, 305-314.

Groff, P. (1969). Where are we going with poetry for children? *In horn book reflections*, edited by Elinor Whitney Field. Bodton: Horn Book.

Jerome, J. (1968). *Poetry: Premeditated art.* Boston: Houghton Mifflin.

Lowell, A. (1971). *Poetry and poets.* New York: Biblo.

Merrick, B. (Winter 1988). With a straight eye: An interview with Charles Causley. *Children's Literature in Education, 19*, 123-135.

Norton, D. E. (1991). *Through the eyes of a child.* New York: Merrill.

Russell, D. L. (1994). *Literature for children* (2nd ed.). New York: Longman, 31-32。

Terry, A. (1974). *Children's poetry preferences: A national survey of upper elementary grades.* Urbana, Ill.: National Council of Teachers of English.

第七章

最受幼兒歡迎的
文藝活動

幼兒戲劇

幼兒戲劇是一門綜合藝術，結合文學、美術、音樂、舞蹈、科技、設計、建築……等多種藝術，是一種演出者與觀賞者都能同時感受的表演藝術。透過欣賞或實際演出，幼兒更能深入體會故事中的情節與詞彙，不僅在認知成長上有所助益，對劇中人物的遭遇感同身受，在感情上也可得到昇華；另外，整體團隊精神的發揮與合作，也能增進幼兒與人和諧互動的經驗，促進社會情緒的發展。這些都是幼兒成長過程中，很重要的發展領域。因此，現今幼兒教育課程模式中，亦有人提倡以戲劇為主的課程內容，因為它的功能足以提供幼兒各樣成長的經驗，而且，是以遊戲性、趣味性的方式進行，可謂「寓教於樂」，其潛移默化的效果是不容置疑的。

第一節　甚麼是幼兒戲劇

　　所謂「戲」，在中文的意義中，兼有「遊戲」與「演戲」之義；在西方，英文的「Play」亦有上述二種意義，在法文與德文中亦然，由這種共通性可以看出「遊戲」與「演戲」二者的密切關係（杜淑貞，1994）。「遊戲」具有「好玩」的特性，「演戲」則具有「假扮」的性質，簡言之，「戲劇」是透過假扮他人或事物，得到樂趣。

　　幼兒戲劇與成人戲劇一樣，具有戲劇四要素：劇本、舞台、演員和觀眾，但二者在內涵上有所不同，徐守濤認為有下列七點不同之處：

1. 幼兒戲劇是動態的故事：是一種化書中靜態故事為動態的敘述方式，藉舞台、燈光、道具、演員、布景、音效……等，讓幼兒在自然、生動的氣氛下，領悟故事中人物的遭遇、情感，與個人的感情、經驗合而為一。因此戲劇是經驗的傳授。

2. 幼兒戲劇是反映幼兒生活的活動：取材自生活中的戲劇，是反映生活的。生活中的事情，往往不能盡如人意，成長中的挫折與痛苦，正可藉戲劇活動提供一個安全的嘗試經驗。

3. 幼兒戲劇是一種模仿行為：戲劇的目的是在指導人生，教導人們如何面對現實、面對衝突、解決衝突，因此，戲中人是在模仿現實人生，而觀眾從戲劇中得到啟示。

4. 幼兒戲劇是幻想的：幼兒戲劇常取材自幻想和未來世界。幻想可使幼兒生活得多采多姿，又可使他們富想像與創造力。

5. 幼兒戲劇是一種遊戲：幼兒戲劇的進行，常需台上台下互動，以激起幼兒的興趣和共鳴。尤其是幼兒創造性戲劇，較注重幼兒即興表演，而非台詞的背誦，讓教學、輔導、遊戲融為一體，幼兒在自然、有趣的遊戲扮演中，得到自我成長。

6. 幼兒戲劇是啟迪智慧的：透過輕鬆愉快的戲劇活動，幼兒無形中學習了劇中人的生活經驗，學習明辨是非善惡，與解決現實衝突的智慧。另外，戲劇也是追求「美」的綜合藝術，無論語言、舞台、服裝、道具、音效、燈光等，都可以提供美感經驗，刺激思考、啟發智慧。

7. 幼兒戲劇是表現生活的綜合藝術：舞台上的表演，是生活的縮影。各種設計，包含劇本編寫、服裝、化妝、道具、音效、燈光等，都是各種藝術的精心傑作，是最富教育性、娛樂性，與藝術性的活動，也就成了最能為幼兒接受與歡迎的文藝活動（林文寶、徐守濤、陳正治、蔡尚志，1996，頁 392-396）。

鄭文山（1986）則認為「兒童劇」不同於一般成人戲劇，它必須注意以下四個原則：

1. 應具有兒童文學的價值。

2. 要符合兒童的生活體驗。

3. 適合兒童的興趣和身心發展。

4. 對兒童的人格養成，有導正的功效。（頁20）

　　由此看來，幼兒劇的編寫，尤應較成人劇的編寫嚴謹，宜兼顧兒童性、藝術性、教育性與娛樂性。

第二節　幼兒戲劇的分類

　　幼兒戲劇就其形式而言，可大致分為傳統式戲劇和創造性戲劇。前者較注重傳統的戲劇表演方式：演員在舞台上，觀眾在台下；演員照劇本扮演。後者較突破傳統，演員可以走入觀眾群，台上台下打成一片，另外，演員不一定有既定的劇本，可即興演出。對幼小兒童而言，創造性戲劇較活潑，也較能發揮創意，演員不一定要死背台詞，較適合幼兒扮演。創造性戲劇又可依兒童年齡分為四階段：家庭劇場、幼兒創造性肢體活動、創造性戲劇活動，和兒童戲劇（林文寶等，1996）。

　　若以表現方式而言，可分為「人戲」和「傀儡戲」兩種。前者以「人」為主演員；後者則以不同的「傀儡」為主演員，例如：木偶戲、布偶戲、布袋戲、皮影戲、紙影戲、手偶戲……等。以創作者的手法而言，可分為「幻想劇」和「寫實劇」，前者以虛構幻想故事為代表；後者則以寫實手法，描寫實際生活中的題材。以內容而言，可分為「歷史劇」、「時代劇」、「傳記劇」、「倫理劇」、「偵探劇」，以及「滑稽劇」。以角色身份而言，可分為「主演員是兒

童」、「主演員是成人」、「成人與兒童共同演出」、「全由動物造型演出」，以及「人偶共同演出」五種。若以幕的多寡而言，又可分為「獨幕劇」與「多幕劇」。

　　以下簡單逐一分述之：

(一)就形式而言

　　可分為傳統式戲劇與創造性戲劇，以下簡述之。

1. 傳統式戲劇

　　指一般傳統戲劇的形成，有固定劇本、舞台、演員，和觀眾，由導演策劃，全體演員合作演出，又可分為：

(1)話劇：以對話傳達劇情。除對話外，也可穿插一些歌舞。

(2)舞劇：沒有對話，也沒有歌唱，以演員的舞蹈動作及表情，配合音樂節拍，演出劇情。例如：芭蕾舞劇「天鵝湖」、「胡桃鉗」等。

(3)歌舞劇：以歌唱與舞蹈演出劇情。有的完全沒有對話，有的插入簡單對白。這一類戲劇通常最容易受到兒童歡迎，但不易編寫劇本，作者須把對白寫成歌詞，再請音樂家作曲、舞蹈家編舞，如此通力合作，方可完成。

(4)默劇：又稱「啞劇」，沒有對話與歌唱，完全以動作和表情為主，輔以聲光效果。

(5)偶劇：由人操縱木偶、布偶、傀儡等，並有道白與歌唱。

(6)廣播劇：依靠音響效果以及人物對話，讓讀者透過想像，聯想劇情。

(7)電視劇：以電視為傳播媒介的戲劇。

2. 創造性戲劇

　　將創造性活動融入戲劇活動中，無論是劇本、舞台、演員，或是

觀眾，皆可與傳統不同：

(1)劇本：編劇者可與演員共同討論。

(2)舞台：可運用各種場所，如廣場、教室、玄關、大廳等。

(3)演員：不一定是專業演員，也可以是學生或是觀眾。

(4)觀眾：也可在觀賞的同時，加入戲劇的演出。

創造性戲劇以兒童的年齡來分，又可分為四個階段：

(1)家庭劇場的親子遊戲：由零至四歲，親子同樂的角色扮演遊戲。

(2)幼兒創造性肢體活動：對於五到六歲的幼兒，可運用創造性肢體活動，發揮其想像與創造力，強健體能，學習與人合作，以及增進語言表達能力。

(3)創造性戲劇活動：適合七、八歲的兒童，此時身體動作發展、語言、認知、社會情緒等發展亦臻成熟，藉創造性戲劇活動，刺激思考與提升團隊適應能力。

(4)兒童劇場：適合九歲至十二歲的兒童，此時各種發展已達成熟階段。可以訓練表達、膽識、想像、創造思考，以及合群等各項能力。

(二)就表現方式而言

可分為人戲與傀儡戲，以下分別說明之。

1. 人戲

以「人」為主要演員，例如：一般的舞台劇或電視劇，又可分為：

(1)成人主演。

(2)成人與兒童共同演出。

(3)兒童主演。

2.傀儡戲

由傀儡表演的戲，又可分為：

(1)木偶戲。

(2)布偶戲：這是一般幼稚園中，最常見的形式。

(3)布袋戲：又名「掌中戲」，是流傳於民間的中國民俗藝術，利用手指控制布袋偶的身體動作。雕刻維妙維肖的布袋偶面部表情、華麗的衣飾，加上現代的聲光效果，布袋戲已不再只是大街小巷常見的「野台戲」，更搬上電視螢幕，由此可見其受歡迎的程度。

(4)皮影戲：這也是流行於民間的地方戲。以鏤空方式在皮革上雕刻。演出時，將燈光打在布幕上，傀儡以線或竹棒牽動，緊貼幕上，觀眾則在布幕另一面觀賞，由光影的移動與對話、音響，想像劇情的發展。

(5)紙影戲：製作與演出和皮影戲大致相同，只是傀儡不是由皮革雕刻而成，改以硬紙代替。目前流行於國小與幼稚園。

(6)手偶戲：利用雙手表演，可套上白手套或襪子（上繪有各式造型的動物或人物），敘述表演故事；也可在手上套上陶土或油土製作的人物、動物頭型，再披上布當作衣飾，講故事給幼兒聽。製作簡便又富創意，是極受教師與幼兒喜愛的活動。

(三)就創作者手法而言

可分為幻想劇與寫實劇，以下說明之。

1.幻想劇

使用象徵手法，將故事表演出來。又可分為童話劇、寓言劇、神話劇、科幻劇等。例如：「愛麗絲夢遊仙境」、「綠野仙蹤」等。

2.寫實劇

以寫實手法，由現實生活或歷史故事中取材，在情節、人物、場景等方面，皆合乎常理，例如：「精忠報國」。

(四)以內容而言

可分為歷史劇、時代劇、傳記劇、倫理劇、偵探劇，與滑稽劇等（林守為，1991），以下簡單說明之。

1.歷史劇：以歷史上某一事件或人物為中心。

2.時代劇：以當前某一事件為重點。

3.傳記劇：以某一名人的生平為中心。

4.倫理劇：以富有倫理親情為中心。

5.偵探劇：以推理、懸疑的情節為特色。

6.滑稽劇：以逗趣、爆笑、富幽默感為主。

(五)以角色身分而言

可分為主演員是兒童、主演員是成人、成人與兒童共同演出、全由動物造型演出，及人偶共同演出等五大類，以下逐一介紹。

1.主演員是兒童

兒童為主要演員，表演劇中人物給其他兒童觀賞。演員大多需要訓練之後，才能上台。除了正式舞台外，也可在操場或教室演出。

2.主演員是成人

成人為主要演員，扮演時裝或古裝劇讓兒童觀賞。

3.成人與兒童共同演出

目前幼稚園較盛行的兒童戲劇表演方式，是由成人與兒童共同扮演劇中主要角色，可以演出時裝劇、古裝劇、童話劇，或是科幻劇等。

4.全由動物造型演出

　　許多童話劇（例如：三隻小豬）或科幻劇主角全是動物，此時，所有主角全由動物造型演出，對幼兒而言，也是驚喜的，相當受歡迎。

5.人偶共同演出

　　為了吸引幼兒興趣，有些劇會有人與偶的主要角色，例如：「綠野仙蹤」中，除了女主角外，還有幾個「人偶」搭配演出，全劇因此增色不少。另外，也可以布偶、手指偶、木偶等與真人同台演出，另有一番意想不到的效果。

㈥以幕的多寡而言

　　可分為獨幕劇與多幕劇，以下簡述之。

1.獨幕劇

　　只有一幕，一個重要場景，佈景無重大改變，也無落幕更換。一般幼兒戲劇多採獨幕多場方式，以免演出時間過長，幼兒失去其注意力。

2.多幕劇

　　為了變化場景，營造不同的視覺效果，配合劇場需要，會以落幕方式，更換布景，以此製造氣氛，吸引兒童觀賞。

第三節　創作劇本欣賞

　　本節介紹二篇適合幼兒觀賞的戲劇劇本。「睡公主」是屏東師院幼教系學生創作，在「幼幼劇坊」對外公演後，修正過的作品。「月亮是迎接太陽的天使」則是高雄縣托兒所示範教學資源中心，第四期保育員戲劇成長團體的創作劇本。

第一幕 ···

（音樂聲悠然響起，國王抱著小公主和王后在舞台上隨音樂搖擺，
　客人陸續來到，客人和國王、王后寒喧恭喜及探望完小公主便各
　自跳起舞，整個宴會充滿愉悅、熱鬧的氣氛）

王后：咦？客人都到齊了嗎？

國王：（四周看了一下）現在就剩下三位仙女還沒來了。

王后：會不會路上出了什麼事呀？她們可是貴賓呢！（顯現焦慮
　　　狀）

（淘氣仙女和聰明仙女出場，稍作介紹）

王后：（前去招呼）聰明仙子、淘氣仙子，歡迎歡迎呀！

聰明：真是不好意思，讓你們久等了。

國王：不會，不會，妳們能來我們就很高興了。

王后：咦──我記得有三位仙女的呀！另一位呢？

淘氣：（有點抱怨的口吻）唉呀！別說了，就是因為她呀我們才會
　　　遲到的。

聰明：妳還說呢！來的路上要不是妳性子急，踩了她裙擺二十一
　　　次，讓她跌了個二十一跤，我們也早就到了！

慢吞吞：（邊出場邊說，做摔疼狀）就─是─嘛！害─我─摔─
　　　　得─骨─頭─都─快─斷─了！

淘氣：唉！我又不是故意的（懊惱地嘟著嘴）人家……人家只是想
　　　快點看到小公主嘛！……（忽然眼睛一亮）對了！小公主、
　　　小公主呢？我好想看看喲！

王后：諾！就在這裡！（示意淘氣看國王懷裡的娃娃，其他人也靠
　　　了過去）

淘氣：哇！哇！哇！（邊驚嘆地叫邊繞著國王四周看娃娃）好可愛喲！

慢吞吞：真—的—好—可—愛—耶！

聰明：我們一人送她一個祝福怎麼樣？

淘氣：好呀！好呀！我先我先！（一休和尚思考狀）嗯—我要祝公主永遠美麗！

聰明：再來換我，（推推厚眼鏡）我要祝公主健康活潑！

慢吞吞：呵呵！換—我—了，我—要—

（音樂突然變調，燈光忽暗忽亮，全部的人面面相覷不知發生什麼事，突然一聲尖笑劃破寂靜，巫婆乘著掃帚來到，全部客人害怕地逃跑）

巫婆：咦？不是在開舞會嗎？怎麼不繼續？難道區區小把戲就把你們嚇住了？

王后：（附在國王耳邊悄聲說）我們有邀請她嗎？

國王：（死命的搖頭）

巫婆：（狠狠的瞪國王、王后一眼）哼！你們沒邀請我，分明不把我當成你們國家的人……（邊講邊逼進國王、王后，瞥見王后懷裡的小公主）哦！是為公主辦的舞會呀，我可準備了一份大禮要給她呢！

國王：（突然插入一句話）您真是太客氣了，還送大禮呀！（發覺被所有的人瞪，聲音越說越慢越小）人來就夠了嘛……

巫婆：（不屑的撇一眼）你們聽好了，我要送她三隻瞌睡蟲，你們親愛的小公主一生將在睡覺中度過，別太感謝我哦！哈哈哈！（笑完由右側揚長而去）

王后：怎麼會發生這樣的事呢？

國王：（慌張失措）怎麼辦？怎麼辦？

淘氣：唉！這麼可愛的小公主，卻要在床上浪費她的一生……（忽然眼睛一亮）咦─如果用衣夾把她眼皮夾起來，眼睛閉不起來就不會睡著了嘛！（有點自鳴得意想出這麼棒的方法，其他人以怪異的眼神看她，自覺好像說錯話，摀著嘴低下頭）

聰明：讓我找看看我的魔法書裡有沒有什麼解決的方法。（埋頭翻閱書本）

慢吞吞：（看著大家一團亂，慢條斯理地說）我─有─祖─傳─密─方。

眾人：（身體停格，回頭看慢吞吞，齊問）啥？？？

慢吞吞：（大聲地）我─說，我─有─祖─傳─密─方。

眾人：（全部把慢吞吞圍住）真的？妳怎麼不早說呀！

慢吞吞：我看你們有沒有更好的方法呀！因為我最多只能解決兩隻瞌睡蟲而已……

王后：（懇切地）沒關係，拜託妳了！

慢吞吞：（點頭，接著施法的動作）好了！剩下的一隻瞌睡蟲雖會讓公主打瞌睡，但叫她還是會醒的。

國王：（對仙女們鞠躬）真是多虧妳們了。

聰明：別這麼說，今天你們一定累壞了，我們不多打擾了，你們好好休息。

國王、王后：路上小心慢走呀！

三位仙女：會的。好好保重，我們告辭了。（慢吞吞）我─們─告─辭─了。（退場）

國王、王后：（兩人對看）唉！（國王摟著王后，兩人邊搖頭邊走回左幕後）

旁白：時間過得很快，轉眼公主已長大成人。

（換幕→此時燈光慢慢暗下，再亮起時已擺好餐桌，國王王后也坐

定）

國王：咦，公主呢？該不會又睡著了吧？

王后：（扯開喉嚨大喊）愛睡公主，吃飯囉！

（公主邊打呵欠邊出場，旁邊跟著一隻瞌睡蟲，約走到舞台中央
　　時，瞌睡蟲跳起瞌睡舞，公主原地恍惚站著睡著）

國王：唉呀呀！親愛的，妳看，（手指公主）咱們女兒又睡著了！

王后：（咬牙）準是巫婆的瞌睡蟲搞的鬼！唉！（無奈）我去叫
　　　她。（起身去叫公主）起來，該吃飯了！

公主：（被叫醒，有點迷糊狀跟著王后走，到桌前停下，揉揉眼
　　　睛）唉呀！人家還昏昏沈沈的，好想睡喔！（伸一個大懶
　　　腰，回頭看到餐桌上的食物）哇！都是我愛吃的！（公主快
　　　速地回坐位上，拿起筷子準備挾菜）

（一旁的瞌睡蟲跳起舞來，公主維持原動作睡著，瞌睡蟲擺出勝利
　　姿勢。王后在吃東西沒注意到，國王用手肘推示意她看公主）

王后：唉……

（王后搖搖頭偕國王一起離開，燈光暗下，只照公主和瞌睡蟲的那
　　一角，黑暗的另一角樹及花出場定位）

公主：（頭越點越用力，然後跌到地上，痛得大叫）唉喲！

※瞌睡蟲手舞足蹈，一副幸災樂禍的表情。

公主：哼！不理你了！我要去花園散步！

（離開餐桌走向原黑暗處的樹旁，燈光漸亮表示走到花園了，公主
　　在欣賞花時，瞌睡蟲又跳起瞌睡舞，公主再次睡著，倒下時撞到
　　了花盆）

第二幕

公主：（痛得大叫）啊！好痛！（努力振作精神貌，站起大喊）我
　　　受不了了，（對著瞌睡蟲生氣地宣示）我一定要把你趕走。

※瞌睡蟲擺出一副皮皮的、等著公主來挑戰的樣子，接著又開始跳
　起瞌睡舞……

公主：（趕緊端一盆水洗臉，高興地說）哈！哈！我可沒睡著囉！

※瞌睡蟲嚇了一跳，瞌睡舞扭得更厲害…

公主：（原本很自信、大聲的講話，慢慢變成打瞌睡狀態）你跳的
　　　舞沒用啦！我…再…也不會…睡著了……

※瞌睡蟲一邊擺出勝利的姿態，一邊嘲笑著公主……笑到趴在地板
　上，不停的搥著地板……

公主：（被敲地板的聲音吵醒，揉眼、伸懶腰，沒睡飽很不滿足的
　　　樣子）是誰在扣扣扣敲個不停，害我…（抬頭突然看到瞌睡
　　　蟲嘲笑的樣子，立刻生氣地跺腳）啊！討厭！我又睡著了！
　　　不行，我一定要想辦法把你趕走。（敲頭繞圈沈思狀）

※瞌睡蟲也學著公主的一舉一動，搖頭晃腦，走來走去……

公主：（拍掌、興奮狀）啊！有了！

※瞌睡蟲被「啊！」的一聲嚇了一跳，跳了起來跌坐在地上…揉揉
　屁股，不解地看著愛睡公主接下來要做什麼……

公主：（神秘地對瞌睡蟲笑著）我決定了，既然沒辦法把你趕走，
　　　我們就做好朋友，好不好？

※瞌睡蟲不答應，猛搖頭，又準備要跳起瞌睡舞……

公主：（趕緊拉住瞌睡蟲，哀求地說）那至少陪我玩一次遊戲，拜
　　　託啦！一次，一次就好了。

※瞌睡蟲想了想，又低頭看看公主，重複前面思考動作兩、三次
　後，才對公主點點頭。

公主：（高興地跳了起來，拉著瞌睡蟲）好棒喔！我們來玩躲貓
　　　貓，你先當鬼來捉我。

※瞌睡蟲抱著柱子，閉著眼睛，用手數著數字，專心地當鬼……

公主：（跑到後面拿了一條繩子，嘴巴還一直唸著）還沒好，還沒
　　　躲好，不能偷看喲！（漸漸地靠近瞌睡蟲，要把他連柱子一
　　　起綁起來）

※瞌睡蟲被公主用繩子繞了一、兩圈後，發覺上了當，趕緊推倒公
　　主，逃了出來，立刻生氣地跳起瞌睡舞……

公主：（驚慌地想逃走，害怕地說）不要！不要！我不要再打瞌睡
　　　了，求求你…不要…跳了…（說著說著又睡著了）

※瞌睡蟲拿著繩子繞著公主轉圈，還很生氣地跺腳，準備把公主綁
　　起來。

公主：（被移動時驚醒）瞌睡蟲你想做什麼？

※瞌睡蟲做出要綁住公主加以鞭打的樣子……

公主：（急忙掙脫，立刻站起，下定決心向瞌睡蟲下戰書）可惡的
　　　瞌睡蟲，我決定要跟你比劍，你如果輸了就永遠不能纏著我
　　　……

※瞌睡蟲考慮一下點點頭，接著用手指指公主，意味公主如果輸了
　　怎麼辦？

公主：（猶豫沈思一會兒，很不情願地說）嗯～嗯～如果我輸了，
　　　我就～我就只好讓你「暫時」跟在我旁邊囉！

※瞌睡蟲點點頭，開始做起暖身操來……

公主：（跑去拿了兩把劍來，遞給瞌睡蟲一把）哈！哈！瞌睡蟲小
　　　心囉！不是我在吹牛，我可是很厲害的。（很有自信地說）

※瞌睡蟲也做出超人的姿態，以顯示自己也很棒……

公主：（舉起劍衝向瞌睡蟲）看招！（與瞌睡蟲交戰一會，突然刺
　　　進瞌睡蟲腰際。）

※瞌睡蟲用手按住劍和腰，以為自己真的被刺中了，露出痛苦的表
　　情……

公主：（驚訝地把劍放開，不可置信地看著自己的雙手，對著瞌睡蟲説）你真的被我刺中了嗎？真的嗎？會不會痛呀？

※瞌睡蟲剛開始痛得在地上滾來滾去，一聽公主問痛不痛，立刻很用力地點頭，把按住腰上的手拿起來看有沒有流血，結果才發現沒刺到腰，自己嚇自己，做出虛驚一場的表情，接著趕緊撿起劍，丟到一旁去…

公主：（很氣餒很哀怨地搥著地板，大叫）啊！為什麼我就是沒辦法趕走你這隻瞌睡蟲？誰來幫幫我？

（突然奏起一陣音樂〈仙子出場音樂〉，三位仙子帶著大鬧鐘出場）

淘氣：（很興奮地跳了出來）嗨！可愛的小公主，妳在叫什麼呀？

公主：（很委屈，又有點對淘氣仙女撒嬌）瞌睡蟲又欺負人家啦！仙女姊姊快幫幫我嘛！

聰明：（指著大鬧鐘，得意地説）瞧！我帶來什麼寶貝？猜猜看？

公主：（繞著鬧鐘仔細瞧，原本很興奮，看了鬧鐘卻又露出失望的表情）原來是時鐘嘛！只是比較大一點，沒什麼特別。

※瞌睡蟲也跟在公主旁邊打量著大鬧鐘，也認為它沒什麼了不起。

慢吞吞：（剛剛才走到鬧鐘身邊，聽到公主的話很不服氣的説）才～不～只～是～比～較～大～而～已～，他～還～會～，還～會～……

公主：（等得不耐煩，急著説）還會？還會？還會什麼啦？

淘氣：（神秘地笑著）嘿！嘿！還會這樣！（説完就往鬧鐘的頭上一拍，頓時鈴聲大響，聰明、公主、瞌睡蟲趕緊摀住耳朵，而慢吞吞才剛剛要把手舉起來要摀）

※瞌睡蟲受不了鈴聲，摀住耳朵，在地上打滾，到最後躺在地上不停地抖腳。

公主：（看到這種情況，向聰明仙子詢問）瞌睡蟲怎麼了？難道，
　　　難道，他怕鈴聲？

聰明：（驕傲地說）沒錯，就是這樣，小公主，再也沒有人會讓你
　　　睡著囉！高不高興呀？

※瞌睡蟲一聽到，立刻想起來開始跳瞌睡舞，姿勢才剛擺好，公主
　立刻往大鬧鐘頭上一拍，鈴聲再度響起，瞌睡蟲又倒在地上，不
　停地抖腳。

公主：（高興地又跳又叫）耶！太棒了！別人再也不會叫我睡公主
　　　了！（對著瞌睡蟲示威）哈！哈！我再也不怕你了。瞌睡蟲
　　　你趕快爬回巫婆的身邊吧！

※瞌睡蟲表現出很可憐的樣子，想爬起來又爬不起來，最後以雙手
　握拳的姿勢轉圈，還有跺腳、踢腿，表示正在哭泣。

第三幕

（黑暗中，詭異的音樂響起，搗蛋巫婆出來，一束燈光照在她身
　上，站在舞台一方東張西望。背景：宮廷）

巫婆：（不懷好意笑著）哈哈哈！我是全世界最厲害的搗蛋巫婆，
　　　所以我的瞌睡蟲也是全世界最厲害的。聽說大家都叫小公
　　　主──「愛睡公主」，現在愛睡公主一定睡得像一隻（豬叫
　　　聲）～～小豬了，我要把她睡覺的樣子，用照相機拍下來，
　　　哈！太好玩了，誰叫他們不請我參加舞會，公主，妳在哪裡
　　　呀？

（又一束燈光照下來，在舞台另一邊的公主和鬧鐘快快樂樂地玩
　著，而瞌睡蟲則很衰弱地趴在旁邊，公主的歡樂和巫婆的孤單形
　成強烈的對比）

公主：一二！一二！左扭扭，右扭扭（屁股），伸伸手，伸伸腿，
　　　早上起床作運動（重複唸）。

（公主和鬧鐘手拉手跳得很起勁）

公主：左扭扭！

鬧鐘：（亂扭）

巫婆：（鬧鐘在扭時，巫婆自問）為什麼他們玩得那麼快樂？

公主：右扭扭！

鬧鐘：（停頓一下）（亂扭）

公主：伸伸手！（左手完換右手）

鬧鐘：（兩手亂揮）

巫婆：（自問）為什麼我都沒有朋友？

公主：伸伸腿！（腿前後擺動）

鬧鐘：（腿左右擺動）

公主：早上起床作運動！

鬧鐘：（跟隨公主的動作）

巫婆：（落寞）我也想要一個朋友。

公主：小朋友，你看，我現在一點兒都不愛睡，所以你們不可以再
　　　叫我「愛睡公主」，自從仙女送給我這個鬧鐘，（公主的聲
　　　音漸漸微弱，因為瞌睡蟲跳起瞌睡舞）只—要—像—這—
　　　樣—按—下（按鬧鐘）

鬧鐘：鈴～～（鬧鈴響起，鬧鐘四肢晃動）

（公主作清醒狀，瞌睡蟲從張牙舞爪變成倒在地上抽筋，巫婆驚訝
　得瞪大眼睛，久久說不出話來）

公主：（拿出大球道具）以後玩遊戲也不會睡著了，耶！（把球丟
　　　到舞臺中央，鬧鐘搖搖晃晃跑去撿）

巫婆：啊……（因為太震驚而愣住了）

公主：哇～好棒！換你丟。

（鬧鐘很誇張地把球丟到台下）

公主：（把手搭在眉間作眺望狀）好遠，好遠哦，我去撿！（提起裙擺往台下跑去，燈光跟隨。）

巫婆：（聲調一揚）哼！沒有朋友也沒關係，我是最厲害的搗蛋巫婆，可是我最厲害的瞌睡蟲竟然被公主打敗，愛睡公主不愛睡覺，是誰？是誰？是不是你們（指著觀眾）讓公主不愛睡覺的？不是你們，那一定就是……（眼光從觀眾漸漸瞪向瞌睡蟲，瞌睡蟲急忙搖頭搖手否認，最後看到鬧鐘）就是那個鬧鐘！瞌睡蟲會怕鬧鐘，只要我綁‧架‧鬧‧鐘，小公主就會一直睡、一直睡到變成老公主，哈哈哈……我真是太聰明了。

（巫婆從背後拿出一根很大的棒棒糖）

巫婆：來來來，小鬧鐘，我這裡有好吃的棒棒糖哦，趕快過來。

（鬧鐘遲疑了一下，向前一步，巫婆晃晃手裡的糖果，鬧鐘再向前一步，巫婆又晃了晃糖果，鬧鐘一副渴望的樣子，但終究還是退回原地且搖搖頭）

巫婆：（丟掉棒棒糖，生氣狀）現在的鬧鐘真是聰明，沒關係，我有魔杖，（對著魔杖施法）劈哩啪啦──魔杖變繩子，劈哩啪啦，碰！

（巫婆將魔棒變成的繩子握在手中，很滿意地端詳了一會兒，接著把繩子甩向鬧鐘，鬧鐘抓著繩子和巫婆展開小小的拉鋸戰）

巫婆：（念咒語，另一隻空著的手彷彿拉著無形的繩子把鬧鐘拉過來）劈哩啪啦碰、劈哩啪啦碰……

（鬧鐘很慌張卻不由自主被捲向巫婆的方向，它不停的掙扎）

巫婆：（得意狀）想逃？哼！沒有人可以逃過搗蛋巫婆的魔杖，我要把你一根一根拆下來，煮成「鬧鐘蝙蝠湯」，走吧！（拖著鬧鐘往後台走）

（公主帶著球回來）

公主：YU——HOO 我回來了！（向觀眾招手）我現在可以玩一整
　　　天也不愛睡喔！說到玩，現在輪到鬧鐘去撿球，（左顧右
　　　盼）奇怪了，哦～我知道，它一定是想和我玩捉・迷・藏，
　　　（跑到左邊看看）鬧鐘你在哪裡？（跑到右邊看看）鬧鐘你
　　　在這裡嗎？（困惑，接著頓悟）哎呀，鬧鐘不見了。（著急
　　　地詢問觀眾）小朋友，你們知道鬧鐘為什麼不見了？（小朋
　　　友答：被巫婆抓走了）你是說，鬧鐘被巫婆抓走了。

（瞌睡蟲從地上爬起來，摩拳擦掌準備跳舞）

瞌睡蟲：（扭一下屁股）……

公主：呵～（小呵欠）

瞌睡蟲：（看看公主，接著轉二圈）……

公主：呵～～（大呵欠，正要睡著）

瞌睡蟲：（嘟嘴生氣狀）（用 tape 放瞌睡蟲內心的聲音）算了，算
　　　　了，當瞌睡蟲好無聊，每次跳舞你就睡覺，都沒有人拍拍
　　　　手，說我跳得好，我本來是愛跳舞的小精靈，被搗蛋巫婆
　　　　變成瞌睡蟲。（搖醒公主）起來，起來，我們一起去打敗
　　　　搗蛋巫婆（公主伸伸懶腰）。

公主：（上前一步）怎麼辦？聽說搗蛋巫婆最喜歡喝湯，她會不會
　　　把鬧鐘煮成「鬧鐘蜥蜴湯」（吐舌頭）或「鬧鐘蝙蝠湯」？

瞌睡蟲：（上前一步）（以比手劃腳表示）搗蛋巫婆的魔法都在魔
　　　　杖裡，只要我們弄壞魔杖，巫婆的魔法會消失，再也不能
　　　　害人了。

公主：什麼？上山捉老虎？

瞌睡蟲：（焦急狀，再比一次）

公主：我知道了，你是說，將巫婆的魔杖折斷？

瞌睡蟲：（點點頭）

（瞌睡蟲和公主相偕離去）

降幕（換背景，公主和瞌睡蟲在幕前作尋找狀）

（背景：陰森森的搗蛋城堡，舞台右側有一張大桌子，左側有一燒
　　得火紅的大鍋子。巫婆在火光的映照下，攪拌著鍋子）

巫婆：（喃喃自語）要煮好喝的「鬧鐘蝙蝠湯」，就要燒很熱、很
　　　熱的水（音效：很大的熱水冒泡聲），（拿起綠色海帶狀
　　　物）加上青蛙的皮，（陸續丟入其他東西）還有跳蚤的腿，
　　　嘖嘖，好香啊！對了，還要找一隻又肥又大的黑蝙蝠（一隻
　　　蝙蝠在台前盤旋，巫婆突然伸手抓住蝙蝠）嘿嘿，是你自己
　　　（指蝙蝠）要飛來做我的晚餐，現在剩下美味可口的鬧鐘還
　　　沒放到鍋子裡，口水快要滴下來了，我得多放幾隻「蟑螂
　　　乾」，讓我找找看。

（巫婆彎下身來在地板上專心地尋找，鬧鐘趁巫婆背對它時，偷偷
　　溜到舞台右側，不時東張西望，最後決定躲在桌子下）

巫婆：（摸索到鬧鐘綑綁處）這幾隻「蟑螂乾」配鬧鐘最好吃，
　　　咦！鬧鐘呢？（手拿魔杖四處搜索，氣喘吁吁）可惡的鬧
　　　鐘，竟然趁我不注意隨便亂跑，小鬧鐘，快出來，到我的鍋
　　　子裡，我才能煮一鍋香噴噴的「鬧鐘蝙蝠湯」。（巫婆在台
　　　前尋找，公主和瞌睡蟲出場）

公主：魔杖，搗蛋巫婆的魔杖在哪裡？（蹲下去搜索）

巫婆：（站起來尋找）剛才有人叫我嗎？

巫婆：鬧鐘！（大聲）

公主：魔杖！（大聲）

巫婆：鬧鐘！（小聲）

公主：魔杖！（小聲）

第七章　最受幼兒歡迎的文藝活動──幼兒戲劇

公主／巫婆：（相對而視）有巫婆！／有公主！（兩人紛紛躲到桌子底下）

（巫婆、公主、瞌睡蟲在桌子底下看到鬧鐘，四人八目相瞪，嚇得從桌底跑出來）

巫婆：哼！搗蛋巫婆怎麼可能被嚇到。

公主：（和鬧鐘、瞌睡蟲討論）搗蛋巫婆的魔法很厲害，我該怎麼辦？

巫婆：公主和瞌睡蟲煮起來應該也很好吃，那就煮一鍋「鬧鐘公主瞌睡蟲湯」好了，哈哈哈！（拍拍胸脯）

公主：搗蛋巫婆，妳喜歡欺負別人，所以沒人要跟妳玩。

巫婆：哈，沒關係，欺負別人才好玩。

公主：我和瞌睡蟲要做好朋友，我才不是「愛睡公主」。（扮鬼臉）

巫婆：（惱羞成怒）哼，我要把你們做成好喝的湯！

公主：搗蛋巫婆，聽說你每次玩「愛睡拳」都輸，妳一定不敢跟我玩。

巫婆：（握拳跳腳）誰說的，誰說的，我才不會輸，我是最厲害的搗蛋巫婆。

公主：比比看才知道。

公主：（黑白配玩法）剪刀石頭布！搗蛋巫婆—睡！（手指隨便亂轉一通才撇方向）嘿嘿，我贏了。

巫婆：（有點頭暈）那不算，再來一次，剪刀石頭布！愛睡公主—睡！可惡。

公主：你又輸了，剪刀石頭布！搗蛋巫婆—睡！耶！

巫婆：不算，不算，再來一次！

公主：剪刀石頭布！搗蛋巫婆—睡！耶！耶！耶！我又贏了！

巫婆：氣死我了！氣死我了！（順手一推，把旁邊的瞌睡蟲推倒）
　　　我要把你變成青蛙、變成老鼠、變成蟑螂……

（巫婆把魔棒往前一指，魔法專屬音效，公主、鬧鐘就地蹲下，巫
　婆把魔棒一掃，魔法專屬音效，公主、鬧鐘慌忙跳起來，搖搖晃
　晃往後退，害怕）

巫婆：哈哈！你們是逃不過搗蛋巫婆的手掌心。（往前逼近，高舉
　　　魔杖）看我把你們變成～～哎呀（巫婆被瞌睡蟲絆倒，魔棒
　　　結實打在地上，音效：斷裂聲，斷成兩截）

公主：哦～搗蛋巫婆的魔棒斷了。

巫婆：（指著自己）我的魔棒折斷了……我的魔棒（轉身抓起魔
　　　棒，魔棒冒著火花）

公主：搗蛋巫婆沒有了魔棒，再也不能搗蛋了。

瞌睡蟲：現在大家都可以欣賞我的舞，再也沒有人會睡著了。

（TAPE）

（公主、瞌睡蟲、鬧鐘在一旁快樂的跳著瞌睡舞，巫婆抓著冒火花
　的棒子，氣得一邊跳腳，直到魔棒的火花消失了，巫婆彷彿失去
　靈魂，跌坐在地，甚至試著想要把魔棒接起來，悲傷的音樂漸漸
　轉弱，照在巫婆身上的燈也越來越弱，公主他們原本跳著舞，看
　到巫婆的樣子，彼此互看對方一眼，慢慢接近巫婆，伸出手想邀
　巫婆一起跳，巫婆從怯怯、遲疑，隨著音樂漸漸轉向歡樂的氣
　氛，巫婆也站起來加入他們的行列，就在圍著圈圈跳舞中，幕悄
　悄地放下了）

（THE END）

月亮是迎接太陽的天使

高縣托兒所示範教學資源中心

第四期保育員成長團體合編

尤慧美執筆

角色

妮妮：一個五歲的小女孩，個性膽小害羞、純真善良、恐懼黑夜

媽媽：家庭主婦，溫柔有耐心，以包容和期待的心情陪孩子成長

小土人：森林中的土著，熱情有愛，對生命有一份堅持的使命感

小青蛙：聰明逗趣，熱情幫助朋友解決困難，如同慧黠的小精靈

大象：憨直有喜感，願意為人付出友誼，善解人意

老鷹：勇於嘗試，對於付出的犧牲代價，願意欣然面對

大獅王：威嚴神氣，對於牠的請求視同一種必須履行的責任，是權
威者的象徵

白雲：溫柔飄逸，願意幫助人完成夢想

烏雲：傲氣十足，自信海派，是那種願意為朋友兩肋插刀的人物

月亮：輕曼美妙，溫柔婉約在無言中散發生命內涵的洗鍊

第一幕

場景：妮妮倚著動物園的欄杆看動物。妮媽坐在長凳上，起身往妮
妮的方向走來。

妮媽：妮妮！走啦，要回家囉！

妮妮：不要嘛！我還沒看完呢！

妮媽：時間不早了，下次再來看。

妮妮：再等一下嘛，我還沒看到孔雀，我不回家！

妮媽：時間真的不早了，再不走我可要生氣了！（妮媽面露不悅）

妮妮：每次都這樣，每次出門都要趕著回家，一點都不好玩。

（妮妮嘟著嘴很不情願地跟在媽媽後面）

妮媽：下次我們早點兒來，讓妳看個夠。

妮妮：好嘛！好嘛！媽媽不可以騙人哦！

（妮妮依依不捨地離開動物園）

場景：臥室，妮妮坐在地板上玩玩具。

妮媽：妮妮快點去洗澡了！

（妮妮拖拖拉拉很不情願地收拾玩具）

妮妮：媽媽！洗完澡要做什麼？

妮媽：洗完澡就吃飯呀！

妮妮：吃完飯以後要做什麼？

妮媽：吃完飯以後就去寫功課。

妮妮：寫完功課後要做什麼？

妮媽（沒好氣地回答）：去……睡……覺。（妮媽故意放慢說話的
　　　速度並且將去睡覺三個字清清楚楚地唸出來）

妮妮：好無聊呀，為什麼每次都要睡覺？我不要一個人睡覺！媽媽
　　　您陪我睡好不好？

妮媽：不行！我還有一大堆家事要做呢！妳自己去睡！

妮妮：可是我會怕耶！

妮媽：怕什麼，睡覺有什麼好怕的？

妮妮：我怕，我很怕，我很怕黑，我不喜歡黑，我不喜歡晚上的感
　　　覺，好可怕喲！

妮媽：怕黑?!那就留一盞小燈吧！

妮妮：媽媽，能不能只有白天而不要晚上，那不知道有多好呀！

妮媽：別說傻話了，快進去整理整理了，早點上床睡覺，明天還要
　　　上學，別再磨菇了！

妮妮：媽媽，您陪我一下下，好不好！

第七章　最受幼兒歡迎的文藝活動——幼兒戲劇

妮媽：好！妳先去休息，我待會兒再上去看妳。

（媽媽摸摸妮妮的頭，再往妮妮臉上親一下）

　　妮妮躺在床上望著夜空，心裡想：如果能把太陽留住的話，那就不會有黑夜，嗯，得想個辦法留住太陽，左想想，右想想，輾轉難眠，在床上翻來覆去。妮妮想著想著進入了夢鄉。

第二幕 ••

　　妮妮往森林走去，走著走著，來到了小土著的村落。妮妮看到小土著正在向天祈雨，妮妮心裡想，小土著可以向天祈雨，那他們一定可以把太陽留住，妮妮於是好高興地跑過去迎向小土著。

小土著：哇哩吧啦嘛呱，下雨，趕快下雨，請老天爺趕快下雨，哇
　　　　哩吧啦嘛呱，

（用手掩口狂叫，手舞足蹈，狂跳不已）

妮妮：嗨！各位好！（妮妮怯生生地說）

小土人：妳好！咦！妳是誰呀？

妮妮：我是妮妮，我有一件事想請你幫忙。

小土人：什麼事啊？

妮妮：請你們把太陽留住。

小土人：什麼！？把太陽留住！

小土人：為什麼要把太陽留住？

妮妮：我不喜歡晚上。

小土人：晚上有什麼不好？

妮妮：因為我怕黑。

小土人：喔！我懂了，原來你是怕黑才想把太陽留住。

妮妮：請你們幫幫忙，求求你們。

小土人：好哇！

小土人：哇哩吧啦嘛呱，太陽不要走，太陽不要走，哇哩吧啦嘛

　　　　　　呱，太陽不要走！

（太陽漸漸地下了山，妮妮緊張地摀著臉，小土人一臉茫然，雙手
　　往外攤，奇怪，怎麼不靈啦?!）

妮妮：怎麼辦，小土人幫不上我的忙，我要找誰呢？

（妮妮傷心絕望地往前走，不知走了多久，腳酸了，坐在樹下休
　　息）

小青蛙：（用唱的）呱！呱！呱呱呱！我是快樂的小青蛙，呱！
　　　　　呱！呱呱呱！天天去玩耍……

小青蛙：喂！妳是誰呀？怎麼坐在這兒垂頭喪氣的？

妮妮：哦！是你呀！小青蛙，我是妮妮。（有氣無力似的）

小青蛙：妮妮，妳為什麼到森林裡來呢？

妮妮：我想找人幫忙！

小青蛙：找人幫忙？幫什麼忙啊？（小青蛙好奇地問著）

妮妮：幫我把太陽留住。

小青蛙：這件事情太容易了，放心，包在我身上，一切 OK。

妮妮：真的，你真的可以把太陽留住!?（妮妮半信半疑，然而又心
　　生希望）·

小青蛙：絕對沒有問題，因為我的舌頭不但長，而且又有黏液，我
　　　　　可以把太陽黏住。

妮妮：小青蛙，謝謝你，你的本領真的這麼大嗎？

小青蛙（自信十足地說）：看吧！看我的拿手舌功。

小青蛙用力地將舌頭伸得好長好長，一次又一次的努力著，最後氣
　　喘如牛地說：不行，不行，想不到我的舌頭還不夠長，我看只好
　　另請高明了。

妮妮：可是我不知道要找誰來幫忙呀？

小青蛙：走，我帶妳去找大象，牠一定可以幫上忙！

　　　　　　　　　　第七章　最受幼兒歡迎的文藝活動──幼兒戲劇

（小青蛙和妮妮一同前往大象的住處）

小青蛙：大象伯伯，我帶了一位朋友來找你咧！

大象：是誰呀？

妮妮：大象伯伯你好，我是妮妮。

大象：妮妮妳來找我是因為我的鼻子漂亮嗎？

妮妮：不，不是。

大象（有些納悶）：是因為我的鼻子可以噴水沖澡嗎？

妮妮（再次搖搖頭）：不，不是。

大象：是因為我的鼻子可以當作溜滑梯囉！？

妮妮（又是搖搖頭）：不，不是。

大象：那妳找我有什麼事呢？

妮妮：我想請你幫個忙。

大象：幫什麼忙呢？

妮妮：請你幫我把太陽吸住。

小青蛙：大象伯伯，你是森林中最強壯的大力士，你一定可以辦到
　　　　的。

大象（略為思慮一下）：好吧！我試試看。

（大象用力捲起鼻子往上撐。）

小青蛙：加油，再高一些！再高一些！加油，還不夠高，再高，再
　　　　高。

大象：不行，不行，累死啦，想不到我的鼻子仍不夠長，吸力也不
　　　　夠大，你再找別人幫忙吧！（大象喘噓噓地離開）

妮妮好傷心地說：怎麼辦？還能找誰幫忙呢？

小青蛙：走吧！再往前走，天無絕人之路，一定找得到可以幫忙的
　　　　人。

（妮妮和小青蛙往前走，走著走著，太陽好像一點也不在乎妮妮的

感受繼續緩緩西沉）

（妮妮和小青蛙邊走邊唱：太陽公公在哪裡？我的眼睛在找你）

（重複唱 2 次）

　　太陽公公別下去，我要和你玩遊戲，

　　太陽公公別下去，我要去拿新玩具。

妮妮（有些驚嚇並手指著天空）：小青蛙，你看，前面的天空有個
　　　像麥當勞的形狀，那是什麼東西呀？

小青蛙：哇！太好了，是老鷹飛過來啦！

小青蛙接著又說：老鷹是鳥類中最兇猛的，牠不但飛得高、飛得
　　　　　　　　快，而且是獵物高手，牠一定可以把太陽留住。

妮妮：小青蛙，老鷹真的那麼厲害嗎？

小青蛙：別急，別急，看了就知道了。

（老鷹快速地飛近到妮妮和小青蛙附近）

小青蛙（頭往上仰）：嗨！老鷹姐姐，近來可好？

老鷹：謝謝你，小青蛙，我很好。

小青蛙（藉機拉攏，雙手搓揉）：老鷹姐姐，有件事想請妳幫忙。

老鷹：好啊！說說看是什麼事？

小青蛙：想請妳把太陽留住。

老鷹（停頓了一下）：嗯，這個嘛，好吧！我來試試看！

（老鷹展翅奮力往太陽離開山頂的方向衝去，試圖將太陽拉回來並
　且留在天空永現光芒）

小青蛙：老鷹姐姐，加油，飛快飛高一些，加油！

（老鷹奮不顧身地往太陽消失的方向飛去，但當牠越接近太陽就越
感覺全身火熱）

「哎呀！」，老鷹大叫一聲：「好痛喲！不行，糟糕了，羽毛著火
　啦，這下我要變成一隻全身光禿的老鷹啦！快飛回去吧！」）

小青蛙（不忍並大聲喊叫）：老鷹姐姐，害您變成這樣子，真是對
　　　　　　　　　　　　不起。

老鷹：哎，算了，你們再找別人幫忙吧，我走了！

小青蛙（聳聳肩膀說）：走吧！妮妮，我們不要灰心，再去找別人
　　　　　　　　　　　幫忙吧！

妮妮：可是該找的都找過了，還有誰呢？

小青蛙：仔細想想，一定還有，對了，怎麼忘了森林之王呀？牠只
　　　　要吼一聲，全森林中的大小動物，誰敢不服從，牠一定可
　　　　以留住太陽。

妮妮精神為之一振：對啊！我也聽說過大獅王威嚴神氣，小青蛙，
　　　　　　　　　你真是聰明耶！

小青蛙不好意思的說：大家嘛都這麼講！（台語）

（妮妮高興地跑向森林，小青蛙在後面緊追著喊）

小青蛙（大聲喊）：喂！妳知道獅子住在哪裡嗎？

妮妮搖搖頭說：不知道啊！

小青蛙得意神氣地說：不知道!?跟我來！

（小青蛙和妮妮又蹦又跳地來到大獅王的洞口）

小青蛙：大獅王，大獅王，我來問候你囉！

大獅王被吵醒脾氣火大地說：是誰這麼大膽，敢來吵醒我？

小青蛙：對不起，大獅王是我啦，小青蛙啦！

大獅王（半弓起身）：小青蛙，你是森林中最聒噪的，到底有什麼
　　　　　　　　　事？快說出來吧！

小青蛙（結結巴巴地說）：大獅王，大獅王，有一個小女孩，名字
　　　　　　　　　　　叫妮妮……

沒等小青蛙說完，大獅王即不耐煩地說：煩死了，限你一分鐘內說
　　　　　　　　　　　　　　　　　　完。

小青蛙嘰哩呱啦像開機關槍似地說：大獅王，大獅王……

大獅王這下可火大了：說什麼，一句也沒聽懂。

小青蛙改用唱的：大獅王，大獅王……

大獅王：停！是叫你用說的，不是用唱的…

小青蛙：有裸大獅王，有個名叫妮妮的小女孩，她想把太陽留住，
　　　　請大獅王幫她的忙。

大獅王聽了以後開口說：嗯！原來是這麼一回事，太容易了，只要
　　　　　　　　　　　我叫一聲就可以了。

妮妮：大獅王，你好威風啊！只要你開口吼一聲，太陽一定連動都
　　　不敢動一下的。

大獅王好得意：看我的，來！來！你們統統站到我的後面。

（大獅王往天空大吼一聲，太陽似乎充耳不聞繼續往西邊的天空下
　沉）

大獅王：我站在這裡叫，離太陽太遠了，它聽不到，不如我跑到山
　　　　頂上去，你們在這兒等我！

（大獅王急速地來到山頂上，面向太陽方向連聲「吼、吼、吼
　…」，大獅王一連叫了好多聲，最後連氣力都用光了，太陽仍靜
　悄悄地往西方離去）

大獅王拖著疲憊的腳步返回山下，告訴小青蛙和妮妮：很抱歉，我
　　　幫不上忙，現在我才明白我只不過是森林之王而已，不是宇宙
　　　之王。

妮妮傷心地哭了起來：小青蛙，太陽即將下山了，到現在仍沒有人
　　　能留住太陽。

小青蛙仰頭看著天空，突然若有所獲地說：有了，你看白雲就在天
　　　上，它一定可以留住太陽。

（妮妮往天空招手，白雲飄了過來）

白雲：嘿！小朋友，妳向我招手是不是有什麼事？

妮妮：白雲小姐，想請妳幫個忙，幫忙把太陽留住，不要下山。

白雲：為什麼要把太陽留住？

妮妮：我怕黑，我不喜歡晚上。

白雲（點點頭）：嗯，我懂了，好吧，我試試看！

（白雲輕柔地移動身子往太陽前面飄過去，東飄西飄好一會兒，企圖留住太陽，可是太陽仍逐漸西沉）

白雲：很抱歉耶！我無力留住太陽，妳再去找別人吧！

妮妮心急地說：找別人，妳離太陽那麼近都無法留住太陽，還會有誰做得到呢？

白雲：可以去找烏雲伯伯呀，我想他做得到且願意幫妳。

妮妮：到那兒找烏雲？

（此時剛好有一朵烏雲飄到妮妮頭頂上方）

烏雲：是誰在叫我啊？

妮妮：烏雲伯伯您好，是我妮妮啦！

烏雲：叫我有什麼事？

妮妮：烏雲伯伯，請你幫我一個忙。

烏雲：你說說看，幫什麼樣的忙？

妮妮：請你把太陽留住，使黑夜永不來臨。

烏雲：哈！哈！哈！我還以為是什麼天大的事呢，原來是這麼一件芝麻小事，你放心，這件事就包在我身上，一定會成功的。

妮妮既激動且存疑地說：烏雲伯伯，你不會騙我吧?!你真的有辦法?!

烏雲：安啦！妳在旁邊等著，我現在就去把太陽留住。

（烏雲搖搖擺擺且神氣十足地往太陽面前一站，天空頓時間變得一片灰黑，連起碼的日落餘暉也被烏雲遮住了）

妮妮驚叫著：不！不是這樣，烏雲伯伯，不是這樣，我不要這麼可

怕的天空，我怕黑，烏雲伯伯你騙我，你騙我，你把
天空全弄黑了，烏雲伯伯你騙我！

（場景臥房，房內點著一盞小燈，妮妮在床上邊睡邊喊叫著，媽媽
　急忙地走到床邊搖醒妮妮。）

妮媽：孩子，你做惡夢了！

妮妮見到媽媽，緊緊抱著媽媽：烏雲伯伯把天空弄黑了，太陽不見
　了，烏雲伯伯騙我，我不喜歡晚上，我怕黑。

妮媽：妮妮，原來你做這樣的惡夢，走，媽媽帶你去看外面的天
　空。

（妮媽牽引著妮妮的小手，慢慢地走到窗前，妮妮倚靠在媽媽身
　上）

妮媽：妮妮，來！讓我們現在一起來欣賞窗外的天空。

妮妮（認真仔細地看）：可是天空黑黑的呀！

妮媽：天空上有什麼呢？

妮妮：有些星星，嗯，還有亮亮的月亮。

妮媽：你覺得晚上真的有那麼可怕嗎？

妮妮（有些遲疑）：嗯，還好啦！

妮媽：你瞧，月亮那樣溫柔潔白，靜靜地高掛天空且一直亮著，不
　是很美嗎？

（妮妮點點頭）

　　月亮輕妙地舞動著，把夜色染成一片浪漫的溫柔。

　　月亮把賞月的人帶入童話般的意境後，既頑皮又巧妙地拖拉著
太陽的手。

月亮（輕聲且靦腆地）：該你工作啦！

太陽（慵懶哈欠連連地）：是！是該我工作了！

（太陽不好意思地打哈欠又搖著頭。）

妮媽（指著即將西沉的月亮）：孩子，月亮是迎接太陽的天使。

參考文獻

[中文部分]

杜淑貞（1994）。兒童文學析論（下冊）。台北：五南。

林文寶、徐守濤、陳正治、蔡尚志合著（1996）。兒童文學。台北：五南。

林守爲（1991）。兒童文學。台北：五南。

鄭文山（1986）。兒童劇本創作，國教之友，**501**。台南：台南師範學院，頁20。

第三篇

幼兒文學
在教室之應用

第八章

圖畫書在幼教課程中之運用

以《大狗醫生》為例

鄭瑞菁、許玉英
鍾淑惠、朱伶莉

幼兒教育課程之發展已逐漸走上模式化，幼教機構（幼稚園與托兒所）應有清楚的課程理論架構；長久以來，臺灣幼教大多採行融合多種理論的單元設計教學法。然而，受到蒙特梭利課程在美國與其他各地，再度興起的影響，許多幼稚園和托兒所紛紛增設蒙特梭利實驗班；也有些幼稚園，乾脆全然捨棄單元教學，改採蒙特梭利教學。此外，最近方興未艾的方案教學，重視主題與萌發，強調幼兒的興趣及師生共同設計的精神。這些不同型態的課程各具特色，成為臺灣目前最具特色的三種幼稚園型態。

近年來，以幼兒文學為基礎的課程亦漸受重視，具有堅實的理論基礎。若將之運用在上述三種課程中，會出現何種風貌？實施上會有何困難？教師如何檢視與省思？這些都是本研究所欲探討的。

研究為期一年，除了以文獻探討幼兒文學課程之理論外，又選取三位幼兒教師，他們分別採用單元、蒙特梭利，與方案課程，幼兒與教師為主要研究對象，透過教室觀察記錄與錄影、教師的省思札記，以及研究者與教學者間不斷的討論，探究圖畫書在幼教統整課程中之運用方式與內涵。作為未來發展幼兒文學課程之基礎。

鄭瑞菁：屏東師範學院幼兒教育學系副教授
許玉英：高雄縣吉東國小附幼教師
鍾淑惠：臺北市吳興國小附幼教師
朱伶莉：高雄市左營國小附幼教師

第一節　緒論

　　本研究主要探討幼兒文學課程如何融入目前臺灣三種最常見之幼教課程。限於篇幅，謹以一本幼兒圖畫書為例，加以陳述其融入方式與內涵。以下簡述本研究之背景、目的及其重要性。

一、研究背景與目的

　　單元設計課程為目前臺灣幼稚園與托兒所最盛行之課程，歷經多年變革，融合了許多理論（皮亞傑、杜威的進步主義、陳鶴琴的五指教學、張雪門的行為課程、開放教育等），有其獨特風格。蒙特梭利課程，由於教具新穎、教室寬敞亮麗，加上注重合理師生比，雖收費昂貴，亦使眾多家長趨之若鶩。而方案教學為國內外新近崛起的課程模式，有其學習心理學的理論背景與知名的倡導者（例如：Lilian Katz、Sylvia C. Chard等）。期望在開放教育的非正式課程與結構式的正式課程之間，尋得一個平衡點，架構較理想的課程型態，幫助幼兒在自己的興趣中，快樂地進行有意義、深度的學習。另外，幼兒文學課程為近年來在幼教界相當受重視的一種理念，源於全語言的理論，且獲得心理學、哲學與語言學之研究支持，具備相當完整之理論基礎。本書作者目前在校所教授課程以此二領域為主，對於此種課程深感興趣。

　　另外，國內外近年來亦相當注重教師的教學反思能力（谷瑞勉，1997；谷瑞勉、張麗芬、陳淑敏，1996；林育瑋，1996；高敬文，1990；孫立葳，1995；張美玉，1995；謝瑩慧，1996）。其觀點源自

於杜威（Dewey, 1933），透過教師的不斷反思與評估來建構自己的學習，進而達到改進教學、建立教學風格的目的。對大多數幼兒教師而言，由於身兼數職：教師、母親、妻子、媳婦與女兒，生活忙碌之餘，有時還要進修，實在是蠟燭數頭燒。如果還要做研究，幾乎是難上加難。然而，為了教學之改進、寶貴經驗之傳承，甚至信心之建立，幼兒教師都應努力教學與作「行動研究」，並將之當作工作與生活的一體兩面（谷瑞勉，1999）。因此，他們所急需的是鼓勵和協助，幫助他們對自己的教學有進一步的認識與改進，而不像傳統上完全依賴學者專家的外來研究。

綜合上述研究動機，本研究目的有下列幾項：

(一)探討幼兒文學課程如何融入目前臺灣三種最常見之幼教課程。

(二)希望藉著教師教學省思札記，帶動國內教師撰寫省思札記的風氣，期能創新與改進教學，提升臺灣整體幼兒教育品質。

(三)初探具臺灣本土風格的幼兒文學課程模式。作為幼兒教育研究者與實務工作者的參考。

二、重要性

課程之良窳，決定於其對幼兒之影響。而課程之改進，端賴教師不斷地省思檢視與進修。本研究以質的描述與分析，探討課程實況（包括教師教學、情境布置、師生互動，與幼兒行為等）以及教師教學省思札記。另外，再加入以文學為主的課程實驗，提升幼兒文學素養與社會大眾對文學的重視，期望藉由文學整合各領域，逐漸發展出獨具本土特色之幼教課程模式。

研究結果可提供各界對於目前在臺灣幼教機構（幼兒園與托兒所）最盛行之三種課程模式，有較清楚之理論背景知識，不僅可作為

幼教實務工作者、學者，與教育主管當局，發展及改進課程之方向，更可提供家長選擇幼兒園之參考。此外，初探以文學為主的實驗課程，可作為臺灣幼教課程未來發展之重要參考。

第二節 文獻探討

以下簡單敘述本研究中，所擬探討的課程相關研究：

一、單元設計課程

Saylor 與 Alexander（1955）及 Goetting（1955）曾說：「單元是課程設計中的一個單位，也是教學的一個單位。同時，它也是時間的單位、教材或活動的單位。」Morrison（1931）認為學習單元是一個範圍廣博、性質重要的學習情境。Leonard（1953）則說：「單元是一組經過審慎考慮，對學生具有意義之各種相關活動。目的在培養學生識見、技能，了解及控制人類某些重要經驗的能力。

李祖壽（1981）對於單元的產生作了說明：是一些以「學生為中心」、「生活為中心」，或「社會為中心」的近代教育家，對傳統科目課程在教材上缺乏聯絡，導致學生所學的僅是一些支離破碎的知識，不易產生應用的價值，且學生學習時缺乏興趣及意義，故著手擴大傳統課程的範圍，減少傳統課程的數量，以便讓更多的教材，更容易作有意義的組合，而產生的產物（引自陳淑琦，1998）。瞿述祖（1967）則將單元歸納為：以一個生活上重要的問題為中心的完整學習活動，目的在增進兒童的知識與技能，培養兒童的理想與態度，使能改變行為，增加適應生活環境的能力。盧素碧（2003）則認為，幼

教課程的設計，常以單元爲單位，亦即指一個以生活上重要問題爲中心的完整學習活動，必須有目的、有內容、有活動的方法及評量，且在一定時間內完成。

如前所述，單元設計課程爲目前臺灣幼稚園與托兒所最盛行之課程，歷經多年變革，融合了許多理論（皮亞傑、杜威的進步主義、陳鶴琴的五指教學、張雪門的行爲課程、開放教育等），呈現豐富之風貌。因屬臺灣傳統課程演變而來，有其獨特風格。雖國外有關單元設計教學相關研究不勝枚舉（Cheng, 1993），惟國內卻不多見。

二、蒙特梭利課程

研究顯示：蒙氏課程對幼兒有正面之影響。例如：(1)一般字彙能力；(2)感官、動作與表現之智力發展；(3)注意力與集中度之發展（林朝鳳，1986；陳淑琦，1994；Chattin-Mcnichols, 1981; Martin, 1993; Rambusch, 1992）。Bergger（1969）比較接受蒙氏課程與接受傳統課程之弱勢幼兒的發展，前者在一些感官能力方面較後者爲佳；然而，認知方面發展則無差異。研究結果並無定論，但以傳統課程占優勢者居多。

Stodolsky 與 Karlson（1972）研究弱勢兒童與中產階級兒童就讀於修正過之蒙氏幼教課程後之影響，他們發現：經過二年後，蒙氏課程對上述二組幼兒的視覺—動作協調、配對與分類技巧、心理動作能力以及某種程度之數概念等方面發展，皆有助益。這個發現與前述 Bergger（1969）之研究結果一致。

蒙特梭利認爲：注意力不僅是感官汲取知識之關鍵，亦是發展從事更深智能工作之必要基礎（許惠欣，1988；Devries & Kohlberg, 1987）。Kohlberg（1987）對社會弱勢之黑人幼兒進行智力與注意力之

研究，由比西智力測量人員與教師，對幼兒之注意力加以分級評量（分成一至九個等級，代表完全持續專注至難以獲得注意之九種專注程度），在接受蒙氏課程一年之後，比西智商分數與專注度皆有顯著進步。二者比西智商分數與專注度分數之相關爲正相關，且相關係數亦高（r = .65）。Kohlberg 的結論是：注意力集中度爲認知學習之基礎，增進幼兒之注意力應是蒙特梭利教學法之主要貢獻。

Dreyer與Rigler（1969）調查接受蒙氏課程幼兒與接受傳統課程幼兒在認知表現之情形。每種課程之幼兒各有十四位，二組幼兒在家庭社經背景、年齡、性別與智商皆進行配對，力求近似。在其父母之社會態度與行爲（例如：父母意識型態、價值觀與教學型態）方面，二組幼兒並無顯著差異。結果：接受傳統課程之幼兒在非語文之創造力與社會發展二方面較佳；而在注意力方面，則以接受蒙氏課程之幼兒較優。不過，值得一提的是，此研究中幼兒在接受測驗時，使用之語彙型態與圖畫型態有所不同。接受蒙氏課程之幼兒較常使用物理特性來描述一般事物；而接受傳統課程之幼兒較常使用功能型語彙。可能是這二種課程所使用之教材偏重不同所致。在蒙特梭利課程中，強調物理特質甚於功用，而其教材教具則以幾何圖形多於人物。

在一個爲期三年的追蹤研究中，Reich（1974）評估一個市中心蒙氏課程之效果。與其他幼兒相較，接受蒙氏課程幼兒在心智發展程度及學業成績二方面較佳，且可維持若干年；雖然，「學業成績」一向是教師主導課程所重視的。對國小一年級生而言，接受蒙氏課程兒童在情感控制與免於焦慮二方面，有較好表現。根據研究者之解釋，這可能是因爲接受蒙氏課程幼兒，其小學與幼稚園爲同一所學校，對學校與同伴較熟悉之故。

表達、感覺，及知覺之探索是兒童藝術發展與創造過程之中心（Edwards, 1990; Goodman, 1996; Loeffler, 1993; Smith, 1995）。由於蒙

氏課程不注重同儕之互動與合作關係，對於接受蒙氏課程幼兒之社會情緒發展情形，就成了為人所關切之問題（Lindauer, 1987; Seefeldt, 1981）。雖然，針對此一主題之研究並不多，但有二篇是值得在此一提的。Marphy 與 Goldner（1976）及 Reuter 與 Yunik（1973）比較接受蒙氏課程與傳統課程之幼兒其社會互動型態，二篇研究有類似之發現。接受蒙氏課程之幼兒，花費較多自由活動時間在社會互動，且其每段社會互動時間較長。

Seefeldt（1987）的研究則是有關蒙氏課程在社會情緒發展方面之長期效應。研究對象為廿八對國小一年級兒童，一組受過蒙氏課程教育，另一組則無此經驗。在入學六週後，對其進行教室行為評量。兩組兒童在與同儕互動之口語表達、社交能力，或是自我概念方面，並無差異；在社會與情緒調適上亦無不同。值得注意的是，Seefeldt（1981）發現同組內兒童呈現差異。在進入國小一年級就讀時，來自不同蒙氏課程班級之幼兒，在社會互動的型態上，有點不同。此項發現提示了：影響幼兒社會互動發展之因素，可能是同一種課程中所呈現之差異，而非整體課程，較為重要（Lindauer, 1987）。

綜上所述，可發現：雖然蒙氏課程之相關研究不在少數，但結果並無定論，可見課程之實施，教師是最大關鍵（鄭瑞菁，1994；Chattin McNichols,1981; Cheng, 1993; Miller & Dyer, 1975）。故本研究並非比較三種課程之異同，而是呈現圖畫書在三種課程中之運用方式。

三、方案教學

「方案」一詞是美國哥倫比亞大學勞作科主任 C. R. Richards 於一九〇〇年最先提出的，主張勞作的訓練應讓學生按自己的計畫去進行，而不應完全依照教師規定去做。「這種由學生自己計畫，然後照

著計畫去執行的方法，李氏稱之為方案」（簡楚瑛，2001，頁1）。

方案教學法的出現，與二十世紀初期進步主義教育思潮和科學化的兒童研究運動（the child study movement）有關，反對教育流於「形式主義」（formalism）。在美國，Dewey和Kilpatrick提倡方案教學法在教育上的應用之同時；在英國，自一九二○年代起，Isaac也開始提倡方案教學法，自一九六七年普勞頓報告（Plowden Report）發佈後，近二十多年來，英國小學主要的教學方式之一就是方案教學法（簡楚瑛，2001）。

因此，方案教學並非全新的教學方法，而是一重要教學理念。它強調孩子自主的學習，重視兒童本位教育與孩子內在的學習動機，但也未忽略教師引導的角色。所以，兼重教與學及二者互動的過程，教師與孩子都在互相學習，他們都是教室情境的主人（林育瑋，1997）。近年來，教育方面的研究與發展都趨向於教學的革新，強調使教室成為一個能針對孩子不同學習需要，或特殊興趣做回應的學習環境。例如增加課程的統整性，聯結孩子在不同領域的學習。另外，也提供更多的機會，聯結家庭與學校的學習，孩子不僅被期待能按部就班依指示學習，也能夠和同伴共同合作解決複雜且開放式的難題。在此，「方案」就提供一個有如此多樣化學習的教學方式（Burhfield, 1996; Chard, 1992; Webster, 1990）。

Katz（1989）將實施方案教學的原因簡述如下：

㈠為了刺激幼兒心智與社會的發展。

㈡絕不會拿幼兒的認知發展開玩笑。

㈢學前教育階段宜重視學科的平衡性。

她認為：此一教學法極適合學前教育與小學教育的課程設計，它既合乎自發性遊戲原則，又能夠有目的地探討知識層面（侯天麗，1995）。

方案教學的理論基礎來自於 Piaget 認知發展的結構論和建構論、Post-Piagetian 學派的發展觀點、Vygotsky 的學習與發展之關係的理論，以及 Bruner 的認知理論，不僅具有堅實的心理與學習理論基礎，亦有其教育發展上的意義。

四、幼兒文學課程

幼兒文學對幼兒發展的重要性及價值，目前幼教研究顯示以下需求：(1)增加小團體教學，(2)教材多樣化與高品質化，與(3)支持教師創新教學。在幼稚園推展以文學為基礎的課程，除了可以達到上述需求外，亦可改變目前幼稚園相當盛行的結構式課程。以文學為中心的教學主題網，可以擴展為內容廣泛的課程架構，提升幼兒批判思考、分工合作與讀寫等能力（Andrews & Vincz, 1989）。另外，以文學為基礎的課程亦可提供幼兒成為主動學習者的能力（Raines & Canady, 1991）。

Block（1993）曾進行以文學為基礎的課程實驗，結果發現：參與實驗的一百七十八位小學生較對照組的一百七十四位小學生，在閱讀理解的標準化測驗以及自尊、批判，與創造思考能力之評估成績為佳，故其認為，「以文學為基礎」的課程可以提升學童的認知策略運用、閱讀成就、自尊與批判思考等能力。

老師們可透過腦力激盪，激發靈感，來設計相關的活動，並且可用一本圖畫書來設計整個教學單元。以下是 Mary Renck Jalongo（1988）在她的 *Young Children and Picture Books: Literature from Infancy to Six* 一書中所提出三種建構文學課程的方法：發展性主題（developmental themes）、網狀圖示法（graphic organizers），以及主題區（subject areas）。

(一)發展性主題

把焦點擺在大多數年齡層都會面臨的有關發展方面的關鍵議題上，老師們可以計畫選擇一系列銜接很好的故事書。

(二)網狀圖示法

第二種建構一個以文學爲基礎的課程的技巧，便是使用組織圖，有許多的方法可以畫出我們的想法以及它們彼此之間的關係（Bromley, 1988; Cullinan, 1987）。先從一個主題開始，然後畫出其他和這個主題相關的想法，依照邏輯的推測，把每一主題歸類，連成一個組織網。

(三)主題區

第三種用來設計以文學爲基礎的課程的方式便是設定一個傳統的主題區，然後在每一個主題的標題下列出相關的活動，例如：語言、科學、營養、數學、美學，與社會研究等。

以文學爲基礎和以教科書爲基礎的課程是有相當區別的，Jalongo（1988）認爲它們對幼兒閱讀的基本假設是不同的，前者假設「學習閱讀是一件自然的、快樂的事」；後者卻以爲「學習閱讀是困難的、有技巧性的」。前者主張「孩子從文學作品中主動的建構意義，重點在於建立孩子們所知道的」；後者則是「孩子是被動的接受著正式的閱讀教學，重點擺在孩子們所不知道的」。這些根本的差異導致二者在方法與課程上有相當大的分歧：前者以全語言的理論爲主，成人與孩子共同選擇教材，圖畫書是聽、說、讀、寫的基礎；後者仍沿襲舊有的語文學習模式，最小的組成元素（字母）、單字和短句等皆是適當的、可以教導初學者的地方，教科書出版商選擇教材，圖畫書是次要的，描圖本和作業本占據了孩子們大多數的時間。

因此，幼兒文學課程不僅在理論上可以提升幼兒各項能力，在實證研究上亦獲肯定。唯目前國內尚乏相關實證研究，值得嘗試。綜上所述，可知：臺灣的單元設計課程與方案教學雖源自歐美，但具本土獨特風格，蒙氏課程則源自義大利，而在臺灣實施後，亦具本土化之特色。觀諸國內外相關研究，不乏課程理論與實務之介紹，卻無針對此三種課程之實證研究。本研究尚屬初探性質。

另外，「幼兒文學課程」是種理念，其實施過程與困難，是本研究的重點。希望透過實驗研究，能提供較具體的教學方式與內容，作爲臺灣幼教課程未來發展的參考。

第三節　研究方法

本節就參與對象與研究之內容方法與原因、研究限制與資料的收集與分析方式加以說明如下：

一、參與對象與研究之內容方法與原因

邀請三位在職幼兒教師參與本研究，他們所採用之課程型態分別爲單元設計、蒙特梭利，與方案教學。因幼兒文學以圖畫書爲主，故本研究探索重點爲：
(一)幼兒文學課程之理論與內涵。
(二)圖畫書融入原有課程之可行性、困難與實施方式。
(三)幼兒文學課程之影響：包含教師之教學內容、態度，以及幼兒學習態度之改變。

研究方法以實驗研究法爲主，採質的研究，又可細分爲以下三種

研究方式：

㈠文獻研究：透過相關文獻研究資料，探討本研究中四種課程模式之理論基礎，並深入了解「幼兒文學課程」理念與實施方式，由此建構出實驗課程之內容。

㈡觀察研究：應用觀察研究法，長期深入觀察並記錄（錄影）教師行為與幼兒教室活動。

㈢行動研究：首先，在原有課程模式中，重視幼兒圖畫書給予孩子的經驗。繼之，嘗試以圖畫書作為課程的基礎，設計主題網，進行課程實驗。透過參與本研究三位教師之教學檔案（包括教案設計、教室觀察紀錄、省思札記等）、幼兒檔案（包括幼兒作品、幼兒行為觀察紀錄等）以及研究團隊之持續研討省思，不斷謀求教學改進之道，逐步建構出屬於臺灣本土，且具教師個人特色的幼兒文學課程。

成虹飛（1996）將研究關係大致分為四種：主客對立、傳譯關係、啟蒙關係和分享關係。代表學院研究者不同的協助角度與對待被研究者的態度。其中後二者的關係與傳統的研究關係有相當大的不同，研究者對被研究者有更多的關懷、尊重、鼓勵與分享，在平等的地位上相互扶持。

在此研究中，研究者的角色將以啟蒙關係和分享關係為主，除了長期觀察被研究者的教學之外，也和他們一起研討改進之可行方案，分享教學心得，給予回饋，適時提供精神與行動上的支持鼓勵，激發其行動與學習，並協助其評估教學成效。研究雙方的關係是平等互重的。

二、研究限制

本研究囿於有限的人力與時間，只能對於三位幼稚園教師進行研究。因此，研究結果無法推論至其他教師。

三、資料的收集與分析

資料的收集主要以反思日誌、觀察實際教學、教案設計及教學研討為主。範圍包括：㈠請參與教師敘寫反思日誌、檢討教學過程及提出問題，指導教授（本文首位作者）再給予適時之回饋與協助，㈡研究團隊每週舉行教學研討，共同觀看實際教學錄影資料，討論教學的優缺處及改進之道，並設計下週教學內容，以及㈢收集相關文獻資料。所得資料經三角校正後，以分析歸納法進行分類。

第四節 結果與討論

以下以圖畫書《大狗醫生》（Babette Cole 原著，三之三出版）為例，探討圖畫書在三種幼教課程中之實施情況。包含教師故事教學前之相關活動、說故事逐字稿與教學前後之省思札記等。又因教師個人特質、教學經驗與對象之不同，故無固定之敘寫方式，亦無相互比較之必要與條件。何況，本研究旨在忠實呈現實施現況之脈絡，偏重於教師個人之成長歷程。至於說故事活動逐字稿，限於篇幅，只能片段節錄於附錄一。至於《大狗醫生》與其他相關主題之圖畫書在課程之運用網狀圖則呈現於附錄二，提供讀者參考。

一、單元課程（許玉英）

　　以下將許玉英老師進行《大狗醫生》時相關之省思札記整理如下：

(一)故事教學前省思札記一：故事情節線

　　上繪本課時，老師提到了「故事情節線」，第一次正式在課堂上聽到，所以覺得值得再深入探討，尤其自己已經想選擇「自己故事教學」為研究的方向時，更應該好好思考一下。想到這裡，馬上印入腦中的即是：《大狗醫生》，像這本圖畫書中的情節，大部分都是平行的敘述「甘家一家人的毛病」，爺爺、哥哥、姊姊……等等，如此沒有高潮起伏的情節的圖畫書，縱使畫出了「故事情節線」，似乎也很難掌握、發揮，想了好久，還詢問了老師的意見，自己做出了決定——如果進行到《大狗醫生》這本圖畫書時，一定得改變說故事的方式，不要再以「平常敘說」或「念故事」或「看圖畫書說故事」，一定得換其他方式才好。

(二)故事教學前省思札記二

札記：故事旅行親子閱讀——故事籃產生因緣

本週單元主題：健康的身體。

　　剛開學不久就耳聞——有爸爸因吸毒正被關；有阿公因喝酒而忘了來接小孩（喝酒文化似乎流行於社區）；孩子不喜歡穿鞋，喜歡打赤腳；孩子不喜歡洗手……，又因雖是剛開學卻值季節轉換，掛病號不愛在學校吃藥的孩子大有人在；種種的相關情境讓我決定，講完《大狗醫生》故事書後，繼續親子閱讀——「故事籃」的延伸活動，

希望能透過「故事籃」的推展，帶動全家人一起閱讀《大狗醫生》故事書。

《大狗醫生》故事籃活動介紹：

資源：狗偶、籃子、大狗醫生圖畫書、大狗醫生故事旅行札記

(三)省思札記三：故事教學實施方式

札記：狗偶演戲講述故事的實施

故事：大狗醫生

雖開學不久，有太多的生活瑣事要提醒交代，但也已經配合單元主題、需要，講述了五個故事了；而因「故事情節線」的考量，預計說到《大狗醫生》故事時，會變化說故事方式。幾經考量、研究，採用了孩子喜歡的布偶演戲方式，特別準備了狗偶、故事圖片；也熟讀了《大狗醫生》的故事內容；更找到了寢室邊的棉被櫃當展示櫃；老師及孩子說、聽故事的情境；架設攝影機的位置；反覆揣摩說故事的流程等等，最後也因「社區特性」的需要及有效閱讀方式的研究顯示——親子閱讀，嘗試增加親子閱讀機會。於是「故事籃」的延伸活動即在說完故事後，慎重展開……

1. 相關事項：故事籃的故事旅行——親子閱讀。
2. 情境布置：請全班幼兒坐到寢室旁邊線上，第一、二、三組坐椅子，老師坐在對面小椅子（攝影機：拍攝孩子、老師）。
3. 幼兒反應（都是第一次閱讀《大狗醫生》）：
    ➡不僅換了方式，也換了地點來講述故事。說完故事後覺得：孩子似乎還挺能接受這種改變，大家配合我的「大狗醫生發問」的問答方式，也都給予我回應；對於不算大的「狗布偶」，也一直給予注視的專注禮遇；對於故事中艱深的醫學常識大部分也都能稍有了解；而發言最多的若寧、市豐、億

零、永海依然反應熱烈；而精力十足不易進入狀況的配菁對
「甘弟弟長頭蝨」的防護衛生問題，提供了很多她的意見、
看法喔！

4.關於自己：

➡講完整個故事後，自己覺得自己的故事講述挺流暢的，而經
自己再次看著故事教學錄影帶時，一直有個想法在腦中盤
旋：孩子的想法好制式。如：雖已經說到大狗的工作是幫別
人看病，但再詢問孩子大狗的工作時，市豐還是說到：大狗
的工作是撿垃圾；若寧也說：大狗的工作是撿骨頭。

5.其他：

也在故事旅行的札記中發現：一開始刻意安排第一個是市
豐認養帶回閱讀，也花了滿多的時間與市豐媽媽溝通——札記
不拘形式，自己也先寫及畫了第一頁札記示範等等。但是第一
天故事籃分享市豐的時候，自己真是出乎意外的覺得「正式、
制式，乃至於八股的口號文字敘述好多」，到永海第二篇時，
仍然有同感，怎麼與別校進行此活動的感覺差那麼多？乃至於
一個恐怖的念頭出現腦海：莫非老師也是制式的？

6.附錄：故事旅行市豐爸爸的札記：

平常要多注意身體，並養成良好的生活習慣、規律的生活，
不抽煙、少喝酒，並養成良好的衛生習慣、注重休閒活動，減少
壓力，才能換得健康身體，美滿生活。

本人陪市豐看此故事感想，並趁此機會教他平常注重良好衛
生習慣。

二、蒙特梭利教學（鍾淑惠）
──教師省思札記

　　因為上星期講《紅公雞》時，其實孩子都不讓我講，他們都想要自己講故事給他人聽，是我用一種堅定的態度、委婉的口氣說：「現在我要講故事了。」才將人群帶往團體活動區。這種感覺很權威，我來到「天天」是有目的的──我要來說故事；但經過這幾次下來，原本以為發展出來〈輪流說故事〉的模式很不錯，卻因為時間短、想講故事的孩子多，造成我看到他們失望的臉，心裡很抱歉。難道，我要告訴孩子，只要看到鍾老師出現，就是只有我說故事，而孩子們只能聽故事？其實，若真的這樣做，我還是可以進行的，因為，已經有至少八至十個孩子，陸續來告訴我，要聽我說故事。

　　一進教室，將基本的設備 DV、錄音機、紙筆準備好後，就故意站在靠近門口的地方，我和圖書區的孩子中間隔了一個高書櫃。我暫時不想加入他們，因為上星期的感受，讓我想嘗試另一種介入的方式。現在我正要摸索，我採用和圖書區的孩子有些距離的方式觀察他們之間的互動，而不像平常一樣，一進教室就直接坐到圖書區和他們在一起。

　　圖書區中，瓏、菱手中各拿一本書在說話，茜在看日文圖畫書，是有關於動物的書。軒一直站在我旁邊看著我，我問他問題，他始終不回答，只是一直笑，偶爾離開一下，又回來，這樣的舉動持續約有十分鐘。然後，瓏湊到茜旁邊，和她一起看，手中沒有任何書本的鈺，看著他倆的互動而沒有加入。在團體活動區拼圖的昀哲，抬起頭對我說：「鍾老師，等我一下，我快要好了。」我點了點頭，笑了笑，沒有答話。後來，鈺走過來抱著我的腰對我說：「我要聽妳說故

事。」我答說：「好，等一下，妳先去看你自己的書。」回到圖書區的鈺，看了看茜和璁，就加入了他倆的互動，三個人一起坐在長沙發上。對面個人座沙發上的菱，自從璁離開後，就自己一個人，邊唸邊看圖畫書《血的故事》。接著，繪、貴進到圖書區，加入他們三人，討論著自己要當哪一種動物；此時，圖書區人數比平常規定 5 人為限還多，所以音量有些大聲，且因位子不夠，孩子們的坐姿各有不一。

（評註 1：記得第一次說《猜猜我有多愛你》故事時，茜是最後幾分鐘才過來聽，故事結束後，她告訴我說她也要聽故事；第二次說《紅公雞》時，她沒有來所中上課；今天，我進教室時，看到她在圖書區旁徘徊，一會兒後才進到圖書區。這是我到「天天」以來，第一次看到她坐在圖書區，我想她是來聽我說故事的。）

（評註 2：平常，沒有說故事時間時，進到圖書區的孩子，是否可以多人聚在一起討論一本書？且坐姿問題，我記得，在我剛接觸「天天」時，常常聽到老師糾正孩子坐姿，不知道是不是每到星期四，進到圖書區的孩子，其行為態度是否容易被允許的？）

經過詢問後，我了解到在圖書區是被允許多人共同討論一本書。但坐姿問題經過觀察發現，多數孩子來到圖書區，多會呈現隨興的坐姿，若班級老師看到不良坐姿，會請孩子坐好。

（評註 3：軒今天給我感覺怪怪的，不像平常我和他互動的樣子。）

又過了一會兒，鈺再度走到我身邊問我：「妳要說故事嗎？」我點點頭；於是，她便回到圖書區，拿了一本《方眼男孩》坐在地上看。此時，哲又從團體活動區對著我說：「鍾老師，要等揚哦！揚也要聽故事。」我笑了笑。後來，我看到茜離開圖書區，芸過來看一下，又走了，哲沒有拿書進到圖書區和其他人互動。就在此時，我決定進到圖書區，我坐在鈺旁邊，我說：「我要聽你說故事。」於是，

第八章　圖畫書在幼教課程中之運用——以《大狗醫生》為例

她把書翻向外面給我看，那個樣子就像我對著大家說故事時，拿書的方式。

（評註4：我想茜是等太久了。致芸在上星期也是因為等太久，而離開圖書區。）

（評註5：目前會主動說故事給他人聽的小朋友，只有鈺有這樣的動作。我記得第一次聽她說故事時，她還有一點不好意思，不讓其他人看她手中的圖畫書。）

我和鈺、昌在圖書區形成一個小團體，昌聽得很認真，時而問問題；他聽著聽著，便說：「她是看著圖說」，鈺停了下來，看著昌。我就告訴昌：「看著圖說故事也很棒啊！」又一邊鼓勵鈺繼續說下去，但鈺把書合起來，不要再講故事。

（評註6：其實，幼稚園階段的孩子，能夠看圖建構出一個故事，其口語表達能力應是相當優秀的了。昌之所以會這樣說，可能有三種原因：一是家中長輩為其說故事時，可能是逐字唸。二是班上有一個菱認得繪本中的字。三是「天天」有教日文，幾乎大班的孩子都會唸50音了，他們拿起日文書，就可以逐字唸。故有可能昌會認為，說故事，就是要照著字唸。）

而圖書區的另一邊，有幾個男生形成另一個團體，說話聲音已經干擾到我們這一邊。此時，陳老師走過來對著昀哲說：「哲，請你去做你的工作。」哲回答：「我要聽鍾老師說故事。」陳老師又說：「鍾老師現在沒有在說故事。」我抬頭看了看哲，他也正看著我，但我沒有給他任何回應，馬上又低下頭聽鈺說故事。陳老師並沒有堅持要哲離開圖書區，但哲卻走到書架，拿了一本書，坐回原來位子。

（評註7：哲從我第一次到「天天」，就是首先注意到我的小朋友，就朱園長的解讀，他是那種容易受外人干擾，而不專心工作的人。其實，在這幾次的說故事時間，他的表現有時很認真聽，有時會

和其他人說話，但只要稍微提醒他一下，就可以遵守規定。這一點我倒想和老師們談談他平常工作時的情形。）

揚自己拿著《奇妙國》要我說給他聽，因為我正在聽鈺說故事，所以我說：「那你說給我聽。」便把頭轉向鈺這邊。然後，他問我：「這是什麼？」我瞄了一眼書上的圖就說：「城堡」，揚看著書一會兒沒有出聲音，我就轉過頭去看他，他手指著「奇妙國」三個字，嘴唸著「城堡」兩個字。於是，我便將全身轉向他，重新一邊手指著「奇妙國」三個字，一邊唸「奇妙國」三個字。然後，我們一起看書，我一邊問這是什麼？他一邊回答。

（評註8：揚之前很少在我在的時間裡，自己拿書出來看，大多是湊在哲旁邊。有幾次，我正在說故事時，揚會一直和哲說話，然後兩個就有說有笑，有時會被我制止。今天，他主動拿書過來，令我很驚訝。）

後來，看到有些孩子在遊盪，軒又一直拿手帕讓我擦手，我第二次擦手時，就邊擦邊告訴他：「謝謝！老師已經擦過了。」他還是不說話，一直重複這樣的工作，至少五次，直到陳老師說：「軒，好了，鍾老師的手已經很乾淨了。」他才停止。然後，我便把人群帶到團體活動區，但此時人並不多，只有六個人。

人雖少，故事還是要說，就在我一直向孩子強調：「每個人都可以選擇自己想說的故事來說給大家聽，鍾老師也一樣，可以選擇自己想說的故事來說。」

（評註9：軒一直要我擦手，我很想直接告訴他我真正的意思，而不是順著他。但他一直不開口和我說話，只是笑笑的，表情執著。我怕我不擦，他可能會一直站在我旁邊不離開。我在試探他什麼時候才要開口？他會要我擦多少次？但最後是被陳老師制止才結束這樣的舉動。他在對我示好嗎？還是在試探我什麼？）

第八章　圖畫書在幼教課程中之運用——以《大狗醫生》為例

後來，一邊和孩子互動，一邊注意團體活動區的場地，是否空出來了。不過，今天我似乎讓孩子們等得稍微久一點，再加上開始說故事前，又說了一些聽故事的禮儀和常規，時間上拖了許多，故事並未完成。我覺得，今天花了不少時間在觀察圖書區的孩子們，反而造成孩子的不耐煩。我想，應該和孩子們說清楚，我每次都必須說一個故事，其他時間才是小朋友分享故事的時候。至於想要和大家分享故事的孩子，可以事先在家準備，讓每個想說故事的孩子，都有表現的機會。

今天是我第三次到天天托兒所說故事，這三次給我的感覺，孩子聽故事時，都還滿安靜的，對書中內容並沒有太大的疑問。這和我以前帶過班級孩子的反應，有些許不一樣；或許是蒙式教室中的孩子，較少在團體中聽他人說故事，習慣個人或小組方式閱讀故事書，所以在他人講述時，幾乎呈現安靜的狀態，對於我所拋出的問題較不能思考。例如：前兩次說故事時，我想在說故事前或說故事後和孩子討論一些問題，但在第二次說《紅公雞》時，才問第一個問題，就有孩子說：「又要問問題了。」而且孩子回答的意願也不高。所以，今天我就不想在故事前後問問題，而將問題在述說故事中呈現，但從互動中發現，孩子的反應仍是趨於安靜的狀態。

這個現象我和研究所同學討論過，我們的結論是：若是孩子只想安靜地聽故事，就算沒有討論互動也沒關係。因此，截至目前為止，我應該會繼續用這種方式說故事，不想立刻改以特別活潑的方式呈現故事，因為我想了解蒙式的孩子，是否會一直沉默下去？

三、方案教學 （朱伶莉）

以下為朱伶莉老師進行《大狗醫生》之相關教學活動省思札記：

(一)關於說故事前

　　我們班在進行的主題是「特別的你、特別的我」，之前我們利用孩子當模特兒，躺在牛皮紙上讓其他的孩子將其輪廓畫出來，接著再分成小組來設計其人體模型應該可以畫上哪些東西，如：衣服、器官……等，發現每一組孩子畫出來的都不一樣，有的是畫器官，如：胸部、肚臍；有的是著重於外表的衣服。於是我們分別討論了人體應該有哪些東西及每個人都長得不一樣，但似乎覺得好像可以更深入的引導孩子們一些事物，於是發現了《大狗醫生》這本書剛好有介紹到人體的器官及衛生習慣……等，想看看對孩子們講述這本書時，孩子們的反應會是如何。

(二)關於說故事時

　　常常發現和孩子們講述故事是件很享受的事情，透過故事情節的影響，可以和孩子們天南地北的聊天討論，也可了解孩子們小腦袋瓜中的一些想法，實在是很有趣。在講述這本《大狗醫生》時，也同樣有此感受，以下分別敘述之：

1. 了解孩子們的家庭狀況

　　通常孩子受到其家庭生活的影響很大，實際的家庭生活狀況又不是一張家庭訪問調查表可以呈現得出來的，透過孩子們在講述故事中所表達的意見，倒是可以讓我們對其生活背景更加的了解，如，嵩晉說：「我阿伯喜歡抽煙，可是我不喜歡聞到煙的味道。」妏憶說：「可是我喜歡聞煙的味道，我爸爸每次都有抽煙。」但在了解的同時，應該適當的加些回應，如：告訴孩子抽煙對身體不好，回家可以請爸爸或爺爺不要抽煙了。我想，透過孩子的力量回去提醒或是再教育父母，也是一個不錯的管道吧！

第八章　圖畫書在幼教課程中之運用——以《大狗醫生》為例

2.透過故事傳達訊息（照顧身體、衛生習慣）

透過故事中的情節，和孩子們討論如何照顧身體及生活的衛生習慣……等，透過孩子們的嘴中說出，不但孩子們有成就感，也會使他們更加牢記，如：上完廁所要沖水、洗手，不會造成都是老師一味的單向灌輸，形成傳統式的教學方式。

3.喚醒孩子的舊經驗

從故事情節中，孩子們也會說明其以往的經驗，如，湘盈說：「陪阿媽去榮總看醫生、打針」、X光事件……等，如此透過故事的講述、討論，可以讓我知道孩子所擁有的舊經驗有哪些，再從孩子的舊經驗中去建構、發展新的經驗，有時會發現，原本以為孩子不會記得或是不會知道的東西，但孩子卻知道呢，如：X光，雖說不能確保每一位小朋友都知道，但我們班還是有滿多人知道的。若是從中再加以引導，相信可再激發出不同的活動走向來。

4.關於特殊孩子的回應

芳慶是我們班的新生，他也是一位特殊孩子，到現在對環境還是充滿著不信任，需要姑姑的陪同。想不到在聽故事時，他會試著將眼神注視在畫面上或是聆聽故事，有時還會跑過來指著畫面喊狗狗，此時利用機會請他幫我翻頁，他會很樂意，此看起來沒什麼的動作，對他來說卻是一大進步，因至少他肯靠近我，並幫我將書本翻頁。想想剛來園時的他，對於環境及我們是那麼的驚恐，不敢和我們靠太近，更別提當小幫手了，但透過聆聽故事，使他可以稍微的放輕鬆，並願意靠近我一點，真是很好，但前提是需要他有興趣，並能吸引他目光的故事才行，因前幾次說故事有時並未能引起他的注意及回應。

另一個佑佑也是我們班的新生（自閉症），佑佑他有一個習慣，就是每每都喜歡專注於看電風扇（因他喜歡看會轉動的東西），如：吊扇，所以聆聽故事的時間又是他看吊扇的好機會，自然不可能將注

意力移到我這裡來。剛好配合故事裡的情節，請他躺下，醫生要幫忙看病，他雖弄不清發生什麼事情，但還願意配合，我是想說有一點點的參與到也好。其實我也是從中在試探他到底對於此情形的反應如何，會不會拒絕或是造成他情緒上的起伏。但似乎還好，所以讓我以後更想利用說故事中讓他能多少融入活動或教學中，而不是一味的看著吊扇。

5.驚訝於孩子的某些反應

在故事情節談到上廁所要擦屁股時，想不到鎔澤提出女生尿尿要擦後面，品穎馬上提出前面啦，因為女生尿尿是在前面，問他們怎麼知道的？小朋友說是媽媽告訴他們的。妏憶又提出男生上廁所不用沖水，再細問才知，他指的是因男生廁所有自動沖水設備，所以才不用沖水。

其實在一聽到孩子們說女生尿尿要擦前面時，心中的反應：嘿，正好可以利用此和孩子進行性別教育，但想不到孩子很正常的以他們的觀點來說明討論。接著又提到沖水時，本來又想趁機說明兩個都要沖水，想不到孩子們的解讀是如此。讓我心中很慶幸，沒有太早將我心中設定好的話或方向急著脫口而出，這樣我就沒辦法欣賞到孩子們如此純真的對話了。說到等待，我也知道問完孩子後需給孩子充裕的時間想想再回答，因孩子的小腦袋瓜真的是需要時間思考的，但有時礙於教學時間或其他孩子等待時的不耐煩，所以並不會給予很長的等待時間，這是很可惜的，或許可再思考其他的改變方式。

6.關於自己的……

發現這本《大狗醫生》，每一部分都是一個很好的討論點和延伸點，如：X 光、認識身體部位、衛生習慣…等，在和孩子討論時也都很熱烈的想將自己知道的表達出來，但是相對所花在討論的時間就會非常長，往往一本書說了一個鐘頭也有，但孩子的興致還很高昂。但

因會考量時間因素，所以某些談話就會適時的將孩子轉移或打住，偶而在想這樣的情況是否會因老師個人的主觀而選擇老師有興趣的主題、方向來深入探討，但忽略了其實孩子們的興趣呢？所以一個老師的敏感度實在是有增加的必要。

四、結論與建議

透過逐字稿的紀錄，教師得以在故事教學後，仔細檢視與孩子的對話，發現他們所思所想有時是與成人相去甚遠。他們的答案既直接又單純，童心一覽無遺。例如：男生尿尿不需沖水，因為有自動沖水設備；耳朵長得像蝸牛等。這些珍貴的資料不僅幫助教師更了解每一位孩子之特質，也能幫助教師省思自己的教學，進而改進教學。

就教師故事教學型態而言，三種課程並無不同。只是單元與方案會配合主題而選擇相關圖畫書，所以教師每週會與孩子共讀好幾本書；而蒙氏課程中，若無單元主題之設計（如本研究所選取之純蒙氏班），則師生共讀之機會會減少許多。因此，在蒙氏課程中，孩子的反應似乎較其他二種教學的孩子來得拘謹。這是否意味著師生共讀經驗越豐富的孩子，越能激發其潛能表達意見？還是蒙氏課程的特質培養孩子守禮守分？有待未來進一步研究加以釐清。

本研究發現：不論教師採行何種課程型態，只要其認同文學之功能，體會文學對幼兒成長之深遠影響，對孩子的反應具有相當的敏銳度，對教學有反思的能力，便可將文學融入其課程中，進行幼兒文學課程。此外，透過教學省思，教師得以不斷改進教學、自我成長，不僅提升教學品質，同時也讓受教幼兒獲益匪淺。

建議政府相關單位投注更多經費與人力從事幼教課程之研究，尤其是近年來頗受重視的幼兒文學課程，以提升臺灣整體幼教品質；也建議幼教師勇於進行幼兒文學課程之行動研究，嘉惠幼兒。

參考文獻

中文部分

成虹飛（1996）。以行動研究作爲師資培育模式的策略與反省：一群師
　　院生的例子。國科會專題研究計畫成果報告NSC85-2745-H-134-001。

谷瑞勉（1997）。一個幼兒教師在職進修課程的實驗與省思。屏東師院
　　學報，*10*，頁421-445。

谷瑞勉（1999）。由新手到精熟——幼兒教師教學知識與實作之發展歷
　　程研究。國科會專題研究計畫成果報告 NSC85-2413-H-153-005。

谷瑞勉、張麗芬、陳淑敏（1996）。幼兒教師專業成長課程研究。教育
　　部顧問室計畫編號：85-1-M-027。

李祖壽（1981）。教育原理與教法。台北：大洋。

林育瑋（1996）。幼兒教師的專業成長。八十五學年度師範學院教育學
　　術論文發表會論文集》。台東：台東師院。

林育瑋、王怡云與鄭立俐合譯（1997）。進入方案教學的世界。台北：
　　光佑。

林敏宜（2000）。圖畫書的欣賞與應用。台北：心理。

林朝鳳（1986）。幼兒教育原理。高雄：復文。

侯天麗（1995）。管窺方案教學。八十四學年度在職教師專業知能研習
　　會手冊。高雄：前金幼稚園。

高敬文（1990）。批判的反省與師資培育計畫。初等教育研究，*2*，頁
　　35-71。國立屏東師院出版。

孫立葳（1995）。幫助幼兒教師成長的評量。幼教新訊，*10*，頁3-4。

許惠欣（1989）。蒙特梭利與幼兒教育。台南：光華女中。

陳淑琦（1998）。幼兒教育課程設計。台北：心理。

張美玉（1995）。反省思考的教學模式在教育實習課程之應用。八十四學年度師範學院教育學術論文發表會論文集。屏東：屏東師院。

鄭瑞菁（1994）。「最佳」幼稚園課程模式？國教天地，*103*，頁 27-30。國立屏東師院出版。

鄭瑞菁（1994）。幼稚園蒙特梭利與單元課程教學型態之比較研究。八十二學年度師範學院教育學術論文發表會論文集。台南：台南師院。

鄭瑞菁（2002）。幼兒文學。台北：心理。

謝瑩慧（1996）。反省與自我評鑑：專業成長的關鍵。幼教新訊，*17*，頁 19-22。

盧美貴（1991）。開放式幼兒活動設計。台北：心理。

盧素碧（2003）。單元教學。幼教課程模式。台北：心理。

簡楚瑛（2001）。方案教學之理論與實務。台北：文景。

英文部分

Andrews, S. V. (1989). *Literature based curriculum in the kindergarten.* Paper presented at the Annual Kindergarten Roundtable Meeting (6th, Terre Haute, IN, May 1, 1989). (ERIC No. D308959).

Berger, B. (1969). *A longitudinal investigation of Montessori and traditional prekindergarten training with inner-city children: A comparative assessment of learning outcomes.* Three part study. (ERIC Document Reproduction Service No. ED 034588).

Block, C. C. (1993). Strategy instruction in a literature-based reading program. *Elementary School Journal, 94*(2), 139-151.

Bromley, K. D. (1988). *Language arts: Early reading and writing.* Dubuque, IA: Kendall/Hunt.

Bredekamp, S. (1997). NAEYC issues revised position statement on developmentally appropriate practice in early childhood programs. *Young Children,* *48*(1), 34-40.

Burchfield, D. W. (1996). Teaching all children: Four developmentallly appropriate curricular and instructiona strategies in primary-grade classrooms. *Young Chidren, 47*(11), 4-10.

Chattin-McNichols, J. P. (1981). The effects of Montessori school experience. *Young Children, 36*(5), 49-66.

Cheng, J. C. (1993). *A comparative study of Montessori and Unit-structured programs in Taiwan.* Dissertation at the Department of Curriculum and Instruction, University of Wisconsin-Madison.Madison, Wisconsin, U.S.A.

Cullinan, B. (1987). *Literature and the child.* New York: Harcourt Brace Jovanovich.

DeVries, R., & Kohlberg, L. (1987). *Programs of early education.* New York: Longman.

Dewey, J. (1933). How we think: A restatement of the relation of reflective thinking to the educative process. MA: D. C. Heath& Company.

Dreyer, A. S., & Rigler, D. (1969). Cognitive performance in Montessori and nersery school children. *The Journal of Educational Research, 62*(9), 411-416.

Edwards, L. C. (1990). *Affective development and the creative arts.* Colummbus: Merrill Publishing Co.

Elley, W. B. (1989). Vocabulary acquisition from listening to stories. *Reading Research Quarterly,* 24, 175-187.

Goetting, M. L. (1955). *Teaching in the Secondary School.* New York: Prentice Hall, Inc.

Goodman, Y. (1996). *A whole language reading program.* Speech at Whole Language Conference. National Tainan Teachers College (Jan. 4-5, 1996).

Jalongo, M. R. (1988). *Young children and picture books: Literature from infancy to six.* National Assoociation for the Education of Young Children.

Katz, L. and Chard, S. C. (1992). *Engaging children's minds: The project approach.* Norwood, N. J.: Ablex Pub Co.

Kohlberg, L. (1968). Montessori with the culturally disadvantaged: A cognitive developmental interpretation and some research findings. In R. Hess and R. Bear (Eds.), *Early education.* Chicago: Aldine, 105-118.

Leonard, J. P. (1953). *Developing the secondary school curriculum.* New York: Rinehard and Co.

Lindauer, S. L. K. (1987). Montessori education for young children. In J. L. Roopnarine & J. E. Johnson (Eds.), *Approaches to childhood education* (pp. 109-126). Columbus, OH: Merrill.

Loeffler, M. (1993). Whole language in the Montessori classroom: Continuing the story. *NAMTA-Journal, 18*(2), 63-82.

Martin, K. (1993). Preparing for life: Montessori's philosophy of sensory education. *Montessori Life, 5*(3), 24-27.

Miller, L. B., & Dyer, J. L. (1975). *Four preschool programs: Their dimensions and effects.* Monographs of the Society for Research in Child Development, 40(5-6, Serial No. 162).

Morrison, H. C. (1931). *The practice of teaching in the secondary schools.* Chicago: University of Chicago Press.

Murphy, M. J., & Goldner, R. I. (1976). Effects of teaching orientation on social interactions in nursery school. *Journal of Educational Psychology, 68,* 725-728.

Payne, A. C., Whitehurst, G. J., & Angell, A. L. (1994). The role of home literacy environment in the development of language ability in preschool children from low-income families. *Early Childhood Research Quarterly, 9,* 427-440.

Raines, S. C., & Canady, R. J. (1991). *More story stretchers: More activities to expand* children's favorite books. ERIC No.: ED333347.

Rambusch, N. M. (1992). *Montessori's flawed diffusion model: An American Montessori diffusion philosophy.* ERIC No.: ED352204.

Reuter, J., & Yunik, G. (1973). Social interaction in nursery schools. *Developmental Psychology, 9,* 319-325.

Sawyer, W., & Comer, D.E. (1991). *Growing up with literature.* Albany, New York: Delmar.

Saylor, J. G., & Alexander, W. M. (1955). *Curriculum planning.* New York: Rinehard and Co.

Seefeldt, C. (1981). Social and emotional adjustment of first grade children with and without Montessori preschool experience. *Child Study Journal, 11,* 231-246.

Smith, K. (1995). Bringing children and literature together in the elementary classroom. *Primary Voices K-6, 3*(2).

Spodek, B. (1993). *Early childhood curriculum.* In the Sppendix of the Proceedings of Early Childhood Education Symposium Sponsored by Taipei Municipal Teachers' College.

Stodolsky, S. S., & Karlson, A. L. (May, 1972). Differential outcomes of a Montessori curriculum. *The Elementary School Journal,* 419-433.

Webster, T. (1990). Projects as curriculum: Under what Conditions? *Childhood Education, 67,* 2-3.

附 錄 一

故事講述逐字稿

(一)單元課程

......

T：大狗醫生說：「這八個通通是我的主人喔！他們姓甘。這裡就是
　　甘家的一家人，我剛剛不是說主人打電話給我嗎？被你們說對
　　了，他生病了，你看。他就是像這位小朋友一樣，咳，咳，咳⋯
　　我拿起我的放大鏡，看⋯⋯，原來我的這個主人，他叫做甘爸
　　爸，他平常就是一直在抽煙，結果呢，你看，你有沒有看到這個
　　紅紅的地方？」〈秀圖片2〉

S：有。

T：大狗醫生說：「是他的肺。一起說一次。」

S：肺。

T：大狗醫生說：「因為我的甘爸爸一直抽煙，結果那個煙從這邊就
　　跑到他的肺裡面，都沒有出來，那些煙黑黑的住在他的肺裡面，
　　你看全部都烏漆嘛黑的，都髒空氣，結果我主人甘爸爸，他的肺
　　就不能工作。肺是吃東西的嗎？」

Sa：不是。

T：大狗醫生說：「肺是用來吸收空氣的，你吸收乾淨的空氣，你看
　　喔！就會從這裡跑到你的肺裡面，那個肺就可以工作了，可是這
　　個甘爸爸因為他的肺都吸髒髒的空氣，結果他的肺可不可以工
　　作？」

S：不行。

T：大狗醫生說：「對了！那個爺爺他是一直放屁，一直放屁喔！結果，這個甘寶寶他說：『我好痛好痛喔！』大狗醫生我就用放大鏡幫他看，你有沒有看到裡面？」

S：有。

T：有什麼東西？

Sa：白白的。黑黑的。

Sb：有蟲。

T：大狗醫生說：「小朋友你好厲害，你怎麼知道有黑黑的一點一點的什麼東西？寄生蟲。那個蟲長到你的肚子，你的肚子會怎麼樣？」

S：很痛。

T：大狗醫生說：「它會把你吃下去的營養通通都吃進去，被寄生蟲全部都吃進去。所以，難怪你會肚子痛。我啊，就開藥給他吃，他吃了藥以後，那些寄生蟲就死掉，死掉以後就會大便把它大出來，他終於肚子就沒有寄生蟲，就好了。我以為我可以休息一下，結果又來一個了。這也是我的主人，他說：『大狗醫生，我頭好痛喔！頭痛怎麼辦？』你知道這裡是哪裡嗎？」〈圖片6甘姊姊〉

S：耳朵。

T：大狗醫生說：「耳朵裡面，你有沒有看到這裡面有東西？」

S：有。

T：大狗醫生說：「看起來很像蟲。它很像蝸牛對不對？它是一個骨頭，很像蝸牛喔，它叫做軟骨，一起說…。」

S：軟骨。

T：大狗醫生說：「因為很像蝸牛的軟骨受傷了，難怪他會額頭好

痛。我開藥給他吃，他就好了。就不會再頭痛了，軟骨就不會痛了。好，再來一個〈圖片7甘弟弟〉，你看那隻蟲，牠不是毛毛蟲，牠又是一隻寄生蟲，原來那個寄生蟲跑到他的頭髮上，而且還生蛋，蛋裡面有跑出寄生蟲，寄生蟲就越長越多，越長越多，他就：『喔，好癢喔，我的頭好癢喔！』」

配菁：他要洗頭髮才不會癢。

T：大狗醫生說：「所以，我就把這隻寄生蟲抓起來，頭髮會不會癢了？」

S：不會。

T：一直抓，把頭髮通通抓下來了喔？頭髮就沒有了？可是，寄生蟲把它抓下來以後呢？那他要怎麼去照顧。配菁講得很好喔！大狗醫生說：「你的頭髮要保持乾淨。最好的方法，就要常洗頭，你的頭髮把它洗乾淨。」寄生蟲會不會選擇你的頭髮住？

S：不會。

T：那請問你有洗頭髮的請舉手，你有每天洗頭髮的舉手。大狗醫生說：「我來問問看喔，你每天都有洗頭的舉手？哇！這個小朋友好厲害，掌聲鼓勵。你們小朋友好有衛生觀念喔！這下子，我可不可以再去度假了呢？」

S：可以。

……

S：骯髒了。

T：大狗醫生說：「髒髒的。因為骯髒的跑到他的肺裡面去，所以他就一直咳嗽；這個就是甘妹妹，她就是下雨天出去淋雨，或者是在外面洗手台洗手，洗手以後怎麼辦？全部都濕瘩瘩的流汗，她就感冒了，哪裡發炎？」

S：喉嚨。

(二)蒙特梭利課程

......

鍾：醫院裡有很多科。然後啊，大狗醫生不在的時候，爺爺和小孩都
　　生病了。唉！甘媽媽說：「我們最好趕快叫大狗醫生回來！」於
　　是，甘媽媽就發了一通電報到巴西，她就說啊：「我們都生病
　　了，趕快回來，愛你的甘家。」（帶一點哭聲地說）大狗醫生就
　　很緊張啦，就趕快回來，回到甘家。「唉呀，生什麼病啊。」甘
　　大哥在腳踏車棚裡面抽煙，他咳得很厲害耶。大狗醫生說：「抽
　　煙對身體不好。」（壓低聲音說）

C：對呀。

....

鍾：我們來看看是怎麼生病的。大狗醫生就跟他說：「我們的胸腔有
　　這些像海綿的東西，」胸腔在哪裡？

C1：這（手指自己的胸部）。

鍾：在這裡哦。

C：海綿，海綿就是肺部。

鍾：在你裡面（手指自己的胸部），在裡面喔，裡面有一個像海綿的
　　東西，這個就叫做肺。

C：肺、肺、肺，這個肺。

鍾：我們呼吸的時候，空氣會被我們這樣吸——吸到肺裡面來，然後
　　身體裡面髒的空氣，再從肺裡面排——排出去（手指著圖畫書中
　　的人體），所以它是我們的呼吸器官。然後，抽煙會把髒髒的焦
　　油吸到肺裡面，你的肺就變得黑黑的了（聲音發抖又帶點哭聲地
　　說）。

C：唉——喲。

鍾：然後，肺就不能好好地工作，就會咳——嗽。甘小妹為什麼生病呢？甘小妹沒有穿雨衣，也沒有戴帽子。她感冒了（深呼吸一口氣），喉嚨很痛。

C：（發出噁心聲）喉嚨發炎了。

…………

鍾：那甘小弟呢，他—他為什麼瘋了呢？因為他頭好癢好癢喔，一直抓一直抓一直抓。我們來看大狗醫生怎麼說？他為什麼生病呢？

C：他不理頭。

鍾：唉呀，牠說：「你的頭，都是頭蝨在那邊產卵。」這個就是頭蝨（手指書中圖畫），「牠在你的頭髮上下蛋，所以你會很癢很癢。」

C：我每天也在抓癢。

鍾：所以是不是要常洗頭，兩天，一天或兩天，最久不要超過三天洗頭。

C：那是什麼蟲？

鍾：頭蝨，牠會在你的頭髮裡面下蛋產卵，那你的頭就會癢癢癢，

C：好癢喔。

…………

鍾：那甘大姐，她生了什麼病呢？

C：有蝸牛耶。

鍾：覺得頭好暈喔！我每天都覺得頭好暈（口氣慵懶地說）！

C：有蝸牛跑到他的耳朵。

鍾：可是甘爸爸和甘媽媽說：「她一定是……」

C：給我看，我沒看到（站在前面）。

鍾：請你坐下。

C：蝸牛跑進去了。

C：蝸牛跑進去。

C1：我看不到。

鍾：他們說，他們說

C：蝸牛塞在他耳朵。

………

C：那是耳膜。

鍾：為什麼，為什麼耳朵生病了頭會暈？因為，剛剛 C（柜澔）他耳朵裡有蝸牛對不對？

C：是耳膜。

鍾：其實這個不是

C：耳膜。

鍾：不是我們外面看的蝸牛。

C：是耳膜。

鍾：它是耳朵裡面，不是耳膜，他耳朵裡有一些小軟骨，就是這樣的形狀。

C：小軟骨。

鍾：這個軟骨可以幫助我們保持平衡；平衡感好，就不會頭暈。那如果耳朵痛，就會影響這些小軟骨，所以你就會覺得頭暈。所以，大狗醫生就給甘姐姐吃一些藥。

鍾：那甘爺爺又為什麼生病呢？因為他喝了很多的啤酒，還有吃烤豆子。這會讓你的肚子脹氣不舒服。好，我們來看看，這個是甘爺爺的身體裡面（指著書中圖畫）。東西吃——吃進來到胃裡面，然後烤豆子和啤酒，就會產生一種氣體，讓肚子不舒服。那這個氣體要怎麼解決？（沒有人回答）

鍾：你要把它排出來。

C：要去看腸胃科，把它切——打開來。

鍾：哦！噢，不用這麼嚴重，還要打開。

(三)方案課程

………

師：弟弟他在幹嘛他在幹嘛？

C4：他抓。

師：抓，為什麼要抓？

小：說因為很癢。

師：因為哪裡很癢。

C4、C15：頭髮。

小朋友：頭髮有髒髒的東西。

C4：有細菌。

師：你覺得因為頭髮有髒髒的東西。

C12：有細菌。

C8：我看那個電視有那個洗頭的，那個洗乾淨了才不會。

師：喔 xx 說他看到電視有那個洗頭，洗乾淨所以才不會癢癢的。

C4：因為有細菌在裡面，細菌是很大還是很小啊？

小朋友：很小。

小朋友：看不到。

C8：檢查就知道了。

師：好各位 xx 班小朋友，你們知道為什麼細菌跑到他頭髮上面了嗎？

小：他沒洗頭。

小朋友說：他有翅膀。

師：有翅膀就怎麼樣？

C14：飛到他頭上。

師：喔！飛到他頭上了喔。好！來我們看看。告訴你們好了，除了他

沒有洗頭，細菌有翅膀會飛到他頭上，還有一件事情⋯⋯

C9：就是從那種頭髮長出來。

師：喔頭髮長出來（老師翻頁）。

小朋友說：毛毛蟲。

師：這個就是上面的細菌，用那個放大鏡讓你們看看頭髮上面的細菌。

小說：哎唷，C15一直喊有毛毛蟲。

師：喔這個呢，是他的細菌，頭上有好多好多的細菌，你們覺得是毛毛蟲。為什麼？告訴你，因為他拿別人的梳子一直梳一直梳，還有（小朋友插入說有細菌）（老師接著說）上面有細菌會傳給他，又傳給他，又傳來給他（老師摸不同孩子的頭），還有他要不要洗頭。

小朋友說：要。

師：他都不洗頭，所以細菌好喜歡他喔，都跑去那裡。細菌最喜歡不乾淨、不洗頭的人。

小朋友說：細菌討厭洗頭的人。

師：ㄟ細菌討厭洗頭的人。

小朋友：洗頭細菌就不見了。

師：洗頭的時候細菌就不見了。

小朋友：因為死在水溝裡面了。

師：喔！來我們看喔，這麼多細菌怎麼辦？（哈哈）櫻花班的，大狗醫生又出現啦，大狗醫生又出現了，好我們來看看喔，好你要回去趕快把頭洗一洗，洗乾淨以後還會不會有細菌跑來了。

小朋友搖頭說：不會。

師：ㄟ像xx頭有沒有洗乾淨。

C19：有洗乾淨。

第八章　圖畫書在幼教課程中之運用──以《大狗醫生》為例

小朋友看 xx 的回答大家笑了起來。

師：ㄟ有沒有細菌？（停一下）沒有了喔！來老師聞聞看有沒有香香
　　的（聞 xx 的頭髮）。嗯！好香喔，來大狗醫生聽聽看有沒有細
　　菌，ㄟ沒有細菌耶，好乾淨的小孩。好，大狗醫生給你拍拍手
　　（做拍手狀），乾淨的小孩。好繼續準備好要看了嗎？

⋯⋯⋯⋯

C9：男生尿尿不用沖水。

師：喔男生尿尿不用沖水，為什麼不用沖水？

小朋友說：要。

C9：說因為有那種⋯⋯

師：哪種，怎麼樣？

C9：有白白的然後會沖。

師：喔有白白的，然後他會自己怎麼樣？會沖水的那種是不是？

C9：因為有那個然後他自己會流下來。

師：喔他自己會流下來，對那是因為他是自動的，他看到有人在尿尿
　　會沖水下來。但是如果沒有，那個就要沖水。謝謝 xx 班的哥哥姊
　　姊，我現在知道了，我以後不會亂吃我的手指頭，然後上完廁所
　　我也會（故意停頓）⋯⋯

小朋友說：洗手。

師：不要啦。

師：會發胖喔沒關係，我就胖胖的好了好不好。

⋯⋯⋯⋯

師：為什麼姊姊的頭會暈？

C15：因為有蟲子在他的耳朵裡面。

師：喔因為有蟲在耳朵裡，所以頭會暈，那他耳朵裡面有蟲，要找誰
　　幫忙治？

小朋友紛紛說：醫生、大狗醫生、還有護士。

師：好，你們看了大狗醫生跟哥哥、姊姊、弟弟、妹妹、阿公、阿媽
　　講了那麼多要注意身體的事情你們記得了嗎？

小朋友說：記得了。

師：吃點心之前會……

小朋友說：洗手。

師：上廁所後用手擦屁股嗎？

小朋友說：不是，用衛生紙。

《大狗醫生》與其他相關主題之圖畫書在課程之運用網狀圖

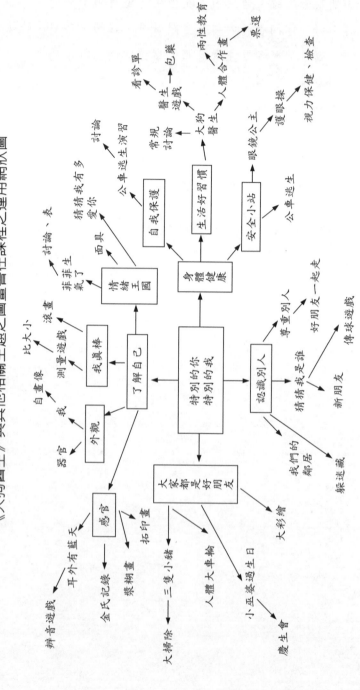

國家圖書館出版品預行編目資料

幼兒文學／鄭瑞菁著. --二版.-- 臺北市：心理，
2005 [民 94] 面； 公分.--（幼兒教育系列；51081）
含參考書目

ISBN 978-957-702-818-1（平裝）

1.兒童文學 2.兒童讀物 3.圖畫書

815.9 　　　　　　　　　　　　94015111

幼兒教育系列 51081

幼兒文學（第二版）

作　　者：鄭瑞菁

執行編輯：陳文玲

總 編 輯：林敬堯

發 行 人：洪有義

出 版 者：心理出版社股份有限公司

地　　址：231 新北市新店區光明街 288 號 7 樓

電　　話：(02) 29150566

傳　　真：(02) 29152928

郵撥帳號：19293172　心理出版社股份有限公司

網　　址：http://www.psy.com.tw

電子信箱：psychoco@ms15.hinet.net

駐美代表：Lisa Wu（lisawu99@optonline.net）

排 版 者：鄭珮瑩

印 刷 者：東縉彩色印刷有限公司

初版一刷：1999 年 11 月

二版一刷：2005 年 9 月

二版四刷：2019 年 12 月

Ｉ Ｓ Ｂ Ｎ：978-957-702-818-1

定　　價：新台幣 450 元